Edith Niedieck

Luxuslügen

Kölner Krimi

Bibliografische Information der Deutschen Nationalbibliothek

Die Deutsche Nationalbibliothek verzeichnet diese Publikation
in der Deutschen Nationalbibliografie; detaillierte bibliografische Daten
sind im Internet über http://dnb.d-nb.de abrufbar.

© 2019 by **cmz**-Verlag
An der Glasfachschule 48, 53359 Rheinbach
Tel. 02226–912626, info@cmz.de

Lektorat:
Beate Kohmann, Bonn

Schlussredaktion:
Clemens Wojaczek, Rheinbach

Satz
(Aldine 401 BT 11 auf 14,5 Punkt)
mit Adobe InDesign CS 5.5:
Winrich C.-W. Clasen, Rheinbach

Papier (Lux Creamy 90 g mit 1,8f. Vol.):
Arctic Paper S.A., Poznań / Polen

Umschlagfoto (*Die Flora in Köln*):
Meis & Hojzakowa Fotografie, Köln

Umschlaggestaltung:
Lina C. Schwerin, Hamburg

Gesamtherstellung:
Bookpress.eu, Olsztyn/Polen

ISBN 978–3-87062–316–6

001–600 • 20191117

www.cmz.de

www.niedieck-ist.net

Für Mike, der mich beim Schreiben mit unzähligen Lächeln verwöhnte, der aus einem Elefanten eine Mücke machen kann und selbst weiß, warum eine vom Frühstückstisch fallende Brötchenhälfte ausgerechnet immer auf der gebutterten Seite landet. Was wären meine Welt und das Kölner Wohlfühlmilieu ohne dich …

Inhalt

9	*Personenverzeichnis*
11	Montag in der Dämmerung
14	Montag in der Dunkelheit
27	Montag auf dem Nachtansitz
36	Dienstag in der erwachten City
45	Dienstag nach der Vormittagsvisite
57	Dienstag vorm Lunch im Lentpark
64	Dienstag zur Krankenhausmittagszeit
72	Dienstag nach der Schule
79	Dienstag in der Krankenhauscafeteria
95	Dienstag beim Suppeauslöffeln
106	Dienstag bei der Anhörung
122	Zwei Wochen zuvor am Rhein
147	Dienstag nach dem R(h)einfall
152	Dienstag am Nachmittag im *La Maison*
158	Dienstag bei der Nachmittagsanprobe
166	Dienstag vorm Feierabend
177	Dienstag in den Rheinauen
181	Zwei Monate zuvor im September
195	Dienstag während der Nachtruhe
205	Mittwoch am Streikmorgen
210	Mittwoch nach dem Krankenhaus
223	Mittwoch in der geschäftigen City
232	Mittwoch in scheinbarer Ruhe
252	Donnerstag zur Spitzenzeit
262	Freitag der Besinnung
265	Samstag in der Vorfreude

269   Samstag im Rausch

280   Samstag in der Luxusnacht

301   *Kleines Glossar*

8

Personenverzeichnis

Jean Baptist Frings, Schäng, 45, gehört zur Kölner High Society, dynamischer Unternehmer, leidenschaftlicher General der Karnevalsgesellschaft Kölsche Köpp rut-wieß (KöKös), stammt aus einer der wohlhabendsten Kölner Traditionsfamilien, lebt die Werte seiner Herkunft, verheiratet mit Agi, zwei Kinder, ehrgeizig, sportlich, starrköpfig, und will von allen gemocht werden.

Ferdinand Krämer, 46, Inhaber der Rheinischen Überlandwerke (RÜW), Premier der KöKös, bestens vernetzter Urkölner mit kölschem Mutterwitz, engster Freund und wichtigste Stütze von Frings, Jagdpächter, mehrfacher Bauland- und Immobilienbesitzer, isst gerne viel und vor allem Schoko und Lakritz – trotz seines Gewichts und der Argusaugen seiner Frau Johanna.

Raphael Brandt, 44, neuer Kriminalhauptkommissar in Köln, ermittelt mit dem nordischen Charme eines Oldenburgers. Ein scharfer Hund und Intellektueller mit Tiefgang, der gegen den Durst lieber Kaffee als Wasser – ansonsten gesunde grüne Smoothies – trinkt, seit Kurzem aber auch bei kölschen Spezialitäten schwach wird.

Dr. Viola Bern, 32, Senior Economist, rechte Hand von Frings, kühl und strukturiert.

Hannes Schacht, 62, Gewerkschaftssprecher der Rheintron, lebt in Frauen-WGs, ledig und Kettenraucher mit ambivalenten Gefühlen.

Justus Jever, 50, Bauunternehmer aus dem Münsterland, Jagdfreund von Krämer, Schmösel der Sylter Szene.

Xaver Zettlmair, 49, Modedesigner aus München mit Starallüren, will KöKös modernisieren, verheiratet mit Jeanette.

Anthony McBright, Magic Tony, 51, Halbschotte, Verwandlungskünstler, KöKö-Mitglied, scharf auf den Schatzmeisterposten.

Felix Tantler, 38, Essigproduzent von der Ahr, Top-Gastronom und Sternekoch vom *La Maison*, *Maison Deux*, Vizegeneral der KöKös, verschuldet – auch wegen des *Maison Trois*.

Max Maternus, 54, Design Director, Mitglied und Grafikpapst der KöKös, moderner Typ des Urkölners, verheiratet mit Bella.

Bruno Schmitz, 55, Geschäftsführer einer Bürokommunikationsfirma, Resident der KöKös, Grobmotoriker mit großem Herz, Hypochonder und verheiratet mit Marie.

Manfred Köttke, 57, Studienfreund von Frings, Banker in Luxemburg, geborener Berliner, jetzt freiberuflicher Finanzcoach in Köln und Interimsschatzmeister der KöKös.

Agi Frings, 45, Ehefrau von Jean Baptist Frings, klein, zierlich, aber durchsetzungsstark, misstrauisch.

Johanna Krämer, 46, mütterliche Gattin von Ferdinand Krämer, kocht, kontrolliert, hat recht und mag Gold und alles, was glänzt.

Emily und Paul Frings, die Kinder von Frings, die Tochter so frisch und beharrlich wie ihr Vater, der Sohn so abwartend und prüfend wie seine Mutter.

Jeanette Zettlmair, 37, Ehefrau von Xaver Zettlmair, die mit Netzstrümpfen provoziert und auf Plateaustiefeletten austeilt.

Marie Schmitz, 49, Ehefrau von Bruno Schmitz, echt kölsches Mädchen, unbedarft, spontan, jobbt in einer Kosmetikabteilung.

Oma Janne, Mutter von Jean Baptist Frings, Großmutter von Emily und Paul Frings, ein prägendes Mitglied des Frings'schen Clans.

Bella Maternus, 51, Ehefrau von Max Maternus, Freundin von Johanna Krämer und Agi Frings.

Jacques, Haute-Couture-Modedesigner prachtvoller Ballroben

Maurice, Star-Figaro der Kölner Gesellschaft

Montag in der Dämmerung

Sie blieb stehen und drehte sich um. Konnte aber in der Dunkelheit nichts erkennen. Diese blöde Winterzeit. Sie ging weiter auf den laubbedeckten Wegen des über zehn Hektar großen Botanischen Gartens im Kölner Norden – bekannt als die Flora mit ihrem Festhaus. Jeder ihrer Schritte raschelte. Wieder hielt sie inne. Trotzdem raschelte es rhythmisch weiter. Erneut drehte sie sich um. Schemenhaft konnte sie ein paar Meter entfernt eine Person mit ausgebreiteten Armen erkennen. Ihr wurde heiß, obwohl es kalt war. Was sollte sie tun? Beeilen musste sie sich unter allen Umständen, denn der Garten schloss pünktlich. Und sie hoffte, dass die Parkaufsicht sie als vermutlich letzten Besucher noch wahrnehmen würde. Also, um den Seerosenteich herum, hin zum Brückchen, um darüber dann schnellstmöglich zum rückwärtigen Ausgang der Anlage zu gelangen. Sie begann zu rennen, stolperte über eine Wurzel. Fing sich. Rannte weiter. Stolperte wieder. Die Wege waren schlecht beleuchtet. Und dann auch noch das Laub. Sie versteckte sich hinter einem mächtigen, dickstämmigen Baum und blickte den Weg hinunter. Die Gestalt war weg. Auch Schritte konnte sie nicht mehr vernehmen. Aber – es roch seltsam. Unangenehm penetrant. Die Blütezeit war doch schon lange vorbei. Rasierwasser? Vorsichtig prüfend sog sie kühle Luft ein. Der aufdringliche Duftschwall war wie weggeblasen. Außerdem war es still. Unnatürlich still. Sie hatte Angst, überhaupt zu atmen. Ein kurzer Windstoß, und da war er wieder. Dieser schwere Geruch – unerträglich und benebelnd zugleich. Ihre Lungen lechzten nach Sauerstoff. Nach klarer Luft. Irgendwer hauchte lauwarm in ihren Nacken aus. Sie drehte sich nicht um. Setzte darauf, dass sie nicht das Opfer in einem schlechten Film war. Hoffentlich war ihre Zeit noch nicht abgelaufen. »Lieber Gott, bitte, lieber Gott, nicht ich. Lass es nicht wahr sein. Nicht ich. Warum ich?«, flüsterte sie flehentlich. Etwas streifte ihr Haar.

»Nein!«, schrie sie laut und schüttelte panisch den Kopf hin und her. Ein Herbstblatt fiel auf den Boden. Wieder schüttelte sie den Kopf. Die Haare verhedderten sich. Irgendetwas riss an der Kopfhaut. Sie stieß einen schrillen und verzweifelten Hilferuf aus! Jemand stand dicht hinter ihr. Ihre Haare wurden von irgendetwas festgehalten, waren eingeklemmt. Ein Arm umschlang von hinten ihren Hals, drückte brutal auf den Kehlkopf. Sie bemühte sich mit aller Kraft, dem Würgegriff zu entkommen. Sie drehte sich hin und her, um sich zu befreien. Immer wieder versuchte sie, ihren Angreifer zu treten. Aber es gelang ihr nicht. Stattdessen schien sie förmlich seine Lust zu spüren, sie zu dominieren, während sie sich wie ein Wurm hin und her wand. Wer oder was konnte sie jetzt noch schützen? Ein Baum, als rettender Strohhalm? Als Anker, der sie am Leben hielt? Sie nahm all ihren Mut zusammen. Vielleicht musste sie aufhören, sich zu wehren, wenn sie das hier überstehen wollte? Vor Angst rührte sie sich nicht mehr. Zwei Sekunden? Drei Sekunden? Höchstens. Fast hätte sie wieder aufgegeben – da lockerte sich plötzlich der Knebel. Schnell riss sie die Arme nach vorn und schaffte es tatsächlich, wenigstens den Stamm zu umklammern. Sie begann zu beten.

»Vater unser …«

Aber erbarmungslos schlug die Person von hinten auf sie ein und zerrte an ihr herum. Ihre Arme erlahmten. Langsam setzte ein Schmerz ein, der sie immerhin wachhielt. Tränen schossen ihr in die Augen, verschleierten den Blick und kullerten über die Wangen. Der Täter packte sie und schleppte sie zur Brücke. Er keuchte. Auf der Mitte der Brücke über dem Seerosenteich hob er sie hoch und schleuderte sie über das flache Geländer. Sie klatschte ins eiskalte Wasser. Ruderte hilflos mit den Armen. Versuchte, zitternd vor Kälte und Angst, sich aufzurichten. Keine Chance. Sie fand keinen Stand auf dem schlammigen Boden. Und immer wieder verfing sie sich in den langen, unbarmherzigen Schlingen der Pflanzen. Ihr wurde flau im Magen. Die Knie gaben nach. Raum und Zeit hatten sie verlassen. Und da kam er schon. Rannte nach unten ans Ufer, hinein in den Teich. Hände griffen nach ihr und drängten sie tiefer in das Gewässer. Ihre Kleidung sog sich voll. Sie strampelte, schmeckte die gammelige Brühe in Mund und Nase, röchelte. Ihr Kopf wurde unter Wasser gepresst. Instinktiv hörte sie auf zu atmen. Sie war sich nicht sicher, wie lange sie das aushalten konnte. Ihr wurde schwarz vor Augen. Plötzlich kam sie wieder zur Besinnung. Rang nach Luft. Hustete. Der wechselnde Druck, mal auf den Schultern, mal auf dem Brustkorb, hatte nachgelassen. Stattdessen spürte sie Stöße am Rücken und in kurzen, regelmäßigen Intervallen zog jemand an ihren Füßen. Er schleifte ihren Körper in ein Gebüsch und mit jedem Ruck floss Wasser an ihren Mundwinkeln entlang, hinunter auf den Hals.

»Bitte nicht …«, bettelte sie schwach. Sie fühlte sich wie betäubt. Aber vor allem spürte sie den nahenden Tod. Über ihr verzweigten sich kräftige Äste von Rhododendronsträuchern. Alles wirkte aussichtslos. Die Gestalt zog ein Messer, schnitt ihr die Haare ab und stopfte damit ihren weit zum Schrei geöffneten Mund aus. Sie versuchte zu sprechen. Es kam kein Ton. Dann rasierte ihr der Täter die Kopfhaut, streifte das Klingenblatt auf ihrer Stirn ab und schabte mit der Schneide über ihre Brauen. Alles war verschwommen, trüb und dunkel. Sie schloss die Augen, spürte, dass er sie quälen wollte und ihr Leiden genoss. Er zelebrierte ein nicht enden wollendes Martyrium. Jetzt stach er auf sie ein. Immer wieder drohte sie das Bewusstsein zu verlieren, konnte nicht mehr mitzählen, wie oft er mit kleinen Stichen auf ihr herumhackte. Sie wünschte sich nur noch, dass er es zu Ende brachte. Und das tat er dann auch.

Montag in der Dunkelheit

Jean Baptist Frings blickte auf seine Uhr. Viertel vor sieben. Sollte er nochmals versuchen, Dr. Viola Bern anzurufen, oder es lieber bleiben lassen? Eben, von zu Hause aus, hatte er es schon mehrfach probiert, aber ohne Erfolg. Musste er ihr überhaupt Tipps für morgen geben? Für die Schlussverhandlung bei einem seiner laufenden Großaufträge? Dafür war sie doch extra vor Kurzem noch von ihm befördert worden. Zum Senior Economist seines renommierten Wirtschaftsconsultingunternehmens. Als sein Ziehkind, war sie mittlerweile sogar fast geschickter als er. Ihre weiblichen Vorzüge musste sie dabei gar nicht einsetzen. Ihr heller Kopf genügte, um Konzerne in Personalpolitik, Wirtschaftsethik, aber auch nachhaltiger Ökonomie perfekt zu beraten und zu begleiten. Das musste er neidlos zugeben. Deshalb ließ er sie jetzt auch besser in Ruhe. Sie würde das Kind schon schaukeln.

»Räk-Räk-Räk!«

Ein Pulk Raben machte einen ohrenbetäubenden Lärm. Irgendwo in der Ferne bellte ein Hund. Unermüdlich. Das durchdringende Tatütata eines Martinshorns löste die zeternden Schreie und das wilde Kläffen ab. Vermutlich wieder ein Großeinsatz am Ebertplatz. Er hastete mit energischen Schritten über den gut befestigten Waldboden. Ihm war es für Anfang November zu kalt. Deutlich zu kalt. Die Meteorologen hatten sogar Minustemperaturen vorhergesagt und vor Glatteis gewarnt. Und in ein paar Tagen war die große Einweihungsfeier des umfangreich sanierten und modernisierten Festhauses in der Flora. Ein wunderschönes, altehrwürdiges Gebäude im klassizistischen Stil und nicht umsonst die Residenz der Kölschen Köpp rut-wieß T.G., eine der ältesten Traditionsgesellschaften im Kölner Karneval, die ihr Palais hingebungsvoll *Riehler Redoute* nannten. Als Hommage an die *Redouten* – die eleganten Maskenbälle des Adels. Es hieß, wer ganz, ganz leise war, konnte die Generäle auf den goldgerahmten und überdimensionalen Gemälden, die den prunkvollen Sitzungssaal schmückten, sogar sprechen hören. Dann erzählten sie die vielen kleinen und großen Geschichten einer langen und spannenden Historie. Dass diese schon immer von einer gegenseitigen Sympathie zwischen den Menschen der Stadt und diesem Karnevalsverein geprägt war, spiegelte sich für Frings wie selbstverständlich in der Koseform *KöKös* wider, wie der Volksmund die Kölschen Köpp rut-weiß der Einfachheit halber nannte.

Jeder wusste, dass die KöKös traditionsbedingt eine Vermischung von Kölner Urbürgern und Franzosen waren – als ein Relikt der französischen Besetzung. Ebenso wie die Hausnummer 4711, die dem berühmten Kölner Duftwasser seine Marke gegeben hatte.

Frings zog den Gürtel seines warm gefütterten Trenchcoats enger und erinnerte sich besonders gerne einer KöKö-Erzählung, die besagte, dass die Riehler Redoute während der Franzosenzeit als Schatzlager für geplünderte Kunstgegenstände gedient habe und deshalb die Nummerierung fehlte. Bis heute. Dafür hatte er sich stark gemacht und durchgesetzt. Er wollte unbedingt, dass die zahlreichen Spuren der Menschen aus dem Nachbarland präsent blieben. Auch durch den Erhalt der kölschen Sprache.

Hier gab es eine Menge Begriffe, die aus dem Französischen abgeleitet wurden. Wenn ein Kölner *Prummetaat* mochte, liebte er Pflaumenkuchen (frz. *tarte de prune*). Ging er auf dem *Trottoir*, war der Bürgersteig gemeint. Und wenn ein Kölner seine *Bajasch* (Gepäck, frz. *bagage*) einsammelte, hatte der Franzose ebenso seine Hand im Spiel wie bei dem *Malörche* (Unglücksfall, frz. *malheur*). Der Begriff *Fisimatenten* für Flausen oder Unsinn, war vermutlich entstanden aus *Visitez ma tente*. Was so viel hieß wie: *Besuchen Sie mein Zelt!*, also den Ort, wo der französische Soldat von seinem Vorgesetzten einen Anschiss erhielt, wenn er nicht pariert hatte. Eine andere Erklärung besagte, dass diese Aufforderung der Versuch französischer Soldaten gewesen sei, deutsche Mädchen ins Lager zu locken.

Frings lächelte. Wenn seine hübsche Tochter später mal auf eine der großen Studentenpartys in die Kölner Uni-Mensa gehen würde, müsste er ihr bestimmt auch als elterliche Warnung *Mach aber keine Fisimatenten* mit auf den Weg geben. Eigentlich versuchte er seine Kinder eher mit Anregungen als mit Anweisungen zu erziehen. Also laissez faire. Wirklich streng nahm er es hingegen mit den Prinzipien der KöKös. Da gab es kein Pardon. Die französischen Tugenden wie Freiheit, Gleichheit, Brüderlichkeit wurden groß geschrieben. Immer und überall. Nur Franzose musste man nicht mehr sein, wenn man Mitglied werden wollte. Auch machte man keine Unterschiede, aus welcher Schicht jemand kam. Vom Handwerker bis zum Steuerberater oder Arzt war alles dabei. Gemeinsam zelebrierten sie mit ihren Auftritten in der 5. Jahreszeit das französische Grundgefühl und hielten es lebendig: Le savoir-vivre – die Kunst, das Leben zu genießen. Und das Kommando hatte er. Jean Baptist Frings, General der KöKös.

Frings hielt inne. Er guckte in das großstädtische Abenddunkel und lauschte angestrengt, um, neben den vorbeifahrenden Autos auf der Inneren Kanalstraße, jenseits der riesigen Bäume auch andere Geräusche wahrnehmen zu können. Lichtkegel flackerten durch die mannshohen Böschungen. Er sah sich um, konnte aber nichts erkennen. Auch, wenn sich seine Augen längst an die spärliche Sicht gewöhnt hatten. War da nicht ganz in seiner Nähe ein lautes Knacken gewesen? Hatte er nicht gerade einen kleinen, rot leuchtenden Punkt gesehen? War da jemand? Auf dem Kinderspielplatz hinter dem Klettergerüst? Er schaute an sich herunter. Zielte da einer auf ihn? Mit einem Laserpointer? Klar, bestimmt Jugendliche, die sich einen Streich gönnten. Er schaute sich abermals um. Vor sich sah er, noch ziemlich weit entfernt, die Beleuchtungen der ersten Wohnhäuser. »Jetzt mach dich nicht verrückt, da war nichts«, beruhigte sich Frings laut.

Er ging weiter und kratzte sich an der Nase. Ob seine Freunde wohl wussten, dass er insgeheim froh darüber war, dass sie ihm den Spitznamen *Schäng* aufgedrückt hatten und nicht *Häns-*

chen? Diese Verniedlichung hätte ihm gar nicht in den Kram gepasst. Aber *Hans* auf Kölsch war klasse! Ein *Hans im Glück*. Ein Glückspilz. Er rieb sich seine trockenen, aber kühlen Hände und summte:» …hm, hm, hm … ging allein …« Wie so häufig im Jahr musste er gleich in die Riehler Redoute zur Kabinettssitzung der KöKös. Vorher machte er immer noch gerne dieses Gängelchen durch den Stadtgartenwald, vorbei am Fort X. Ein Rest der ehemaligen preußischen Festungsanlagen rund um Köln. Und jetzt im gedämpften Düstern eine unheimlich wirkende Ruine zwischen den Stadtteilen Riehl und Nippes. Eine perfekte Kulisse für die lokalen Sommerfilmnächte. Nahe dem Lentpark, dem Zoo, der Flora und – seiner Villa. Sehr praktisch, denn so konnte er die grandiosen Vorstellungen im Juli zu Fuß besuchen. Im Winter war hier weniger los. Und um diese Uhrzeit sowieso nicht. Kein Kind, kein Rind. Er nutzte das Ründchen, um seine Gedanken zu sammeln und um sich auf die Themen des Abends vorzubereiten. Am meisten freute er sich allerdings auf den kleinen, willkommenen Abstecher in das angrenzende Nippeser Veedel. Da konnte er Köln einatmen und das pure Kölschsein durch eines der legendären Mantelbiere genießen. Mantelbier … den Begriff hatte einst der Bassist, Gitarrist und Swing-Musiker Charly Niedieck unter Karnevalisten geprägt: Auch wenn die Runde noch so gemütlich war, irgendwann musste man sich verabschieden. Und genau das konnte dauern. Denn beim Rausgehen rief einer: »*Kumm, drink noch eine met!*«

»*Ein Kölsch geht immer!*«, lockte der Nächste. Gefühlte Stunden später stand man immer noch da. Wenn auch bereits im Mantel.

»'n Abend!«, rief Frings, als er das Sion, seine Stammkneipe, betrat, und stellte sich zu einer Gruppe, die einen der hinteren Stehtische belegte.

»Du bist spät dran, Jean.«

»Ja, stimmt! Deshalb gibst du mir einen aus. Ich hab Durst!«

»Du hast immer Durst.«

»Stimmt auch wieder.« Frings lachte, zog einen Barhocker heran und seinen Burberry gar nicht erst aus. »Erzählt mal! Was geht ab in Kölle?«

Frings kam von einem Thema aufs andere und ging von Gruppe zu Gruppe. Überall gab es unterschiedliche Inspirationen für ihn: neue Geschäftsideen, neue Kontakte, neue Anlageformen, neue Tennispartner, neue Golfschläger.

»So, Freunde ... ich muss wieder los! Die Pflicht ruft!«, sagte Frings, klopfte dreimal bekräftigend auf die Theke, legte einen Zwanziger hin und winkte dem *Köbes* mit seinem Bierdeckel zu: »Sind wir quitt?«

Der Kellner nickte: »Tschö, Schäng! Bis bald!«

»Ciao«, antwortete Frings und wickelte sich den breiten, blauen Schal um. Ein gemütliches Zurückschlendern nach Riehl zur Redoute konnte er jetzt vergessen. Er nahm die Beine in die Hand und lief hinüber in die Weißenburgstraße zum Reichensperger-platz, dann scharf links und die Riehler Straße entlang, bei Rot über die Kreuzung zum Zoo auf den Alten Stammheimer Weg und leicht links auf das erste Stück der Stammheimer Straße, um gleich nach links Am Botanischen Garten abzubiegen. Fünfzehn Minuten hatte er für die knapp anderthalb Kilometer gebraucht. Die letzten dreihundert Meter wollte er gemächlicher gehen. Er schnaufte durch und sah die zarten Atemwolken im orangefarbe-nen Laternenlicht. Er bemerkte die besondere Stimmung zu dieser Jahreszeit, während er entspannten Schrittes, an bereits vorweih-nachtlich dekorierten Hauseingängen vorbei, zur Riehler Redoute ging. Die Dunkelheit ließ das beleuchtete Gebäude schon von Wei-tem in vollem Glanz erstrahlen. Ein erhabener Anblick und eine fast märchenhafte Zauberwelt. Wie etwa in *Tausend und einer Nacht*. Ein Ruhepol in einer so geschäftigen Medienstadt wie Köln. Er bog auf die Zufahrt zum Vorplatz der Redoute ein. Jetzt, wo er sie so frontal vor sich sah, fühlten sich seine Füße an, als würden sie einen halben Meter über der Erde schweben, so angetan war er von ihrer Schönheit. Er stoppte. Ging weiter. Stoppte wieder.

Für einen kurzen Moment glaubte er, im Innenhof den Schatten einer Gestalt zu sehen. Frings zupfte sich am linken Ohrläppchen. Auch wenn in der Regel die Kabinettsmitglieder draußen noch das eine oder andere Glimmstängelgespräch führten, bei dieser lausigen Wetterlage – da kannte er seine Pappenheimer – hatten sich garantiert ausnahmslos alle schon längst im Warmen versammelt. Frings blinzelte mehrmals. Einer der KöKös war es also vermutlich nicht gewesen. Wohl eher ein Tourist. Von denen gab es so viele, die die Redoute bestaunen wollten. Diese Vorstellung und seine gute Laune hätten seine Anspannung auflösen müssen. Aber ihm war immer noch mulmig zumute. Angestrengt blickte er über den dunklen Redouteplatz. In einem so diffusen Licht irgendetwas deutlich zu erkennen, war schlichtweg unmöglich. Da konnte er starren, wie er wollte. Frings schüttelte sich, zog die Schultern zurück und bewegte sich entschlossen weiter. Nach ein paar Schritten wurde er jedoch wieder langsamer und hielt erneut inne. Die in den Jackentaschen vergrabenen Hände waren verkrampft. Könnte sein Herz nicht endlich ruhiger schlagen? Er kam einfach nicht dagegen an, wischte sich über die Stirn. Der Handrücken war nass vom Schweiß. Er verstand diese fiebrige Beklommenheit nicht, die ihn völlig lähmte – trotz der heimischen Umgebung, die ihn ansonsten angenehm bettete und die ihn fabelhaft leben ließ. Frings holte tief Luft, um zu husten, doch ein plötzlicher Schmerz ließ ihn aufstöhnen. Er versuchte sich zu beherrschen, presste die Lippen aufeinander. Ein kaltes Gefühl am rechten Oberarm. Nicht großflächig. Nein, punktuell. Irgendwas hatte ihn voll gerammt, auch wenn er nicht wusste, was. Er versuchte verzweifelt, sich aufrecht zu halten. Direkt neben der Skulptur *Luurende Köpp*. Vermied es, sie zu berühren.

»Steh! Steh! Nicht anlehnen!«, befahl Frings sich selbst. Er wusste, es war lächerlich, aber er wollte es unbedingt vermeiden, dass selbst *Neugierig schauende Menschen* aus Bronze ihm dabei zusahen, wie er womöglich die Kontrolle verlieren würde. Sollte er schlapp machen, würden sie als Zeugen natürlich unbrauchbar sein. Also musste er sich zusammenreißen. Erschüttert und flehend strebte sein Blick auf die Redoute zu. Ein Kribbeln breitete sich auf der Haut aus. Da sah er aus dem Augenwinkel den Unbekannten noch einmal weit ausholen. Statt sich zu ducken, hob er den Kopf und entdeckte ein metallisches Blitzen. Ein Messer! Es raste auf ihn zu. Es war zu spät, um auszuweichen. Der zweite Stich traf seine Hand, die er schützend auf den Arm gepresst hatte. Es brannte wie Feuer. Er schluckte mühsam und starrte in die Luft. Er hatte heftige Schmerzen. Auf und unter seinen Fingern wurde es nass.

Blut?

Warum schrie er nicht? Brüllte lauthals. Wenigstens jetzt. Denn leise und elegant war vergebens. Stattdessen brachte er nur ein lufthungriges Gurgeln hervor. Er musste sich weiter konzentrieren. Egal wie. Es waren doch nur ein paar Meter bis zum Eingang. Und dann würden ihm seine Jungs schon helfen …!

Konnte er es schaffen?

Er atmete immer schwerer. Es war gerade mal Blue-Hour-Zeit und nicht Mitternacht. Und er war kein Politiker. Aber irgendein Verrückter hatte auf ihn eingestochen. Einfach so. Mit letzter Kraft schleppte er sich zur Pforte. Schritt für Schritt über die mehr oder minder rechtwinklig behauenen, grauen Granitpflastersteine. Es bewegte sich in Wellen. Die großflächigen, unregelmäßigen Raseninseln, die den gesamten Platz mal schmaler, mal breiter einsäumten, flossen auf ihn zu. Sie machten ihn schwindelig. Er würde sich nicht mehr lange halten können. Einen Augenblick noch. Seine Herzschläge bäumten sich zu einem Orkan auf. Fast hatte er es geschafft. Er biss die Zähne zusammen und zog die Tür auf. Die entsetzten Augen seiner Kabinettskollegen starrten ihn an. Alles drehte sich. Er sackte zusammen und sah noch ihre verschwommenen Gesichter. Fragen über Fragen prasselten auf ihn herab. Wie piekende Hagelkörner. Warum dieses hektische Gerufe? Blaues Licht blinkte rhythmisch. An – aus, an – aus. Schwarz. Stille.

Frings wachte im Krankenhaus wieder auf. Seine Frau Agi kniete an seinem Bett, und er blickte in ihre verzweifelten hellblauen Augen, die mit Tränen gefüllt waren. Die Ränder darunter hätte sie nicht wegschminkn können. Uniformierte Polizisten standen hinter seiner Frau.

»Hey, hallo, Schatz! Da bist du ja wieder unter den Lebenden! Ich hab die ganze Zeit auf dich aufgepasst.« Zweimal küsste Agi Frings seine verbundene Hand. Er fand, dass sie, ebenso wie der Arm, vielleicht eine Spur zu fest gewickelt war. Aber er war ja kein Arzt. Er war Ehemann, Vater, Unternehmer und leidenschaftlicher kölscher Karnevalist – und Opfer eines Anschlags.

Agi Frings lächelte zaghaft. »Der Doktor meint, die Wunden sind halb so schlimm. Sie haben dich gut versorgt. Du brauchst nur zwei Tage im Krankenhaus zu bleiben. Zur Beobachtung«, sagte sie mit gebrochener Stimme. Anscheinend wollte sie ihn mit dieser Information beruhigen. Was ihr nicht gelang. Denn so eine medizinische Zwangsmaßnahme würde alle Vorbereitungen und die geplanten Presseauftritte anlässlich der Einweihungsfeier am kommenden Samstag blockieren. Eine totale Katastrophe!

»Nur noch zehn Minuten. Dann ist Schluss! Wir haben nach Mitternacht!«, herrschte eine Schwester sie an.

Agi Frings legte den Kopf auf die Bettdecke. »Bitte, lass uns niemals allein, Jean! Du musst besser auf dich aufpassen. Ich und die Kinder brauchen dich.«

Er strich ihr über die Haare. Die starken Schmerzmittel zeigten ihre Wirkung. »Schhhh … ruhig, Süße.«

Agi Frings weinte. Sie weinte und weinte und weinte.

»Schhhh … versprochen, Agi. So lange es in meiner Macht liegt, werdet ihr mich nicht los.«

»Be… be…« Agi Frings rang nach Luft. »Bestimmt?« Sie hob den Blick und schaute ihn an. »Ich soll dir auch einen dicken Kuss von unseren Mäusen geben. Ich hätte sie gerne mitgebracht, aber morgen ist Schule.«

»Ist meine Mutter bei den Kindern?«

»Nein, Jean.«

»Dann solltest du sie nicht länger allein lassen, Agi. Ich werde hier wirklich gut betüddelt und bin total müde.« Obwohl er ihr das Unbehagen an der Nasenspitze ansah, hoffte er, dass er sie überzeugen konnte. »Ich komm zurecht, ganz sicher, Schatz«, sagte er und versuchte seinen Blick mit ihrem zu verbinden, um ihre Sorgenfalten noch etwas mehr zu glätten.

»Jean, möchtest du jetzt, dass ich …«

Frings zwinkerte, um ihr zu signalisieren, dass sie nicht weiterzureden brauchte.

»Alles klar, du wunderbarer Ehemann. Schlaf schön. Aber wenn was ist, meldest du dich.« Sie gab ihm einen Kuss. »Bis morgen.«

»Bis morgen, Agi.«

Die Polizisten traten einen Schritt vor und rückten an Frings' Bett heran. Eindringlich musterten sie ihn und begannen, ihn mit Fragen zu bombardieren. Konnten die keine Rücksicht auf seine Privatsphäre nehmen? Warum nervten die beiden bloß so? Was hatte er gesehen? Wen hatte er gesehen? Wer hatte ihn gesehen? Wer hatte ihn gefunden? Ihm brummte der Schädel.

»Detailliertere Informationen würden uns wirklich helfen, Herr Frings.«

»Ich weiß nicht, warum ich überfallen wurde«, antwortete er. Aber dass er sich momentan in einem für ihn ungewöhnlichen Zustand befand, das wusste er. Dass sich seine komfortable, innere Harmonie verabschiedet hatte. Dass er gerade allein dastand – oder besser dalag. Und dass er Sport in nächster Zeit auch knicken konnte.

»Können Sie sich vorstellen, dass es eine gezielte, geplante Tat gewesen ist? Vielleicht aus Rache? Oder … Eifersucht?«, fragte einer der Polizisten.

»Worauf spielen Sie an? Ich bin spazieren gegangen und hatte halt ausnahmsweise mal Pech.«

Frings kniff die Augen zusammen. Er musste nachdenken. Wenn der Täter seine Gewohnheiten kannte, hatte er gewusst, dass er zu spät zur Kabinettssitzung kommen würde. Vor allem musste er Wind davon bekommen haben, dass diese überhaupt stattfand. Es handelte sich schließlich um einen Termin, der immer nur intern vereinbart wurde. Den also niemand außerhalb der Gesellschaft wissen konnte. Denn er wurde weder auf der Website der KöKös gelistet noch von irgendwem offiziell über Facebook oder Twitter gepostet oder gar über WhatsApp oder in einer formellen Rundmail an alle Mitglieder – das waren hunderte – verschickt. Es konnte demnach kein Fremder gewesen sein. Oder etwa doch? Dann musste dieser Messerstecher ja einen Komplizen in den Reihen der KöKös haben oder selbst zu den KöKös gehören. Nein, den Gedanken wollte er gar nicht weiterdenken. Einer seiner Vertrauten – ein Informant? Aber wer, um Himmels Willen? Wer wollte ihm ans Leder? Es konnte einfach niemand gewesen sein, der sich nur rein zufällig im Innenhof der Riehler Redoute aufgehalten hatte und dann aus einer Laune heraus mit solcher Wucht auf ihn eingestochen hatte. Nein! Jemand hatte bewusst versucht, ihn aus dem Weg zu räumen. Es konnte auch keine Verwechslung gewesen sein – so unbekannt war er in Köln nicht. Das war ein ganz gezielter Mordanschlag gewesen. Und der hatte ihm gegolten. Er begann zu schlottern und blickte die Polizisten wieder an: »Glauben Sie, dass normale Menschen zum Mörder werden können?«

»Das wäre nicht das erste Mal.«

»Den Artgenossen töten? Einfach so?«

»Aus biologischer Sicht ein normaler Akt, Herr Frings. Beute machen, Angst, Notwehr. Ein Killer muss keineswegs eine besondere Vorliebe für Gewalt haben. Er kann sie auch nur als reine Absicherung ansehen.«

»Auch um Macht zu etablieren?«

»Denkbar. Das Problem liegt meistens im Täter. Nicht außerhalb.«

»Dann kann er in meinem Fall kein Freund sein. Ich fühle mich wie gerädert. Könnten wir die Unterhaltung vertagen?«

»Hm … tja … vertagen. Hm … auch, wenn … ach, egal … na gut, wir lassen Sie jetzt erstmal in Ruhe. In ein paar Stunden wird sich Kriminalhauptkommissar Brandt sowieso bei Ihnen melden. Er hat geplant, Sie hier zu besuchen. Einverstanden?«

Nein, war er nicht. Aber überrascht, dass die Beamten auf einmal so bereitwillig seiner Bitte gefolgt waren. Er hatte auch dieses Rumgedrucke nicht verstanden! Außerdem schauten sie ihn jetzt so mitleidig an, dass ihm klar wurde: Da stimmte was nicht. Er konnte das Knistern im Gebälk förmlich hören. Wie groß war die Patsche, in der er steckte, tatsächlich? Er musste dieses Gefühl der Ohnmacht loswerden. Abhängigkeiten waren ihm ein Gräuel. Ganz besonders von irgendwelchen Beamten und Behörden. Wenn er das Heft fest in der Hand hielt, gelang ihm fast alles. Warum nicht auch die Ermittlung des Täters? Er kannte seine Welt viel besser. Er kannte sein Netzwerk viel besser. Er kannte sich selbst viel besser. Er war viel besser – im Strippenziehen. Nur, wem konnte er tatsächlich noch vertrauen? Bisher hatte er immer auf seine gute Menschenkenntnis gesetzt.

Als die Polizisten die Tür hinter sich geschlossen hatten, *spillte der Düüvel Kirmes*. Er konnte keinen klaren Gedanken fassen. Aber morgen. Morgen war ein neuer Tag. Dann würde er einen Plan aufstellen. Schnell. Denn er wollte nicht bis nach der Feier am Samstag warten, wenn er wieder Zeit hatte. Dann könnte es bereits zu spät sein. Er würde alle Personen um sich herum testen. Auf Herz und Nieren. Eine detektivische Arbeit. Das konnte er als Wirtschaftsconsultant. Analytisches Denken war sein Ding. Er würde jedem, der für ihn als Täter infrage kam oder sich seltsam verhielt, ein Motiv zuordnen.

Am liebsten zusammen mit Ferdinand Krämer. Das war ein super Typ – hellwach, immer loyal, den Schalk im Nacken, ebenso erfolgreich wie er und sein allerbester Freund. Der Sandkasten am Fort X war der Anfang ihrer Verbindung gewesen. Hier hatten sie Toleranz gelernt und ein ausgeprägtes Gefühl für Fairness und Freundschaft entwickelt. Schon ihre Väter konnten auf eine gemeinsame Kindheit zurückblicken und stammten aus derselben Kölner Crème de la Crème. Auch sie hatten eine enge Verbindung gepflegt. Was er an Ferdinand jedoch nicht verstand: Warum präsentierte er seinen Ruhm nicht stärker nach außen? Immerhin war er Inhaber der Rheinischen Überlandwerk GmbH und damit eines der innovativsten Energieversorger der Region. Seine RÜW im Niehler Hafen belieferte über 85.000 Privat- und Gewerbekunden mit Strom – und das schon seit bald einhundert Jahren. Aber um den ersten Platz in der ersten Reihe hatte er sich noch nie geschert. Ferdinand agierte immer vom zweiten aus. Klassenbester, ja – Schulsprecher, nein. Das wurde dann Frings. Und trotzdem hatte Ferdinand immer alles bekommen, was er gewollt hatte. Frings lächelte. Wahrscheinlich, weil er bis heute so beliebt war. Auch als Premier der KöKös. Es war aber auch großartig, wie viele Stunden, Tage und Euros er der Gesellschaft unermüdlich schenkte. Mist, dass Ferdinand sich bei ihm ausgerechnet für *diese* Kabinettssitzung entschuldigt hatte, weil er einem Geschäftsfreund schon seit Langem eine Nacht auf dem Ansitz seiner Jagd im Münsterland versprochen hatte.

Bestimmt wusste Ferdinand noch gar nichts von dem Mordanschlag. Aber er brauchte unbedingt seine Hilfe. Denn Ferdinand wusste immer Rat – besonders wenn es drauf ankam. Und das tat es jetzt. Sein Freund hatte ein auffallend gutes und ausgeprägtes Gespür für die Einschätzung von verzwickten Situationen. Wie er wohl seine missliche Lage bewerten würde? Was, wenn Ferdinand – genau wie er – auch die eigentlich absurde Vermutung hegen würde, dass er eventuell, zumindest ansatzweise, einer Verschwörung ausgesetzt war? Dass er es vielleicht nicht nur mit einem Täter, sondern mit zweien oder gleich einer ganzen Gruppe zu tun hatte? Vielleicht wegen irgendeiner läppischen Sache aus vergangenen Zeiten, die er für sich längst gelöscht hatte? An die er sich nicht mehr erinnern konnte. Der Täter dafür umso besser. Würde er versuchen, den Fehlversuch zu korrigieren?

Frings wollte sich in diese lebensbedrohliche, an sich abwegige Idee nicht hineinsteigern, kam aber auch nicht von ihr los. Sie hatte sich in ihm festgesetzt. Hartnäckig wie Klebstoff. Er hoffte, dass das wieder aufhören würde und kniff erneut die Augen zusammen.

Montag auf dem Nachtansitz

Krämer zog den Kragen höher. Die grimmige Kälte konnte ihn nicht daran hindern, auf die Kanzel zu gehen. Dafür hatte er eine Lösung – beim Ansitz im Winter half die Zwiebeltaktik. Immer! Funktionsunterwäsche, isolierende Unterwäsche, ein Fleecehemd, und als vierte Schicht die flauschige, großzügig geschnittene Jacke für optimale Bewegungsfreiheit. Gemeinsam saß er mit seinem Geschäftsfreund auf dem Hochstand. Stumm, beobachtend, aber entspannt. Der Schnee glitzerte im Vollmond. Ideal, um auch im Dunkeln ein Reh oder Schwarzwild ins Visier zu nehmen. Er genoss diese Stunden der Abgeschiedenheit. Hier konnte er in sich gehen, tüfteln und war völlig eins mit der Natur. Selbst, wenn er in Begleitung wie heute war. Das störte ihn nicht im Geringsten. Das konnte er absolut ausblenden. Was blieb ihm auch anderes übrig? Denn auch, wenn er im Grunde überhaupt nicht in Stimmung war, Justus Jever zu sehen, hatte er es ihm doch schon lange versprochen. Justus hatte vor einem halben Jahr seinen Jagdschein gemacht. War also Jungjäger, der nach vielen theoretischen Belehrungen und Revierbesichtigungen heute mit ihm zusammen auf der Lauer lag. Zur bestandenen Prüfung hatte Justus von ihm ein handgefertigtes Jagdmesser aus Damaszenerstahl geschenkt bekommen. Sehr exklusiv. Besonders der rotbraune Griff aus Eschenholz. Er hatte ihn extra mit den Initialen *JJ* laserprägen lassen und Justus dieses Einzelstück während eines seiner Besuche bei der RÜW feierlich überreicht. Gewiss hatte er es dabei. Krämer unterdrückte ein Gähnen. Justus hatte in den letzten Tagen, trotz einiger Dissonanzen zwischen ihnen, verstärkt auf das heutige Treffen gedrängt und beharrlich daran festgehalten. So etwas konnte er eigentlich gar nicht leiden. Auf Druck reagierte er immer mit Gegendruck oder Sturheit. Aber diesmal hatte er eine Ausnahme gemacht. Ob Justus sich dessen bewusst war? Oder warum hatte er ihn so betont freundlich, fast herzlich begrüßt?

Bestimmt wollte er wieder auf Schönwetter zurückschalten. Vielleicht führte er aber auch erneut etwas im Schilde? Auf jeden Fall war es immer hilfreich, genau im Bilde zu sein. Und schaden tat das Treffen sicherlich nicht.

Krämer lehnte sich zurück. Mit der einen Hand hielt er sein Gewehr, die andere kramte unmerklich in der Hosentasche. Hatte er nicht vom letzten Ansitz noch ein paar lose Himbeerdrops gehabt? Seine Fingerkuppen tasteten die Stoffnaht ab. Manchmal klebten die Biester daran fest. Ja, da war noch eins. Er zog die Hand langsam raus und schob sich das Fruchtbonbon klammheimlich in den Mund. Dabei hatte er sich wieder nach vorne gebeugt, soweit der Bauch dies zuließ, und sich sicherheitshalber auf seinem Gewehr abgestützt. Warum hatte Justus überhaupt einen Jagdschein gemacht? Wenn er ihn so hatte reden hören, ging es Justus ums Rumballern und viele Trophäen. Im Gegensatz zu ihm. Da war er völlig anders. Für ihn zählte ausschließlich der respektvolle, nachhaltige Umgang mit dem Wald und dem Wild. Nicht gegen das Ökosystem, sondern im Einklang mit ihm zu sein, war schon immer seine Devise gewesen. Die von Justus offenbar nicht.

Krämer schielte von der Seite zu ihm hinüber. Hatte Justus einen neuen grauen Filzhut? Männer verbargen gerne ihr schütteres Haar darunter. Aber Justus trug immer noch seinen mittelbraunen Zopf und wollte sich bestimmt nur wichtigtun. Auch mit dem orangefarbenen Signalband daran. Als Großgrundbesitzer. Wo er doch jetzt auf einem prächtigen alten Gutshof vor den Toren Münsters wohnte. Vor einem Jahr hatte er ihn im Rahmen eines Notverkaufs ersteigert. Ein echter Schnapper. Ein Träumchen für Justus und ein Albtraum für die Vorbesitzer. Der Hof war seit fünf Generationen in Familienbesitz gewesen und jetzt hatte ausgerechnet so ein dahergelaufener Schnösel aus der Sylter Schicki-Micki-Szene den Zuschlag bekommen. Einer, der den historischen Wert des Hofes nicht wirklich zu würdigen wusste. Justus war halt kein feingeistiger Architekt. Er war Bauunternehmer. Nichts dagegen. Gemeinsam hatten sie einige Hallenprojekte der RÜW erfolgreich durchgezogen. Denn Neubauten waren seine Kragenweite. Lidl, Aldi, Rewe … alle hatten mal zu seinen Kunden gezählt. Gab es ein neues Einkaufscenter auf einer grünen Wiese, dann war er daran beteiligt gewesen. Viele Kölner waren verblüfft, warum Justus als Nichtkölner einen derartigen Einfluss bei den Stadtvätern hatte. Wie das wohl zustandekommen konnte? Krämer lehnte sich wieder zurück. Ganz klar, durch ihn. *Er* war sein Mentor in Sachen Bauerwartungsländereien. Krämer griff zum Rucksack, holte eine flache Tupperdose mit Lakritz und Schokostücken heraus, klappte geräuschlos den Deckel hoch und stellte sie vorsichtig auf die Sitzbank. Selbstverständlich so, dass auch Justus sich bedienen konnte.

Jever neigte seinen Kopf zu ihm, ohne den Blick von der Lichtung zu nehmen, und flüsterte: »Ferdinand!«

»Hm?«

»Ich werde mich aus Köln zurückziehen.«

»Ach …!«

»Ja! Ich wollte, dass du es von *mir* erfährst.«

»Psst! Nicht so laut, Justus!«

»Ja, schon gut. Aber im Ernst: Was sagst du dazu?«

»Nix.«

»Nichts? Du fragst nicht, warum?«

»Warum?«

»Ich werde jetzt Privatier.«

»Privatier?«

»Ja.«

»Was für'n Luxus!«

»Wirklich, ich brauche eine Auszeit. Hat mir mein Hausarzt dringend ans Herz gelegt, wegen meiner emotionalen Erschöpfung. Burn-out heißt das.«

»Aha!«

»Stell dir vor, was mich für Symptome plagen: Ich will keine Nähe mehr zu Menschen, mit denen ich mich streite. Ich bin wie ein Pulverfass, das jeden Tag explodieren könnte.«

»Das ist gefährlich.«

»Aber nicht für echte Freunde.«

»Also für mich schon?«, fragte Krämer und grinste.

»Nein!«

»Dann bin ich ja beruhigt.«

»Hinzu kommt, dass mein Internist eine schwere Erkrankung bei mir festgestellt hat.«

»Nä!«

»Doch! Aber behalte es bitte für dich: Ich hab Borreliose.«

Krämer rutschte ein Stück von ihm ab.

»Mensch, Ferdinand, ich bin doch kein Monster!«

»Ist das nicht ansteckend?«

»Schon, aber nicht durch mich! Die Ansteckung erfolgt über Zecken. Trotzdem ist die Krankheit tückisch: Ich muss mich bei einer Jagd in Polen infiziert haben. Danach war ich immer müde, bekam leichtes Fieber, Kopfschmerzen, Herzklopfen – wie eine Sommergrippe. Dann kamen Rückenschmerzen wie bei einem Bandscheibenvorfall. Irgendwann bin ich beschwerdefrei gewesen. Bis jetzt. Bei meiner letzten prophylaktischen Blutuntersuchung sind leider Antikörper entdeckt worden. Eine Spontanheilung gibt es nicht, auch eine überstandene Borreliose macht nicht immun.«

Jetzt verstand Krämer auch Justus' dringenden Wunsch, sich heute zu treffen.

»Tja, Ferdinand … du kannst dir vorstellen, wie dankbar ich den KöKös heute bin, dass ich den Sanierungsauftrag der Riehler Redoute nicht erhalten hab«, sagte Jever. »Meine Gesundheit ist mir wichtiger.«

Krämer glaubte ihm nicht und fragte: »Und was wird aus deinen Spenden an unsere KöKös?«

»Eine Hand wäscht die andere, lieber Ferdinand.«

»Aber zu viel waschen ist auch ungesund.«

»Aber irgendwie brauche ich für meine vielen Spenden auch wieder ein Re-Invest. Das fehlt mir zurzeit.«

Krämer hob die Hand und unterbrach das Gespräch. Sein Smartphone vibrierte. Er zog es aus der Tasche. Er war eigentlich immer froh, wenn ihn das Handy wenigstens im Busch mal in Frieden ließ. Da reagierte er höchstens auf eine SMS, wenn er eine wichtige Information erwartete. Trotzdem vermittelte ihm sein Bauchgefühl, dass es sinnvoll wäre, einen Blick auf die eingehenden Meldungen zu werfen. Denn wer wollte mitten in der Nacht etwas von ihm? Sofort schoss ihm der Gedanke an seine Familie durch den Kopf. Hoffentlich war mit ihr alles in Ordnung? Vielleicht hatte sich ja auch sein Beagle-Rüde Lord irgendetwas eingefangen und musste mal wieder zum tiermedizinischen Notdienst? Drei- bis viermal hatte sein Handy gezuckt. Ausgerechnet in dem Moment, als er und Justus Geräusche wahrgenommen hatten und ihnen höchste Konzentration abverlangt wurde. Bestimmt war es ein Kabinettskollege der KöKös. Nein! Es war Jean Baptist Frings! Was war denn so dringend? Er hatte ihm doch gesagt, warum er heute Abend nicht an der Sitzung teilnehmen konnte.

»Deine Frau?«

»Nee.«

»Alles gut?«

»Mal sehen.«

»Du bist total blass!«, sagte Jever und beleuchtete Krämers pausbackiges Gesicht mit einer Taschenlampe.

»Lass das! Bist du bekloppt?«, fragte Krämer empört und scrollte bis zum Ende von Frings Nachricht. Und wieder an den Anfang. Und noch einmal ans Ende. Und wieder nach oben. Auf seinen Freund war eingestochen worden, und gerade jetzt war er nicht in Köln! Ausgerechnet heute. Er schob die SMS hin und her, her und hin. Immer wieder, immer schneller. Jever äugte neugierig zum Handydisplay und lehnte sich sogar so weit hinüber, dass Krämer selbst nichts mehr lesen konnte. Er schubste Jever schroff zurück. Wer machte so eine Schweinerei? Dann begann er plötzlich, wie Espenlaub zu zittern. Einen Moment lang spreizte er die rechten Finger, ballte dann die Hand zur Faust, schüttelte sie anschließend kräftig aus und simste an Frings zurück: »Breche die Jagd ab und komme, so schnell es geht, zu dir ins Krankenhaus. Kriegste Polizeischutz? Bis gleich und liebe Grüße, Ferdinand.« Schnell korrigierte er noch *liebe Grüße* in *leeve Jröß* und fügte hinzu: »PS: Das hat der nicht umsonst gemacht …« Das konnte nur ein kompletter Idiot gewesen sein. Ein Freak oder ein Junkie. Er nahm noch eine Handvoll Lakritz und ein Stückchen Schokolade. Beides brachte ihn in seiner Überlegung kein bisschen weiter.

Krämer tippte mit den Fingern am Multifunktionslenkrad seines Porsche Cayenne herum und folgte dabei dem Takt der aufmunternden Swing-Musik. Er nahm die Autobahnabfahrt Köln-Nord, Ausfahrt Longerich. Er wollte sich noch kurz frischmachen und aus den Jagdklamotten heraus, bevor er ins Krankenhaus zu seinem Freund fuhr. Es dämmerte und die aufgehende Sonne ließ einen klaren Wintertag mit gleißendem Licht erwarten. Er steuerte den Boliden Richtung Niehler Ei, als sein Handy wieder eine Nachricht meldete.

Ein entgangener Anruf? Wieder eine SMS. Vielleicht war es Jean, der nicht schlafen konnte. Oder war etwa wieder etwas passiert? Nein! Doch nicht im Krankenhaus. Er verdrängte sein dunkles Kopfkino und hielt auf der Militärringstraße in einer kleinen Bucht am rechten Fahrbahnrand an. Er wollte nur sichergehen, dass er sich keine Sorgen machen musste und ruhigen Gewissens kurz nach Hause fahren konnte.

Unterdrückte Nummer. Anonym. Krämer zuckte zusammen. *Wieß un rut un do bes dud!* Und dahinter war nicht etwa ein Smiley, sondern ein grinsender Totenschädel eingefügt. Übelkeit dehnte sich bis zur Kehle aus. Hatte der Anschlag gar nicht Jean gegolten, sondern ihm? Dem Premier der KöKös?

»Bleib ganz ruhig!«, sagte er sich.

Krämer lenkte den Wagen auf die Fahrbahn zurück und setzte den Weg vorschriftsmäßig mit Siebzig fort. Irgendwer kam zügig näher, fuhr ganz nah auf, drängelte, betätigte die Lichthupe und setzte schließlich, ohne Rücksicht auf einen aus Richtung des Niehler Ei heranbrausenden Lkw, zum Überholen an. »Tesla«, murmelte Krämer, der das Premium-Elektroauto aus dem Augenwinkel erkannt hatte. Es scherte ganz knapp vor ihm ein. Sein Adrenalinspiegel schäumte förmlich über. Er bremste scharf ab. »Was für ein Dreckskerl!«, schnaubte er. Der Lkw donnerte vorbei und betätigte dabei seine Hupe, die den Klang eines Kreuzfahrtschiffshorns hatte. RÜW stand vorne auf der Haube und *Die Zukunft ist die Zukunft*, seitlich auf einem riesigen Gletschermotiv. Seine Idee. Seine Lkw-Flotte. Und, was für eine famose Zeitplanung – sein Radiospot! Wie gebucht, so gesendet. Zu jeder halben Stunde. Drei Wochen lang. Er stellte lauter.

»… RÜW. Ihr Ökostrom am Strom.«

Das kam gut! Krämer parkte vor seinem Haus und ließ den Motor weiterlaufen.

»… im Norden viele Wolken und zeitweise Schneeregen, im Westen Sonne, im Süden und Osten aufgelockert. Die weiteren Aussichten: winterlich kalt … zurzeit keine Staumeldungen … weiterhin gute Fahrt.«

»Hatte ich, danke!«, murmelte er.

»Und hier noch eine Sondermeldung der Kriminalpolizei Köln …«

Krämer drehte lauter.

»Vergangene Nacht wurde im Botanischen Garten die Leiche einer jungen Frau gefunden. Die 32-jährige Viola B. aus Köln ist offenbar gewaltsam zu Tode gekommen. Polizisten haben sie bei der weiträumigen Absperrung und Durchsuchung des Gebietes gefunden, nachdem an der Riehler Redoute ein Anschlag auf den prominenten Kölner Unternehmer Frings verübt worden war. Wie die Frau zu Tode gekommen ist, was genau sich in der Gartenanlage abgespielt hat, dazu machte die Staatsanwaltschaft noch keine Angaben. Im Studio jetzt zugeschaltet ist Raphael Brandt, Kriminalhauptkommissar. Guten Morgen, Herr Brandt!«

»Guten Morgen.«

Krämer lehnte den Kopf an die Stütze zurück und suchte mit einer Hand Halt an der Mittelkonsole.

»Herr Brandt, sehen Sie einen möglichen Zusammenhang zwischen dem Anschlag auf Frings gestern Abend und dem Mord an der jungen Frau? Oder könnten beide Zufallsopfer gewesen sein?«

»Das ist bis jetzt noch alles nicht klar.«

»Gibt es schon Tatverdächtige?«

»Es hat vor Kurzem bereits einen ähnlichen Fall gegeben. Wir gehen zurzeit davon aus, dass die Ermordete möglicherweise ein weiteres Opfer eines Parkmörders ist, der in Köln sein Unwesen treibt.«

»Also ein Serienkiller? Auch bei dem Anschlag auf Frings? Und warum?«

»Warum Herr Frings und die Tote überhaupt ins Visier des oder der Täter gerieten, können wir momentan aus ermittlungstaktischen Gründen nicht sagen. Eine Soko ist jetzt eingerichtet. Und wir bitten die Kölner Bürger um Mithilfe und sachdienliche Hinweise. Die nimmt jede Polizeidienststelle entgegen.«

»Vielen Dank.«

Krämer wippte mit den Fersen. Er hatte kalte Füße bekommen. Er schaute nach draußen. Keine Sicht. Gebläse aus. Alle Scheiben beschlagen. Er öffnete die Tür, stieß sie ungehalten auf, griff mit einer Hand ans Lenkrad, mit der anderen an die Karosserie, drehte sich irgendwie auf dem unnachgiebig fest gepolsterten Sitz, stellte beide Füße auf den Boden und stemmte sich schwerfällig aus dem Wagen.

Eben war er nur müde gewesen. Jetzt war er todmüde. Der Ischias tat ihm weh. Man wurde halt nicht jünger. Aber man lebte noch. Auch ohne gesundes Essen. Das war ihm lästig. Immer darauf aufzupassen, was man durfte und was nicht. Leicht nach vorne gebeugt, nahm er vorsichtig seine Jagdklamotten aus dem Kofferraum und schlurfte zum Hauseingang. Die zusammengerollte Tageszeitung und die frischen Bäckerbrötchen lagen schon neben der Fußmatte. Er bückte sich.

»O nää, mein Rücken!« Beherzt griff er nach Tüte und Zeitung und richtete sich vorsichtig wieder auf. Zu beidem würde er sich gleich einen heißen Kaffee aus der neuen Espressomaschine brühen. Danach gierte er schon die ganze Heimfahrt. Das würde den Serotoninspiegel nach oben bringen und die Stimmung wenigstens etwas heben. Von einem Wohlgefühl war er momentan Lichtjahre entfernt.

Dienstag in der erwachten City

Der Duft von frisch gebrühtem Kaffee lag in der Luft. Gedämpftes Stimmengemurmel, wie eine wohltuende kleine, leise Sinfonie, drang sanft aus dem angrenzenden Café. Für einen frühen Dienstagmorgen war es gut besucht, und von der Verkaufstheke im Eingangsbereich stand eine Schlange bis zur Tür.

»Zu dumm, die Letzte zu sein«, nuschelte Agi Frings. Sie wollte für den Abend frisches Dinkelbrot kaufen. Warum dauerte das nur so lang? Sie stellte sich auf die Zehenspitzen und reckte den schlanken Hals aus dem locker umgelegten, grobgestrickten beigefarbenen Schal.

»Bitte schön, wer ist der Nächste?«, fragte eine zuckersüße Stimme aus einem pink geschminkten Mund in einem kugelrunden Gesicht mit ebenso runden rosa Wangen. Rund waren auch die blonden Löckchen, die dieses Gesicht umrahmten. Getoppt wurde das Ganze lediglich von einem weißen Diadem aus Brüsseler Spitze, das wie ein Krönchen auf dem Kopf thronte und bei jedem zustimmenden Nicken freundlich mitwippte. »Wie viele Brötchen sollen es denn sein?«, fragte der Pinkmund. »Das ist alles? Zwei heiße Schokoladen, mit Sahne zum Mitnehmen – sehr gerne! Macht zusammen …«

Das Café Riese war Agi Frings' Lieblingscafé – aber auch das von vielen anderen. Seit Generationen trafen sich hier Alt und Jung, Frau und Mann, Schmitz, Meier, Müller und selbstverständlich die ganze Hautevolee. Oder *Haute Volaute*, wie der Kölner die bessere Gesellschaft der Stadt nannte. Agi Frings knabberte mit den Schneidezähnen an der Unterlippe, streckte das Kinn, machte einen kurzen Hüpfer und verdrehte die Augen. So viel Zeit hatte sie heute nicht und schon gar keine Geduld. Die befand sich im Mikrobereich. Sie entschloss sich, den Einkauf zu vertagen, und ging an der Schlange vorbei.

»Hey, Sie!«, raunzte eine alte Männerstimme sie an. »Immer schön der Reihe nach! Oder haben dir das deine Eltern nicht beigebracht, Kindchen?«

Agi Frings tat so, als fühlte sie sich nicht angesprochen. Krawall war ein schlechter Ratgeber. Außerdem war es der Fringsdynastie wichtig, dass alle Familienmitglieder von der Öffentlichkeit als verbindlich und höflich wahrgenommen wurden.

»Guten Morgen, Frau Frings!«, grüßte das runde Gesicht mit dem Spitzenkrönchen freundlich. »Sie werden schon erwartet. Frau Schmitz und Frau Krämer haben bereits wie immer an Tisch eins Platz genommen. Darf ich Ihnen vielleicht ein Gläschen Rosé Champagner bringen? Geht heute aufs Haus«, flüsterte das knallfarbene Schnütchen. »Wir haben eine neue Hausmarke, die Sie unbedingt probieren sollten. Passt hervorragend zu einer so reizenden Damenrunde, die bei uns ein kleines Frühstück genießen möchte.«

Nein, sagte sich Agi Frings. Gestern hätte sie es gewollt, heute nicht! Konnte die zuvorkommende Bedienung aber auch nicht wissen. Sie hatte bestimmt noch keine Tageszeitung gelesen, sonst wüsste sie, dass ihr ganz und gar nicht zum Feiern zumute war. Eher zum Heulen. Ihr war unwohl. Sie hatte nicht geschlafen. Alle Gedanken waren bei ihrem Jean im Krankenhaus. Da wollte sie gleich auch wieder hin. Aber vorher musste sie sich ablenken. Die Verabredung mit den beiden Mädels stand schon lange fest und sie wollte dieses Treffen trotz des gestrigen Attentats nicht absagen. Sie musste reden. Sie konnte aus ihrem Herzen doch keine Mördergrube machen. Mörder! Schon das bloße Wort flößte ihr Angst ein. Deshalb waren auch Krimis überhaupt nichts für sie. Egal, ob als Buch, im Fernsehen oder im Kino. Insbesondere da nicht! Denn auf diesen großen Multidingsda-Leinwänden waren gruselige Szenen besonders gruselig. Für sie war das Leben schon spannend und aufregend genug. Und jetzt sowieso.

Johanna Krämer und Marie Schmitz winkten ihr zu. Agi Frings lächelte zurück. Sie mochte die zwei. Jede auf ihre Weise, denn sie waren völlig unterschiedlich. Johanna Krämer war wie eine Mutter. Manchmal auch zu ihrem Ferdinand. Und Marie Schmitz? Sehr temperamentvoll. Oder wie Bruno Schmitz, ihr Göttergatte und Resident der KöKös, sagen würde: positiv bekloppt. Vor allem waren es Frauen, die ihre *Kääls* gerne unterstützten, auch mit Alleingängen. Agi Frings lief zügig zu ihnen an den Tisch. Johanna Krämer und Marie Schmitz sprangen auf, nahmen sie in die Arme und drückten sie herzlich zur Begrüßung.

»Was bin ich froh, dass wir uns sehen«, raunte Agi Frings den beiden zu und ließ sich mit einem tiefen Seufzer in den bequemen Clubsessel fallen.

»Und wir erst, Agi. Komm Liebes, zieh den Mantel und den Schal aus, hier ist gut geheizt«, sagte Johanna Krämer, vermutlich, um sie aufzumuntern. Aber sie fröstelte vielmehr. Der Kreislauf war im Keller und bestimmt war sie leichenblass. Der *Express*, das Kölner Boulevardblatt, lag auf dem Tisch. Sie konnte die riesengroße Schlagzeile auf der Titelseite nicht übersehen. *Messerattacke auf J. B. Frings und Mord an seiner Assistentin. Köln hält den Atem an!* Dazu Bilder vom Tatort, der Flora und der Redoute. Eine wilde Collage. Die Journalisten des *Express* hatten ganze Arbeit geleistet. Fehlte nur noch ein Schnappschuss ihrer Villa, am besten mit Straße und Hausnummer. Dann würde es der Täter besonders einfach haben, falls er das Misslingen seines Mordes an ihrer besseren Hälfte noch korrigieren wollte.

Marie Schmitz unterbrach ihre trüben Gedanken: »Was macht dein Jean denn für Sachen? Man hat auf ihn eingestochen, hab ich gehört?«

Agi Frings zog eine Grimasse. »Ach! Kannst du doch gar nicht gehört haben? Messerstiche sind doch ohne Knall.«

»Ein Knaller ist, was der *Express* auf Seite fünf schreibt: Unzählige Menschen sollen heute Morgen am geschlossenen Eingang zum Botanischen Garten zusammengekommen sein. Für alle Mordopfer in Köln. Aus Angst und Trauer. Du musst dir mal das Blumenmeer dort anschauen.«

Agi Frings schwieg.

»Oder hier!« Marie Schmitz warf ihr mit einer kurzen Handbewegung die Zeitung hinüber und tippte mit spitzem Zeigefinger auf ein Foto. »Kennst du die, die das *Gute Besserung, Jean*-Schild hochhält? Eine verdammt hübsche Anhängerin.«

Agi Frings zuckte die Schultern und senkte den Blick auf ihren Ehering.

»Asche über dein Haupt, Marie!«, mischte sich Johanna Krämer ein. »Ob hübsch oder nicht hübsch, ist völlig unerheblich! Die Menschenkette ist ein Zeichen, dass wir alle beieinanderstehen!«

»Tu ich ja auch«, antwortete Marie Schmitz und löcherte sogleich weiter: »Hast du denn schon eine Ahnung, Agi, wer es war? Die Polizei fahndet nach einem Parkmörder. Es kann ja eigentlich und uneigentlich nur *der* gewesen sein. Ist doch logisch.«

»Ach, Marie, wie schlau du bist.« Agi Frings war genervt. »Ich frage mich weniger, wer es gewesen ist, sondern warum es geschehen ist. Ob Jean es vielleicht sogar verdient hat.«

»Wie nett! Warum bist du denn so sauer?«

»Bin ich doch gar nicht!«

»Doch, Agi, bist du wohl! Du sprichst doch sonst immer Klartext. Komm, Schatz … und für deinen Teint solltest du auch etwas mehr tun. Ich kann dir gerne was empfehlen und mitbringen, wenn ich morgen wieder im Geschäft bin. Also, was ist jetzt … willst du auch ein Gläschen Champagner? Ja? Ich bestell dir eins. Nein? Warum denn nicht? Sei doch nicht so. Komm. Eins. Ja?«

Agi Frings zupfte imaginäre Fusseln von ihrem Pullover.

»Mal ganz im Ernst«, sagte Marie Schmitz und legte den Arm um Agi Frings' Schultern. »Der Mordanschlag auf deinen Schatz ist eine schlimme Sache. Aber da ist doch noch mehr, was dich umtreibt. Wir sind doch deine Freundinnen. Uns kannst du es doch sagen!«

Johanna Krämer nickte zustimmend.

Agi Frings wickelte ihren Schal ab und legte ihn energisch auf den Schoß: »Was heißt denn hier Anschlag? Das ist ja nicht alles! Ich hab die leise Befürchtung, dass Jean 'ne Affäre hat. Und der

Ehemann von dieser Schickse womöglich der Täter ist. Aus krankhafter Eifersucht!«

»Wer ist das denn? Kenne ich die? Vielleicht kenne ich ihn?«, fragte Marie Schmitz.

»Sei nicht so neugierig, Marie!«, fuhr Johanna Krämer sie an. »Und zappel nicht wie eine Hänneschenpuppe. Bleib endlich auf deinem Hintern sitzen.«

»Nein, lass nur, Johanna!«, sagte Agi Frings und versuchte, ruhig Blut zu bewahren. »Also – ich tippe auf … Jeanette.«

»… ich kauf mir ein Baguette …«, ergänzte Marie Schmitz, einen alten Hit der Bläck Fööss anstimmend. »Jeanette und Jean. Jean und Jeanette. Das passt auch vom Namen her super zusammen!«

»Sag mal, Marie, geht's noch? Jetzt lass sie doch mal!« Johanna Krämer schubste Marie Schmitz mit dem Ellenbogen an und zwinkerte Agi Frings zu. »Also, Agi, … Jeanette … und weiter?«

»Weiß ich nicht«, sagte Agi Frings ein bisschen kleinlaut. »Ihr Mann will auch zu den KöKös. Ist also ein Anwärter. Ich weiß gar nicht, ob der die zwei Jahre Wartezeit überhaupt schon absolviert hat. Kommt sich allerdings unheimlich wichtig vor. Ist aus München. Will mit aller Macht hip sein. Und er macht irgendwas in Sachen Mode. Jean hat erzählt, dass er nach seiner Aufnahme in unsere Traditionsgesellschaft am liebsten auch direkt in das Kabinett wollte, weil wir alle angeblich auch optisch neuen Schwung bräuchten. Stellt euch mal vor: Der ist so dreist, dass er schon plant, als erstes großes Projekt die KöKö-Uniform zu relaunchen!«

»Zu was?«, fragte Marie Schmitz und leckte den Milchschaum vom Kaffeelöffel ab.

»Zu relaaauuunchen! Verstehste nicht, Marie? Sie aufzuhübschen und ihr neuen Schnitt und neuen Look zu verpassen. Mehr Sex-Appeal und Bling-Bling stellt er sich vor. In dem Zusammenhang will er auch, dass das Kabinett erweitert wird. Um das Amt *Performance*. Für dich, Marie, übersetzt: Das bedeutet *Leistung*, *Schau*, *Spektakel*. Wie beim Eiskunstlaufen, da spricht die Jury auch von Performance, wenn sie bewertet.«

»Das musst du mir doch gar nicht erklären«, sagte Marie Schmitz, leicht knatschig. Dann warf sie den Kopf in den Nacken und konnte sich plötzlich kaum halten vor Lachen. »Ein Mode-Guru, der aus unseren Männern Top-Models machen will! Den muss ich kennenlernen. Dann zieht das Kabinett demnächst über einen Laufsteg in den Sitzungssaal. Ich brech zusammen! Und sag nur: Drama, Baby, Drama! Mensch, Agi, weißt du tatsächlich nicht, wie dieses Schätzchen heißt?«

»Doch, wartet mal, jetzt fällt es mir wieder ein: Xaver Zettlmair, glaube ich. Seine Frau soll ihn schon mehrfach betrogen haben, erzählt man sich. Jean sagt, der sei extrem cholerisch und unberechenbar. Man munkelt, dass er damit gedroht habe, an Jeans Stuhl zu sägen, wenn er den Posten nicht bekommen würde. Abgesehen davon kann er natürlich gar kein Kölsch sprechen. Schreiben sowieso nicht.«

»Das ist doch alles Quatsch – das mit der Partie! Das bildest du dir ein«, sagte Johanna Krämer und schmierte sich energisch ein Brötchen mit Quark und Honig. »Ferdinand sagt auch immer, dass Jean nichts auf dich kommen lasse und du die Liebe seines Lebens seist. Jean wäre ja bekloppt, wenn er eine so glückliche Beziehung wegen so einem Herzchen aufs Spiel setzen würde.«

Marie Schmitz nippte nervös am Champagner. »Genau, denn dann würde sich Jean total blamieren und lächerlich machen! Er liebt dich und ist doch auch überhaupt nicht der Typ eines Fremdgängers.«

Agi Frings ließ nicht locker. Ihre Freundinnen konnten sie nicht besänftigen. Im Gegenteil! Die nackte Wut packte sie: »Nää, nää – wer baggert da so spät noch am Baggerloch? Es ist der Jean, der baggert noch!«

Johanna Krämer setzte sich kerzengerade. »Jetzt ist es aber wirklich genug, Agi!«, forderte sie streng. »Hör auf damit! Du verrennst dich in etwas, was du später bereust. Erzähl uns lieber, warum du Jean so eine böse Unterstellung machst, damit wir dich verstehen können.« Johanna Krämer streckte den Oberkörper so weit und flach nach vorne, dass die schwere Goldkugel ihres Colliers haarscharf über der Tischplatte baumelte, und faltete die Hände.

Marie Schmitz band ihre langen, kastanienbraunen Haare zu einem hohen Zopf und blickte Agi Frings erwartungsvoll an. Sie schien bereit für die schlimmsten Vermutungen.

Agi Frings räusperte sich. »Also – grundsätzlich stimme ich euch zu. Aber ich hab letztens zwei sehr merkwürdige Entdeckungen gemacht.«

»Und die wären?«, drängelte Johanna Krämer ungläubig.

Agi Frings atmete tief ein. Sie liebte ihren Jean. Selbst nach so vielen Ehejahren. Ein Glück, das sie nicht verlieren wollte. »Tja, wenn Jean nach Hause kommt, lässt er seine Klamotten einfach überall fallen. Da liegen dann im Hauseingang ein Paar Schuhe herum, obwohl wir uns extra einen neuen Schuhschrank auf Maß haben bauen lassen. Und sein Sakko hängt er natürlich nicht auf den Bügel, oder wenigstens an den Garderobenhaken. Nein, das liegt zusammengeknüddelt in der Sofaecke.«

»Da kann ich auch ein Lied von singen«, pflichtete Johanna Krämer ihr bei.

»Und als ich es mal wieder ordentlich zurechtschütteln wollte, fielen plötzlich zwei Flugtickets nach Mallorca auf den Boden.«

»Mallorca! Da geht doch die nächste KulTOUR der KöKös hin!«, rief Marie Schmitz vorlaut.

»Richtig«, bestätigte Johanna Krämer. »Zum Glück dieses Jahr nicht so weit weg. Übrigens, in der Mehrzahl sehr zur Freude der KöKös. Der konsequente Wechsel zwischen einem nahen und fernen Ziel macht durchaus Sinn, wenn man will, dass sich alle Mitglieder die jährlichen KulTOURen leisten können. Sprich: die gesamte Gesellschaft! Hab übrigens gehört, dass es nächstes Jahr eventuell nach Neuseeland gehen könnte. Ihr dürft aber nicht verraten, dass ich euch das schon gesteckt habe. Wenn's nach mir ginge, fände ich die Arktis als Bildungsreise noch spannender. Oder die Kanalinseln. Ich lieeeeeebe den britischen Chic. Aber meine Meinung interessiert ja niemanden …«, kokettierte Johanna Krämer.

»Richtig!« Marie Schmitz setzte sich aufrecht hin. »Und zu jeder KulTOUR gehört selbstverständlich auch die sogenannte PreTOUR. Da fährt der General mit zwei, drei Mitgliedern zum Reiseziel, um alles zu organisieren und zu buchen. Diese PreTOUR findet selbstverständlich ohne Damen statt. Warum also hat Jean zwei Flugtickets? Und wenn er die Tickets für alle PreTOUR-Teilnehmer komplett aufbewahren würde, müssten es ja drei sein: eins für Ferdinand, eins für meinen Bruno und eins für ihn selbst, oder?«

»Stimmt!« Johanna Krämer nickte. »Die drei wollten das eigentlich dieses Mal im kleinen Kreis organisieren, weil es ja nur nach Mallorca geht.« Johanna Krämer betonte bei dem Satz das Wörtchen *nur* und legte auch in den nächsten eine besondere Polemik, indem sie die erste Silbe lang zog: »Uuursprünglich hatten sie in Betracht gezogen, noch zwei Wasserträger als Unterstützung für die Orga mitzunehmen.«

»Wie? Also doch wieder ein größerer Spähtrupp?«, erkundigte sich Marie Schmitz und schüttelte unzufrieden den Kopf. »Völlig überflüssig!«

Agi Frings hob widerwillig die Hand und zählte eins und eins zusammen: »Es bleibt dabei: Sollten die zwei Hiwis nicht mitfahren, hat Jean ein Ticket zu viel. Oder – wenn sie doch dabei sind – ein Ticket zu wenig.«

»Weder noch!«, riefen Johanna Krämer und Marie Schmitz wie aus der Pistole geschossen synchron.

»Ferdinand hat sein Ticket auf dem Küchentisch liegen – wenn unser *Möpp* es nicht ergattert und zerrissen hat …«

»Ich hab das Ticket von Bruno auch gesehen. Auf seinem Schreibtisch. Neben seiner gut gehüteten FC-Dauerkarte. Ihr seht, die Tour ist für ihn rieeschtisch wieeeeschtisch!«, erklärte Marie Schmitz und kicherte.

»Wieso hat Jean dann also zwei?«, gab Agi Frings betroffen zurück, merkte, dass die Augen feucht wurden und würgte ihre Sorge hinunter.

»Dann ist das andere bestimmt doch für einen der Hilfsjungen«, sagte Johanna Krämer beruhigend.

Das ließ sich Agi Frings aber ganz und gar nicht einreden: »Wieso denn? Ihr habt doch eben von *zwei* weiteren KöKös gesprochen! Also zwei weiteren Karten. Was ist dann mit der *fünften*?«

»Nix!«, probierte Johanna Krämer es noch einmal. »Die ist überflüssig, weil nur *einer* von beiden Hilfsjungen Zeit für die Pre-TOUR hat.«

»Ach was«, antwortete Agi Frings wegwerfend. »Du irrst dich gewaltig. Vergangenen Sonntag ist Jean angeblich von einem Meeting in der Redoute nach Hause gekommen. Sonntags! Das kam mir schon spanisch vor …«

»Spanisch passt doch zu Mallorca«, unterbrach Marie Schmitz sie.

»Das ist nicht zum Lachen! Jean hat intensiv nach einem schweren Damenparfüm gerochen! Veilchen? Vanille? Oder beides?«

Marie Schmitz wurde nachdenklich: »Hm, das ist natürlich schon ein bisschen seltsam. Obwohl Männer heutzutage so was auch durchaus tragen. Tja, was soll ich sagen? Vielleicht hatte er ja ein Verhältnis mit seiner Assistentin Viola Bern? Ich betone: hatte. Sie ist ja jetzt tot. Und damit wäre dein Problem gelöst. Trotzdem – *ich* hätte ihn auf jeden Fall darauf angesprochen!«

»Und was wäre damit gewonnen gewesen?«

»Die Wahrheit, Agi, die Wahrheit!«

»Die kriege ich raus! Da frag ich meinen Ferdinand! Später, wenn er vom Krankenbesuch zurück ist. Dann ist der dran.« Johanna Krämer schlug bekräftigend mit der Faust auf den Tisch.

Dienstag nach der Vormittagsvisite

Frings hatte gerade sein Frühstück und die erste Visite hinter sich, als der Gewerkschaftssprecher der Rheintron Werke unrasiert und fern der Heimat ins Zimmer platzte und ihm eine Schachtel Zigaretten auf die Bettdecke warf. »Hier, für Sie! Ich nehme an, Ihnen geht es besser, als Sie aussehen«, begrüßte ihn Hannes Schacht, ohne ihm die Tageszeit zu wünschen.

»Den wünsche ich Ihnen auch, Herr Schacht«, sagte Frings.

»Ich hab doch gar nicht Guten Morgen gesagt.«

»Eben. Ich hab schon gehofft, ich hätte es überhört, weil sie so überschnell und undeutlich sprachen. Und nur zu Ihrer Info: Ich rauche immer noch nicht!«

Auf diese Aussage schien Schacht nur gewartet zu haben. Er lachte ihn an und zeigte dabei seine obere, komplett verkronte Beißleiste: »Ich hab gedacht, nach dem gestrigen Abend könnten Sie heute damit anfangen.«

»Niemals!«

»Das ist schön für Sie, Herr Frings. Aber auch egal«, sagte Schacht und zeigte auf die Box. »Das da sind Schokoladenzigaretten.«

Frings griff zur der kleinen, nostalgischen Schachtel und betrachtete sie von allen Seiten. Er hatte gar nicht gewusst, dass es die noch gab. Wie lange war das her, als er das letzte Mal eine davon in der Hand gehalten hatte? Lange! Sehr lange! Unheimlich gerne hätte er das Papier aufgerissen, ein Schokostängelchen herausgezogen und probiert. Denn er fand die Idee von Schacht genial. Er sagte es ihm aber nicht und kniff nur kurz die Augen zusammen. Er hatte bis vier Uhr morgens n-tv geguckt und war vor laufendem Bildschirm eingeschlafen. Auch ein Grund, warum er vermutlich wie geküsst aussah. Was er allerdings jetzt gar nicht gebrauchen konnte, war das hektische Gefasel von diesem Gewerkschafter. Das machte ihn rammdösig.

»Erzählen Sie doch mal, wie das gestern passiert ist, Herr Frings. Meine Leute konnten einfach nicht glauben, dass auf den Wirtschaftsconsultant, der das Management unseres Humanvermögens retten und sanieren soll, eingestochen worden ist. Haben Sie keine Angst?«

»Muss ich?«, fragte Frings zurück und zupfte unruhig am Ohrläppchen. Hörte er da Schadenfreude? Oder wollte Schacht seine ohnehin schon schlechte Stimmung zusätzlich anheizen? Einverstanden, dann heizte er eben zurück: »Es ist so traurig, Herr Schacht. Ich hab inbrünstig gehofft, dass meine vielen Schulungen Sie im Endeffekt doch erreicht hätten. Aber das scheint mir nicht der Fall zu sein, sonst würden Sie meine Seminarinhalte anwenden und *humaner* fragen. Trotzdem, ich verrate Ihnen gerne alles in aller Kürze.«

»Ja, bitte«, antwortete Schacht zänkisch, verschränkte die Arme und lehnte sich gegen einen Wandschrank. »Finde ich nämlich faszinierend zu erfahren, wie der Tod einen finden kann. Gottlob, bei Ihnen ohne Erfolg. Wäre ja auch schade um Ihre exzellenten personalpolitischen Neuerungen und Einsparungsideen.«

»Wie nett!«, sagte Frings und rieb sich die Augen. Hoffentlich suchte dieser Idiot gleich wieder das Weite. Was waren das für Allüren? So zynisch war Schacht früher nie gewesen. Oder er hatte diesen Zug an ihm bisher nie so bewusst wahrgenommen. Was bloß in ihn gefahren war? Warum wirkte Schacht so unzufrieden? Er hatte einen guten Job. Die Rheintron war seine Heimat. Schacht hatte dort seine Lehre gemacht, war Schichtleiter geworden und hatte dann irgendwann seine Karriere als Gewerkschaftssprecher eingeleitet. Aber unabhängig von Schachts Position hatte er es noch nie so richtig mit ihm gekonnt. Dafür Viola Bern umso mehr. Wie oft schon hatte sie Schacht in Konzernverhandlungen klug und diplomatisch um den Finger gewickelt? Zuerst saß sie meistens zurückhaltend da, hörte sich alles ruhig an, speicherte jedes Argument von Schacht ab und beobachtete seine Gesten genau, um dann gnadenlos zuzuschlagen. Dann bot sie ihm Paroli. Und

Schacht wurde weich wie Butter. Bis er letztlich alle Vorschläge von Viola abnickte. Jean blinzelte. Seine Viola. Dieses etwas für ihn zu herbe, auf den ersten Blick nichtssagende, auf den zweiten aber durchaus attraktive, zierliche Persönchen hatte von Anfang an das richtige Händchen für Schacht gehabt. Optimal, um so, mit der vollen Rückendeckung der Gewerkschaft, mitarbeiterstrukturierende Sanierungspläne für die Rheintron Werke umzusetzen. Ob Schacht eine Art Ödipuskomplex hatte? Vorstellbar. Warum sonst lebte Schacht seit Jahren in Frauen-WGs? Aber seine Vorlieben gingen ihn ja nichts an.

Schacht unterbrach Frings' Gedanken und fragte: »Ermittelt die Polizei?«

»Was denken *Sie* denn!«

»Und? Schon Ergebnisse?«

»Klar!«, sagte Frings, freute sich über Schachts irritierten Blick und log weiter: »Der Anschlag auf mich ist reiner Zufall gewesen.«

»Aha!«

»Ja, warum sollte mich einer ermorden wollen?«

»Aber auf den Mond schießen!« Von beiden unbemerkt hatte Krämer das Zimmer betreten. Mit strenger Miene und schwer atmend zwängte er sich zwischen Krankenbett und Schacht, der keinen Millimeter zur Seite ging, zielstrebig zu Frings durch. »Na? Schäng! Wie isses dir, mein Freund?«

Frings hob die Augenbrauen. »Schwer zu sagen. Auf einer Skala von eins bis zehn …«

»Neun, weil Sie noch leben!«, antwortete Schacht ungefragt. »Ich bin dann auch mal wieder … Gute Besserung, Herr Frings. Bei Ihrer Viola Bern nützt dieser Wunsch ja leider nichts mehr.« Der fast zwei Meter große, breitschultrige Gewerkschaftssprecher sah zu Frings herunter.

»Moment. Langsam, langsam! Was soll das heißen? Ist sie krank? Hat sie heute mit Ihnen im Werk nicht eine große Präsentation mit anschließendem Konsolidierungsgespräch?«, fragte Frings und fing an, auf Betriebstemperatur zu laufen. Die Müdigkeit war

weg. Die Angst unterdrückt. Und der Computer im Schädel ange-
schaltet. Er wollte aufnehmen, wahrnehmen, gestalten.

Krämer senkte den Blick. Sagte *er* es jetzt seinem Freund oder
dieses Gewerkschaftsa...? Er hatte nie verstanden, wie Jean mit
dem zurechtkommen konnte. Jean hatte ihn mit Schacht auf der
Einhundertjahrfeier der Rheintron Werke bekannt gemacht. Schon
damals war ihm Schacht nicht ganz koscher vorgekommen. Warum auch immer. Auf ihn wirkte Schacht äußerst unangenehm.
Ein nicht einzuschätzender Zeitgenosse. Ein Gegenspieler? Ein
Opportunist? Auf jeden Fall ein Provokateur. Aber vielleicht sollte
er Jean seine Vermutungen mal stecken, damit er aufwachte und
zukünftig für seine Geschäfte mit der Rheintron sensibilisiert war.

Frings schaute Krämer beschwörend an. Dann wechselte sein
Blick zu Schacht. Dann wieder zu Krämer. Und abermals zu
Schacht. Er zögerte. Endlich fasste er sich ein Herz und fragte:
»Kann mir bitte einmal jemand verraten, was hier los ist? Ferdi-
nand!«

Krämer errötete. »Na gut, dann Sie, Schacht!«

»Ach so, Frings, Sie sind noch gar nicht im Bilde. Wie auch?
Dabei stecken Sie doch sonst überall Ihre Nase rein. Sie wissen
wirklich nicht, dass Ihre tolle Frau Doktor gestern im Botanischen
Garten ermordet worden ist?«

Frings atmete flach und gehetzt. So ungalant und zynisch,
wie sich Schacht ausdrückte, klang das, was er sagte, für ihn nicht
echt. Viola Bern tot? Er hatte das Gefühl, dass sich sein Gehirn
irgendwo außerhalb seines Kopfes befand. Ganz weit weg. Er hatte
keinen Zugriff mehr und schluckte an den aufsteigenden Tränen.
Einmal. Zweimal. Dann öffnete er den Mund – und schloss ihn
wieder. Auf und zu. Wie ein unter Sauerstoffmangel leidender Koi.
Dabei hatte er eigentlich eher den Nimbus, in Köln der Hecht im
Karpfenteich zu sein. Er bewegte seine Zehen und sammelte sich.
»Sie können anscheinend nicht anders, oder, Schacht? Sich freuen,
wenn beliebte Menschen fallen oder reiche Menschen verlieren.
Warum sind Sie so?«

»Jetzt halten Sie aber mal die Luft an! Seien Sie vorsichtig, was Sie über mich sagen! Oder wollen Sie, dass bei Ihrer Consultingklitsche schon bald das Licht ausgeht? Mein Arm ist länger als Ihrer. Wenn Sie nicht bald von Ihrem hohen Ross runterkommen, werde ich veranlassen, dass die Bonzen des Rheintronvorstands Ihnen den Stecker ziehen. Mein lieber Freund ...«, brauste Schacht auf.

»Ich – bin – nicht – Ihr – Freund!«, sagte Frings fest.

Krämer näherte sich Schacht auf Armeslänge und drohte mit geschwellter Brust: »Verschwinden Sie, bevor ich mich vergesse!« Dann legte er besänftigend eine Hand auf Frings Schulter und sagte mit gedämpfter Stimme zu Frings: »Spar dir die Kraft. Er ist es nicht wert«,

»Mein Mitleid und Beileid, Herr Frings!«, sagte Schacht abrupt, zeigte den Mittelfinger, drehte sich um, ging und machte die Tür hinter sich nicht zu.

Frings schaute ihm fassungslos nach. Konnte die Gestalt, die ihn gestern angegriffen hatte, nicht in etwa Größe und Statur von Schacht gehabt haben?

Krämer lächelte Frings an und versuchte die Situation wieder zu entkrampfen, indem er vom Hochdeutschen ins Kölsche wechselte: »*Et bliev nix, wie et wor.*«

»Tatsächlich bleibt nichts, wie es war. Das stimmt, Ferdinand. Ist aber für mich derzeit kein Trost.«

»Warum denn nicht? Auch der Chinese wünscht seinem besten Freund bewegte Zeiten! Akzeptier einfach, dass das Schiff manchmal schaukelt.«

»Ja, aber zurzeit schaukelt es ganz schön.«

Es klopfte leicht an der angelehnten Tür. Eine Krankenschwester steckte ihren Kopf durch den Spalt und strahlte. »Stör ich?«

»Nein, kommen Sie rein«, sagte Frings.

»Schauen Sie mal, Herr Frings, was ich Ihnen bringe. *Der* wurde eben bei mir für Sie abgegeben.«

Frings sah zuerst Krämer verdutzt an und dann die hellgrün bekleidete Frohnatur.

»Wenn Sie den Blumenstrauß nicht wollen, dann schenken Sie ihn doch einfach mir! Ich liebe rote und weiße Gerbera.«

»Nein, nein, schon gut. Nur ist mir gerade nicht nach Euphorie. Außerdem hab ich nicht damit gerechnet, dass man bei den Kö-Kös so schnell reagiert. Der Strauß ist doch vom Kabinett, oder?«, fragte Frings.

»Lass mal schauen.« Krämer riss der verdutzten Schwester ruckartig die Blumen aus der Hand. »Mannomann, da hätten sich unsere Jungs wirklich etwas mehr anstrengen können. Die Schärpe an den Blumen ist ja total zerknüddelt. Und hier ist sie eingerissen! Das macht ja einen super Eindruck! Das müssen wir im Kabinett nochmal diskutieren. Das sieht ja so aus, als wenn die schon mal benutzt worden wäre – in einem anderen Strauß. Johanna bewahrt die Schleifen auch immer auf. Sie meint, man wisse nie, wofür man die noch gebrauchen könnte. Ich verlange aber, dass sie sie dann wenigstens bügelt.«

»Find ich gut, dass du so pingelig bist«, sagte Frings.

»Da gibt's noch 'ne Steigerung zu. Johanna hat letztens gebrauchte Plastiktüten ausgewaschen.«

Frings lachte. »Was steht denn auf der Schärpe drauf? Ist die nun vom Kabinett oder von den KöKö-Förderern oder von wem?«

»Warte. Nä, vom Kabinett! Hab ich doch richtig gelesen.«

»Findest du nicht, Ferdinand, dass selbst die Blumen so aussehen, als hätten sie schon länger auf ihren Einsatz gewartet? Schau mal, wie die die Köpfe hängen lassen. Ich finde, der Strauß sieht alles andere als frisch aus. Sondern eher, als ob er schon vor Tagen vorbereitet worden wäre.« Frings erschrak. Hatte er *vorbereitet* gesagt? War der Strauß gar nicht als Genesungswunsch an ihn gedacht gewesen? Sondern als Grabschmuck? Oder als Kondolenzstrauß an Agi? »Ferdinand, kannst du mal schauen, ob da noch eine Karte drinsteckt?«

»Ja, steckt. Ich hoffe, dass das schon eines unserer neu gestalteten Genesungskärtchen ist! Weißt du, welche ich meine? Die mit der doppelten Headline.«

»Doppelt?«, fragte Frings.

»Die Zwei-in-eins-Lösung! Weißt du nicht mehr? Mann, Jean! Guck doch nicht so fragend. Deutsch-Köhööölsch! Haben wir doch so in der vorletzten Kabinettssitzung abgesegnet. Die Klappkarte mit den beiden Zeilen *Alles wird gut. Alles weed jot.* auf der Vorderseite, dem KöKö-Logo auf der linken Innenseite und der freien Fläche auf der rechten, für handgeschriebene, persönliche Worte.«

»Ach so, *die*! Entschuldige, Ferdinand, aber ich stand gerade auf dem Schlauch.«

»Kein Problem, Jean. Ich bin nur so begeistert von unserem Designpapst. Weißt du eigentlich, was der für eine Expertise hat? Die ist nicht von schlechten Eltern.«

Frings nickte. »Dann bin ich ja froh, dass wenigstens mein Täter *kein* Profi gewesen ist. Sonst müssten die KöKös auch mich an Weihnachten auf Melaten besuchen kommen.«

»So ein Quatsch, Jean! Lass dich wegen gestern bloß nicht von solchen Horrorgedanken beherrschen. Das Leben geht weiter. Der Melaten-Friedhof ist für dich tausende von Kilometern entfernt.«

»Meinst du?«

»Nee, das weiß ich!«

»Ja, wenn du meinst.«

»Wissen, Jean, wissen!«

»Ich will ja auch eigentlich mindestens einhundert Jahre alt werden, um lange Zeuge der Zeit zu sein. Dann wäre ich in der Ahnengalerie unserer Riehler Redoute der General mit den meisten Erzählungen.«

»Was heißt *eigentlich*? Keine Zeit für Katerstimmung, Jean! Das ist kindisch und nie dein Ding gewesen und sollte es auch nicht werden. Freu dich lieber, dass du lebst. Alle bekannten Kölner Größen aus dem *Fasteleer* oder aus Gesellschaft, Politik und Wirtschaft, die auf Melaten in den prunkvollen Grabstätten ruhen, wollen dich bestimmt noch nicht dabeihaben. Glaub mir, es genügt ihnen, wenn du sie gemeinsam mit allen KöKös einmal im Jahr besuchst und ehrst.«

»Eine Tradition, die mich immer wieder aufs Neue beeindruckt, Ferdinand. Dieses sagenhaft emotionsgeladene Bild, wenn hunderte KöKös einen Tag vor Weihnachten den Weg der Vergangenheit gehen, um die Verstorbenen zu ehren.«

»Ich geb dir recht, Jean! Aber mein Gänsehautmoment ist die abschließende, sehr feudale Zeremonie, bei der immer die *Flamme der Erinnerung* entzündet wird, damit sie unser Leben neu erfüllen kann.«

»Ja«, sagte Frings andächtig und seufzte. »Bei Melaten fällt mir übrigens prompt der Kölner Dom ein. Was ist mit unserer Spendensammlung *Collecte de Cologne*, die wir als Wohltätigkeitsmesse dort aufziehen wollen? Wie weit sind wir damit?«, fragte er. »Ist die Einladung raus?«

Krämer freute sich insgeheim. Da war er wieder: sein alter Freund, der von jetzt auf gleich umschalten konnte. Noch vor paar Minuten stand Jean auf der Schattenseite, um jetzt schon wieder im Sonnenschein spazieren zu gehen.

»Ferdinand? Feeeerdinaaaand! Was machst du denn da?«

»Mist! Ab!«, sagte Krämer. Er hatte den Kampf mit einem aufgeriffelten Faden an einem der Knöpfe seines Jankers aufgenommen. Der hing so verdächtig lang aus dem Knopfloch heraus, dass Ferdinand mit einem kräftigen Ruck an ihm gezogen hatte, der Knopf sich gelöst hatte, auf die Erde gefallen und unter Frings' Bett gerollt war.

Ferdinand bückte sich und hielt angestrengt nach dem Hornteil Ausschau. Keine Chance. Der Boden war braun. Der Knopf war braun. Ferdinand richtete sich wieder auf, hatte eine abgefallene, weiße Blüte aus Frings' Blumenstrauß in der Hand und fragte: »Äh, ja?«

»Hallo, *Botterblömche*! Hast du zugehört? Schreib kurz eine Whatsapp. Aber bitte wie die automatischen Ansagen im Dom. Also auf Hochdeutsch, in acht weiteren Sprachen und auf Kölsch!«

»Wie bitte, soll ich *das* denn hinkriegen?«

»Du bist doch multikulti«, foppte Frings.

»Ja, im Essen.«

»Oder über unsere neue Sprachen-App.«

»Stimmt! Da fällt mir ein Stein vom Herzen.« Krämer lachte spitzbübisch und zückte sein Handy. »Menschhhh! Ich hasse diese Minizeichen. Wenn ich das schon immer höre … bequeme Bedienung über Touchscreen. Genauso angetatscht sehen die auch aus. Guuut, dann halt eine größere Darstellung … da, zack … Quereinstellung … komm schon …« Krämer drehte sein Smartphone in die Waagerechte, dann wieder in die Senkrechte und wieder in die Waagerechte. Das Bild wollte nicht wie er und stellte sich permanent konträr zum gewählten Format ein.

»Wie ein Anfänger«, flachste Frings.

»Im Allgemeinen klappt das.«

»Typisch Vorführeffekt, Ferdinand.«

»Puhhh …«

»Dauert das noch länger?«

»Treib mich nicht, Jean.«

»Hast du es?«

»Ja! Oh, nää!«

»Was denn nun? Du siehst plötzlich so blutleer aus.«

»Ach, ich hab mich verdrückt. Ich mach das später in Ruhe«, sagte Krämer. Er hatte einfach noch nicht den richtigen Dreh gefunden, um Jean von der Bedrohung zu erzählen, die ihm auf das Handy geschickt worden war.

Frings versenkte seinen Blick in den rot-weißen Blumenstrauß.

»Sollen wir uns jetzt mal das Genesungskärtchen anschauen? Ich könnte eine Aufmunterung von meinen KöKös gebrauchen.«

»Da!« Krämer reichte ihm den Gruß.

»Danke.« Frings lehnte sich zurück. Der Arm schmerzte mit jeder Bewegung und ganz kurz hatte er wieder den Anschlag vor Augen. Sein Kopf sank tief in das weiche Kissen ein. Ein wohliges Gefühl stieg in ihm hoch. Vielleicht war ja tatsächlich alles nur ein Zufall gewesen und die Attacke hatte wirklich nicht ihm gegolten. Seine Gesichtszüge entspannten sich bei der Vorstellung. Vielleicht war er nur zum falschen Zeitpunkt am falschen Ort gewesen. So wie Viola Bern. Dann wäre seine Welt bald wieder in Ordnung. Frings holte tief Luft: »Alles wird gut«, las er laut vor, atmete gleichzeitig erleichtert aus und klappte fröhlich die Karte auf.

»Was ist los?« Krämer sah das Entsetzen auf dem Gesicht seines Freundes.

Frings' Hand, die das Kärtchen hielt, zitterte. Er atmete schneller. Und noch schneller. Immer schneller. Er stöhnte auf, hustete, hyperventilierte. Das Kärtchen fiel ihm aus der Hand und segelte zu Boden. So, als wenn es sagen wollte: Fang mich doch, fang mich doch! Du kriegst mich nicht!

»Schwester!«, rief Krämer aus Leibeskräften und hämmerte wie wild gegen sämtliche Notrufknöpfe, die er erreichen konnte.

Statt der Schwester stürzte der Mann vom Polizeischutz ins Zimmer. »Was ist passiert? Ich habe keinen Unbefugten reingelassen! Ich hab auch die ganze Zeit vor der Tür gesessen und aufgepasst, dass sich keiner reinschleicht,« versuchte der Polizist sich zu entlasten.

Ein Riesengetrampel kam gut vernehmbar und fast bedrohlich näher. Innerhalb von Sekunden stand ein ganzes Bataillon weiß bekittelter Menschen im Raum und schubste den Beamten und Krämer grob beiseite. Längst hatte Krämer das Genesungskärtchen aufgehoben und fixierte die Außenseite. *Alles wird gut …* Das war in Ordnung. Und innen? Was stand innen? *… denn wieß-rut es dinge Dud.* Weiß-rot ist dein Tod? Und nicht handschriftlich, sondern aus kleinen, zusammengeschnibbelten, aufgepappten Zeitungsbuchstaben. Und das KöKö-Logo? Anstelle des Stadtwappens war ein Totenkopf eingearbeitet worden! Er verstand, das war die bittere Wahrheit! »Bitter muss bitter vertreiben«, sagte Krämer wenig hörbar und nahm Haltung an. Schultern zurück, Kopf hoch, Bauch rein und bereit sein, um mit Jean den Täter zu finden und ihn der Gerechtigkeit zuzuführen. »Schäng, bleib bei mir! Stirb nicht! Wir brauchen uns jetzt gegenseitig! Augenblicklich. Ohne Aufschieberitis! Mach die Augen auf! Verdammt noch mal! Ich hab doch heute in den Morgenstunden die gleiche Nachricht per SMS erhalten und kipp auch nicht einfach um«, brummelte Krämer verzweifelt, aber sehr gut vernehmbar in seinen Dreitagebart. Konnte Jean ihn verstehen? Vielleicht standen seine energetischen Antennen auch während des Dämmerzustands auf Empfang? Für einen Freund hatte man doch immer ein Ohr! Krämer hoffte, dass Jeans Wahrnehmungsfenster irgendwie die gesendeten Informationen mitbekommen hatte. Und wo die verdammten Schokozigaretten waren, hätte er auch gerne gewusst.

»Legen Sie den Mann um!«, forderte eine Stimme aus dem Hintergrund. Krämer fuhr zusammen.

»Auf die Seite, Schwester, damit ich spritzen kann! Es wird Ihnen gleich wieder besser gehen, Herr Frings. Leiden Sie unter zu niedrigem Blutdruck?«, fragte einer der behandelnden Ärzte im Zimmer.

Jean verneinte mit einem schwachen Kopfschütteln. Er litt eher unter schlimmen Ereignissen.

»Eine kurzzeitige Bewusstlosigkeit kann bei psychischem Stress vorkommen. Möchten Sie später ein Schlafmittel?«

»Lieber nicht«, antwortete Frings schlaff. Er war schon kraftlos.

»Besser wäre es. Aber dann soll die Schwester Ihnen ein leichtes Beruhigungsmittel geben. Und bitte vermeiden Sie wenigstens heute jegliche Aufregung und schonen Sie sich. Sie möchten doch bald wieder nach Hause.«

Schonen?, fragte sich Frings. Wie sollte er? Bei solchen Nachrichten! Und von *mögen* konnte auch keine Rede sein. *Müssen*, war die richtige Bezeichnung. Und zwar kurzfristig. Denn seine Termine und der Täter würden nicht warten! Er befand sich in Lebensgefahr. Die Franzosen sagten dazu *danger de mort*. Wörtlich: Todesgefahr. Das fand er treffender und schaute in Krämers besorgte Augen. »Mach dir keinen Kopf, Ferdinand! Ich hab alles verstanden. Zusammen rücken wir die Welt wieder zurecht.«

»Mach *du* dir keinen Kopf, Jean. Und jag mir nicht immer so einen Schrecken ein! Das konntest du als Knirps schon super. Ich kann mich noch gut an unsere Kommunionsfahrt nach Bad Münstereifel erinnern. Auf den Spuren der Römer, hin zu den ehemaligen Wasserleitungen. Eine Stunde hast du dich im Aquäduktkanal versteckt und fandest das total lustig, dass ich dich verzweifelt gesucht habe. Noch heute hast du das Talent, mich auf Trab zu halten.«

Frings schmunzelte abgekämpft. Er war groggy.

»Warte, Jean, ich hab eine WhatsApp erhalten.« Krämer wischte nervös auf dem Display seines Smartphones herum. Johanna wollte wissen, wann er denn zum Essen kommen würde. Sie hatte ein Maultaschensüppchen vorbereitet und drängelte, dass er nach Hause kam. »Gleich!«, schrieb er zurück und setzte sich. So, wie er das sah, hatte er Zeit, um noch ein paar Minuten zu bleiben.

Dienstag vorm Lunch im Lentpark

Ein gelungenes Timing ist manchmal Glückssache«, meckerte Schacht vor sich hin. Auch für seinen Besuch im Krankenhaus hatte er den falschen Zeitpunkt gewählt. Hatte Krämer ihn stören müssen? Hätte Krämer nicht einfach einen Moment später erscheinen können? Schacht zog an seiner E-Zigarette. E-Liquid mit Apfelaroma. Das musste er ändern. Er nahm noch einen Zug, spuckte kurzerhand auf eine Buchsbaumkugel, wandte sich mit einer schnellen Bewegung zur gläsernen Eingangstür des Lentparklokals, riss sie auf und ging hinein. Ohne sich die Schuhe auf den Matten abzutreten, lief er schnurstracks zum erstbesten, freien Tisch. Der Raum war überheizt. Dennoch behielt er sein Wollsakko an.

»Schönen guten Tag, der Herr! Was darf's sein?«

»Bringen Sie mir bitte ein Glas Rotwein. Den Lugana. Danke.«

»Sehr gerne. Möchten Sie auch speisen? Unsere Küche öffnet leider erst um zwölf.«

»Warum fragen Sie dann?«

»Vielleicht würden Sie deshalb lieber einen Kaffee bestellen.«

»Wieso denken Sie für mich?«

»Entschuldigung. Lugana?«

»Immer noch!«

Die Servicekraft wandte sich ab und Schacht ließ seinen Blick über die edel eingedeckten Tische schweifen. Fürstliche Kandelaber mit kunterbunten Kristallprismen brannten. Sogar mittags. Ein altes Klavier stand auch bereit. Und trotzdem hatte das Ambiente die bunte Vielfalt einer Brasserie. Vermutlich wegen der munteren, aber nicht lauten Betriebsamkeit in der offenen, einsehbaren Küche und der lebhaften Servicetruppe, die wie ein fleißiges Bienenvolk durch den Raum schwirrte. Eine Atmosphäre, die aber nicht überforderte. Und ein Restaurant, das *noch* kein Gourmet Tempel war – was Schacht im Geheimen freute. Mit *ihm* wäre das einer geworden. Denn er hatte sich vor Jahren für die Räumlichkeiten interessiert. Schließlich war der Lentpark als kombinierte Eissport- und Schwimmhalle in seiner Jugend sein zweites Zuhause gewesen. Leider wurden diese Hallen vor ein paar Jahren abgerissen, dafür aber an gleicher Stelle komplett neu errichtet. Vor allem hatte man den Gastronomiebereich deutlich erweitert. Wäre doch toll gewesen, wenn er hier *sein* Restaurant, in *seiner* Immobilie, in *seinem* Lentpark hätte betreiben können. Eine einmalige Gelegenheit, endlich den Applaus im Leben zu bekommen, der ihm seiner Meinung nach zustand. Mehr Geld natürlich auch. Er hatte nach wie vor überhaupt nichts dagegen – solange der Schotter nicht den anderen gehörte. Also, warum hätte er es nicht versuchen sollen? Mutig genug, um sich in einem Geschäftsbereich zu tummeln, von dem er keine Ahnung hatte, war er gewesen. Und auch, dass seine Bekanntschaften seine Courage als Blauäugigkeit bezeichnet hatten, war ihm egal gewesen. Sich ein zweites berufliches Standbein aufzubauen, hatte genau seinen Geschmack getroffen. Und dann passierte das, was passieren musste. Was so verdammt typisch für sein Leben war: Die Stadt hatte eine private Trägerschaft abgelehnt. Ohne Grund. Das war für ihn eine ganz miese Tour gewesen. Und er wurde nie den Verdacht los, dass diese Ablehnung eine bewusste Absage an seine Person gewesen war. Ja, hätte er damals Frings in seine Absichten eingeweiht und in die Verhandlungen einbezogen, wäre er ganz *sicher* der Eigentümer oder wenigstens der Pächter des Objektes geworden. Heute wusste er um die Kraft von Seilschaften. Die hätte er zu jener Zeit auch gebraucht, um seine Kreditwürdigkeit zu belegen. Denn die hatte gar nicht rosig, sondern im Ranking rot ausgesehen.

Schacht schlug die Beine übereinander und bohrte mit dem kleinen Finger verstohlen in der Nase. Sein Status bei den Banken war heute vorzüglich. Sein Kontostand auch. Er schloss seine Augen und genoss die behagliche Lounge-Musik aus dem Hintergrund. Sie säuselte ihm ins Ohr und schmeichelte seiner Seele.

»Vorsicht!«

Schacht riss die Augen auf.

»Ich wollte Sie nicht erschrecken. Ihr Wein. Bitte sehr, der Herr. Sie melden sich, wenn Sie noch etwas wünschen?«

Schacht nickte, griff zum Glas, prüfte die Farbe, schwenkte den Kelch ein paar Mal, hielt die Nase hinein, roch Kirsche, verband den Geruch mit Italien, nahm einen Schluck und sah zur riesigen Glasfront, die das Lokal von der Fläche des Eisstadions trennte. Die Eisbahn war ziemlich leer. Hier und da probten ein paar Kids ihre Pirouetten. An der Bande stand ein verliebtes Pärchen. Die beiden knutschten.

»Die sollten besser trainieren. Dann würden wir auf Landesebene im Eistanz für Köln endlich mal wieder eine Medaille holen und auch auf dem Treppchen stehen«, sagte Schacht zu sich und stieß mit der runden Schuhspitze gegen ein eckiges Tischbein. Den doppelten Rittberger hatte er als junger Mann perfekt beherrscht. Aber für die Figur *Toeloop* – rechtes Standbein rückwärts auswärts, linker Fuß des Spielbeins tippt ins Eis – hatte es nie gereicht. Für eine Profisportkarriere auch nicht.

Er starrte auf die mit weißem Damast eingedeckte Tischplatte. Die Decke konnte gut eine Reinigung vertragen. Der kleine schwarze Punkt, den er fixierte, bewegte sich. Scheiß Fruchtfliegen! Um diese Jahreszeit.

»Hau ab!«, schimpfte Schacht und wollte ihr eins vor den Latz knallen. Daneben. Die Blumenvase wackelte bedrohlich. Er schlug in die Luft. Vorbei. Noch einmal. Wieder vorbei. Seine Augen verfolgten ihre Flugbahn. Die Fliege war genauso penetrant unterwegs, wie der Frings in der Rheintron.

»Jetzt hab ich dich!«, drohte er.

Als die Fliege sich auf den Rand seines bauchigen, noch gut gefüllten Rotweinglases setzen wollte, holte Schacht mit seinem Arm weit aus. Das Glas schwankte, kippte um, und der Rotwein floss langsam, aber unaufhaltsam – wie ein breiter Blutstrom, aus dem Kelch, auf die weiße Tischdecke, dann an den sorgfältig gebügelten Faltkanten hinab und schließlich vom Tuchzipfel stoßweise perlend auf seine dreckigen, schief gelaufenen Halbschuhe. So wie das Tropfen musste Violas Herz in den letzten Minuten ihres Lebens geschlagen haben.

»Babamm – babamm – bamm«, ahmte Schacht den Takt nach.

So hatte auch immer sein Herz geschlagen, wenn er Viola sah. Mit ihren wunderschönen, naturgewellten Haaren. Die immer so gut rochen. Nach Sonne, Meer und mehr. Sie hatte ihm ein neues Lebensgefühl geschenkt. Er ihr anscheinend nicht. Denn am Wochenende hatte sie dieses Liebesverhältnis am Telefon beendet. Einfach so. Schluss, aus, vorbei. Abserviert, wie ein voller Tisch. Sie hatte sein Selbstwertgefühl zutiefst verletzt. Dabei hatten sie sich erst letzte Woche hier inkognito zum Lunch getroffen. Er hatte den Ort nicht gerade ideal gefunden. Eine gewisse Gefahr, zusammen gesehen zu werden, war nicht von der Hand zu weisen. Schließlich war in Riehl nicht nur die Redoute der KöKös, sondern auch Frings und Krämer wohnten hier. Aber – wenn sich Viola etwas in den Kopf gesetzt hatte, hatte man nicht gewagt zu widersprechen. Vielleicht war es Viola sogar egal gewesen, mit ihm entdeckt zu werden? Und sie hatte ihm ihr gemeinsames Versteckspiel nur vorgetäuscht. Er hatte immer gewusst, dass Viola Provokationen geliebt hatte. Sie hatte Kraft daraus geschöpft. Schacht wischte energisch auf der Damastdecke herum.

Und jetzt war sie tot.

»Ich brauche Salz! Kann mir einer seinen Salzstreuer leihen?«, fragte er laut in den Raum. Etliche Geschäftsleute an den Nachbartischen hatten ihre Unterhaltungen unterbrochen und guckten empört zu ihm herüber. Die Servicekraft war mittlerweile bemüht, sein Missgeschick mit Lappen und einer professionellen Gelassenheit zu korrigieren.

»Lassen Sie nur. Ich regele das gerne. Nehmen Sie doch einfach an einem anderen Tisch Platz. Schauen Sie mal … dahinten … in der Ecke. Dieser Zweier ist soeben frei geworden. Ich bringe Ihnen dann gleich ein neues Glas. Das geht selbstverständlich aufs Haus«, sagte sie kulant.

Schacht schwankte innerlich. Sollte er ebenso freundlich sein oder rotzte er sie besser an, um die peinliche Lage zu überspielen? »Bitte entschuldigen Sie. Das war nicht beabsichtigt. Wie ungeschickt von mir. Aber diese Fruchtfliegen. Widerlich!«

»Ach, das tut mir leid«, sagte das Mädel wiederholt betont liebenswürdig.

»Vielleicht sollten Sie das Käsebüffet besser abdecken. Auch im November. Sie sehen ja selbst, dass diese Tiere deswegen bei Ihnen überwintern. Das geht gar nicht! Darüber hab ich mich schon einmal in Ihrem Lokal geärgert.«

»Mein Herr …«

»Jaja, im Grunde alles kein Problem, Liebchen … ich sehe über den Stilfehler des Hauses hinweg«, zwitscherte Schacht generös.

»Ich kann nur wiederholen, dass es mir leidtut.«

Warum konnte die Tante nicht einfach die Klappe halten? »Leidtut?«, fragte er. »Lernt man das heutzutage so in Bildungsanstalten? Das ist doch nur eine lächerliche Floskel. De facto denken Sie doch, ich sei ein kompletter Choleriker. Ein Asozialer. Einer, der sich nicht benehmen kann. Und ich garantiere Ihnen: Da ist bei mir noch Luft nach oben«, brauste Schacht auf.

Die Bedienung kümmerte sich unverändert ruhig um das von ihm verursachte Chaos.

Kämpferisch stand Schacht da. Ja – er hatte sich gehen lassen. Und ja – so mochte er sich selbst nicht. Was hatte er sich über Jahre hinweg eingepaukt? Sich sachlich zu verhalten. Zumindest vordergründig. Speziell gegenüber Konzernchefs. Diesen Bonzen und vermeintlichen Wohltätern, die nur ihren Profit sahen auf Kosten anderer Existenzen, Familien ihre Lebensgrundlage nahmen und Hoffnung zerstörten. Denen musste man eine Lektion erteilen.

»Glotzt doch nicht so dämlich! Noch nie einen Homo sapiens gesehen?«, fragte Schacht, fluchte gut vernehmbar weiter vor sich hin und schnappte sich nebenbei das neue Glas Rotwein vom Tablett der vorbeilaufenden Bedienung. Dabei stolzierte er mit hoch erhobenem Kopf an den Restaurantgästen vorbei an seinen neuen

Tisch. Den hatte er sowieso von Anfang an gewollt. Besserer Überblick über das Lokal. Besserer Blick auf die Eisfläche. Und – an diesem hatte er mit Viola gegessen. Hier wollten sie Hand in Hand ihre taktische Vorgehensweise für die Verhandlungen zwischen Vorstand und Gewerkschaft der Rheintron Werke abstecken. Selbstverständlich hinter Frings' Rücken. Hoffentlich hatte er sich im Krankenhaus ihm gegenüber gelassen genug verhalten, als es um Violas Tod ging. Manchmal konnte eine Flucht nach vorn die richtige Vorgehensweise sein. Dennoch schien es ihm so, als hätte Frings ihn abschätzend angeschaut. Hatte er sich doch zu wenig im Griff gehabt? Oder hatte Frings etwas Verdächtiges gehört? Aber zurück zu ihrer beider Strategie: Viola sollte als beratende Delegierte der Consultingfirma von Frings die Vorstandsmitglieder der Rheintron in seinem Sinne dahingehend erfolgreich beeinflussen, dass diese – wie bei den bisher gelaufenen – selbst den dicken abschließenden personalpolitischen Sanierungsvorschlag der Gewerkschaft vorbehaltlos akzeptierten. Im Gegenzug sollte Viola nach wie vor unter einem Pseudonym auf der Gewerkschafts-Payroll stehen und verschleierte Spendenzuwendungen erhalten. Als Dank für die Pflege ihrer arbeitnehmerfreundlichen Unternehmenskultur, hatte er diesmal ein besonders fettes Sümmchen für sie bereitgestellt. Im Gegenzug hätte er durch diesen Deal als Gewerkschaftsmann der Stunde glänzen können. Zudem wollte Viola ihm für seinen Korruptionsmut sein Leben lang freien Urlaub in der kenianischen Seminar-Luxuslaube der Frings Consulting GmbH ermöglichen. Viola meinte, dass würde Frings niemals auffallen, weil er und seine Familie Kenia nicht mochten und Frings ihr diesen Workshop-Tempel als Spielplatz überlassen hatte. Viola vermutete, dass er sie damit als seine beste Angestellte bei Laune halten, positiv motivieren und langfristig an sein Unternehmen binden wollte. Denn mit ihren Präsentationen zu Konfliktlösungen zwischen Arbeitgeberkürzungen und Arbeitnehmerforderungen löste Viola meistens stehende Ovationen aus. Dann war er wie gefangen. Von seiner Viola.

Nur letztens nicht.

Schacht zog die Nase hoch. Als sie auf die Verquickung von Amigo-Allianzen und Wirtschaftsvorteilen angespielt hatte. Da hatte sie doch tatsächlich die Stirn besessen und die rhetorische Frage gestellt, ob es eine Schande wäre, als Vorstand Freunde in der Gewerkschaft zu haben. Eine Brüskierung, mit der sie prompt ein ausgiebiges Pfeifkonzert erntete. Das hätte sie doch wissen müssen. Das war doch klar. Kein Mensch wollte vorgeführt werden. Er hatte ihr noch Zeichen gegeben, aber sie hatte sie missachtet. Warum dieses Verhalten? Warum diese Provokation? Wollte sie diesen Protest vielleicht gezielt herausfordern? Was war das für ein Schachzug von ihr gewesen? *Musste* sie ihre Rheintron-Affäre mit ihm beenden? Waren sie beide aufgeflogen? Durch wen? Durch Frings? Deshalb auch das Ende ihrer Lovestory? Dame schlug König? Frings wieder gekrönt? Und er entthront? Miststück! Er beschloss, erst mal in Deckung zu bleiben, trank sein Glas in einem Zug leer, verließ das Restaurant, setzte sich in den Tesla, startete ihn, drückte das rechte Pedal durch und fuhr mit quietschenden Reifen vom Parkplatz. Richtung Longerich ins Da Enzo. Er musste Abstand bekommen und Frings so schnell wie möglich hinter sich bringen. Der Typ machte ihn krank.

Dienstag zur Krankenhausmittagszeit

Irgendjemand klopfte kräftig an die Zimmertür. Dann stand Bruno Schmitz wortlos, mit großen Augen und einem fetten Blumenstrauß, im Rahmen. Krämers und Frings' vielsagende Blicke trafen sich.

»Hast du die Tageszeit vergessen?«, fragte Frings. Er predigte jedem KöKö, gute Umgangsformen zu pflegen. Ein *Guten Tag* war für ihn das Sesam-öffne-dich jeder Unterhaltung. So, wie es die Franzosen für ihn vorbildlich taten. In der Provence sollte es sogar Restaurantbesitzer geben, die formvollendetes Verhalten mit Preisnachlässen belohnten. Je verbindlicher der Gast, desto billiger das Getränk. »Na, komm schon rein, Bruno. Trau dich. Schön, dass du da bist«, half er dennoch Schmitz aus seiner Bredouille und zeigte auf den ominösen Blumengruß. »Und wo du gerade in der Tür stehst, sei doch bitte so lieb und gib deinen Kabinettsstrauß und auch diesen hier der Schwester. Sie darf beide behalten und von mir aus das Schwesternzimmer damit schmücken. Mein Bedarf ist für heute gedeckt. Ich kann Blumen zurzeit nicht mehr riechen.«

»Mich aber schon, oder?« Schmitz war enttäuscht über den eigenartigen Empfang.

»Wieso, hast du ein neues Duftwässerchen?«, fragte Krämer.

Schmitz räusperte sich und pendelte wie eine Glocke von einem Bein auf das andere. »Nee, aber jetzt mal ohne Scheiß. Wisst ihr schon, wer es gewesen ist?« Er fiel mit der Tür ins Haus.

»Nee, du?« Frings war trotz des Beruhigungsmittels gereizt.

»Ist ja schon gut, Jean. Hätte ja sein können. Zum Beispiel dieser Mörder aus der Flora. Samstagnachmittag hat der FC nämlich ein Heimspiel.«

»Und?«

»Ich hab gemischte Gefühle, dahin zu gehen, weil ein Stadionrasen auch irgendwie Parkcharakter hat. Und noch läuft der Parkmörder frei herum. Ich kann das Spiel doch nicht ausfallen lassen.

Du weißt doch, dass mein Leben aus zwei Effs besteht: FC und Familie.«

»In der Reihenfolge?«, hakte Krämer bei Schmitz nach.

Frings winkte ab. »Du musst es ja auch nicht ausfallen lassen. Die Auftritte der KöKös beginnen doch erst im Januar, nach unserem großen Dreikönigstreffen. Also hast du frei. Obwohl – kommst du denn nicht zur Einweihungsfeier? Dann hast du sowieso keine Zeit für die Partie!«

»Doch, doch. *Nach* dem Spiel bin ich dabei.«

»Hm ... na gut, Bruno. Aber sag mal, wie kommst du eigentlich darauf, dass mein Täter und der Parkmörder ein und dieselbe Person sein könnten?«

Wie eine gigantische Boje wiegte Schmitz seinen birnenförmigen, bestimmt drei Zentner schweren Körper wieder hin und her, stampfte aber diesmal unrhythmisch dazu mit den Füßen auf und rang nach Worten. »Wenn nicht, dann wäre das ... dann wäre das ...«

»Ja? Was, Bruno?«

»Noch viel schlimmer! Dann würden ja *zwei* Mörder in Köln frei herumlaufen. Was, wenn die bis Samstag *beide* nicht gefasst sind?«

»Weißt du, wie viele Verbrecher in Köln unterwegs sind? Damit hast du bislang auch keine Probleme gehabt. Warum jetzt?«, fragte Frings.

»Vielleicht hat man es auf alle KöKös abgesehen?«

»Also auch auf dich, Bruno? Das ist doch Kappes! Und wildes Rätselraten!«

Und Krämer ergänzte solidarisch: »Mensch, Bruno, was konstruierst du denn da? Du guckst zu viele Krimis am Sonntagabend!«

»Vielleicht schlägt der schneller wieder zu, als wir uns alle vorstellen können?«, sagte Schmitz mit gesenkter Stimme.

»So schnell schießen die Preußen nicht. Das bleibt abzuwarten«, kommentierte Krämer ungläubig.

»Wetten, Ferdinand?«

»Ich wette nicht, Bruno. Das ist albern.«

»Wie, albern? Was heißt hier albern? Machst du dich über mich lustig? Das kann ich auch: Ferdinand, du Kleinkrämer!«

Frings unterbrach den angeregten Wortwechsel zwischen den beiden: »Hey, hört auf, ihr Kampfhähne! Das muss doch nicht sein. Vertragt euch. Wir sind doch eine große Familie und haben uns alle lieb. Auch wenn ich deiner Meinung bin, Ferdinand, und Brunos Reaktion für etwas überzogen halte. Oder, Bruno, hast du auch, wie Ferdinand und ich, eine Drohnachricht empfangen?« Frings musterte Schmitz. Warum reagierte Bruno nicht? Als Hypochonder müsste er auf den Zug aufspringen.

Stattdessen kratzte sich Schmitz am Hals, dann am Nacken, schlug die Schutzklappe seines iPads um und sagte: »Ich muss gleich zum Steuerberater. Hab schon wieder ein katastrophales Jahr. Bürokommunikation läuft grottenschlecht. Bin auf dem absteigenden Ast. Ich weiß nicht mehr, wo ich es hernehmen soll. Bekomme ich den Auftrag der Messe Deutz, Jean? Bis jetzt hab ich noch keine Bestätigung in der Post gehabt. Hast du dich für mich stark machen können? Neueste Kopiersysteme und Scanner für anderthalb Millionen würden mich retten.«

Frings sah Schmitz verlegen an. Was sollte er sagen? Er konnte nichts mehr machen. Die Ausschreibung war gelaufen, das Fell verteilt. Und die Bonner Konkurrenz stärker gewesen. Außerdem hatte er nie daran geglaubt, dass Bruno die Kapazitäten für diesen Job gehabt hätte. Mit einem Augenaufschlag signalisierte er Ferdinand, sich an den Schokozigaretten, die mittlerweile in der Obstschale auf seinem Nachttisch lagen, zu bedienen.

»Ich bleib am Ball«, antwortete Frings bestimmt, schob mit diesen Worten Schmitz zur Seite und fuhr, zu Krämer gewandt, fort: »Sollen wir jetzt mal zusammenfassen, wer ein Motiv hätte, Ferdinand?«

Krämer spähte auf seine Uhr und schüttelte den Kopf. Durch Brunos Besuch war es schon spät geworden und Johanna hatte ihn gebeten, pünktlich zum Mittagessen zu Hause zu sein. Außerdem gab es im Krankenhaus bestimmt auch für Jean gleich eine Stärkung. Vielleicht mussten auch seine Verbände gewechselt werden? Er wollte lieber fahren, würde aber abends noch einmal vorbeischauen, dann wären sie unter sich. Keine Schwestern, keine Ärzte, keine Besucher würden sie stören.

Die Tür öffnete sich langsam. »Hallihallo!« Agi Frings reckte den Kopf ins Zimmer und ging strahlend auf Frings zu. Sie wuschelte ihm burschikos durch die Haare und fragte: »Na, alles in Ordnung?«

Frings lächelte breit. »Es gibt gleich Henkersmahlzeit. Soll ich für dich eine Portion mitbestellen? Ist vielleicht gar nicht so übel. Du kannst wählen zwischen normalem, kohlehydratfreiem und veganem Essen.«

»Bitte das normale. Was Alltägliches erdet mich nach vergangener Nacht«, sagte Agi Frings und hob und senkte die Augenbrauen.

Krämer verabschiedete sich und winkte allen dreien zu.

»Tschüs, Ferdinand. Grüß Johanna«, rief Agi Frings ihm hinterher.

»Ihr habt euch doch eben erst gesehen«, staunte Schmitz.

»Ja, klar! Trotzdem.«

»Ach so«, sagte Schmitz. »Na gut, auch ich bin wieder fort. Bis die Tage … ääh … Samstag! Und, Jean?«

»Ja?«

»Denk immer an mich!« Schmitz ging, drehte sich kurz vor dem Hinausgehen noch einmal um und kam zurück. »Meine Güte, *leev Marie*, jetzt hätte ich fast vergessen, was der Felix Tantler mir für dich mitgegeben hat, Jean.« Schmitz griff einmal in die linke und einmal in die rechte äußere Jackentasche und zog je ein Fläschchen Balsamico heraus. »Voilà! Rot! Und warte! Hier! Weiß! Mit freundlichen Grüßen von unserem Vizegeneral.«

»Ach, super!«, freute sich Frings. »Aus bestem Traubenmost in unterschiedlichen Holzfässern aus Kirsche, Kastanie, Eiche, Esche, Wacholder und Maulbeerbaum gereift, wie er bei einer Hausführung der Firma Tantler gelernt hatte. Eine der ältesten und traditionsreichsten Produzenten von Balsamico an der Ahr. Nebenbei betrieben die Tantlers in einem alten Kloster ihr Gourmet-Restaurant *La Maison*. Dieses Jahr mit zwei Sternen und vier Kochmützen ausgezeichnet. Grund genug, dass das Kabinett einstimmig beschlossen hatte, die obligatorische festliche KöKö-Weihnachtsfeier mit Damen dort stattfinden zu lassen. Wenn dann Tantler ab nächsten Sommer das Lentpark-Restaurant als Kölner Dependance übernahm, sollte die Feier ins *Maison Deux* verlegt werden – so der zukünftige Restaurantname. Oder ins *Maison Trois*? Denn Jean hatte munkeln gehört, dass Felix an einer dritten Location Interesse hatte. In Rodenkirchen. Wo in dem Stadtteil, war noch geheim. Vielleicht direkt am Rhein in einem Neubau? Dafür müsste man jedoch ein altes Gebäude abreißen, denn unmittelbar an der Rheinpromenade gab es keine Baulücken mehr. Aber was war mit der Rodenkirchener Riviera kurz vor Rheinkilometer 681? Aber da war kein Hochwasserschutz gegeben. Außerdem konnte er sich nicht vorstellen, dass Tantlers elitäres Publikum über die saisonunabhängigen Dauercamper begeistert wäre. Die schreckten beim Grillen vor nichts zurück. Selbst bei nasskaltem Wetter mit schlammigen Wegen, aufgeweichtem Rasen und eindrucksvoller Pfützenlandschaft ließen Glamour-Camper unter pompösen Vorzelten die Rauchschwaden über ihren Platz aufsteigen. Jean bekam Appetit.

»Sauer macht lustig«, sagte Schmitz und riss ihn aus seinen Gedanken. »Außerdem geht die Liebe zu *rut un wieß* auch durch den Magen. Ach ja, und Felix hat gescherzt, dass du dir auch keine Sorgen vor einem weiteren Anschlag machen müsstest. Das Zeug wäre im Leben niemals vergiftet.«

Frings machte eine lange Pause. »Sag niemals nie!«, antwortete er leise und rief Schmitz, der zwischenzeitlich schon auf dem Flur stand, hinterher: »Ich ruf ihn später mal an und bedanke mich persönlich bei ihm, wenn es meine Zeit erlauben sollte!«

»Hast du jetzt auch Zeit für mich, lieber General?« Agi Frings gab ihm einen Kuss. »Endlich allein! Wie geht es uns denn? Hast du noch weiteren Besuch gehabt? Sind deine anderen Kabinettskollegen auch schon hier gewesen? Noch nicht mal Blumen haben die vorbeigebracht. So schwer ist das nicht. Aber gut, morgen ist auch noch ein Tag. Oder sagen wir – vielleicht.« Agi Frings schmunzelte.

»Agi, kannst du eigentlich nie ernst sein?«

»Doch. Gerade in dieser Sekunde. Dein Lieblingsjackett hängt nämlich wieder frisch gedämpft zu Hause auf dem Bügel. Und der fehlende Goldknopf ist auch ersetzt und fest angenäht. Seit wann ist der ab gewesen? Bist du an irgendwem hängen geblieben? Sieht nicht so aus, als wenn der von allein abgefallen sei. Der Stoff war eingerissen.«

Frings reagierte nicht auf ihre hartnäckige Fragerei. Immer dieses Nachbohren. Wie häufig hatte er sie darum gebeten, das sein zu lassen. Ständig musste er sich für irgendetwas erklären. Aber so war das halt. Er hatte immer eine Frau gewollt, die allein laufen konnte. Und denken. Trotzdem musste er ihr nicht alles auf die Nase binden.

»Du, Agi? Ich wollte es nicht an die große Glocke hängen, aber meine Rolex ist weg.«

»Warum weg?«

»Ja … weg!«

»Seit wann?«

»Seitdem ich im Krankenhaus bin. Vielleicht hat der Polizeischutz nicht aufgepasst und einer ist unbemerkt ins Zimmer gekommen und hat die Uhr gestohlen! Vielleicht mein Messerstecher? Vielleicht ist das ja auch der Grund für den Anschlag auf mich gewesen und der hat nur meine Uhr gewollt?«

»Vergiss es! Die Uhr haben mir die Sanitäter sicherheitshalber am Tatort übergeben, damit sie dir in der Klinik nicht geklaut wird. Deine Uhr liegt also unversehrt zu Hause im Tresor. Okay?«

»Ach so.«

»Aber eine andere Sache beschäftigt mich. Fährst du eigentlich auf PreTOUR nach Mallorca?«

»Hm, weiß ich noch nicht. Grundsätzlich schon. Geht ja nicht anders. Das verstehst du doch, oder?«

»Hmm … !«

Eine Schwester unterbrach das Gespräch. »So, Frau und Herr Frings – hier kommt Ihr Mittagsmenü!«

»Das ist nett von Ihnen«, antwortete Agi Frings, »aber mir ist gerade der Appetit vergangen.« Und zu Frings gewandt: »Ich muss noch zur Schneiderin. Mein Galakleid für die Redoute ist zur letzten Anprobe fertig. Du bist ja hier bestens versorgt durch die Dutzende liebreizender Damen.«

Frings legte den Kopf schief. Warum war Agi auf einmal so säuerlich? Als wenn sie sich unmerklich ein Schlückchen Essig gegönnt hätte. »Die Schwestern sind zwar liebenswert, aber ganz schön rabiat beim Spritzen-Setzen, Agi.«

»Dann hast du es auch verdient. Ich stelle ein Kerzchen für dich auf.«

Frings bemühte sich, ihren Blick zu verstehen. Was hatte das plötzliche schnippische Verhalten zu bedeuten? Mit Kerzenaufstellen machte man doch keine Witze. Nicht in seiner jetzigen Situation. Und da war es wieder: das unwillentliches Zusammenkneifen seiner Augen unter höchster Konzentration. Irgendetwas lief schief.

»Sag mal, Agi, bleiben die Kinder heute Nachmittag allein zu Hause? Wer passt nach der Schule auf Emily auf? Unser großer Paul oder geht unser Mädel zur Oma Janne, während wir beide nicht da sind?«

»Weder noch, warum?«

»Ach, nur so.«

»Warum, Jean?«

»Egal.«

»Jean! Warum?«

»Ich mach mir halt Sorgen.«

»Die brauchen keinen Babysitter mehr. Auch nicht wegen vergangener Nacht. Du kannst die Kinder doch nicht in einen goldenen Käfig stecken. Je normaler wir jetzt mit ihnen umgehen, desto weniger wird sie das Attentat auf ihren Vater belasten.«

»Nicht, dass unserer Kleinen was passiert, Agi!«

»Manno, Jean, Emily gehts gut und sie ist schon ziemlich erwachsen für ihr Alter. Behandel sie nicht wie ein Kleinkind. Und ganz ehrlich: Seit wann bist du ein Helikoptervater? Das nervt! Ich versteh zwar deine Fürsorge für die Kinder, aber was sich über *dir* zusammenbraut oder bereits zusammengebraut hat, beschäftigt mich viel, viel mehr. Und nochmals, ich will jetzt endlich los«, sagte Agi Frings mit funkelnden Augen, berührte nur kurz seine verbundene Hand und zockelte davon.

»Aber Emily ist mir so ähnlich«, flüsterte Frings. »Ich wünsch mir doch nur, dass sie eine genauso schöne Kindheit hat, wie ich sie erleben durfte.« Er griff zum Wasserglas. Sein Arm tat wieder höllisch weh. Er nahm ausnahmsweise eine Höchstdosis Schmerztabletten, lehnte sich zurück und atmete tief durch.

Dienstag nach der Schule

Schulschluss! Endlich. Emily Frings packte in Windeseile ihren Ranzen, stolperte vor lauter Übermut über die eigenen Füße und fiel auf die Knie.

»Mist!«

Lauf nicht über den großen Onkel, maßregelte Oma Janne sie immer. Das hatte auch ihr Jean schon nicht gedurft und würde sich für so ein hübsches Mädel, wie sie es war, erst recht nicht schicken. Trotz solcher Meckereien liebte sie ihre Großmama heiß und innig. Sie war Modistin! Und nach ihrer Hutmacherlehre kurz an der Sorbonne gewesen. In Paris! Und in Köln? Ja – da hatte sie die allererste Boutique eröffnet. Für Emily war der Laden schon immer total spannend gewesen. Für ihren Papa, als er Kind war, auch. Noch heute war das Geschäft ein Paradies aus Knöpfen, Garnen, Stoffen, Glitzerborden. Überall standen komische Figuren herum. Wie Gespenster. Schneiderfiguren mit kugelförmigen Metallgebilden statt der Köpfe. Auf diesen steckten majestätisch die schönsten Kreationen ihrer Oma. Schließlich zählten die oberen Zehntausend der Stadt zu ihrer Kundschaft. Mehrfach im Jahr bestellten bei ihr die Damen ihre Mühlräder. Denn es gab ja auch mehrere Rennen auf der Galopp-Rennbahn in Weidenpesch. Da hieß es: sehen und gesehen werden. Auch Emily durfte schon mal mit. Sogar ins Hippodrom, das Rennbahnrestaurant. Mit Champagnerempfang. Aber die Abende mit ihrer Großmutter auf dem Sofa, die waren für sie tatsächlich – de luxe. Wenn Oma Janne anfing, Kölner Sagen zu erzählen. Von der entlarvenden Blutsäule in der St. Gereon Kirche, die Bösewichter enttarnte. Oder von der Weckschnapp, einem gruseligen Hinrichtungsturm. Oder von der seltsamen Geistermesse in der Kirche St. Maria im Kapitol. Emily hüpfte freudig auf dem Bürgersteig von einer Steinplatte zur nächsten: »Wie war zu Köln es doch vordem / Mit Heinzelmännchen so bequem! / Denn, war man faul, man legte sich / Hin auf die Bank und pflegte sich.«

Sie war heute mit einem Schulkameraden verabredet. Aus der fünften Klasse und glucosehaltig – also zuckersüß. Um drei vorm Eingang der Lentpark-Eishalle. Zum Schlittschuhlaufen. Sie schaute auf die Uhr. Sie musste sich beeilen. Vorher nach Hause, ein bisschen Hausaufgaben, sich umziehen und dann los. Vorher 'ne Pommes rot-weiß? Auf jeden Fall!

Emily lief zum Parkeingang am Konrad-Adenauer-Ufer. Sie nahm wie so häufig den Skulpturenpark als Abkürzung von der Grundschule nach Hause. Einmal schräg über das Gelände zum zweiten Zugang an der Riehler Straße und sie war fast daheim. Ob sie Paul traf? Aber vermutlich hatte er noch nicht frei. Auf dem Gymnasium war Büffeln angesagt. Vielleicht war der Park deshalb so leer! Niemand hing heute hier ab. Sie schlurfte über den Sandweg. Da! Da war sie ja! Ihre bunt geringelte Strickmütze! Auf der Spitze der langen Eisenstange einer Skulptur. Am Busch. Dann war ihr die doch gestern hier aus der Manteltasche gefallen. Emily sprang kurz hoch und schnappte nach ihr. Und noch einmal. »Höher ging es anscheinend nicht«, schimpfte sie vor sich hin.

»Ich war das.« Eine dunkle Stimme sprach sie an.

Emily blickte nach links und rechts. Keiner da.

»Huhu, hier bin ich!«

»Wo ist hier?«

»Na, hier!« Hinter dem Eisengebilde trat ein Mann hervor und blieb daneben stehen.

»Könnten Sie mir bitte helfen? Ich komm an meine Mütze nicht dran.«

»Aber gerne bin ich dir behilflich!« Er streckte mit einer auffallend ruhigen Bewegung seinen Arm zur Mütze aus.

»Ich hab es eilig!«, sagte Emily.

»So jung und schon Termine?«

»Bitte!«

Er kam näher. Noch näher. Nah an der Mütze blieb er stehen. Vorsichtig fingerte er an ihr rum, ließ sie aber hängen. »Wie weich die ist!« Er strich über das Gewebe. »Selbst gestrickt?«, fragte er.

»Nee, mit Perwoll gewaschen.«

Er zog sie ruckartig über die Stangenspitze.

»Stop!«, rief Emily und riss beide Arme in die Höhe. »Sie müssen aufpassen, das zieht Fäden!«

»Sonst noch Wünsche?« Seine Augen flimmerten Emily an. Seine Pupillen wirkten länglich wie die von einem Kater. »Hier hast du sie!«

Emily riss ihm die Mütze aus der Hand.

»Trägst du sie, weil du so hässliche Haare hast?«

»Die sind doch meine Schokoladenseite!« Sie griff zu den Zöpfen, öffnete die Haarspangen und schüttelte kräftig den Kopf. Millionen Locken wirbelten durch die Luft.

»Wow, wie ein Engel. Komm, lass uns gemeinsam zur neuen Skulptur fliegen ... liegen ... iegen ... gen«, schallte es in mehreren Frequenzen durch die Luft, die sich überlagerten und ein lockendes Klangmuster erzeugten.

»Ich heiße Emily, nicht Engel.«

»Emily. Weiß ich ja! Deshalb will ich dir ja auch dort etwas zeigen. Es gibt eine neue Figur, die deinen Namen trägt.«

»Ooooh!«

Sie stakste auf einem schmalen Trampelpfad abseits des Hauptweges hinter dem Mann her. Der Pfad führte zu einem dicht bewachsenen Staudengraben hinter einer großen Baumgruppe. Eine Backsteinmauer umrahmte den Graben. Emily zitterte. Im Sommer war's hier kühl und schattig. Aber jetzt war's feucht und frostig. Inmitten der Stauden ragte ein abstraktes Gebilde mit ausgebreiteten, goldenen Flügeln in den Himmel.

»Komm hierhin. Sonst kannst du deinen eingravierten Namen nicht lesen. Zu mir. Näher. Noch näherrrrrr.«

Pssssssssssss waberte es über die Parkanlage als blecherndes Echo, abgelöst von einem langen, spitzen, hellen Piepton.

Emily hielt sich die schmerzenden Ohren zu. Der Mann machte ihr plötzlich mächtig Angst. Über ihnen zogen türkisfarbene Wolken im Zeitraffer hinweg. Zwar war es heller Tag, aber bunte, flackernde Sternschnuppen schossen aus dem Kosmos und erloschen knisternd.

»Mir ist kalt.«

»Es wird dir gleich wärmer werden, Emily. Wenn du auf den Stauden gebettet bist. Wie Dornröschen. Ich decke dich dann mit schweren Tannenzweigen dicht zu.«

Ein quirliger, schwarzer Hund kam in den Graben gelaufen. Schnurstracks auf Emily zu.

»Jack! Hallo, Jacky! Wie schön, dich zu sehen!« Ein Mischlingshund sprang sie zur Begrüßung an. Sie kannte ihn und sein Herrchen von ihren vielen Besuchen im Park. Und hatte vor Freude über Jack völlig die Skulptur mit ihrem Namen vergessen. Emily griff nach Jacks Leine. Dann schaute sie intensiv den Fremden an. Er stank. Das merkte sie jetzt erst und fragte laut: »Woher kennen Sie eigentlich meinen Namen?«

»Von deiner Mutter.«

»Und wie heißt meine Mutter?«

Die Gestalt zog eine schwarze Kapuze tiefer ins Gesicht. Emily neigte den Kopf und guckte in ein dunkles Loch.

»Was machen Sie denn da? Der Staudengraben darf im Winter nicht betreten werden!«, rief Jacks Herrchen von Weitem und stand urplötzlich neben Emily. »Wo ist der Typ? Wie vom Erdboden verschwunden. Wie in Mosaikteilchen zerfallen und dann aufgelöst. Pulverisiert. War das etwa dein Vater?«

»Nein, der liegt im Krankenhaus.«

»Dann mach jetzt, dass du nach Haus kommst! Warte! Hier … deine Mütze?«

»Oh ja, vielen, vielen Dank!« Emily glitt die Mütze aus der Hand und fiel mit lautem Klirren auf den Boden, obwohl Strick keine Geräusche hätte machen dürfen. Glitzernde, rote Steinchen rollten aus ihr heraus. Emily freute sich und griff nach ihnen. Aber mit jedem Grabschen zerfielen sie zu weißem Staub. »Dann halt nicht«, beschwerte sie sich und versuchte zum Ausgang zu laufen. In Zeitlupe setzte sie einen Fuß vor den anderen. Doch je weiter sie auf dem gefrorenen, rutschigen Boden rannte … die rettende Parköffnung entfernte sich immer mehr.

»Mach dir keine Sorgen, Papa. Ich brauche keine Hilfe. Mach dir keine Sorgen!«

Blitze und Donner wechselten sich ab.

»Die Flammen! Die Flammen! Sie kommen«, rief Emily und knöpfte ihren Mantel auf. Es war wie in einem Backofen. »Wartet doch, ich fang euch auf! Ich fang euch auf!«, rief sie beschwörend und schluchzte. »Nicht weinen, heilige Ursula! Du, meine bretonische Prinzessin und deine zehn Gefährtinnen. Die Hunnen sind weg! Und im Himmel können sie euch nichts mehr tun. Lasst eure Tränen einfach fallen. In meinen Schoß. Seht ihr denn nicht die Stickerei von meiner Oma?« Sie raffte den üppig bestickten Rockansatz ihres Kleides hoch, spannte ihn zu einer Vertiefung, kniete sich hin, wartete. Und da fielen sie. Mit schmetternden Fanfaren. Aus dampfenden Blutwolken. Eins, zwei, drei, … elf schwarze aufstrebende Flammen. Sie kreischten und schrien. Mörder! Mörder! Sie kamen als Reigen von oben herab, dekorierten die knorrigen, kahlen Äste der Baumkronen und tropften – auf das Wappen von Köln!

Opalisierendes Licht.

Luft.

Keine Luft.

»Ich bekomme keine Luft!«

»Herr Frings? Herr Friiiihiiiings!«

Frings riss die Augen auf.

»Da sind Sie ja wieder! Was haben Sie aber tief und fest geschlafen«, sagte die Schwester fast lobend, straffte ihre Stützstrümpfe, kritzelte etwas auf die Krankenakte und reichte ihm einen Teller. »Ein Stückchen Marmorkuchen? Von einer Kollegin gebacken. Schmeckt wie bei Muttern.«

Frings war schweißgebadet. Bedrückt schüttelte er den Kopf und wartete, bis sie wieder draußen war. Dann griff er zum Handy mit einem Kloß im Hals. Wie viel Zeit war vergangen? Höchstens eine halbe Stunde. Der Traum steckte ihm noch in den Knochen. Aber das Einzige, woran er sich erinnern konnte, waren die glitzernden Steinchen. Und das bitterliche Weinen von Emily. Sollte er sie *jetzt* anrufen oder noch etwas warten? Er hatte große Angst und wählte Ferdinands Nummer.

»Ferdinand, ich hab eben einen Albtraum gehabt.«

»Träume sind Schäume, Schäng. Und dass du einen Albtraum gehabt hast, ist doch normal. Das ist typisch für deinen Zustand. Du bist einfach aus dem Gleichgewicht.«

»Kann man durch Träume in die Zukunft schauen?«

»Ich glaub nicht dran. Obwohl – vielleicht war es ja ein Signal.«

»Signal?«

»Ja, Jean, ein Hinweis auf den Täter. Gab es einen Mann oder eine Frau in deinem Traum?«

»Weiß nicht …«

»KöKös?«

»Kann ich dir nicht sagen.«

»Vielleicht eine Frau? Frauen sind raffiniert und kreativ. Vielleicht ist dein Killer weiblich? Und der Parkmörder auch?«

»Schwachsinn, Ferdinand!«

»Ist eine Überlegung wert, Jean.«

»Macht meinen Fall aber nicht einfacher. Wo bist du eigentlich? Du kommst im Stakkato rüber. Bist du noch im Auto?«

»In der Waschanlage. Bin vergangene Nacht wie *Ferkes Willem* unterwegs gewesen. Muss auch jetzt wieder reinhauen und dich leider abwürgen, Jean. Bis später.«

Frings blinzelte. Er drückte auf Kurzwahl. Emily.

»Der gewünschte Gesprächspartner ist vorübergehend nicht zu erreichen. *The person you are calling is temporarily not available.*«

Emily öffnete die Haustür und warf ihre offene Schultasche auf die Kommode. Hefte, Handy, Federmäppchen rutschten wie glitschige Seife heraus.

»Mama! Mama? Maaaaama!«

Keiner da? Sie musste sich sputen. Für Hausarbeiten war es jetzt zu spät. Um alle Räume und Ecken abzusuchen und zu prüfen, ob sich eventuell eine fremde Person versteckt hatte – nie. Klar, eine dumme Manie von ihr. Ja, und? Kontrolle war besser. Auch wenn sie vor der eigenen Courage ziemlich dolle Angst hatte. Was sollte sie tun, wenn es tatsächlich mal so sein würde? Darüber hatte sie noch nie nachgedacht. Nur die umgekehrte Vorstellung, dass der Mensch *sie* überraschen könnte, war Grund genug für ihren routinemäßigen Kontrollgang. Sie begann im Wohnzimmer, guckte hinter jeden Vorhang, jede Lampe, unter jedes Sofa, jeden Sessel. Dann lief sie hoch ins Schlafzimmer. Ein Blick unters Bett. Alles war in Ordnung. Jetzt noch das Zimmer ihres Bruders. Der begehbare Kleiderschrank und noch schnell die Récamière. Hinunterbeugen, gucken …

»Nein, Hiiiiiiiilfe, ahhhhhhhhhh, Hiiiiiilfe!«

Sie schrie aus Leibeskräften, preschte ins Erdgeschoss, hinaus auf die Straße und schrie weiter. Sie schrie und wollte nicht mehr aufhören zu schreien.

»Hiiiiiiiilfe!«

Emily hatte beim Hinausrennen wie in Trance nach ihrem Smartphone auf dem Flurschränkchen gegriffen.

»Mama?«, schniefte sie.

»Mama?«

Dienstag in der Krankenhauscafeteria

Ja, Emily-Mäuschen? Warte – ich hab eine total schlechte Verbindung. Ich bin immer noch im Krankenhaus. Oben bei den Privatpatienten, wo Papa liegt. Musste mich frisch machen und restaurieren. Fürs Städtchen. So, jetzt kann ich dich besser hören. Schatz, was ist denn los? Was hast du denn? Warum weinst du denn so? Hast du die Klassenarbeit verhauen? Macht doch nichts. Eine Zwei ist kein Weltuntergang!«

»Nein, Mama … der Paul … der Paul.«

»Beruhige dich Emily. Ganz ruhig. Atme kurz durch und erzähl mir schnell, was passiert ist.«

»Der Paul lag unter seiner Couch und hat mich erschreckt.«

»Warum lag Paul darunter?«

»Er wollte mich ärgern und Einbrecher spielen.«

»Ach, Emily … Jungs machen manchmal so einen Blödsinn. Es ist doch alles gut. Dir tut keiner was. Schon gar nicht bei uns zu Hause. Putz dir die Nase und mach deine Schulaufgaben. Ich bin heute etwas länger unterwegs. Hab gleich noch Termine. Also sei schön manierlich. Und wenn es dir langweilig ist, dann geh' doch rüber zu Oma Janne. Die freut sich immer über dich. Also, Bussi und tschau, Spatz!«

Agi Frings steckte das Handy in ihre Louis Vuitton Tasche und ging langsam Richtung Aufzug. Sie hatte ein schlechtes Gewissen und beschloss, den Kindern eine kleine Überraschung aus der Stadt mitzubringen. Für jeden einen dieser Mega-Adventskalender. Vierundzwanzig Mal Bescherung. Am liebsten mit Glastörchen, um die Ungeduld zu bedienen. Und wenn die Schmuckindustrie einsteigen würde, ja, dann hätte sie auch gerne einen von Jean. Dann wäre *sie* mal dran und nicht immer nur die KöKös. Ab nächstem Jahr konnten die nämlich einen bestellen. Gefüllt mit kölschen Kleinigkeiten für die ganze Familie. Warum brachte eigentlich die Kripo Köln nicht einen heraus, der ihr das Törchen zu Jeans Täter öffnete? Jeden Tag ein neues Indiz. Das würde die Fahndung vielleicht um einiges erfolgreicher machen.

»Mensch, können Sie nicht aufpassen?« Agi Frings stand einem Mann mittleren Alters mit scharfen Gesichtszügen gegenüber. Sie senkte ruckartig den Kopf und starrte entsetzt auf den Boden. Ihre Entfernung zu ihm: eine milchige, hellbraune Pfütze von ungefähr achtzig Zentimetern Durchmesser. Der Typ hatte sich am Getränkeautomaten einen Kaffee gezogen und sie beim Umdrehen angerempelt. Dabei war ihm die heiße Soße über den randvoll gefüllten Becher geschwappt.

»Entschuldigung, ich hab Sie nicht bemerkt. Haben Sie sich verbrüht?«, wollte der Mann wissen.

»Ich mich? Falsch! *Sie* haben mich verbrüht!«

»Tut mir leid. Es war keine Absicht. Und für die Reinigung komme ich selbstverständlich auf.«

»Das wird teuer!« antwortete Agi Frings. Und wenn nicht, würde sie nachhelfen und dafür sorgen, dass ihre Stammreinigung am Eigelstein ihr eine extra hohe Rechnung ausstellen würde. Schließlich hatte sie bei denen noch was gut. Denn fast jeder KöKö brachte – auf Empfehlung von ihr – regelmäßig mindestens zweimal im Jahr seine Litewka dahin. Ein sicheres und lukratives Geschäft, auf das die Wäscherei bestimmt nicht verzichten wollte oder konnte. Deshalb legten sie sich auch so mächtig ins Zeug und behandelten dieses Gesellschaftsjackett mit äußerster Sorgfalt. Allein die vielen goldfarbenen Knöpfe der zweireihigen, waffenrockartigen Uniformjacke waren eine Herausforderung. Aber auch die *Cocarde Tricolore* auf den Revers hatte es in sich. Eine französische Rosette, allerdings in rot-weiß-gold, gestaffelt in drei Größen, abhängig vom Pöstchen. Agi Frings schaute den Mann völlig entrüstet an.

»Teuer ist nicht schlimm. Ich bin gut versichert«, verteidigte er sich. »Hier meine Visitenkarte!«

Agi Frings steckte sie, ohne einen Blick darauf zu werfen, in ihre Manteltasche und ordnete die Haarsträhnen. Sie war wütend.

Richtig wütend. Sollte sie so etwa den Rest des Tages herumlaufen? Eben erst umfangreich aufgehübscht und jetzt bekleckert von oben bis unten!

»Darf ich Sie zu einem Kaffee in die Cafeteria einladen? Dieser hier aus dem Automaten schmeckt schauerlich. Eine Mischung aus Hühnersuppe, Kakaowasser und Blümchenkaffee. Aber – mit Crema. Kommen Sie, irgendwie muss ich mein desolates Prozessmanagement wiedergutmachen. Tun Sie mir den Gefallen, denn bis zu meinem nächsten Termin hab ich noch reichlich Zeit.«

»Ich aber nicht!«, schäumte sie vor Wut über die Schusseligkeit dieser Person. Desolates Blablabla. »Ich bin schon verabredet und heilfroh, aus diesem Laden gesund wieder rauszukommen«, sagte Agi Frings.

»Ach so, Sie sind gerade entlassen worden? Was hatten Sie denn, Sie Arme? Entschuldigen Sie bitte diese Fragerei. Aber Neugierde ist mir angeboren.«

»Eigentlich eine weibliche Eigenschaft.«

»Und ein Vorurteil«, scherzte der Mann. Seine meergrünen, wachen Augen hatten etwas.

Agi Frings' Mundwinkel zogen sich zu einem leichten Lächeln nach oben. Bleib bloß unfreundlich, korrigierte sie sich, sonst hoffte der noch, er käme mit Humor und einem läppischen Getränk so einfach davon. »Ich bin nicht krank, sondern habe meinen Mann besucht. Jean Baptist Frings – wenn Sie wissen, wer das ist.«

»Ach, *Sie* sind Frau Frings! Das trifft sich ja hervorragend! Darf ich mich vorstellen? Mein Name ist Raphael Brandt, Kriminalhauptkommissar.« Brandt hielt ihr den Dienstausweis hin.

Woran sollte sie erkennen, dass der nicht gefälscht war?

»Ich bin nachher mit Ihrem Mann verabredet«, erklärte Brandt. »Vorab wollte ich mich im Krankenhaus mal ein wenig umsehen und mich vor allem mit den Beamten abstimmen, die Ihrem Mann vor dem Krankenzimmer Polizeischutz geben. Gemeinsam mit anderen Kollegen haben sie ihn in der vergangenen Nacht schon kurz vernommen. So eine Vernehmung muss leider zeitnah passieren, denn dann sind die Erinnerungen noch frisch. Tage später hat man nicht mehr alles präsent. Bin gespannt, was die zu berichten haben, denn die Ausbeute des Kriminaldauerdienstes ist bisher spärlich gewesen. Leider hatten die Fachkommissare der Kölner Kripo zur Tatzeit Feierabend. Also bitte, Frau Frings. Nur ein paar Minuten. Ich würde gerne mehr über das Umfeld Ihres Mannes erfahren.«

»Ich bin nicht in Stimmung!«, antwortete Agi Frings. Und außerdem störte Brandt ihren Nachmittag.

»Das sollte aber nicht aufgeschoben werden. Die Zeit läuft, wenn wir den Täter schnell finden wollen. Bitte!«

»Na gut. Aber nur ganz kurz, denn ich muss noch zur Anprobe.«

»Versprochen. Nur ganz kurz.«

Gemeinsam mit ihm stöckelte Agi Frings zum Lift. Die Türen öffneten sich, sie gingen hinein, Brandt drückte den Knopf fürs Erdgeschoss und die Türen schlossen sich. Agi Frings betrachtete die Folienpiktogramme. *Kein Lastenaufzug. Aufzug bei Feuer nicht benutzen.* Und bei freilaufenden Verbrechern? Wenn die Anlage zigtausend Menschen im Jahr nach oben oder nach unten beförderte, wie hoch war dann wohl die Wahrscheinlichkeit, in einem Lift steckenzubleiben, in dem das Notrufsystem versagte und ein Mörder in Ruhe seine Tat begehen konnte? Sie überwachte die Etagenangaben. War Brandt wirklich einer von den Guten? Oder war sein Ausweis eine Fälschung? Der Aufzug hatte sich noch keinen Zentimeter bewegt. Doch die Lifttüren blieben zu.

»Sollen wir den Notdienst rufen?«, unterbrach Agi Frings die Stille.

»Warum?«

»Ich meine ja nur.«

»Haben Sie eigentlich schon vom Mord an Viola Bern gehört?«

Sie sagte nichts. Sie hatte Angst davor.

»Und Ihr Mann?«

»Warum?«, traute sie sich zu fragen. »Vielleicht. Ich weiß nicht, ob er schon die Zeitung gelesen hat. Oder ob es ihm Besucher oder das Krankenhauspersonal bereits erzählt haben. Ich hab gar nicht dran gedacht, mit ihm darüber zu sprechen. Ist mir eben nicht wichtig gewesen.«

»Nicht wichtig?«

»Nein.«

»Und er hat auch nichts erwähnt?«

»Nein!«

»Vielleicht ist er zu sehr mit sich selbst beschäftigt.«

»Vielleicht. Aber so, wie ich meinen Mann kenne, weiß er es bestimmt schon. Nur bevorzugt er wahrscheinlich, seine Emotionen zu verbergen und diese nicht in Worte zu fassen. Also, lieber keinen Mucks über die Bern von sich zu geben.«

Jemand bollerte an die Lifttüren. Sie öffneten sich wieder.

»Warten Sie! Reden wir gleich weiter, wenn uns niemand zuhören kann.«

Ein Pfleger stellte sich zu ihnen. In der Hand hielt er eine Palette mit Pillen in unterschiedlichen Größen und Farben. »Das ist nett, dass ich noch mitfahren darf«, freute sich der junge Mann. »Erdgeschoss? Ist das richtig?«

Agi Frings nickte. Die Lifttüren schlossen sich wieder und der Fahrstuhl setzte sich in Bewegung nach unten. Sie schluckte gegen den Ohrendruck. Ein Stoß, ein Schütteln, ein Pling, ein Stoppen, ein Surren – *E*.

Der Pfleger verabschiedete sich: »Einen schönen Tag noch.«

»Danke, Ihnen auch«, rief ihm Agi Frings laut hinterher. Sie war erleichtert, dass sie diesem Hightech-Paternoster nicht mehr ausgesetzt war. Und versuchte, Brandt für ihre krausen Gedanken von eben mit einem entschuldigenden Lächeln anzuschauen. Es verrutschte.

Im Eingang der Cafeteria fragte Brandt: »Wo wollen wir uns hinsetzen?« Er tippte kurz an ihre Schulter, als wenn er sie auf Kurs bringen wollte. »Hinten in die Ecke, Frau Frings? Da sind wir ungestört.«

Sie wählte einen krümelfreien Tisch mit zwei gepolsterten Plastikstühlen und setzte sich.

»Möchten Sie lieber was Kühles oder auch einen Kaffee?«, fragte Brandt. »Ich brauche jetzt unbedingt einen, der anständig gebrüht ist. Espresso für Sie? Ihre Augen sehen müde aus.«

»Lieber Tee.«

»Tee. Schwarz? Kamille? Hagebutte?«

»Frische Pfefferminze!«

»Frische?«

Agi Frings nickte.

Brandt drehte sich wie ein Kreisel um die eigene Achse. Dabei öffnete sich sein Mantel. Hoffentlich hatte sie seine Plauze übersehen. Hätte er sich das ganze Jahr über bloß nicht von seinen neuen Kölner Kollegen zu den zahlreichen Streifzügen durch die Kneipen überreden lassen. Zu viel Butwurst, zu viel Sauerbraten, zu viel Bier. Übersetzt hieße das *Flönz, Suurbrode, Kölsch*, hatten die Jungs ihm erklärt. Als wenn man bisher als Oldenburger auf einem anderen Planeten gelebt hätte. Aber bald wollte er diäten. Mit selbstgemachten, grünen Smoothies und den farblich passenden Trinkhalmen – nicht aus Plastik, sondern aus Glas. Beginn? Ab Neujahr. Vorher hatte es keinen Sinn. Die Adventszeit und dann die vielen Weihnachtsfeiern würden ihm sofort einen Strich durch die Rechnung machen. Er durchquerte den Raum und stellte sich an die Theke.

»Was darf es denn sein?«

»Äh, haben Sie Tee mit frischer Minze?«

»Ja.«

»Einen bitte. Und einen Espresso.« Er schaute kurz zu Agi Frings hinüber. Sie hatte die Ellenbogen auf den Tisch gestützt und das Kinn in die Handflächen gelegt. Sie nahm die Hände herunter und schaute zu ihm hin. Ihre Blicke trafen sich und er bemerkte ihren fahrigen Gesichtsausdruck.

»Macht sechs Euro, der Herr … Hu-hu …!«

Die Brünette hinter dem Tresen hatte ihre Hand nach oben gestreckt und drehte sie hin und her, wie ein Fähnchen im Wind.

»Sechs Euro, bitte!«

Es gelang Brandt noch, ein paar weitere Sekunden Agi Frings' Gemütslage zu studieren.

»Sorry … klar!« Brandt kramte in seinem Portemonnaie herum. Zu viel nordisches Gold – Kupfergeld, das nervte. Sollten die Ein- und Zwei-Cent-Stücke nicht eigentlich abgeschafft werden? Dann würde einem mit dem Ein-Cent-Stück auch das Glück verlassen. Wo hatte er bloß den gefalteten Fünfeuroschein? Er gab vier Zweiermünzen.

»Oh, danke schön!«

»Aber sehr gerne«, sagte Brandt und balancierte die vollen Tassen – diesmal, ohne dass etwas überschwappte – sicher zu ihrem Tisch zurück.

»Bitte.«

»Danke.« Agi Frings senkte den Blick. Ihr linkes Augenlid zuckte, die dichten Wimpern klimperten mit. Mit einem langen Löffel rührte sie durch die zarten Pfefferminzblätter. Sie rührte und rührte und hörte nicht mehr auf.

»Es tut mir so leid, Frau Frings. Ich kann sehr gut verstehen, dass Sie nervös sind. So einen Mordanschlag erlebt man nicht alle Tage … Ich natürlich schon, aber Sie …« Brandt nahm ein Zuckertütenstäbchen, schüttelte es, riss eine der schmalen Seiten ab und ließ den Zucker langsam, aber stetig, in die Mitte des Milchschaums rieseln. Erst bildete sich eine kleine Vertiefung. Dann sackte der Zucker ruckartig ab, nistete sich unter dem Schaum ein und förderte einen Blubb nach oben.

»Alles gut, Herr Kommissar«, brachte Agi Frings mit Mühe hervor.

»Wir haben hervorragende Experten im polizeilichen Dienst, Frau Frings. Ich kann gerne veranlassen, dass man Ihnen und Ihrem Mann hilft, das Trauma zu verarbeiten.«

Je länger Agi Frings die Blätter verquirlte, desto ruhiger wurde sie. »Ach, wissen Sie, ich frage mich, ob es meine Schuld ist, dass das passiert ist. Ob ich zu hart zu ihr gewesen bin, als ich sie zufällig im Supermarkt am Zoo getroffen habe und angeblafft habe, dass sie die Finger von meinem Jean lassen solle. Wissen Sie, mein Mann ist prominent und bei Frauen beliebt. Ich spüre in letzter Zeit, dass er vielleicht eine Freundin haben könnte.«

»Sie? Wer ist – *sie*?«

»Na, die Bern! Viola Bern.«

»Frau *Doktor* Viola Bern?«

»Ja! Ich wollte Viola Bern überrumpeln. So eine Art Flucht nach vorn und hab zwischen den Weinregalen die Gelegenheit wahrgenommen, sie mit einer möglichen heimlichen Bettgeschichte zu konfrontieren. Viele Leute haben unseren Streit mitbekommen. Auch das Personal. Aber ich war so blind vor Wut und bin nicht zu bremsen gewesen. Mein Mann hat mir gestern Morgen angekündigt, dass er nachmittags ins Kölner Weindepot in der Nähe des Botanischen Gartens gehen wollte. Irgendeine Verkostung oder Führung durchs Weinmuseum – mit wem auch immer. Auf jeden Fall nicht mit mir. Ich war so enttäuscht. Früher haben wir uns häufig zwischendurch zu Hause zum gemeinsamen Kaffee-Kuchen verabredet. In letzter Zeit überhaupt nicht mehr. Na ja, natürlich wollte ich ihn nicht zusätzlich unter Druck setzen und fragte ihn nur: Wie, heute kein geliebter Spaziergang durch den Stadtgartenwald? Das machst du doch sonst meistens. Er antwortete: Mal sehen, vielleicht doch. Und dann hat er mir erklärt, dass es ein langer Tag werden würde und ich nicht auf ihn warten sollte. Ich war bitter enttäuscht. Vor diesem Hintergrund habe ich mich natürlich gefragt, was Viola Bern in unserem Riehler Lebensmittelmarkt zu suchen hatte. Ich bin häufig dort. Doch Viola hab ich nie dort gesehen. Vielleicht wollten die beiden sich vor der Sitzung treffen. Am Fort? Oder zum Glas Wein. Oder was weiß ich. Es ist einfach mit mir durchgegangen. Ich hab sie angebrüllt. Ich war so erregt und habe mich immer stärker in Rage geredet. Wenn wir uns nicht gestritten hätten, wäre Viola vielleicht nicht in den Botanischen Garten gegangen. Vielleicht wollte sie sich dort mit einem Spaziergang beruhigen. Es kann aber auch sein, dass Viola und Jean sich dort treffen wollten …«

»Und dass Ihr Mann der Parkmörder ist?«

»Nein! Um Himmels willen, das will ich damit doch nicht sagen. Nein, nein! Nein, ich meine, dass Jean dann doch Viola versetzt hat und einfach nicht zum vereinbarten Treffpunkt im Botanischen Garten erschienen ist. Er ist nämlich doch noch zu Hause gewesen. Und dann müsste nicht ich, sondern mein Mann den Tod von ihr büßen.«

»Was für ein Konstrukt, Frau Frings!«

»Kann doch sein, dass er nicht mehr glücklich mit mir ist? Vielleicht geht er deshalb so gern spazieren – allein. Vielleicht ist er deshalb so hyperaktiv bei den KöKös.«

»Vielleicht hat Ihr Mann aber auch einfach nur einige Vorteile durch seine vielen Netzwerkaktivitäten in Köln, die er für Ihre Familie auskosten möchte? Das muss schließlich in irgendeiner Form bezahlt werden.«

»Bezahlt? Wissen Sie eigentlich, was wir an Knete in die Gesellschaft stecken?«

»Geld, das Sie vermutlich doppelt und dreifach durch brillante Geschäfte mit Ihrer Wirtschaftsconsultingfirma wieder zurückbekommen. Aber im Ernst, Frau Frings – mit *bezahlen* hab ich gemeint, dass es im Umfeld Ihres Mannes vielleicht Menschen gibt, die sich als Opfer, sprich übervorteilt fühlen.«

»Durch meinen Mann?«

»Ja.«

»Und die sich unsere sauer verdienten Groschen durch einen Mord an der Assistentin zurückholen wollen? Wie soll das denn gehen? Ha, durch Vererben vielleicht?«, fragte Agi Frings süffisant.

»Ein Zeichen? Eine Warnung? Um für die Zukunft einen Riegel vor etwas zu schieben? Woran vielleicht sogar auch Viola Bern indirekt beteiligt gewesen ist?«

»Ich blicke nicht mehr durch. Unser Unternehmen hat so viele Bälle in der Luft, Herr Brandt.«

»Eben. Es kann doch eine reine Repressalie gewesen sein. Also eine rein emotionsgesteuerte Vergeltungsmaßnahme.«

Agi Frings Lider fingen wieder an zu zucken.

»Beruhigen Sie sich, Frau Frings. Sie tragen bestimmt nicht die Verantwortung für den Tod von Viola Bern. Manchmal gibt es auch einfach höhere Gewalt.«

»Höhere Gewalt?«

»Ja, ein Verhängnis.«

»Und der Anschlag auf meinen Mann?«

»Ich vermute, dass das keine höhere Gewalt gewesen ist.«

»Hm.«

»Aber auch dafür brauchen Sie keine Haftung zu übernehmen. Sie könnten mir allerdings in meiner Ermittlungsarbeit insofern helfen, als Sie mir verraten, wer seit gestern alles versucht hat, Ihren Mann zu kontaktieren. Es wäre interessant für mich, einen möglichen Personenkreis zusammenzustellen.«

Agi Frings fixierte den auf dem Tisch abgelegten Löffel, um dessen Stiel sich beim Rühren des Tees ein Pfefferminzblatt gewickelt hatte.

»Frau Frings, haben Sie mitbekommen, was ich gesagt habe?«

»Da ist das viele, viele Blut an Jeans Mantel gewesen. Und auf seiner Hose die roten Flecken.«

»Die Kollegen haben den Mantel doch als Beweismittel mitgenommen und gesichert.«

»Aber die Flecken. Ich sehe immer diese Flecken. Ich bekomme diese Bilder nicht aus dem Kopf.«

»Wir haben für den Fall Viola Bern und den ihres Mannes extra Gutachter vom Landeskriminalamt dazu gebeten. Die beraten uns bestens. Manchmal fallen denen auch noch andere Untersuchungsmöglichkeiten ein, an die die KTUler nicht gedacht haben.«

Brandt lehnte sich zurück. Dann beugte er sich wieder nach vorne. »Könnten Sie mir verraten, ob Ihr Mann vielleicht erpresst wurde?«

Agi Frings sah Brandt nachdenklich an. Sie wollte nicht, dass Jeans Täter künftig ihre heile Welt dirigierte und schaute zur Seite. Zu spielenden Kindern.

»Ist irgendetwas besonders auffällig gewesen? Zum Beispiel innerhalb des Netzwerks der KöKös? Denken Sie doch bitte mal nach.«

»Denken fällt mir momentan schwer.«

»Versuchen Sie's, Frau Frings.«

»Können *Sie* das nicht für mich übernehmen? Sie müssen lediglich herauskriegen, wer das getan hat.«

»Genau das will ich!«, sagte Brandt und nahm von der Untertasse mit zwei spitzen Fingern ein rundes, marmeladengefülltes Plätzchen in die Zange.

Agi Frings sah ins Leere und nahm ihren Haarreif vom Kopf. Er drückte und das machte sie nervös.

»Gut. Halten wir fest: Liege ich richtig, dass Sie sich ziemlich sicher sind, dass Ihr Mann einem Mordanschlag entgangen ist?«

»Was denn sonst?«

»Eine Inszenierung? Damit *er* jemandem schadet? Und eine in diesem Fall unbefleckte Person als angeblicher Straftäter ins Gefängnis kommt? Könnte doch auch eine Variante sein, oder nicht?«

Agi Frings musterte Brandt. »Sie wollen mich aufstacheln.«

»Ja.« Brandt knabberte am Keksrand.

»Warum sagen Sie das so ehrlich?«

»Ihr Mann war mal in lukrative Diamantengeschäfte in Antwerpen verwickelt. Er hat Gewinne daraus am deutschen Fiskus vorbeigeschleust. Das ist damals durch die Presse gelaufen. Die Justiz ist außerordentlich milde mit Ihrem Mann umgegangen. Er hat sich für drei Millionen Euro von einer Strafverfolgung freikaufen können. Vielleicht hat Ihr Mann noch eine Rechnung offen? Oder vielleicht ist das Antwerpengeschäft zwischendurch doch noch einmal relevant gewesen? Vielleicht diesmal für die KöKös? Der ehrliche Kaufmann, der sein Geld im Rahmen der Gesetze verdient, ist eine Spezies geworden, die vom Aussterben bedroht ist.«

»Sehr nett formuliert. Aussterben. Das passt ganz wunderbar. Nur dass mein Mann kein Kaufmann ist, sondern ein Wirtschaftsconsultant.«

»Sicher, aber er ist Geschäftsmann und die Hemmschwelle im Umgang mit den Gesetzen ist gesunken. Daran ist auch der Gesetzgeber nicht gänzlich unschuldig: Ein immer engeres und komplizierteres System von Reglements und Vorschriften ist schwer zu überblicken und einzuhalten. Es sind Grauzonen entstanden, in denen ein Unrechtsbewusstsein nicht vorhanden ist. Ein Verstoß gegen Verordnungen wird gerne als Kavaliersdelikt eingestuft. Ihr Mann ist doch ein Kavalier, oder?«

»Genau, Herr Brandt, ein Ehrenmann. Und über die Diamantengeschichten hat er nie mit mir sprechen wollen. Davon wollte ich auch gar nichts wissen.«

»Eine Traditionsgesellschaft und Diamanten? Ist doch schick.«

»Wie und warum soll das abgelaufen sein?«

»Das würde ich ja gerne von Ihnen erfahren. Aber – wenn Sie partout nicht wollen.«

Agi Frings fasste sich ein Herz. Sollte es wirklich einen Zusammenhang mit dem Diamantendeal und dem Anschlag auf ihren Jean geben, dann war es ihre Pflicht als seine Frau, *jetzt* aufzuräumen. Für ihren Mann. »Also gut, Damenorden sind für uns wichtig. Wir verkaufen viele davon in der Session. Als ein Dankeschön an die Herzdame kaufen Männer während der Sitzungen sehr gerne ihrer Liebsten das weibliche Pendant zum Herrenorden. Denn sie wirken wie ein Schmuckstück, glitzern und funkeln.«

»*Diamonds are a girl's best friend*«, summte Brandt.

»Absolut. Deshalb können wir die Damenorden auch doppelt so teuer verkaufen wie die Herrenorden. So sind in einer Session mal die Diamanten in den Fokus gerückt. Aber nur klitzekleine Steinchen in rot und weiß.«

»Jeder Damenorden hat Diamanten getragen? Zu welchem Verkaufspreis? So ein Orden würde allein im Einkauf ein Vermögen kosten. Das Geld bekommt man doch nie wieder herein. Wie hat sich Ihre Gesellschaft das Draufzahlen leisten können? Oder ist überhaupt nicht bezahlt worden? Und Ihr Mann hat gestern die Rechnung begleichen müssen. Im Nachhinein. Mit Blut.«

»Nein, nein, Sie missverstehen mich! Nur die Präsentationsmuster der Damenorden erhielten echte Diamanten. Mit Expertisen natürlich. Die übrigen hatten synthetische Steine. Offiziell wurde kommuniziert, dass wir durchs Klüngeln einen besonders guten Handel abgeschlossen haben und deshalb jeden Damenorden mit wertvollen rot-weißen Kristallen bestücken konnten.«

»Das hat keiner bemerkt?«

»Die Habgier nach diesem Klunkerorden hat alle geblendet. Unsere künstlichen Juwelen mit dem Edelsteinschliff waren von den natürlichen Diamanten fast nicht zu unterscheiden. Wir haben sie direkt aus einem indischen Bearbeitungszentrum bekommen.

Agi Frings hustete. Brandt räusperte sich.

»Ist die Trickserei denn nicht ans Licht gekommen?«

»Was heißt ans Licht gekommen? Niemand hat jemals behauptet, dass es echte Edelsteine gewesen wären. Im Grunde ist es ähnlich wie bei des Kaisers neuen Kleidern. Die Leute wollten glauben, dass es echte sind, haben es geglaubt und glauben es noch.«

Agi Frings schaute auf die Uhr und stand auf. »Ich bin spät dran.«

»Verstehe.« Auch Brandt stand auf und stellte sich vor sie.

Sie sah zu ihm hoch: »Finden Sie den Täter!«

»Dann helfen Sie mir! Wie sieht es bei den KöKös aus? Gibt es da etwas Neues, was auf ein Motiv hindeuten könnte?«

Agi Frings wandte sich ab und blickte durch die deckenhohe Fensterfront in den winterlichen Innenhof der Cafeteria. »Es gibt in letzter Zeit viel Hauen und Stechen. Mein Mann hat Angst vor einem Riss in der Traditionsgesellschaft. Manchen Kabinettsmitgliedern wird ein undemokratischer Führungsstil vorgeworfen. Andere fordern Ausschlussverfahren. Dann gibt es viele langjährige Mitglieder, die sich vergrault fühlen und austreten wollen, weil Teamarbeit angeblich nicht mehr gefragt sei. Sie behaupten, dass die, die dem Kabinett angehören, nur noch an ihren Titeln interessiert seien. Oder ihre Positionen mangels Fähigkeiten nicht mit Kompetenz füllen könnten. Der größte Schmu ist aber, dass angeblich Jean hinter dieser ungesunden Strömung stehen soll. Er allein sei der Grund allen Übels.«

»Bestimmt leeres Gerede, oder?«

Agi Frings drehte sich wieder zu Brandt um. »Danke für die Schöntuerei. Auch Jean spielt diese üble Nachrede herunter. Aber gehört sich so etwas, frage ich Sie? Und was ist, wenn so etwas in offenen Briefen kommuniziert würde? Dann könnte es heikel werden. Das ist doch keine Art. So geht man doch nicht vor.«

Brandt zuckte die Schultern: »Demokratie ist halt Auslegungssache. «

»Sehr diplomatisch bewertet, Herr Brandt. Nein, das ist von den Fakten her schlichtweg falsch! Zum Beispiel unsere neuen Festwagen: Die waren dringend nötig. Klar, eine große Investition, die aber durch Gelder von Freunden unserer Gesellschaft bestimmt wieder hereinkommen wird. Also eine Anschaffung, die sich schon bald amortisieren wird. Man kann doch verlangen, dass solche Zusammenhänge erkannt werden. Stattdessen werfen seine Rivalen Jean vor, dass er damit den Karren finanziell vor die Wand fahren wird.«

»Wer sind denn diese Rivalen? Haben die auch Namen?«

»To ... äh ... ach nee! Ach nee, ich erzähle nur Schnickschnack, weil es ja nur *meine* Betrachtungsweise ist.« Sie ärgerte sich über ihre Schwatzereien. Dass sie das nicht lassen konnte! Dass sie sich nicht einfach mal bedeckt halten konnte! Und so quasselte sie weiter: »Im Grunde sind ja alle happy mit Jean und große Fans von ihm. Unsere Gesellschaft schreibt seit Jahren schwarze Zahlen. Wir haben sogar den Schatzmeisterposten temporär mit einem absoluten Finanzexperten besetzt. Was also getratscht wird, kann so gar nicht stimmen. Alles Lügen. Und Missgunst«, erklärte Agi Frings und zog sich dabei ihre Pulloverärmel über die Handgelenke bis zu den Fingerspitzen.

»Hm. Von so etwas habe ich nur sehr wenig Ahnung, Frau Frings. Ich hab es nicht so mit Vereinen in dieser Art. Straßenkarneval ja, Politikkarneval nein.«

»Schade, denn Köln ohne unsere Gesellschaften ist wie Espresso ohne Zucker oder Suppe ohne Salz.«

»Oder Grünkohl ohne Pinkel?«

»Sie haben Hunger!«

»Merkt man das?«

»Holen Sie sich doch ein Frikadellchen. Die schmecken hier hervorragend, wie hausgemacht oder wie vom Lieblingsmetzger aus dem Veedel. Vertrauen Sie mir, ich weiß, wovon ich spreche.«

»Später gerne. Erzählen Sie lieber weiter, ihre Sichtweisen faszinieren mich. Für einen vom platten Land, sind das interessante Geschichten.«

Geschichten? Glaubte er ihr etwa nicht? Mit Bedacht fuhr sie fort: »Auf jeden Fall versucht Jean zurzeit, nach außen hin die Spannungen zu unterdrücken. Vielleicht wirkt er da manchmal zu rabiat und zu selbstbewusst. Aber er würde niemals ein Lakai oder eine Marionette seiner Kabinettsmitglieder sein wollen. Was sich manche vielleicht am liebsten wünschen würden, weshalb sie den Freistil der Demokratie fordern. So nach dem Motto: Der Bessere möge die Gesellschaft leiten. Dafür ist Jean aber kein Typ. Das würde er sich niemals gefallen lassen. Auch wenn sich die KöKös in einer … ja, wie soll ich sagen … Machterosion befinden. Alle wittern die Beute und gucken schon mal, wer könnte der nächste General werden, oder wer könnte wen von welchem Posten verdrängen. Mein Mann spürt natürlich genau diese Einsamkeit der Macht. Ich persönlich finde, es ist schon zu viel Porzellan zerschlagen worden. Und mit dem Anschlag auf meinen Mann hat man endgültig über das Ziel hinausgeschossen.«

»Das hört sich so an, als belasteten Sie ein Kabinettsmitglied? Eine Person aus dem beruflichen Umfeld Ihres Mannes wäre doch viel denkbarer. Oder? Zumindest zurzeit für mich.«

»Was weiß ich. Das ist *Ihr* Job.«

»Oder holen wir jetzt das im Klüngel so beliebte Deckmäntelchen heraus, Frau Frings? Ich habe nämlich das Gefühl, dass Ihr Mann mich meinen Job nicht machen lassen will. Er soll auch in der Befragung meiner Kollegin keine Hinweise gegeben haben. Will er den Täter lieber selbst suchen? Dann kann man verdammt gut vorher zensieren, was öffentlich wird und privat bleibt.«

»Entschuldigen Sie mich, Herr Brandt, ein andermal mehr.«

»Schade.«

»Sprechen Sie mit meinem Mann«, drängte Agi Frings, bückte sich und griff schnell zur Tasche. Wieso sprach Brandt nicht mit Ferdinand Krämer? Der war auch eine gute Quelle.

»Haben Sie noch was gesagt?«, fragte Brandt

»Helfen Sie Jean, und er hilft Ihnen. *So* läuft das hier in Köln. Unter Freunden.«

Dienstag beim Suppeauslöffeln

Na, Lord? Bist du wieder auf Mäuschenjagd gewesen?« Krämer begrüßte seinen wunderschönen Beagle.

»Sag mal, Ferdinand! Was meinst du eigentlich, warum ich so nasse Haare hab?«, fragte Johanna Krämer.

»Stimmt. Jetzt, wo du es sagst, seh ich es auch!«

»Natürlich hab ich den Hund schon laufen lassen. Ich bin sogar im Blücherpark gewesen. Bei diesem Sauwetter!«

»Wieso Sauwetter? Schau mal raus! Schönstes Winterwetter! Das Sönnchen scheint ...«

»Ich seh es. Es ist nur diese eine, ortsfeste Wolke überm Weiher gewesen. Aber die hat mich erwischt. Warum kommst du eigentlich so spät? Mittag ist nicht Nachmittag. Bist du bei Jean aufgehalten worden?«

Krämer nickte. Er hatte ihm versprochen, niemandem etwas über seinen verwelkten Blumenstrauß oder die Morddrohungen an sie beide zu erzählen. Auch nicht Johanna, obwohl sie sonst alles miteinander bekakelten.

Fast.

»Komm, setz dich. Magst du zu der Suppe auch ein Stückchen frisches Baguette?«

»Ja, warum nicht? Hast du eigentlich viereckiges Schwarzbrot gekauft?«

»Warte mal, Ferdinand! ... Lo-hord! Komm ... schau mal hier! Hm, ein Stück Fleischwurst für dich! Laaangsam ... so ... und jetzt geh wieder ins Körbchen. Nein, nicht aufs Sofa! Ins Kööörbchen! Guter Hund ... Und du, Ferdinand? Was hast du gewollt? Schwarzbrot? Viereckig? Klar! Hab ich besorgt. Passend zu den quadratischen Käsescheiben. Du kannst beruhigt sein. Die reichen bis zum Brotrand. Sie sind sozusagen deckungsgleich.«

»Höre ich da Polemik? Ich kann Verschwendung nun mal nicht ausstehen, Johanna.«

95

»Weiß ich doch, Ferdinand. Bei unseren Millionen solltest du lieber sparen. Zum Beispiel für meine nächsten Ohrringe. Ich hab schon welche entdeckt, die mir sehr gefallen würden.«

»Aha.«

»Mit Saphiren.«

»Auweia, das wird teuer. Apropos kaufen: Ich hab zehn Pakete neues Salz besorgt. Stehen im Flur.«

»Aber bei Glatteis streuen wir doch Sand!«

»Johanna! Ich meine Salz fürs Essen.«

»Wieso? Haben wir keins mehr hier?«

»Nicht mehr in der Vorratskammer. Darauf musst du unbedingt achten. Ich will vermeiden, dass uns das Geld ausgehen könnte, nur weil wir kein Salz im Haus haben.«

Johanna Krämer schüttelte den Kopf. »So ein Quatsch! Deine Sorgen möchte ich haben. Aber wenn's dir hilft.« Sie trug die dampfende Terrine von der Küchenarbeitsplatte zum Esstisch, füllte zwei Schalen, garnierte die Suppe mit ein bisschen Petersilie, stellte die beiden tiefen Teller auf die bestickten Platzdeckchen und nahm am Kopfende Platz. »Serviette?«, fragte sie.

»Brauche ich nicht.«

»Deine Hemden sehen das anders.«

»Ja?«

»Ja!«

Krämer schob die Maultaschen an den Rand und fing an, die Brühe zu löffeln. »Schmeckt gut!«

»Das freut mich! Und? Wie geht es Jean?«

»Schwierige Situation.«

»Mensch, Ferdinand! Jetzt hast du dich doch wieder bekleckert! Jedes Mal das Gleiche!«

»Warum regst du dich dann auf? Das kennst du dann ja schon.«

Johanna Krämer zog die Augenbrauen hoch.

»Ach, bevor ich es vergesse – du sollst Max Maternus zurückrufen.«

»Hat er gesagt, was er wollte?«

»Nur so viel, dass du bitte daran denken sollst, die Brummis der RÜW säubern zu lassen. Nächste Woche will er mit der neuen Beklebung beginnen.«

»Das ist gut.«

»Macht Max eigentlich mit seiner Design Direction *alle* Kreativaufträge für die RÜW, Ferdinand?«

»Klar!«

»Auch für die KöKös?«

»Was hast du denn gedacht? Der kommt doch aus der Schweizer Schule. Ein Spitzentypgraph, Leiter unserer *Cirque de Creation* …«

»… und stolzer Besitzer einer Bobtailhündin. Neulich habe ich Lady und ihn in der City gesehen. Der nimmt sie auch einfach mit in den Kaufhof. Was glaubst du, wie sich die Leute in der Parfümerieabteilung die Köpfe verrenkt haben.«

Krämer zog ein gestreiftes Stofftaschentuch aus seiner Hosentasche, putzte sich damit den Mund ab und legte es griffbereit hinter sich auf den Sitz. Ob Jean dem Max mal das Genesungskärtchen zeigen sollte? Vielleicht konnte Max ihnen etwas zur Totenkopfzeichnung sagen? Wie das umgesetzt wurde? Ob das nur ein Profi konnte? »Max ist in Ordnung, Johanna! Der hat den mitreißenden, typisch kölschen Mutterwitz«, sagte Krämer und löffelte weiter.

»Das hat er von seinem Vater. Die Augen und den Charakter auch. Wie geschissen. Ich kann mich noch gut an seine Sessionsauftritte in den sechziger und siebziger Jahren erinnern. Der Gürzenich und die Sartory-Säle haben gebebt. Ist letztens noch mal im Fernsehen gewesen. Hast du verpasst, Ferdinand.«

»Leider! … Aber trotz der guten alten Zeiten finde ich besonders klasse, dass Max den Kölner von heute darstellt. Das ist wichtig für die KöKös.«

Johanna Kramer nahm sich ein Stück Brot, stützte die Ellenbogen auf, brach die Scheibe in der Mitte auseinander und schob sich eine Hälfte in den Mund. »Mir gefallen auch seine wilden, dunkelbraunen Haare … darum könnte ich ihn beneiden«, sagte sie undeutlich.

»Meine Güte! Du kommst ja richtig ins Schwärmen. Aber ich kann dich beruhigen, Johanna. Man möchte immer das, was man selbst nicht hat.«

Johanna Krämer schluckte. »Vorsicht, mein Lieber! Nicht so frech! An dir ist das Alter auch nicht spurlos vorbeigegangen.«

»Ist das so?«

»Ja!«

»Ich mag meinen angegrauten Stiftekopf. Kann nicht jeder so begnadet ausgestattet sein.«

»Die Frau von Max ist das auch.«

»Bella?«

»Ja.«

»Siehst du. Ist die eigentlich Französin?«

»Da fragst du mich was! Ich meine, sie hat mal erzählt, dass sie von den Hugenotten abstamme.«

»Oh! Eine französische Protestiererin! Aber Max ist doch kölsch-katholisch, oder?«

»Ferdinand, denk an unsere napoleonische Prägung.«

»Ich tu den ganzen Tag nichts anderes.« Krämer kippte seinen Suppenteller leicht, so dass die drei Teigtaschen an den vorderen Rand rutschten. Mit dem ersten Löffel aß er eine, mit dem zweiten direkt die übrigen.

»Gut?«

»Sehr! Aber zu wenig!«, beschwerte sich Krämer und kratzte mit dem Löffel lautstark auf dem Porzellan herum.

»Lass die Glasur drauf, Ferdinand!«

Krämer blickte auf. Warum musste sie nur immer so schroff zu ihm sein?

»Sag mal, Ferdinand, weißt du, ob Max zusammen mit einem KöKö mit auf PreTOUR nach Mallorca fährt? Als Unterstützung. Könnte doch sein. Würde für mich passen.«

»Wieso?«

»Interessiert mich nur so. Und Jean? Der fährt doch bestimmt, oder?«

»Er hat zuletzt gesagt, dass er aus beruflichen Gründen vielleicht nicht mitkönne und wir dann alleine reisen müssten. Also nur der Bruno und ich.«

»Also zu zweit. Ohne Max und Co. Sonst wärt ihr ja zu viert.«

»Genau. Gibt es noch etwas Suppe?«

»Gerne!« Johanna Krämer gab ihm eine volle Kelle. Nur Brühe. »Und – wie sicher ist, dass Max und noch ein anderer Kökö und Jean nicht mitfahren?«

»Eigentlich ganz sicher«, antwortete Krämer.

»Eigentlich?«

Krämer nickte. Er musste sich konzentrieren, um Johanna zuliebe nicht noch einen weiteren Fleck auf sein Hemd zu schlabbern. Zu spät.

»Und was ist mit dieser Jeanette, Ferdinand?«

»Jeanette? Wen meinst du?«

»Na, Jeanette Zettlmann oder Zettlmair!«.

»Zettlmair? Was soll mit der sein? Zettlmair … ist das nicht der neue KöKö-Anwärter aus München mit dem Modetick? Jeanette ist dem seine Frau, meine ich.«

»Nur seine? Oder teilt er sie sich?«

»Ooooch, Johanna Krääämer! Da würdest du was drum geben, wenn du das wüsstest, oder?«

»Ach, komm, Ferdinand, ich meine es ernst. Du tust es für Agi, wenn du mir was sagst.«

»Agi? Warum Agi?«

»Agi vermutet, dass Jean ein Techtelmechtel mit Jeanette Zettlmair hat. Seitensprünge sollen bei ihr zum Fitnessprogramm gehören.«

Krämer legte den Kopf schräg, sah Johanna mit einer Miene an, die irgendwo zwischen der eines Politikers und der eines Comedians lag, und sagte: »Ach du liebe Zeit! Na schön, meinetwegen. Die Jeanette scheint eine von den Frauen zu sein, die wir *Heuschrecken* nennen. Solche Bettgenossinnen grasen Mannsbilder ab, die Erfolg haben.«

»Sag ich doch! Für sie ist der Zettlmair durch. Um wieder nach oben zu kommen, weidet er bei den KöKös. Und sie bei Jean.«

»Theoretisch. Denn du vergisst, dass es Grashüpfer ohne Sprungvermögen gibt. Ein Plagegeist könnte bei Jean nie 'ne Nummer werden. Und damit auch nicht bei den KöKös.«

»Du bist also der Meinung, dass Agi auf dem Holzweg ist?«

»Da bin ich mir absolut sicher.«

»Ja, ich hab ihr auch gesagt, dass Jean sie uneingeschränkt liebt.«

Krämer sagte nichts dazu. Manchmal wirkte das bei Johanna besser. Die ellenlangen Diskussionen mit ihr führten nämlich meistens zu nichts. Oder ihn ins *Off*. Sie räumte das Mittagessen ab und schien zwar erleichtert, aber trotzdem wegen seines taktischen Ausbremsens angesäuert.

Johanna war rot angelaufen wie gekochte Hummerschalen für die Beurre de Homard und fragte:

»Kaffee?«

»Hast du dazu auch ein Stückchen Kuchen?«

Johanna Krämer stellte eine Blechbüchse auf den Tisch. Ohne Deckel und ohne Laut. Zimt und Vanille überlagerten den Suppengeruch.

Krämer bediente sich. Dass die Dose offen war, war ihm Aufforderung genug.

»Die hab ich vor ein paar Tagen ausprobiert. Ein neues Rezept aus meinem Backkurs beim Café Riese. Extra für dich«, sagte Johanna Krämer versöhnlich und ergänzte: »Sahneflöckchen!«.

Er ignorierte die spitze Formulierung und wischte mit dem Ärmel die Krümel vom Tisch. Warum ging der eine am Rand nicht weg? Er wischte weiter, obwohl er genau wusste, dass das kein Krümel, sondern eine Delle in der Lackierung war. Denn er kannte die Platte. Und die Platte seine Marotte.

Johanna Krämer unterbrach seine Aktion: »Du hast mir noch gar nicht vom Ansitz mit Justus Jever erzählt. Wie war's denn?«

»Er hat mich warten lassen. Er ist nicht um achtzehn Uhr, sondern gegen zweiundzwanzig Uhr gekommen.«

»Du Schaf! Justus hat dich um vier Stunden versetzt? Warum? Hat er sein neues Messer auch dabeigehabt?«

»Weiß ich nicht.«

»Aber ob die Kekse lecker sind, das weißt du?«

»Deliziös«, antwortete Krämer extra überschwänglich, stand auf, nahm sich dabei noch vier Kekse auf die Hand, stopfte davon drei Stück gleichzeitig in den Mund, griff zu seiner Jacke und ging hinaus – ums Haus herum zu seinen drei Garagen. Er benötigte nur zwei, eine für Johannas Countryman und eine für seinen Dicken. Den Cinquecento Turbo parkte er lieber auf der Fläche vor der dritten Autobehausung. So war er flexibler und konnte seinen praktischen Stadtflitzer ohne mühsames Tor-auf-Tor-zu spontan nutzen. Zudem hatte er diesen Einstellraum vor Jahren zu einem Kühlhaus für sein Wild umgebaut.

Krämer aß die letzten Plätzchenbrösel, betrachtete die Handflächen, wischte sie an der Hose ab, zückte seine Schlüssel, wählte den kleinsten, führte ihn zum Schloss und stutzte. Warum war das Garagentor nur angelehnt? Eigentlich war es immer zu. Sogar abgeschlossen. Die schneidende Winterkälte kratzte im Hals, er hatte Schwierigkeiten, nicht zu husten und leise zu sein. Er würde doch nicht ernsthaft krank werden? Langsam, ganz langsam bückte er sich, umklammerte mit beiden Händen fest den Griff und ließ das schwere Stahltor mit voller Wucht hochschnellen. Ein Knall gegen die Deckenführung. Ein Knacken im Rücken. Direkt vor ihm – stand niemand. Er hechelte, zog das Handy umständlich aus der Hosentasche, wählte die *110*, hechelte weiter, hustete unterdrückt, atmete schwer und endschied sich anders. Er legte auf und fasste sich an die Kehle. Würde sie kommen? Die Welle der Influenza? Ein unangenehmer kalter Schweiß kroch vom Rücken über den Nacken in den Haaransatz. Auch wenn das Tageslicht den Raum erhellte, wirkte er dunkel und bedrohlich. Er wollte Licht machen. Zitternd tastete er zum Schalter, aber unterließ es dann. Vielleicht würde es ihn das Leben kosten? Vorsichtig machte er einen Schritt nach vorne. Prüfend schaute er nach rechts, dann nach links, schob den schweren Aufsitzmäher zum Weinschrank und lugte dahinter. Auch hier war nichts. Er drehte sich um und stieß den Rasenroboter zum aufgebrochenen Wild. Roh, dunkelrot hing es an einer Stange. Im Ganzen. Lasch. Die Totenstarre schon längst verschwunden. Und trotzdem, als ob es sprechen wollte. Er horchte. Auf die Macht seiner pochenden Schlagader. Sie schien kurz vorm Platzen zu sein. Vorsichtig zog er die schweren Fleischstücke wie eine Gardine auseinander. Ein zähes Quietschen. Metall auf Metall. Ein wühlendes Brausen. In seinem Körper. Wieder nichts. Er hustete, würgte, lehnte sich an den Zerlegetisch, hielt sich am kalten Edelstahlrand fest und wartete. Atmete. Wartete. Atmete – ruhiger. Mühsam arbeiteten sich seine Gedanken wieder hervor. Hatte er heute Morgen in der Hektik das Tor nicht richtig zugemacht? Dagegen sprach, dass er eigentlich das Einrasten des Schlosses grundsätzlich kontrollierte. Er hatte also mit ziemlicher Sicherheit die Garage abgeschlossen. Vielleicht hatte Johanna es vergessen? Oder es wollte sich doch jemand hier drin verstecken, um auch *ihn* zu überfallen? War derjenige bei seiner Überraschungsaktion gestört worden? Eins war klar – unkompliziert verlief das Leben gerade nicht. Aber das machte ihn wieder besonders mobil. Ohne Umschweife rief er den Notdienst, um sich ein einbruchssicheres Schloss installieren zu lassen. Sofort. Der horrende Preis war ihm egal.

»Schlüssel verloren?« Der Typ vom Bereitschaftsdienst sah ihn fragend an.

»Nä, meine Frau hat mich ausquartiert«, antwortete Krämer bockbeinig, aber der Mann schien dickfellig und nickte verständnisvoll. »Kenne ich«, sagte er, »ich bin auch ins Schrebergartenhäuschen nach Bickendorf gezogen.«

Krämer guckte kommentarlos auf das Moos, das sich in den Steinplattenfugen gebildet hatte, stieß mit der Schuhspitze einen leeren Pappbecher auf den Bürgersteig und fragte den Notdienstmann: »Kann ich los oder brauchen Sie mich noch?«

»Nein, Herr Krämer, ich kümmere mich darum.«

»Muss ich das bar bezahlen?«

»Sie sind doch bei den KöKös, richtig? Ich hab Sie mal in der Zeitung gesehen. Zusammen mit Ihrem General. Machen Sie sich keine Gedanken, ich schicke Ihnen eine Rechnung. Haben Sie eine Visitenkarte?«

Krämer gab sie ihm, wünschte einen schönen Tag und ging zum Auto. Er öffnete die Fahrertür und wollte gerade einsteigen, als er eine Person am Mäuerchen des Nachbargrundstücks herumschleichen sah. Ach, der Herr Anthony McBright.

»Hallo, Tony!« rief Krämer laut über die Straße und winkte ihn zu sich. Der halbe Schotte mit dem originellen Künstlernamen *Magic Tony* war ganzes Mitglied der KöKös und begnadeter Magier. Er hatte ihn als Überraschungsauftritt für die Einweihungsfeier der Redoute gebucht, um die Gäste mit fantasievollen Aktionen zu verzaubern und dem Festabend eine zusätzliche Spannung zu verleihen. Seine Shows in verschiedenen europäischen Varietés und sogar in Las Vegas bescherten ihm eine respektable Fangemeinde. Und auch die Presse feierte ihn für seine besonderen Biegetechnikillusionen. Dafür war Tony letztes Jahr auch als *Magical Artist of the Year* nominiert worden. Er wohnte im Siebengebirge. Sein Vater stammte von einem der berühmtesten schottischen Clans ab, hatte in den Zeiten der 68er-Bewegung als Student ein Bonner Mädel kennengelernt und geheiratet – der Beginn der magischen Karriere der McBrights in Deutschland. Tonys Vater hatte damals beschlossen, für immer im Siebengebirge zu leben, und dort ein nach ihm benanntes Theater mit 1.200 Plätzen aufgebaut. Er inszenierte eine beeindruckende Bühnenshow und machte das kleine Dörfchen zum *zauberhaften Nabel des Rheinlands*. Tony hatte die Nachfolge angetreten und den Traum seines Vaters mit den raffiniertesten Techniken in die neue Zeit geführt. Heute lebte er ihn erfolgreicher denn je und Vater McBright war mehr als zufrieden, dass er sich damals so entschieden hatte. Das war die gute Nachricht.

Die schlechte Neuigkeit war, dass Tony dummerweise mächtig Knatsch mit Jean hatte. Tony hatte sich bei Jean für den Kabinettsposten des Schatzmeisters der KöKös ohne offizielle Wahl angeboten, denn dieser Posten war vor drei Wochen überraschend vakant geworden. Der bisherige Schatzmeister musste überraschend aus gesundheitlichen Gründen sein Amt niederlegen. Das war nicht nur menschlich sehr bedauernswert, sondern belastete auch den Verein, denn er hatte seine Aufgaben souverän ausgeführt und Jean mit dem ungeplanten Ausfall definitiv ein Problem hinterlassen. Da die nächste Jahreshauptversammlung der KöKös – auf der das Kabinett von allen Mitgliedern gewählt wurde – erst wieder kommendes Jahr im September stattfand, suchte Jean eine Interimslösung für den Schatzmeisterposten. Er brauchte jemanden, der mit Geld umgehen konnte. Tony sah sich schon allein durch seine Herkunft für diese Aufgabe prädestiniert. Schließlich waren Schotten von Natur aus geizig! Die beste Basis für das Pöstchen, wie Tony betonte. Jean sah das ganz anders und hatte ihn beiseitegeschoben. Den Job musste ein Profi übernehmen. Und wenn's nicht anders ging, durfte der Posten auch gerne von einem Nicht-KöKö besetzt werden. Für diese knappen zehn Monate konnte es auch mal eine sogenannte *kölsche Lösung* geben. Sprich, eine Ausnahme. Jean rechtfertigte sich damit, dass ihm das kraft seines Amtes als General gestattet war. Am geeignetsten erschien ihm für den Posten ein BWLer und bestenfalls ein ehemaliger Banker. Aber doch nicht so ein Zauberclown! Schließlich wurden die KöKös wie ein Konzern geführt und waren mehrfach mit dem Innovationspreis des Landes NRW ausgezeichnet worden! Da musste etwas Passenderes her. Und Jean hatte Glück gehabt. Durch Zufall hatte er einen ehemaligen Studienkollegen getroffen, der eine steile Karriere hinter sich hatte. Nach dem Studium in Köln hatte es ihn in seine Heimatstadt Berlin zurückgezogen. Dort mischte er beim Aufbau Ost kräftig mit und zog die Fäden in zahlreichen internationalen Versicherungsgesellschaften. Zuletzt saß er im Vorstand einer Privatbank in Luxemburg. Heute war er selbstständiger Coach für

Finanzwesen und lebte wieder in Köln. Sein Name war Manfred Köttke und für Jean war er die perfekte Besetzung als kurzfristiger Schatzmeister. Und Tony? Der war tief verletzt und immer noch stinksauer auf Jean!

McBright ging auf Krämer zu und hielt ihm eine offene Hand zum Abklatschen hin. Krämer reichte ihm seine zum Schütteln und sagte: »Grüß dich, Tony, was machst du denn hier? Wolltest du dich über Jean erkundigen oder beschweren?«

»Nee, ich wollte Johanna sprechen. Sie hat doch nächstes Jahr einen runden Geburtstag. Ist so abgesprochen gewesen.«

»Aha? ... Ist das nicht die Hochzeit meiner Tochter, die sie gemeint hat? Die wohnt aber woanders.«

McBright zuckte die Achseln. »Dann hab ich mich vertan. Ich hab gedacht, sie wollte mit ihrem Zukünftigen hierhin kommen.«

»Hä? Und warum hast du dann zuerst von Johannas Feier gesprochen?«

»Ich klingele mal bei ihr. Tschüs, Ferdinand«, sagte McBright und eilte zur Tür.

Krämer sah ihm beklommen nach. War es *Tony*, der ihm und Jean in die Suppe spucken wollte? Allein aus gekränkter Eitelkeit? Dann würde er dafür sorgen, dass er sie auch auslöffelte. Hoffentlich würde das für sie beide nicht ein schwerer Brocken werden.

Dienstag bei der Anhörung

Frings kaute gelangweilt auf einem Stück Brot herum. Vor ihm auf der Bettdecke lag der *Express*. Die Inhaltsübersicht kündigte Veranstaltungstipps für die kommende Kölner Session an. Köln und der Karneval. Zwei Dinge, die für ihn schon immer untrennbar zusammengehörten. Obwohl er nicht nur in der fünften Jahreszeit diese unheimlich verbindende Weltoffenheit und Toleranz spürte, die seine Stadt ausstrahlte. Trotzdem, auch Feiern tat ihm gut. Er konnte sich noch an seine Wurfpremiere auf dem Rosenmontagszug erinnern. *Jean, Jean!* – hatte es den ganzen Weg lang durch das Severinsviertel, die Schildergasse, über den Neumarkt, den Hohenzollernring, am Gürzenich, dem Alter Markt und rund um den Dom geschallt. Spätestens seit diesem Moment war ihm klar gewesen; es lag ihm in den Genen. Das Stück Kultur, das ihn wie eine Brandung jedes Jahr aufs Neue flutete. Und ihn dann für einen kleinen, aber kostbaren Moment mit einer weit, weit zurückliegenden Zeit verband. Die Welt der Römer, Germanen, Christen bekam etwas Lebendiges. *So* mussten sich ihre ungezähmten Feste zum Frühling, zur Wintersonnenwende, zum *carne vale – Fleisch lebe wohl* – angefühlt haben! Auch die der Bürger im mittelalterlichen Köln, die trotz aller Verbote das jecke Treiben frisch, fromm, fröhlich, frei weiter gefeiert hatten. Frischen Wind für seine Suche nach dem Täter könnte er jetzt auch gut gebrauchen.

Er strich sich mit der verbundenen Hand das blonde, dichte Deckhaar aus der Stirn, das für eine klassisch-elegante Frisur mit Seitenscheitel zurzeit etwas zu strähnig ins Gesicht hing. Mehrfach rückte er seine büffelhorngerandete Lesebrille mit den runden Gläsern zurecht. Er las noch einmal den Artikel über den Mordanschlag auf ihn Zeile für Zeile.

»… Kripo macht Ernst mit den Ermittlungen zu den Parkmordfällen in Köln. Die *Soko Grüne Lunge* soll die rätselhaften Gewaltdelikte aufrollen …«

Aus einem Impuls heraus klopfte er die Querfalte des *Express* platt. Das Tatortfoto ärgerte ihn. Das hätten die auch anders knipsen können, denn so konnte man die Fahne gar nicht sehen. Na ja, mit dem Ablichten der Standarte wäre sicher auch kein einziger KöKö-Förderer mehr gewonnen worden. Frings griff zur Tasse, trank den lauwarmen Tee fast leer und schaute einmal kurz zur Tür. Es war ruhig im Krankenhaus. Sehr ruhig. Sogar ungewöhnlich ruhig. Hoffentlich war der Polizeischutz noch da. Nur der Presslufthammer auf der Straße ging ihm auf die Nerven. Aber dagegen war im Moment wohl nichts zu machen. Er holte tief Luft, trank den letzten Rest und verschluckte sich. Es dauerte eine ganze Weile, bis sein Hustenanfall vorüber war.

»Ich könnte glatt ersticken und kein Polizist würde es merken«, keuchte er und schnüffelte am Becher. Ob mit dem Darjeerling alles in Ordnung war? Der wahre Grund seines Verschluckens war aber nicht das Heißgetränk, sondern eine Entdeckung auf einem Zeitungsfoto gewesen.

Er griff zum Handy und wählte.

»Ferdinand, hast du dir die Expressbilder vom Tatort mal genauer angeschaut? Ist dir da was aufgefallen?«

»Nö.«

»Nicht auf den kleineren. Auf diesem ganz großen.«

»Nee.«

»Du musst unbedingt für mich zur Redoute fahren. Ich hab was entdeckt, das mich stutzig macht. Auf der Rasenfläche rechts vom Haupteingang liegt etwas Rotes. Keine Ahnung, was das ist. Papier, Pappe, Stoff ...«

»Rot? Was soll das schon sein? Blut vielleicht. Eine Blutlache. Deswegen soll ich dahin?«

»Es ist mir wichtig! «

»Du sagtest es.«

»Es liegt da was! Und wenn ich ganz genau hinsehe, dann ... hat es einen breiten, weißen Rand. Es könnte eines unserer neuen KöKö-Einstecktücher sein.«

»Du hast schon immer Sachen gefunden, die noch niemand verloren hat«, amüsierte sich Krämer.

»Sehr witzig! Und wenn's von meinem Attentäter ist?«, fragte Frings.

»Ist da nicht der Wunsch der Vater deiner Gedanken? Es wäre doch viel verdächtiger, wenn es kein KöKö-Tuch wäre. Denn bei der Menge KöKös mit Einstecktüchern kann auch schon mal eines verloren gehen. Und das nicht nur bei einem Mordanschlag. Außerdem hätte die Polizei das schon mitgenommen.«

»Nein, ich spinne nicht. Die haben mir auch nichts in den Tee getan. Ich hab eine Eingebung.«

»Das ist aber doch eigentlich *meine* Sache … ich meine … das mit dem sechsten Sinn.«

»Mensch, Ferdinand, tu mir einfach den Gefallen! Du kommst doch sowieso gleich zu mir. Dann kannst du doch auch da vorbeifahren. Zieh dir aber Handschuhe an und nimm eine Plastiktüte mit, in der du ein Indiz aufbewahren könntest … du weißt … um die DNA-Spuren nicht zu verwischen. Aber vermutlich hat der Wind sowieso schon ganze Arbeit geleistet und das Ding ist weggeflogen.«

»Oder unser KöKö-Archivar hat es gesichert. Dann kann es nicht fort sein.«

»Ferdinand, bitte!«

»Mach ich. Bis gleich.«

Frings legte auf und ärgerte sich insgeheim darüber, dass er vorhin am Telefon dem Drängen des Kriminalhauptkommissars nachgegeben hatte, ihn besuchen zu dürfen. Der kam bestimmt ausgerechnet dann, wenn er und Ferdinand über Tatverdächtige sprechen wollten. Und auch sonst ging ihm der Kripomann ziemlich auf den Zwirn. Er erschien ihm lästig. Na ja, sollte er kommen. Wer weiß, was er für Neuigkeiten hatte.

»Schwester, könnte uns jemand Kaffee bringen?«, hörte Frings eine Männerstimme sagen, als die Tür sich öffnete. Und zu ihm rief sie schwungvoll herüber: »Hallo, Herr Frings! Raphael Brandt,

Kriminalhauptkommissar. Mit Ihrer reizenden Frau konnte ich bereits Kontakt knüpfen.«

Brandt stand mit einem Bein im Zimmer, mit dem anderen noch im Flur. So, als ob die Türschwelle über Leben und Tod entscheiden konnte. Er reckte seinen Kopf noch einmal in den Gang, kam dann mit ausgestrecktem Arm auf ihn zu und griff nach seiner rechten Hand.

Schnell reichte ihm Frings die Fingerspitzen seiner verbundenen Linken. Was für ein Klotzkopf, dass der nicht erkannt hatte, dass er rechts stark verletzt war. Und mit welcher Wucht der hereinschneite!

»Wie unaufmerksam von mir«, entschuldigte sich Brandt. »Das durfte mir als Kommissar nicht passieren.«

Richtig! Und hoffentlich kam er schnell zur Sache. Frings entschloss sich, ihm vorerst keinen Sitzplatz anzubieten.

»Wirklich, Herr Frings, für mich ist das eine besondere Herausforderung, dass Sie mein erster Fall mit einem Kölner Prominenten sind.«

Frings konnte sich nicht vorstellen, dass die Kripo einen Anfänger auf ihn losgelassen hatte, und zupfte am Ohrläppchen.

»Keine Sorge, Herr Frings. Ich bin kein Grünschnabel, nur neu in ihrer Stadt. Deshalb fand ich auch das Gespräch, das ich eben geführt habe, so interessant.«

»Mit meiner Frau ...«

»Jawohl, mit Ihrer Frau! Hier im Krankenhaus.«

»Im Krankenhaus ...«

»Ja! Ist reiner Zufall gewesen. Der Teufel steckt manchmal im Detail.«

»Der Teufel ...«

»Warum sind Sie so irritiert?«

»Bin ich doch gar nicht.«

»Sie klingen besorgt.«

»Bin ich auch nicht. Warum sollte ich? Mir geht es prächtig! Zufrieden?«

»Na gut, Herr Frings. Verstehe, wenn Sie in Ihrem Zustand mürrisch und nervös reagieren. Sie haben sich wahrscheinlich noch nicht mit Ihrer Lage angefreundet, oder?«

»Ich glaube nicht, dass der Mordanschlag und ich echte Freunde werden.«

»Sieht auch nicht danach aus, dass Sie Freunde haben.«

»Ich finde Sie auch sympathisch, Herr Brandt«, konterte Frings.

»Hoffentlich auch dann noch, wenn ich für die Täterfindung gegebenenfalls mal in Ihrer Vergangenheit stöbern muss?«

»Ja und? Dann machen Sie das halt, Herr Brandt.«

Lächelnd beugte sich Brandt zu Frings herunter: »Haben Sie mittlerweile irgendeine Vermutung, wer Sie auslöschen wollte?«

Frings begann zu pfeifen. Auslöschen, das konnte man auch positiver formulieren. Allerdings war ein Mordanschlag alles andere als das. Aber der Austausch mit Brandt? Keine Option – zumindest nicht, bevor er nicht alles genauestens mit Ferdinand beleuchtet hatte. Außerdem – wie, bitteschön, sollte Brandt als Neuling in Köln so schnell gelernt haben, wie die Menschen hier tickten? Dennoch musste es einen wichtigen Grund dafür gegeben haben, warum er dermaßen auf seinen Besuch gedrängt hatte. Vielleicht hatte die Kripo ja die Tatwaffe am Tatort gefunden. Frings quälte sich, aber die Einfälle blieben verknotet. Und irgendwie stand er seit dem Anschlag auf ziemlich dünnem Eis. Dünn sah auch der Kaffee aus, den die Schwester ihnen zwischenzeitlich serviert hatte.

Brandt griff in die Hosentasche, nahm eine runde Dose mit Hustenbonbons heraus, öffnete sie, fingerte nach einem Pfefferminz und schob es sich in den Mund. Er stellte sich ans Fußende des Krankenbetts und trommelte ungeduldig mit einem ausgeklügelten Zehnfingersystem auf dem umlaufenden Bettbügel. »Und? Wo und bei wem würden Sie an meiner Stelle anfangen zu suchen? Haben Sie einen Tipp für mich?«

»Leider nein, Herr Kommissar. Ich habe weder eine Erklärung noch einen Verdacht.« Frings schloss für einige Sekunden die Augen. Er wollte sie jetzt nicht – diese Gedanken an den Anschlag.

»Haben Sie doch eine Idee?«

»Nein, ich hab an die bevorstehende Einweihungsfeier für die Redoute denken müssen«, flunkerte Frings.

»Stimmt, hab ich von gehört. Am Samstag, richtig? Sind Sie sicher, dass Sie diese trotzdem stattfinden lassen wollen?« Brandt verschränkte die Arme.

»Tja, ich hab natürlich auch erst gedacht, dass wir das Fest absagen sollten. Das war wirklich mein erster Gedanke. Und dann hab ich beschlossen: Nee! Denn das wäre jetzt das völlig falsche Zeichen! Auch alle anderen KöKös würden das nicht wollen. Das Event ist uns wichtig. Allein für die Außenwirkung.«

Krämer kam herein. Frings schaute ihn wachsam an. Für Brandt hoffentlich nicht erkennbar, bewegte Ferdinand den Kopf einmal kurz nach links und dann nach rechts. Und das so behutsam, als wenn er seine Nackenmuskulatur dehnen wollte. Ferdinand war anscheinend nicht fündig geworden.

»Mist«, sagte Frings nur mit den Lippen und stellte seinen Freund vor. »Herr Brandt, das ist Ferdinand Krämer, Premier der KöKös.«

»Angenehm, Raphael Brandt. Kriminalhauptkommissar.«

»Aha. Brandt mit *d* oder *t*?«, fragte Krämer.

»Mit d und t.«

»Wie der Zwieback?«

»Genau.«

»Ah so!«

»Herr Krämer, ich komme auch direkt mit einem Wunsch an Sie um die Ecke. Würden Sie bitte draußen warten, ich hab mit Herrn Frings fallbezogene Dinge zu besprechen.«

»Verzeihung«, sagte Frings leicht säuerlich, »Herrn Krämer möchte ich in Ihre Ermittlungen einweihen. Er kann schweigen wie ein Grab.«

»Sind Sie sicher?«

»Ja, ganz sicher.«

»*Dudsecher*«, bekräftigte Krämer.

»Todsicher? Verstehe, verstehe. Meinetwegen. Aber auf Ihre Verantwortung!«

»Die übernehme ich gerne«, antwortete Frings und fragte Ferdinand bewusst nebulös:»Konntest du unseren Archivar persönlich sprechen? Hat er tatsächlich nichts Hübsches gefunden? Du weißt schon ... zu Nikolaus für seine Frau.«

»Nä.«

»Hm ...«

Brandt kramte in seiner Aktentasche und zog eine Kladde heraus. Frings fixierte sie. Gesammelte Beweismaterialien zum Verbrechen? In dem Moment, als Brandt sie aufschlug, fiel ein Papierschnipsel heraus.

»Sehen Sie, Herr Frings, so ähnlich muss das dem Täter vielleicht auch passiert sein.« Brandt hob den Fetzen auf.»Dieses kleine Stück Papier hat auf dem Fuß der Statue *Luurende Köpp* gelegen. Dort, wo man Sie niedergestochen hat, Herr Frings. Durch die hohe Luftfeuchtigkeit in der letzten Nacht muss das Papierchen auf dem Fuß klebengeblieben und festgefroren sein. Unsere Spurensicherung hat den Papierschnipsel heute Morgen gefunden. Leider ohne verwertbare Ergebnisse aus der Genanalyse. Sonnenstrahlen haben ihn angetaut.«

»Darf ich diesen Schnipsel mal sehen?«, bat Frings.

»Unbedingt, denn meine Frage wäre, ob Sie mit dem Inhalt etwas anfangen können?« Brandt hielt Frings das Zettelchen hin. Krämer reckte neugierig den Hals. Frings bat ihn an seine linke Seite, blickte gespannt auf die Papierecke und fing wieder zu blinzeln an. Die Ecke sah aus wie ein Stück einer Buchseite. Einer Buchseite, deren unterer Winkel fehlte, weil er schräg abgerissen worden war. Am Schnipsel konnte man die Abrisskante sehr gut erkennen. Aber was war das für ein Buch? Ein Roman? Vielleicht. Allerdings kein Krimi. Oder doch? Auf jeden Fall ein Buch als Mittel zum Zweck *für* einen Krimi. Konnte die herausgerissene Seitenecke von einem Lexikon sein? Wörter, die mit *R* anfingen, waren gelistet. Ein Stück aus dem Duden? Denn hier stand: *Rüster,*

Rüsterche, Rut. Frings las Wort für Wort mit ausgestrecktem Zeigefinger. *Rut: rude: rot; gemeingerman. Farbwort mit weiter Verwandtschaft (griech., lat., …).* Er traute seinen Augen nicht. Das musste aus einem kölschen Nachschlagewerk stammen. Krämer und Brandt blickten ihn erwartungsvoll an.

»Und?«, fragte Brandt.

»Ich tippe auf den *Wrede*!«

»*Wrede*?«

»Ja, der kölsche Duden. Sagen Sie bloß, Sie haben den Sprachschatz noch nicht? Sollten Sie sich unbedingt zulegen, wenn Sie irgendwann mal Kölsch auch in *korrekter* Form schreiben wollen oder müssen.«

»Kölsch verstehen tu ich schon eine bisschen. Trinken, ab und zu.«

»Immerhin. Aber fangen Sie bitte nicht an und schreiben es, wie Ihnen der Schnabel gewachsen ist. Das würden Sie im Englischen, Französischen oder in jeder anderen x-beliebigen Sprache auch nicht tun.«

Brandt nickte, als säße er auf der Schulbank beim Nachhilfeunterricht.

»Und jetzt, Jean? Was willst du jetzt machen?«, fragte Krämer.

»Herauskriegen, was eigentlich gespielt wird. Und das Krankenhaus schon morgen verlassen. Je länger ich hier drin bin, desto mehr läuft mir die Zeit davon. Samstag muss ein sicherer Festabend werden. Ohne Mord und Totschlag. Weißt du, wenn ich tatsächlich gemeint bin und jemand meinen Tod will …«

»… oder meinen …«

»… dann muss die Person ja auch einen Grund dafür haben. Den wüsste ich gerne. Noch lebend.«

Brandt warnte unmissverständlich: »Wenn ich etwas nicht mag, dann Freizeitkriminalisten, die meinen Job machen wollen. Warum, verdammt noch mal, überlassen Sie das nicht der Polizei? Das ist behämmert und lebensgefährlich, was Sie da vorhaben! Dieses Detektivspielen.«

»Ja, warum überlasse ich das nicht einfach Ihnen?«, fragte Frings. »Ich glaube, weil ich mehr Wut als Angst habe. Ich werde ungehalten, wenn ich mir vorstelle, dass so ein Drecksack auf mich eingestochen hat. Und mir wird regelrecht übel, wenn ich mir ausmale, dass Herr Krämer und ich noch weitere Morddrohungen erhalten könnten und dadurch eingeschüchtert werden sollen und unsere Familien deswegen nicht mehr ruhig schlafen können.«

»Sie beide haben Morddrohungen erhalten? Ihr geplantes Solo ist unverantwortlich«, schimpfte Brandt, und dabei tanzte sein Adamsapfel über dem ungebügelten, grauen Hemdkragen auf und ab. Darüber trug er ein blaues Jackett, das nicht nach einem sonderlichen guten Stoff aussah. Kein Leinen. Keine Rohseide. Keine Wolle. Eher einhundert Prozent Polyester.

»Wir sind ein Duo, Herr Brandt«, antwortete Frings, und Krämer grinste. »Ich glaube, Jean, es ist besser, wir zeigen dem Kommissar unsere Liebesbriefe.«

»Wenn du das willst, dann machst *du* das aber.«

»Nä, *du* machst das!«

»Meinetwegen. Also – Herr Krämer hat heute eine SMS erhalten und ich ins Krankenhaus einen verwelkten Blumenstrauß mit einem darin platzierten Genesungskärtchen«, verriet Frings dem Kommissar.

»Das ist ja nicht schlimm«, meinte Brandt.

»Schlimm ist aber, dass in beiden Nachrichten eine ähnliche Morddrohung stand. Garniert mit einem Totenkopf.«

»Und was?«, fragte Brandt.

»*Wieß un rut un do bes dud*«, las Krämer leise vor.

»Und bei Ihnen, Herr Frings?«

»*Wieß-rut is dinge Dud.*«

Brandt lachte.

»Was finden Sie denn daran so amüsant? Das müssen Sie mir mal verraten«, meinte Frings konsterniert.

»Ich freue mich nur. Denn was Sie mir da sagen, passt perfekt zu unserem Papierschnipsel.«

»Mensch, Herr Brandt, das stimmt ja!« Auch die Gesichtszüge von Frings hellten sich auf. »Dass ich nicht gleich draufgekommen bin. Unser sympathischer Autor wollte perfektes Kölsch schreiben! Dafür hat er den *Wrede* benutzt und nach der richtigen Schreibweise von *rut* gesucht.«

»Und sie gefunden!« Krämer schlug sich mit der Hand vor die Stirn. »Wie die anderen Wörtchen auch!«

»Und da der *Wrede*-Schnipsel am Tatort gelegen hat, müssen der Täter und derjenige, der die Drohungen verfasst hat, ein und dieselbe Person sein. Dumm gelaufen für ihn – oder sie. Und Fehler Nummer eins!«

»Das liegt zumindest nahe.« Brandt nahm ihm ein bisschen die Euphorie. »Dahingehend sollte man auf jeden Fall zu recherchieren beginnen und so die Motivsuche eingrenzen. Täter kommen häufig aus dem nahen Umfeld. Wer könnte da in Betracht kommen? Und es auf Sie beide abgesehen haben?«

Krämer postulierte die erste Theorie: »Jean, könnte es eventuell einer von den Rheintron Werken sein? Weil du im Auftrag des Vorstands einen Sanierungsplan aufgestellt hast, der vielleicht irgendeinem nicht schmeckt. Wegen Einsparungen. Auch beim Personal.«

»Hm … ich weiß, an wen du dabei denkst. Aber der bedient nicht das aktuelle Täterprofil. Es muss einer sein, der nach wie vor uns *beide* ausknipsen will.«

Brandt wandte sich Frings zu: »Wir haben übrigens Beta-HCG gefunden.«

»Was ist das?«

»So eine Art Hormon.«

»Sie haben ein Hormon an meinem Tatort gefunden? Das müssen Sie mir bitte erklären, wie das gehen soll?«

»Nein, bei der Obduktion des Leichnams von Viola Bern.«

»Warum erzählen Sie plötzlich davon und wechseln das Thema? Wir waren bei *mir* und nicht bei Frau Bern! Und außerdem – warum eine Obduktion?«

»Wir haben gehofft, wir bekämen Hinweise auf ihre Lebensweise. Außerdem ist das Routine bei unnatürlicher Todesursache. Drogen sind nicht selten im Spiel.«

»Viola Bern hat so ein Zeug nie angerührt. Beim Etna da Camello mal einen Rosé zum sizilianischen Kaninchen. Oder ein Gläschen Champagner, um das Wochenende einzuläuten – das ja. Aber sonst … «

»Das Hormon ist viel spannender.«

»Ach so! Was soll das heißen?«

»Viola Bern war schwanger. Achte bis zehnte Woche.«

Frings sah von Brandt zu Krämer. Er zog sich die Bettdecke bis zum Hals: »Das Baby … Und der Vater? Ist das bei Ihrer Obduktion auch herausgekommen, wer das ist?«

»Nein. Wissen wir noch nicht.« Brandt machte eine Pause. »*Sie* sind es nicht, Herr Frings, oder?«

Frings rutschte immer tiefer unter die Bettdecke und gab ihm keine Antwort. Warum dieses Taktieren von Brandt?

»Wussten Sie, dass Ihre Viola Bern schwanger gewesen ist?«

»Ja.«

»Seit wann?«

»Sie hat es mir erst vor Kurzem erzählt. Sie hat mich um ein Gespräch gebeten, weil sie mit dem Baby ihr Leben komplett umkrempeln wollte. Kind gegen Ruhm. Ihre Karriere ist ihr plötzlich nicht mehr wichtig gewesen. Das klassische Leben als Mutter sollte zukünftig im Fokus stehen. Es hat mich geärgert, dass ich so viel Energie und Kapital für die Fortbildung des Mädels ausgegeben habe. Anscheinend umsonst.«

»Eine große Investition?«

»Allerdings.«

»Auch Zuneigung?«

»Ich habe sie gemocht und ihr hundertprozentig vertraut. Immer.«

»Mehr nicht?«

»Warum löchern Sie mich so?«

»Könnte ja sein, dass sich der Täter von Viola Bern gehörnt ge-fühlt hat, weil sie ein Kind von einem anderen bekam.«

»Hätte! Herr Brandt, gekriegt hätte – nicht hat. Und schon gar nicht von mir!« Frings Nerven lagen blank. Die momentane Hab-achtstellung setzte ihn unter Dauerspannung. Und diese zu redu-zieren, kostete Kraft, die ihm gerade nicht zur Verfügung stand. Er schmiss die Bettdecke auf den Boden und setzte sich mit einem lauten Schmerzensschrei ruckartig auf. Seine Lippen zuckten.

Brandt gab sich abgeklärt, schaute aus dem Fenster und igno-rierte Frings' aufgewühlten Zustand. »Hätten Sie etwas dagegen, Herr Frings, wenn wir auch von Ihnen einen DNA-Test machen würden?«

»Machen Sie doch, was Sie wollen!«, begehrte Frings auf. »Ich bin nicht der Erzeuger!«

»Dann ist ja alles bestens.«

»Noch lange nicht!«, empörte er sich weiter. »Mein Mörder läuft nämlich noch frei herum!«

Brandt hatte sich wieder in den Raum gedreht.

»Denk an deine Gesundheit, Schäng«, sagte Krämer zu Frings. Und zu Brandt: »Es ist genug jetzt. Herr Frings sagt die Wahrheit. Hören Sie auf, ihn zu reizen.«

Brandt nickte mehrfach und zeigte sich einsichtig. »Entschuldi-gen Sie, Herr Frings. Ich wollte Sie nur testen – aber nicht quälen.«

Frings glaubte ihm nicht. Vielmehr hielt er das für den friesi-schen Charme.

»Also, liebe Leute, voran! Machen wir weiter!« Krämer klatschte aufmunternd in die Hände, rückte den Gästestuhl an Frings' Bett, hob das *Plumeau* vom Boden auf, deckte Frings wieder mit dem Bettzeug zu, setzte sich, lehnte sich zurück und heftete seinen Blick auf die goldene Gardinenstange. »*Wieß-rut is dinge Dud*«, sprach er vor sich hin.

Frings hatte sich beruhigt und ebenfalls zurückgelehnt. Lang-sam wiederholte auch er: »*Wieß, rut, dud. Wieß, rut, dud. Dud. Rut. Wieß-rut.* Ferdinand! Ich hab es!« Frings riss, wie bei einem FC-

Sieg, seinen gesunden Arm mit bandagierter, halb geballter Faust senkrecht in die Luft. »Jaaa! Ja, ja, ja! Wie geil! Pass auf, Ferdinand! Wir machen ein Spiel – ich stell dir Fragen und du musst antworten. Auf Kölsch. Und vor allem schnell! Das ist ganz wichtig. Du darfst nicht überlegen.«

»Nee, ich habe keine Lust auf ein Quiz.«

»Das ist kein Quiz. Das ist ein Test! Also, los jetzt!«

»Na gut.«

»Aber ohne nachzudenken! Hörst du? Einfach aus dem Bauch heraus. Du weißt schon. Intuitiv. Und unbedingt auf Kölsch. Also – bereit?«

»Leg los!«

»Der erste FC hat die Farben …?

»Rut-wieß.«

»Fritten mit Ketchup und Majo bestellst du in Köln als Pommes …?

»Rut-wieß.«

»Köln hat als ehemalige Hansestadt welche Wappenfarben?

»Rut-wieß.«

»Wir sind die Kölschen Köpp …?«

»Rut-wieß.«

»Ergänze den Song der Bläck Fööss … hm-hm-hm, wie lieb ich dich!

»*Rut un wieß, wie lieb ich dich!*«

»Super, Ferdinand! Und, ist dir was aufgefallen? Du hast intuitiv *rut-wieß* geantwortet. Du hättest im Leben nicht *wieß-rut* gesagt. Das ist es – *wieß-rut* ist falsch! Die Reihenfolge! Verstehste? Die stimmt nicht! Was für ein Lapsus, den sich der Täter da geleistet hat. Fehler Nummer zwei, Ferdinand!«

»Wahnsinn, Schäng! Für mich ist alles klar – das ist kein Kölscher!«

Frings nickte, für ihn war das auch alles klar. Und für Brandt?

»Ich hätte gerne noch eine aktuelle Personenliste aus Ihrem beruflichen Umfeld, Herr Frings«, sagte Brandt nur.

»Wissen Sie, was Sie da verlangen? Das ist nicht zu stemmen«, meinte Frings und kreise unterm Laken mit den Füßen. Was für ein Verdächtigenverzeichnis wollte Brandt zusammenstellen? Ganz schön selbstbewusst, der Debütkölner.

»Was ist denn mit der Rheintron, die Herr Krämer erwähnt hat?«, fragte Brandt.

»Ich möchte nicht, dass Ihre Ermittlungen mein Geschäft belasten.«

»Halten Sie mich für so unsensibel?«

»Unsensibel? Hm … gute Idee! Diesem Gewerkschaftssprecher der Rheintron könnten Sie vielleicht doch mal ein bisschen auf den Zahn fühlen.«

»Name?«

»Schacht. Hannes Schacht.«

»Woher bekomme ich die Kontaktdaten und ein paar Basisinformationen rund um Ihren Rheintronauftrag, damit ich mich einlesen kann?«

»Die gibt Ihnen mein Sekretariat. Vertraulich. Berufen Sie sich auf mich.«

»Gut.« Brandt wirkte auf Frings zufrieden. »Tja, meine Herren, dann lass' ich Sie jetzt allein. Wenn Ihnen bei Ihrer Ermittlungsrallye noch etwas einfallen sollte …«

»… melden wir uns!«

»Versprochen, Herr Frings?«

»Kommt drauf an, was wir rausfinden.«

Krämer grinste.

Brandt verließ das Zimmer.

»Warte mal kurz, Jean, ich schau mal, ob unser Kriminalist die Tür auch wirklich von außen zugezogen hat.« Auf Zehenspitzen pirschte sich Krämer an die Tür heran, um dies zu prüfen. »Hat er. Kein schlechter Mann, dieser Brandt.«

»Ein scharfer Hund«, sagte Frings.

»Sein Vater war Vorsitzender Richter beim Oldenburger Oberlandesgericht.«

»Wie dem auch sei, wir sind einen ganz großen, entscheidenden Schritt weitergekommen, Ferdinand. Zwischendurch hatte ich schon die Sorge, dass es unser Magic Tony auf mich abgesehen haben könnte. Weil ich ihm doch den Schatzmeisterposten nicht gegeben hab. Ihm, dem Halbschotten. Ohne mich wäre für ihn der Weg frei. Ich hatte den Eindruck, der war ganz schön geladen.«

»Ich meine, das wäre er immer noch.«

»Wenn ich ihn das nächste Mal befördere, meinst du, das hilft?«

»Hm …? Ach, Jean, da fällt mir ein, dass ich unbedingt Johanna noch was fragen wollte. Sekunde bitte. … Hallo? Johanna? Ah, Johanna, gut, dass du dran gehst. Sag mal, hast du die Tür von der Kühlhausgarage nicht geschlossen?« Krämer stellte sein Smartphone auf laut.

»War die offen?«, fragte Johanna Krämer. »Die hat etwas geklemmt. Hab ich dir aber gesagt und dich gebeten, das mal nachsehen zu lassen.«

»Hab ich vergessen.«

»Vergessen? Ja, sag mal, Ferdinand! Und jetzt funktioniert plötzlich mein Schlüssel irgendwie nicht mehr. Vielleicht hat sich ein Kind einen Streich geleistet und ein Hölzchen oder Kaugummi ins Schloss gesteckt. Ich wollte nämlich eben für Tony etwas Hirschgehacktes einpacken. Nur kam ich nicht in die Garage.«

»Hättest ihn ja mal fragen können, ob er die Tür aufzaubern kann.«

»Ferdinand …!«

»Ja, ist ja gut! Ich hab heute Nachmittag ein Sicherheitsschloss einbauen lassen.«

»Klasse, dass ich das auch mal so ganz nebenbei erfahre. Mir sagst du ja nie etwas.«

»Das stimmt so nicht.«

»Doch, das stimmt!« Johanna Krämer beendete die Verbindung.

Krämer zog die Schultern hoch und wandte sich wieder an Frings. »Ich glaube, sie ist sauer.«

»Das hörte sich so an. Aber dann weiß man, dass die Welt zu Hause noch in Ordnung ist. Oh! Jetzt klingelt's bei mir auch. Reichst du mir mal kurz mein Handy? ... Frings? ... Ach, hallo Herr Jever ... äh ... Justus! ... Ja, stimmt, wir duzen uns mittlerweile ... Wie mein Befinden ist? Danke der Nachfrage, den Umständen entsprechend ... ja, schlimme Sache ... Ferdinand? Ist an meiner Seite. Willst du ihn sprechen? ... Wann ich entlassen werde? .... Eigentlich Donnerstag. Aber lieber morgen. Hab noch viel zu tun. ... War's das? ... Tschüs!«

»Was hat Justus vor?« fragte Krämer. Frings zupfte sich am Ohrläppchen. »Wenn ich das nur wüsste.«

Zwei Wochen zuvor am Rhein

Kleine Wellen schwappten an die Spitzen von Jevers Schuhen. Fast tausend Klicker hatten seine weißen, mit Lammfell gefütterten Sneakers gekostet. Das waren sie ihm wert gewesen. Heruntergesetzt, in einem Luxusladen in der Mittelstraße. Für die Redoute-Feier in gut zwei Wochen waren sie leider zu sportlich. Und zu warm. Obwohl – er konnte das Fell herausknöpfen. Und Smoking und Turnschuhe? Trug man das nicht heute so? Er musste Ferdinand noch einmal fragen, ob er das ernst gemeint hatte mit der Einladung. Mal schauen, ob er dazu überhaupt Lust hatte und was ihm bis dahin sonst noch so alles in die Quere kommen würde, was ihm seine Laune ordentlich verderben könnte. Er stand am Wassersaum im Weißer Bogen und blickte auf den Rhein. Schwer beladene Schiffe gruben sich ihren Weg stromaufwärts. In einer kleinen Bucht fütterte ein altes Mütterchen Möwen. Sie umkreisten gierig und zugleich zutraulich ihren Kopf.

»Ganz schön mutig. Ich würde das lieber lassen«, sagte Jever zu sich. Denn unweit von hier in Rodenkirchen am Rhein soll es am helllichten Tag geschehen sein. Eine plötzlich herabstürzende Möwe soll einer Passantin mit millimetergenauer Präzision ein Pizzastück aus der Hand gerissen haben. Passiert war der Frau nichts. Aber im Vergleich zu den Vorjahren sind Möwen deutlich aggressiver geworden und haben immer weniger Angst vor den Menschen. Ferdinand meinte, dass sei kein Wunder, denn wir würden ihnen die Raffgier ja auch vorleben. Jever zog eine Grimasse. Er machte sich nicht viel aus Geld, aber er war glücklich, wenn er viel davon hatte. Wie die neue Möwengeneration. *Gibt es zu dem freilaufenden Parkmörder jetzt auch noch die Killermöwe in Köln?* hatte der *Express* spekuliert. Ein Grund mehr für ihn, ein geschütztes, auch zum Himmel geschlossenes Amusement-Areal mit Panoramadach zu bauen, damit die Kölner ihre freien Zeiten unbeschwert genießen konnten. Ohne Möwenattacken. Ohne

Insekten. Ohne gefährliche Rheinstrudel. Ohne Sonnenbrand. Ohne Regen. Ohne Hochwassergefahr. Clean und schick aus der Retorte. Er galt bei der Stadt als Ideengeber und avisierter Bauherr dieses Projektes und als Galionsfigur der Vergnügungsparkbefürworter. Aber bestand für ihn noch berechtigte Zuversicht? Hier, entlang des Deiches, am Weißer Bogen wollte er eines der größten Bauprojekte seines Lebens verwirklichen und sich von niemandem ins Bockshorn jagen lassen. Im Gegenteil. Um sein Ziel zu erreichen, war ihm jedes Mittel recht. Also – der weitläufig angelegte Freizeitpark musste her. Sein Problem: Der Weißer Bogen war ein Naherholungs- und vor allem *noch* Naturschutzgebiet. Er verband die Ortsteile Weiß mit Rodenkirchen und Sürth. Viele Kölner nutzten die Gegend zum Abtauchen und um im Sonnenschein einfach auf einer Bank zu verweilen. Mitten in diesem Naturschutzgebiet lag eine zig Hektar große Streuobstwiese. Nicht nur im Sommer bot sie aussterbenden Insekten und Vögeln Schutz. Deshalb zählten zu seinen Gegnern Anrainer und Umweltschützer, aber womöglich auch Frings und Krämer, denn sie waren die Gemeinschaftseigentümer der Streuobstwiese. Wertvolles Spekulationsland mit hohem Zukunftswert, das vielleicht einer der nächsten Generationen zugutekommen konnte. Wenn es statt Bauerwartungsland zu Bauland werden würde. Eine Fruchtfolge, die Frings und Ferdinand zu reichen Millionenwiesenbauern werden lassen könnte. Denn die Grundstückspreise waren in Köln in den letzten Jahren horrend in die Höhe geschnellt und für Otto Normalverbraucher mittlerweile unbezahlbar. Wie gut, dass er ganz klar kein Otto war.

Er wusste aber auch, dass Ferdinand und Frings nicht auf den Kopf gefallen waren und mit Sicherheit ihr Land nicht verschleudern würden, sondern bestimmt einen Betrag haben wollten, der an die Schmerzgrenze der ortsüblichen Bauerwartungslandpreise gehen würde. Trotzdem würde das nur ein Bruchteil des späteren Wertes sein und für ihn ein schönes Geschäft bedeuten. So das Konzept.

Seine ursprüngliche Strategie dafür: Er hatte Krämer und Frings zunächst nicht in sein Vorhaben einweihen wollen. Er hätte sie so lange bewusst umgangen, bis er zumindest von der Kölner Bezirksvertretung eine offizielle Zusage erhalten hätte. Und dann hätte er sie anschließend mit der Freigabe frech konfrontiert. Denn ein Nein gegen einen amtlichen Entscheid von oberster Stelle wäre für Krämer und Frings deutlich schwieriger – ja, fast unmöglich gewesen. Leider aber war sein berechnendes Unterfangen nicht aufgegangen. Sein wenig ökonomisches Denken und unkooperatives Handeln war in die Kritik geraten. Seine bisherigen Anhänger in der Kölner Stadtverwaltung schlossen sich anderen Mächtigen des Kulturgremiums an und spielten sich die Bälle ohne ihn zu. Das hatte sich in ihrer Argumentation niedergeschlagen: Die Entscheidung über die Streuobstwiese liege nun bei den Eigentümern, hatte man ihm mitgeteilt. Schließlich habe er die Kommission angelogen und ihr vorenthalten, dass er von den Inhabern des Grundstücks noch kein grünes Licht in Form einer Verpachtungzusage erhalten hatte. Von einer Erlaubnis zum Erwerb von diesem Grund und Boden ganz zu schweigen. Dem hatte sich auch die Bezirksvertretung angeschlossen: Solange ihm die Wiese nicht gehören würde, lehnten sie eine Bebauung ab. Dieser Bescheid war vor zwei Monaten gekommen. Und ihm blieb nun keine andere Wahl, als doch mit offenen Karten zu spielen und Krämer und Frings um den Verkauf der Streuobstwiese zu bitten. Für seine reiche Ernte.

Jever bückte sich und hob seinen Multicopter aus dem Sand. Er musste aufpassen, dass der nicht nass wurde. Seine Drohne war für ihn als Bauunternehmer ein ideales Werkzeug. Er hatte diesen autonomen Multicopter extra mit einem maßgeschneiderten System projektieren lassen und in einem dreistufigen Lehrgangskonzept die Chance genutzt, sich schnell mit den grundlegenden Funktionen des Gerätes vertraut zu machen. Dabei hatte er gelernt, wie er seine Drohne noch effektiver einsetzen konnte. So wie vorhin, als er sie über die Streuobstwiese hatte fliegen lassen. Jever schaute auf sein iPhone. Er musste sich beeilen, wenn er pünktlich sein wollte. Treffpunkt war im Kranhaus Nummer eins, bei Frings im Unternehmen. Wenn sich die Gelegenheit bieten würde, könnte er ihn auch mal nach Co-Working fragen. Denn würde er einen Raum bei ihm anmieten, könnte er vielleicht näher an seinem Netzwerk dran sein.

Was waren die Kranhäuser doch für eine architektonische Meisterleistung. Da war nicht gespart worden. Schade, dass es Ferdinand damals verschwitzt hatte, ihn rechtzeitig mit einzubinden. Als der Rat der Stadt beschlossen hatte, das veraltete Hafengelände in eine Büro- und Erholungsanlage umzuwandeln, waren die Würfel für den Architekten längst gefallen. Traurig, traurig – denn das wärs gewesen!

Jever stieg in den Aufzug. Sechzehnte Etage. Im Spiegel musterte er sich noch einmal ganz genau. Der Zopf saß, aber lagen seine Haare seitlich eng am Kopf? An den Schläfen etwas zu viel Stylinggel, im Nacken zu wenig. Obendrauf hatte er sie leicht antoupiert, auf die Kopfhaut ein hellbraunes Pülverchen gepudert und mit Haarspray fixiert. Die Partikelchen füllten die leeren Stellen. Das wirkte voller. Aber irgendwann kam er um eine Implantation nicht herum, denn die Geheimratsecken hatten sich deutlich ausgedehnt. Er lächelte breit. Mit seiner Zahnregulierung war er jedenfalls sehr zufrieden. Hing seine rote Krawatte mittig über der Knopfleiste? Noch ein flüchtiger, kurzer Blick auf seine Turnschuhe. Pling. Die Fahrstuhltür öffnete sich nicht. Wieder ein Pling. Immer noch nicht. Pling. Jetzt aber. Mit einem leisen, vornehmen Sirren. Ebenso leise war der Gang über den Teppichboden. Sein dichter, dicker Hochflor schluckte jeden Schritt. Nichts für Frauen mit Pfennigabsätzen. Die würden sich in den Schlaufen verfangen und stecken bleiben. Frings' Sekretariat lag am Ende des Ganges. Jever klopfte nicht an, sondern betrat einfach den Raum.

»Guten Tag!«

»Einen wunderschönen guten Tag! Wen darf ich Herrn Frings ankündigen? Ach ja, ich seh schon … Herr Jever? Herzlich willkommen, bitte nehmen Sie doch noch einen ganz kleinen Moment Platz. Ich schau mal, ob die Herren schon frei sind. Herr Krämer hat nämlich auch einen Termin mit Herrn Frings.«

»Ja, ich weiß, wir alle zusammen haben einen «, antwortete Jever bissig. Diese Vorzimmerdamen, diese Schnepfen. Wie er sie mochte. Kamen sich immer unheimlich wichtig vor. Wichtiger als der Gast!

»Herr Jever ist jetzt da!«

Krämer nickte Frings stumm zu.

»Kann reinkommen«, forderte Frings das Mädel auf.

»Die Herren erwarten Sie«, flötete Frings' Sekretärin süßlich, »darf ich Ihnen auch einen Kaffee, Cappuccino oder Espresso anbieten? Wasser steht schon auf dem Tisch.«

»Danke, ich wähle einen Latte macchiato.«

»Latte?«

»Latte! Sie kennen keinen Latte macchiato? Das ist italienisch, heißt *Befleckte Milch* und ist ein Warmgetränk.«

»Äh, entschuldigen Sie bitte. Selbstverständlich weiß ich, was ein Latte macchiato ist. Nur leider kann ich Ihnen diesen nicht anbieten. Der wird von unserer Maschine nicht angezeigt. Ähm … ich meine …. da gibt es keinen Knopf für.«

»Gutes Fräulein, kann ich einen Espresso haben?«

»Ja, klar, das hab ich Ihnen eben schon angeboten.«

»Sehen Sie … und für den Cappuccino benötigen Sie ja auch heiße Milch, oder?«

»Ach so, Sie möchten doch lieber einen Cappuccino statt eines Espressos?«

»Beantworten Sie mir doch einfach meine Frage. Hat die Maschine ein integriertes, alternativ separat anwählbares Milchsystem – ja oder nein?«

»Ich glaube, ja!«

»Na, dann hätte ich jetzt gerne meinen Latte macchiato! Aus Milch und Espresso.«

»Ich kann das mit dem marmorierten Verlauf nicht.«

»Dann nehmen Sie doch einfach statt eines Glases einen großen Becher. Dann sieht auch keiner, was Sie da fabriziert haben.«

»Sie meinen eine Teetasse?«

»Meine Güte! Lassen Sie's doch einfach bleiben. Ich werde mich allerdings bei Herrn Frings beschweren, wie unhöflich und inkompetent Sie sind. Sie können noch nicht einmal Kaffee kochen. Das ist geschäftsschädigend. Und jetzt lassen Sie mich durch!«

»Doch, einen Kaffee können Sie kriegen. Außerdem befinde ich mich noch in der Ausbildung! Es tut mir leid, dass ich noch nicht so perfekt bin wie Sie«, antwortete das Mädel verzweifelt, aber schlagfertig.

Jever zuckte selbstgefällig mit den Achseln und zog die Hemdmanschetten mit den rhodinierten Knöpfen gut einen Zentimeter aus den Ärmeln des Jacketts hervor. Hoffentlich nahm Frings das Sansibar-Emblem wahr. Ob er auch zur Inselszene gehörte? Er hatte ihn beim Gosch, Leysieffer, im Gogärtchen oder beim Manne Pahl in Kampen noch nie gesehen. Jever betrat Frings' Zimmer, schloss die Tür hinter sich und ging mit offenem Visier auf Frings zu. Jever hatte gelernt, dass das mitunter die bessere Tarnung war. Kam aber auf den Verhandlungspartner an. Nicht jeder war so blind, wie er hoffte.

»Bitte entschuldige, lieber Ferdinand – erst der Hausherr! Ich grüße Sie, Herr Frings. Danke, dass Sie Zeit für mich und meinen Freund haben!«

»Was war denn da draußen los, Herr Jever? Gab es ein Problem?«

»Nein, nein. Alles gut, Herr Frings. Das Wort Problem existiert in meinem Wortschatz nicht. Ich hatte nur einen kleinen Dialog mit Ihrem reizenden Vorzimmerpüppchen. Sie wollte mir einfach keinen Espresso mit heißer Milch servieren.«

»Wie? Das ist aber doch gar kein Thema. Ich kümmere mich mal eben darum.« Frings stand ruckartig auf.

»Bitte lassen Sie, Herr Frings. Die Kleine muss ja noch lernen, Alles entspannt. Ich nehme gerne ein Wasser, wenn Sie erlauben.«

»Wirklich?«

»Jaja, ganz bestimmt! Ist besser für meinen Magen und meinen Bluthochdruck.«

»Wir werden alle nicht jünger«, sagte Krämer zu Jever.

Jever lächelte Krämer betont vergnügt an. »Mein Freund, du bist doch wirklich noch prächtig in Schuss! Komm, lass dich umarmen. Ich hab dich noch gar nicht begrüßt. Wie geht es dir?«

»Schlechten Menschen geht es immer gut«, antwortete Krämer.

Jever legte seine Utensilien auf den Tisch, holte zwei Gläschen mit Bügelverschluss aus der Tasche und verteilte sie an Krämer und Frings. »Von meinem letzten Inselbesuch.«

»Oh, toll!« Krämer öffnete seines und roch dran. »Mit Raucharoma?«

»Aus den Lister Gärten. Handgesiebtes, leicht krosses Sylter Meersalz.«

»Herzlichen Dank«, sagte Frings.

Krämer feuchtete seinen Zeigefinger an, tippte auf die Körnchen und probierte. »Ist da Mikroplastik drin?«

Frings senkte den Kopf und grinste: »Oder für Johanna 'ne Perle.«

Krämer verdrehte die Augen.

»So.« Frings ließ sich wieder in seinen Sessel fallen und lehnte sich mit einem genüsslichen Gähnen zurück. »Was liegt denn an, das Sie mit Ferdinand und mir besprechen möchten?«

Die Tür öffnete sich wenige Zentimeter.

»Entschuldigen Sie bitte, Herr Frings. Darf ich die Canapés jetzt servieren?«

»Nur zu!«

»Endlich, ich hab *Schless*!«, beschwerte sich Krämer.

»Du hast Heißhunger?«, fragte Frings. »Greift beide zu! Deshalb hab ich sie bestellt. Extra bei *La Maison*. Schon mal als Kostprobe für unser nettes Weihnachtsessen dort. Die bieten übrigens auch einen mobilen Business Lunch an. Das ist auch was für deine exklusiven Meetings in der RÜW, Ferdinand.«

Jever nahm gleich zwei Lachshäppchen auf einmal.

Krämer griff nach Fois gras auf Reibeküchlein. »Nä, was geht es uns gut«!

»Eine schöne Einleitung zu meinem Anliegen, das ich euch vortragen möchte«, sagte Jever, nahm die Wasserflasche, füllte sein Glas halb voll und trank es komplett aus.

»Ich bin ganz neugierig. Schießen Sie los, Herr Jever!« Frings löffelte früher als geplant am Dessert. Mini-Crème-Brûlée-Türmchen an Waldbeerpraline auf Eierpunschspiegel.

Jever knabberte an der Unterlippe. Er hoffe, in seiner Argumentation keinen Patzer zu machen, sich an alle Strategiepunkte erinnern zu können, und schnippte einmal mit den Fingern. »Kurz und schmerzlos – ich möchte Sie und dich, lieber Ferdinand, entlasten und noch reicher machen, indem ich Ihre und deine Streuobstwiese am Weißer Bogen Ihnen und dir abkaufe.«

Frings verschluckte sich, beugte sich nach vorn und prustete hervor: »Die Streuobstwiese? Unsere Streuobstwiese? Kaufen? Sie? Warum das denn? Sind Sie jetzt zum Großbauern mutiert? Oder haben Sie plötzlich ein Herz für Bienen und Hummeln? Und überhaupt – jetzt lassen wir zwei mal das lästige Siezen. Ich bin Jean. Das ist doch viel einfacher so.«

»Welch eine Ehre! Sie, ach nee … äh … du, hast ja recht: Ich bin der Justus.« Wieder griff er zum Wasser und schüttete nach.

»Prima. Also, Justus, warum?«

»Ich hätte sie gerne. Die Streuobstwiese. Und ihr hättet weniger Ärger mit den fanatischen Natur-Gutmenschen. Außerdem könnt ihr doch sowieso nichts mit ihr anfangen. Das ist doch totes Land.«

»Nicht für meine Johanna!«

»Ferdinand, jetzt bleib mal sachlich. Auch, wenn du dich jedes Jahr auf deinen frischen Apfelkuchen freust.«

»Bleib ich ja.«

»Justus, du willst die doch nicht einfach so zum Spaß. Was steckt dahinter?«, fragte Frings.

Jever rückte mit dem Sessel ein Stück vor, setzte sich aufrecht hin, legte die Handflächen auf den Tisch und fing an, überschwänglich sein Bauprojekt in den schillerndsten Farben zu beschreiben, zu erklären, zu bewerben. Zeigte ihnen auf seinem iPad die Architekten- und Statikpläne. Rechnete ihnen den Kostenvoranschlag und die zu erwartenden Einnahmen und Gewinne vor. Und schloss nach einer guten halben Stunde seinen Monolog ab mit: »Und? Was haltet ihr von der beschlossenen Sache?«

Krämer schwieg, machte sich lang, pickte sich sein achtzehntes Canapé und schob es – sich besonnen wieder zurücklehnend – in den weit geöffneten Mund. Frings knipste in wiederkehrenden Intervallen auf den Drücker seines Kugelschreibers. Klick-klack. Klick-klack. Sein Bein wippte taktgebend mit. Krämer schmatzte gut vernehmbar.

Jever wurde abwechselnd heiß und kalt. Bestimmt wechselte er auch die Farbe. Was für eine eisige Stimmung umgab ihn?

»Wir verkaufen nicht«, nuschelte Krämer mit vollem Mund.

Jever beobachtete Frings. Wie lange brauchte der noch, um etwas zu sagen? Endlich räusperte er sich. »Ja vielen, herzlichen Dank für dein Angebot, lieber Justus. Das können wir selbstverständlich hier und heute nicht ad hoc entscheiden. Das wirst du verstehen. Hast du vielleicht ein paar Unterlagen ausgedruckt, um uns diese zur Verfügung zu stellen? Dann könnten wir uns dein Projekt noch einmal ganz in Ruhe anschauen. Einverstanden?«

»Gut. Hier ist ein Stick mit einer PDF-Datei und allen notwendigen Informationen. Solltet ihr Fragen haben, jetzt oder später, beantworte ich sie euch gerne.« Erneut griff er zum Wasser. Insgeheim hatte er die Zurückhaltung befürchtet und zählte jetzt auf seine Freundschaft zu Krämer. Der allerdings aß ruhig weiter und versuchte, den insistierenden Blicken auszuweichen.

Frings hatte zwischen Zeige- und Mittelfinger seinen dünnen, goldfarbenen Stift geklemmt, den er jetzt schnell hin und her bewegte. Dann stoppte er und legte den Schreiber ordentlich, parallel vor sich auf den Tisch. »Gut, Justus, dann müssen wir jetzt lesen und schmökern, richtig? Nur glaube ich, da kommen wir trotz gutem Willen nicht zusammen. Ich vermute, dass es dabei bleibt, was Ferdinand schon gesagt hatte: Wir verkaufen nicht.«

Krämer nickte kauend.

»Ja, dann halte ich euch nicht länger auf. Denkt trotzdem noch einmal darüber nach. Am Geld soll es nicht scheitern. Also, ich muss auch weitermachen. Auf mich warten im Rathaus die Dezernenten. Die sind total interessiert an meinem Jahrhundertprojekt, das den Kölner Süden wandeln wird.« Er hatte Ferdinand und Jean tatsächlich verheimlicht, dass die Stadträte seinen Eigentumsnachweis zur Bedingung der Gebietsumwandlung in Bauland und für die Baugenehmigung gemacht hatten. »Höre ich von euch noch diese Woche? Mein Notar fliegt nämlich in Urlaub. Dann kann er die Papiere noch schnell zur Unterschrift fertigstellen. Und das Geschäft ist ruck-zuck erledigt.«

»Machen wir«, versprach Frings.

»Gut. Euch noch einen angenehmen Tag. Ach, und Jean, denk doch mal über Co-Working nach!«

»Co … was?«

»Co-Working! Eine Bürogemeinschaft im modernen Sinn. Tschüs dann!«

»Ciao!«, antwortete Frings.

Frings hörte, wie die Vorzimmertür zuschlug. »Das ist ein Ding! Was sagst du dazu, Ferdinand?«

»Zu Co-Working?«

»Nein! Zur Wiese.«

»Ich glaube, dass der nicht ehrlich ist. Der erzählt nur die Hälfte, Jean.«

»Wie kommst du darauf, Ferdinand?«

»Mein Bauch kam drauf.«

»Wusstest du davon, dass er sich für sein Projekt bei der Stadt beworben hat?«, fragte Frings.

»Nä.«

»Er hat dir nichts davon gesagt?«

»Nee, aber letztens meinte er, klüngeln mache ihm sowieso keinen Spaß mehr. Das hab ich seltsam gefunden. Der hat das so ostentativ gesagt.«

»Was hast du geantwortet?«

»Am Klüngel hätten nur die keinen Spaß, die nicht mitmachen dürften! Das hatte gesessen. Was meinst du, wie der die Farbe gewechselt hat. Ich glaub, er hat sich ertappt gefühlt. Der hatte längst versucht, alles einzuleiten, um hinter meinem Rücken meine Bündnisse zu nutzen. So verhält man sich nicht unter Freunden.

» Ein Drahtzieher. Zwielichtig, verdeckt, geschickt.«

Krämer lachte. »Das *meint* er zu sein.«

»Vor allem hast du ihn doch in Sachen Bauerwartungsländereien bei den Stadtvätern unter deine Fittiche genommen. Zumindest *die* hätten dir doch einen Hinweis darauf geben müssen, was Justus plante. Eine ganz schmutzige Geschichte, bei der dich Justus im Vorfeld schlau umgangen hat, um uns beide nun hinters Licht zu führen. So ein korruptes Schwein!«

»Der hat uns geärgert, Jean. Den ärgern wir zurück. Ich hab eine Idee!«

Als Krämer nachmittags die Treppe in den wohnlich ausgebauten Keller seines Hauses ging, blieb ihm nichts anderes übrig, als vorsichtig über mehrere, weit geöffnete Koffer mit Weihnachtskugeln, Adventskränzen, Lichterketten, Krippenfiguren, künstlichen Tannengirlanden zu steigen. Dazwischen lagen aber auch Karnevalsorden, Osterhasen, roter und weißer Tüll, Ostereier, Federboas. Und über den senkrecht aufstehenden Kofferdeckeln hingen seine KöKö-Litewkas. Eingerahmt wurde das Bild von Regalen mit Kisten über Kisten. »Was für ein Saustall!«, hatte Johanna vorgestern gebrüllt, und dass das aussehe, wie bei Hempels unterm Sofa! Dabei hatte er diesmal gar nichts gemacht. Sie selbst hatte ihre Dekorationen gesucht und das Chaos verursacht, um dann alles stehen und liegen zu lassen, als eine Freundin sie zum Kaffeekränzchen abgeholt hatte. Und jetzt? Jetzt war er wieder schuld, nur weil er seine Kledage zum Lüften ausgelegt hatte, obwohl sie eher in die Reinigung gemusst hätte.

»Du bist ja schon da!« Johanna Krämer stand hinter ihm und riss ihn aus seinen Gedanken. »Wie ist denn das Gespräch mit Justus und Jean gewesen? Was wollte Justus von dir?«

»Nix.«

»Das ist ja viel. Und was machst du hier? Endlich aufräumen?«

»Klar!«

»Das sieht aber nicht danach aus, mein Lieber. Ich verrat dir jetzt mal was. Wenn sich deine schmutzigen Karnevalssachen auf dem Kellerboden stapeln, ist es Zeit für klare Regeln und Zuständigkeiten. Bring dein Zeug in die Wäscherei. Sonst kommt es in die nächste Kleidersammlung!«

Musste es in dem Kellerchaos, das auch von Johanna verursacht worden war, wieder zu dieser klassischen Rollenklischeediskussion kommen? Johanna wollte ihren Vortritt beim Putzen, Waschen, Kochen. Warum sollte er dann einen Schrubber in die Hand nehmen, geschweige denn eine Waschmaschine befüllen und anstellen? Sie hätte wissen müssen, dass ihr Geschrei nichts nutzte. Im Gegenteil.

»Suchst du was?«, fragte Johanna Krämer. »Kann ich dir vielleicht helfen? Dann geht es schneller.«

»Ich suche meine Unterlagen von der Wiese.«

»Du, die hab ich hier in den grünen Karton getan. Grün wie die Natur«, sagte Johanna Krämer und lächelte erwartungsvoll.

»Gut gemacht«, lenkte auch er wieder ein.

»Ich lass dich dann mal in Ruhe, Ferdinand.«

»Tu das.« Krämer nahm den Karton, setzte sich damit in eine Ecke auf den Fußboden, zog den Deckel ab, griff einen Stapel Fotos und Schriftstücke heraus und breitete sie auf der Steinfläche aus. Mit dem Zeigefinger schob er die Luftaufnahmen des Grundstücks nach rechts und links, oben und unten – als ob er sie wie in einem Memoryspiel sortieren wollte. Dann nahm er den Stapel Papier und fächerte ihn mit dem Daumen auf. Diese Besitzurkunden und Eigentumsübertragungen waren für ihn extrem spannend. Schon seit Generationen gehörte die Wiese der Familie Krämer. An Jean hatte er eine Hälfte vor ein paar Jahren verkauft, damit sich Agi und Johanna *gemeinsam* um die Obsternte kümmern konnten. Ein Hobby ihrer Damen, das aber langsam zu viel Zeit einnahm. Als ihre Kinder noch klein waren, ja, da hatten sie sich dort häufig zum Picknick oder zum Grillen getroffen. Aber heute? Heute gab es andere Interessen und der Tag hatte nun mal nur vierundzwanzig Stunden. Vor allem war es Agi Frings, der die Wiese eher lästig geworden war. Krämer kramte weiter und fand die Flurkarte. Und hier … ein Foto seines Großvaters. Ein sehr gebildeter und kluger Mann, der immer gewusst hatte, wie man seinen Reichtum zusammenhielt und vermehrte. Wie war das noch? Was hatte er ihm erzählt? Krämer stützte seinen Kopf auf, schloss die Augen.

Sein Opa hatte ihm viel vom Zweiten Weltkrieg berichtet. Auch wie es der Stadt Köln und ihren Menschen in den Kriegsjahren ergangen war. Über zweihundertmal hatten die Alliierten Köln bombardiert und die gesamte Stadt in Schutt und Asche gelegt. Nur der Kölner Dom hatte durchgehalten. Stolz und stark. Selbst als gegen Kriegsende rund achthundert Kampfflugzeuge das Firmament verdunkelt, minutenlang mit Tausenden von Sprengbomben das linksrheinische Gebiet gepflügt und eine Wüste aus Staub und Trümmern hinterlassen hatten. Auch auf das Gebiet Weißer Bogen mit der Streuobstwiese waren Bomben gefallen. Munition, die Asbest und weißen Phosphor freigesetzt hatte. Gefährliche Chemikalien, die vielleicht auch heute noch den Boden belasteten. Darüber, hatte sein Opa allerdings nie nachgedacht. Er selbst sowieso nicht. Aber jetzt!

Krämer stapelte die Wiesenunterlagen zu einem Turm, stand auf und jonglierte ihn ins Dachgeschoss, in sein Homeoffice.

»Wer nicht hören kann, muss fühlen. Pack dich warm ein, Justus!«, sagte Krämer und setzte sich auf den wackeligen Stuhl vor seinem Computer. Johanna hätte ihn am liebsten auf den Sperrmüll geworfen. Aber nur auf ihm konnte er sich vor dem Rechner besonders gut konzentrieren. Er startete den Apple und das Mailprogramm und diktierte murmelnd sich selbst: »An, Stadt, Klammeraffe, Köln …, Kopie, JB, Punkt, Frings …, Betreff, Bodenprobe Weißer Bogen Streuobstwiese.« Sollte er die E-Mail als offizielles, geschäftliches Schreiben verfassen und auf Hochdeutsch schreiben? Aber wenigstens die Anrede wie *Lieber* und die Sätze *mit freundlichen Grüßen* oder *herzliche Grüße* oder nur *Grüße* am Ende des Briefes in Kölsch? War das nicht persönlicher und verbindlicher? Angeblich sollte sich beim Verhandeln Kölsch positiv auf die Bereitschaft des Zuhörers auswirken, mit dem Sprecher zu kooperieren. Wurde wohl als sympathischer empfunden. Und mit netten Menschen machte man einfach viel lieber Geschäfte. Deshalb entschied er sich für:

Leeven Gereon!

Hoffe, Dir und Deiner Familie geht es gut. Ich freue mich über Deine Zusage für die Einweihungsfeier der Riehler Redoute. Und besonders darüber, dass ich Dich und Deine liebe Gattin als Ehrengäste an meinem Tisch begrüßen darf. Es wird bestimmt ein sehr festlicher Abend. Auch die zwanzig von Dir bestellten Karten unserer leisen Debütsitzung *Klaaf Alaaf unplugged* habe ich gestern erhalten. Es ist mein persönliches Geburtstagsgeschenk an Dich und ein kleines Dankeschön für unsere langjährige Verbundenheit. Möchtest Du Dir die Karten bei mir zu Hause abholen oder sehen wir uns beim *Clubjedöns* – der Netzwerkveranstaltung der KöKös? Dann bringe ich sie Dir mit.

Und jetzt zu einem anderen Thema, wozu Deine Hilfe vonnöten wäre! Und zwar leider ganz, ganz schnell. Jean und ich bräuchten dringend eine aussagekräftige Bodenprobe unseres Grundstücks am Weißer Bogen. Einen Auszug aus der Flurkarte habe ich Dir gescannt. Den findest Du im Anhang dieser Mail. Könntest Du die Bodenprobe eventuell innerhalb der nächsten zwei Tage durchführen lassen? Du hast mir doch letztens von einem neu eingeführten Quicktest erzählt, der zu einhundert Prozent sicher ist. Die Kosten dafür übernehme selbstverständlich ich. Nur, wie gesagt, ich bräuchte das Ergebnis möglichst schnell.

Hätzlije Jröß, Ferdinand

Krämer grinste, betrachtete eine Schale mit Haselnüssen und fing an, sie zu zählen. Wo hatte er den Nussknacker?

Pling. Das ging ja schnell! Gereon schrieb:

Lieber Ferdinand,

die Bodenprobe mache ich doch sehr, sehr gerne für Dich! Du und Dein Freund, Ihr seid für unsere Stadt systemrelevant. Ich bin froh, dass ich Dir auch mal was Gutes tun kann. Und vor allem hast Du Glück, mein Lieber! Rein zufällig ist heute ein Einsatztrupp in Sürth, den ich eben angefunkt habe. Die sind schon unterwegs zu eurem Flurstück. Mach Dir also keine Sorgen, das kriegen wir zeitnah gedreht. Der Schnelltest wird direkt vor Ort ausgeführt. Spätestens morgen also hast du ein wasserdichtes Ergebnis vorliegen. Ich sende Dir den Bericht per Mail.

Übrigens vielen Dank für die Karten ;-)) Ich hab meine Teilnahme am *Clubjedöns* vorletzte Woche abgegeben. Bin also dabei! Gibt es eigentlich noch die barocken Goldrahmen zu kaufen? Du weißt schon … diese vom Künstler handsignierten Repliken? Die Kopie der Originalrahmen, die in der Redoute hängen mit Euren Generälen auf den Bildern und mit deren Verkauf Ihr einen kleinen Teil der Redoute-Sanierung refinanzieren wollt. Wenn ja, bitte reserviere mir einen. Du sagtest ja, dass diese sehr beliebt seien. Und ich wäre stolz darauf, wenn ich einen Rahmen haben könnte. Was macht denn der Anbau der Baumallee an der Zufahrt zur Redoute? Gibt es genügend Sponsoren? So ein Goldtäfelchen am Stamm, das mich als botanischen KöKö-Gönner verewigt, fände ich auch ganz reizvoll. Ich möchte eines in XXL. Kann meine Frau auch darauf genannt werden?

Es grüßt Dich Dein Freund Gereon

Leeven Gereon!

Ich danke Dir für Deine schnelle Unterstützung! Du hilfst mir sehr damit. Bei Gelegenheit erzähle ich Dir dann mal den gesamten Hintergrund dieser Aktion. Zu den Goldtäfelchen: Richtig, die können solo oder als Gemeinschaftsprojekt gekauft werden. Übrigens, was jetzt kommt, das bleibt bitte noch unter uns. Wer beim *Clubjedöns* ein Täfelchen kauft, bekommt – als Vorfreudepräsent auf seine Baumtafel – eine handgeschöpfte Schokolade, in Goldpapier eingeschlagen, mit seinem persönlichen Namen drauf. Die Schoko liefert eine Kölner Manufaktur. Du siehst, das ist eine super Sache!

Jröß, Ferdinand

PS: Bitte vergiss nicht, den Novembertermin für die *Collecte de Cologne* im Dom zu blocken. Fühl Dich auch dazu herzlich eingeladen. LG F

Krämer öffnete verschlafen seine Augen. Ein andauerndes Pling, Pling, Pling … hatte ihn geweckt. Bekam er gerade gefühlte einhundert Mails? Er hatte noch bis tief in die Nacht gesurft und war völlig übermüdet am Schreibtisch vor dem Bildschirm eingeschlafen. Krämer überprüfte die Eingänge. Tatsächlich. Eine E-Mail von Gereon.

Guten Morgen, lieber Ferdinand!

Hier das versprochene Ergebnis der Bodenprobe mit den streng vertraulichen Originalauswertungen im Anhang. Wenn Du die Mail gelesen hast, vernichte sie bitte sowie unseren gesamten Mailverkehr zu dem Vorgang. Auch ich werde das tun, damit Dir, Jean, und mir später kein Strick gedreht werden kann. Wer weiß, vielleicht möchtet Ihr irgendwann das Grundstück einmal hochpreisig veräußern und nichts von dem Ergebnis der Bodenprobe durchsickern lassen, dann ist es wichtig, dass Ihr geschützt seid. Im Klartext: dass der potentielle Käufer nichts in der Hand hat, um Euch Verschleierung, Betrug, vorsätzliche oder arglistige Täuschung oder Ähnliches anzuhängen. Ihr habt also von dieser Untersuchung formal und behördlich nie etwas gewusst. Dazu der Hinweis: Die Bodenprobe ist als eine rein wissenschaftliche Auswertung deklariert und enthält deshalb auch keinen Absender oder Empfänger. Die Beauftragung der Prüfung habe ich so gedreht, dass sie von den Bezirksverantwortlichen initiiert wurde. Dadurch wird die Bodenprobe bei der Stadt zwar aktenkundig werden – jedoch ohne, dass wir drei offiziell und inoffiziell irgendwo auftauchen. Auch nicht in spe!

Gruß Gereon

PS: Mir ist ein seltsames, völlig neues Bauvorhaben in diesem Gebiet zu Ohren gekommen. Ein gewisser Justus Jever soll seine Finger da drin haben. Weißt Du was von dem Projekt? Kennst Du diesen Menschen? Diesen Jever?

Krämer war nervös. Ob sein Plan aufging? Langsam und mit zittrigen Händen führte er den Cursor seiner Funkmaus Richtung *Datei öffnen*. Der Bericht poppte auf:

Die Bodenprobe-Quicktest-Analyse des Grundstücks im Gebiet Weißer Bogen ist positiv. Sie hat ergeben, dass das Flurstück 25 einen gravierenden ökologischen Schaden aufweist. In den Bodenproben wurden Cadmium, Blei, Antimon und selbst Napalm gefunden, umweltbedrohliche und gesundheitsschädliche Substanzen. Wir empfehlen dringend eine umfassende, nachhaltige Sanierung des Erdreichs …

Krämer fuhr sich mit der Hand über den Mund. Gedankenverloren stand er auf und ging zur Espressomaschine seines Arbeitszimmers. Er schwankte leicht, griff zur Tasse und machte sich einen doppelten, kleinen Schwarzen. Heiß. Stark. Süß. Nein, er war kein Koffeinjunkie. Aber als Kölner gehörte Kaffee zu seinem Alltag. Gott sei Dank gab es noch einige Röstereien mit langer

Tradition. Und Gott sei Dank war ein guter Freund ein Kaffeesommelier. Und Gott sei Dank sollte derjenige, der viel Käffchen trank, länger leben dürfen. Eine Empfehlung wollten Forscher aber noch nicht aussprechen. Das dämpfte seine Euphorie. Außerdem schützte Kaffee auch nicht vor Mordanschlägen. Krämer rührte in der Tasse und ging zurück an den Bildschirm.

»Uih, heiß! Mist … *Schnüss* verbrannt.« Man sollte seine Schnauze nie zu voll nehmen. Krämer stellte das Tässchen kurz ab. Er wollte den Quicktest wenigstens ausdrucken, öffnete das Papierfach des Druckers, holte die letzten fünf Blätter heraus, legte circa dreißig nach und die fünf wieder oben drauf. Wäre für die zu gemein gewesen, wenn sie noch mal dreißig Blatt hätten warten müssen, bis sie endlich mit dem Druck dran gewesen wären. Krämer klickte auf *Dokument drucken*, nahm noch einen Schluck des mittlerweile etwas abgekühlten Kaffees und wartete. Was war das für ein seltsames Bild, das sich in seinem Kopf abzeichnete. Seine Streuobstwiese, ein romantischer Ort mit verdorbener Erde. Hier, wo seine Familie und Freunde herrliche Stunden in vermeintlich gesunder Natur verbracht hatten. Hier, wo die Äpfel für seine geliebte karamellisierte *Tarte Tatin* frisch gepflückt wurden. Hier müsste er plötzlich ein Schild anbringen, das vor dem Verzehr des Obstes warnen sollte. Und was war mit seiner Gesundheit und der seiner Familie? Er hatte Angst vor den negativen Folgen, die sich aus der bisher unentdeckten Verseuchung ergeben konnten, verdrängte sie aber ganz schnell wieder. Er würde Johanna die Verpestung verschweigen und würde auch Frings darum bitten, dies gegenüber Agi zu tun. Krämer legte den ausgedruckten Quicktest zu den Unterlagen seines Großvaters und leitete Gereons Mail an Frings weiter mit dem Kommentar:

»Wir verkaufen doch! Aber richtig teuer! Und lösche meine Mail, wenn Du alles gelesen hast. Sofort! Das ist wichtig!«

Anschließend drückte auch *er* den Löschbutton. Und dann auf *Papierkorb sicher leeren.*

Frings staunte, als er das Bodenprobeergebnis las. Was für ein Schlitzohr dieser Ferdinand doch war. Genial! Pling. Gelöscht! Und schnell rief er ihn an: »Ferdinand! Perfekt! Ich kümmere mich drum und gebe Justus Bescheid.«

»*Wat fott es, es fott.*«

»Absolut! Was fort ist, ist fort. Also kein Grund zu jammern. Du bist der Beste, Ferdinand.«

»Das weiß ich.«

»Verbinden Sie mich bitte mit Justus Jever«, sagte Frings zu seiner Sekretärin.

»Sehr gerne«, antwortete sie und wählte Jever an. »Wirtschaftsconsulting Frings, guten Tag Herr Jever. Herr Frings möchte Sie sprechen. Ich stelle durch!«

»Danke«, antwortete Jever.

»Hallo, Justus!«

»Hallo, lieber Jean, was kann ich für dich tun? Habt ihr doch noch Fragen zu meinem Exposé?«

»Das war sehr interessant. Nochmals vielen Dank! Ja, was soll ich sagen. Ich mache es nicht spannend. Wir haben erneut ernsthaft diskutiert und finden schlussendlich doch, dass dein Projekt realisiert werden sollte. Von unserer Seite legen wir dir keine Steine in den Weg. Von uns bekommst du ein – Ja. Nur der Preis ist so eine Sache. Du weißt ja, Grundstücke in Köln sind rar. Und dann in dieser Gegend … Was hast du dir denn vorgestellt?«

»Äh … hm … irgendeine siebenstellige Zahl?«

»Das ist dehnbar.«

»Tja, sicher. Dehnbar. Was schlägt Ferdinand vor?«, fragte Jever.

»Ferdinand hält sich da raus«, sagte Frings und blinzelte. Mindestens zweieinhalb pro Quadratmeter mussten Kölner in guten Wohnlagen für Baulandpreise zurzeit durchschnittlich abdrücken. Damit lag die Domstadt an der Spitze in NRW. Nicht billig war Köln auch in mittleren Wohnlagen. Hier zahlten die Käufer gegenwärtig ungefähr um die Tausend pro Quadratmeter. Auch Bauerwartungsland schlug sich in einem bereits höheren Preis am

Markt nieder als beispielsweise Ackerland. Allerdings war die Bewertung schwieriger. Hier ging die Spanne von sagen wir zehn bis sechzig Prozent des Wertes für baureifes Land. »Du weißt ja, Justus, dass der Stadtteil Weiß zur Eins-a-Lage gehört. Und du stehst kurz vor der Bebauungserlaubnis für dein Vorhaben. Damit können wir dir unser Flurstück weder als Ackerland noch als Bauerwartungsland verkaufen. Unser Preis lautet dreitausend Euro pro Quadratmeter.«

»Das ist utopisch.«

»Das ist ein Toppreis«, pokerte Frings.

»Was haltet ihr von einer Beteiligung an den Einnahmen des Vergnügungsparks? Euer Einsatz als Investoren wäre lediglich die Streuobstwiese. Jetzt, wo ihr diese sowieso einer anderen Funktion zuführen wollt. Außerdem bräuchten wir dann diese Verkaufsverhandlungen nicht.«

»Ach nee. Damit möchten wir lieber nichts zu tun haben, Justus. Vom Bauherrengeschäft haben wir keine große Ahnung. Wir machen lieber mit den Dingen unser Business, in denen wir zu Hause sind und die wir deshalb auch echt bewerten können. Sorry.«

»Hätte ja sein können.«

»Ja, ist aber nicht. So, zurück zum Preis. Wir kommen dir entgegen – zweieinhalb.«

»Fünfzehnhundert.«

»Nein. Da liegen wir zu weit auseinander. Wir kommen nicht zusammen.«

»Warte, stopp! Also gut – zweitausend, weil ihr es seid.«

»Nein Justus. Zweieinhalb. Das ist unser letztes Wort. Nicht mehr und nicht weniger. Und den Vertrag lassen wir von *meinem* Notar aufsetzen.«

Jever legte seinen Kopf in den Nacken und fing an, an seiner Trinkflasche zu nuckeln. Er musste einschlagen. Er musste dieses Grundstück besitzen. Er musste Eigentümer sein. Auch, wenn es eine irrwitzige Summe war. Aber er würde sie locker doppelt und dreifach mit seinem Vorhaben wieder reinholen. »Na gut. Einverstanden. Mach den Vertrag zur Unterschrift fertig. Wann soll ich vorbeikommen?«

»Weil du es ja so eilig hast, komm doch einfach morgen zu mir rein. Das schaffen wir zeitlich. Ferdinand und der Notar werden auch anwesend sein, dann wird der Vertrag vorgelesen und wir unterschreiben ihn gemeinsam. Und mach dir keine Sorgen. Da werden keine besonderen Vereinbarungen drinstehen. Das ist ein Vertrag *as usual*. Also so, wie es üblich ist, und so, wie du es kennst.«

Jever war happy. Was für ein famoser Tag! Ab morgen hatte er frei schießen!

Eine Woche nach Notarvertragsunterzeichnung erhielt Jever Post von der Stadt Köln. Kaugummikauend saß er am geöffneten Fenster, riss den Brief auf, zerrte das gefaltete Schreiben heraus, zog es auseinander, legte es mit der beschriebenen Vorderseite auf den Tisch und starrte es regungslos an – als plötzlich ein Windstoß das Schriftstück erfasste, einmal anhob und sich das Blatt wendete.

Sehr geehrter Herr Jever,

als den Besitzer und Eigentümer des eingezeichneten Flurstücks mit der Nummer fünfundzwanzig fordern wir Sie auf, den kontaminierten Boden unverzüglich sanieren zu lassen. Bis dahin ist ein Betreten durch Unbefugte verboten. Bitte lassen Sie Ihr Grundstück einzäunen, und sichern Sie es zum Schutz von Leib und Leben ab. Details entnehmen Sie bitte unserem Quicktest-Ergebnis.

Der Oberstadtdirektor der Stadt Köln

Jever schrie: »Betrug! Betrug! Ihr verdammten Betrüger!« Er hatte nach Unterzeichnung den Notarvertrag von seinem Rechtsanwalt rein interessehalber prüfen lassen. Dieser hatte ihn schon darauf aufmerksam gemacht, dass mit diesem Vertrag – egal, was in Zukunft passieren würde – Ferdinand und Jean durch nichts und gar nichts später belangt werden konnten. Er hatte diesen Hinweis nicht verstanden und ignoriert. Was hätte da kommen sollen? Jetzt wusste er es – Millionen an Euro! Millionen Kröten für die Überholung. Und danach? Dann war es sowieso fraglich, ob die Stadt noch beim Vergnügungspark mitspielen würde. Jevers Augen brannten vor Wut. Hass und pure Rachegelüste stiegen in ihm hoch. Es gab keine Zweifel, dass er ein flammendes Bedürfnis verspürte, es Ferdinand und Jean heimzuzahlen. Sein Wunsch nach Strafe nährte sich aus dem Verlangen, wenigstens sein zerstörtes psychisches Gleichgewicht wiederherzustellen. Den Schaden konnte er nicht mehr abwenden.

»Jetzt fließt Blut!«, flüsterte Jever. Es mochte sein, dass Ferdinand und Jean schlauer waren als er. Er aber war klüger.

In diesem Moment klingelte sein Telefon.

»Ja?«

»Sind Sie es, Jever?«

»Ja! Wer spricht denn da?«

»Hier ist Tantler. Felix Tantler.«

»Tantler. Tantler? Ach, Tantler! Der Gastronom von der Ahr, bei dem alles Essig ist!«

»Wie?«

»Ja, jetzt weiß ich wieder, wer Sie sind. Bitte, Herr Tantler, was kann ich für Sie tun? Was möchten Sie?«

»Darüber reden, was Sie mir angeboten haben und dem ich zugestimmt habe.«

»Ich hab gerade wichtigere Probleme und keinen Kopf für Ihr Thema. Könnten wir ein andermal telefonieren?«

»Nein, die Zeit läuft mir davon und damit auch das Geld.«

»Mir auch.«

»Dann sitzen wir ja in einem Boot.«

»Seit ein paar Stunden nicht mehr, Herr Tantler.«

»Wieso?«

»Ganz einfach – das ganze Projekt gestaltet sich schwierig.«

»So plötzlich?«

»Ja, leider«, meinte Jever und erklärte: »War nicht vorhersehbar.«

»Eine ziemlich saloppe Einstellung, wenn es um Milliarden geht.«

»Sorry«, sagte Jever knapp.

»Aber Sie sind sich doch ganz sicher gewesen« sagte Tantler. »Deshalb hab ich schon den neuen Kreditvertrag unterschrieben. Die erste Rate ist bezahlt, die zweite wird in zwei Wochen abgebucht. Wenn ich den Vertrag kündige, können Sie sich vorstellen, welche Vorfälligkeitsentschädigungen ich meinem Institut hinlegen darf. Karussell fahren und abspringen, wann man will, ist nicht. Das entscheiden andere. Und die werden mich aus dem Sitz hebeln. Was soll ich denn jetzt machen?«

»Verwenden Sie das Geld doch für das *Maison Deux* im Lentpark.«

»Das brauche ich nicht, denn dafür läuft ein völlig anderer Kredit. Was glauben Sie, was mir meine Banker erzählen, wenn ich einfach den Kreditzweck ändere. Ich hab denen bei der Kreditbeantragung sowohl für das *Maison Deux* als auch für das *Maison Trois* einen überzeugenden Businessplan vorlegen müssen. Ich hab die Gründungsideen im Detail beschreiben und durchrechnen müssen. Ich hab erklären müssen, warum ich für das *Maison Trois* so schnell so viel Geld haben wollte.«

»Ich höre immer nur – ich hab, ich hab, ich hab! Haben oder sein, Herr Tantler. Sie müssen sich schon entscheiden.«

»Ich hab …«

»… da, wieder! Sie können's nicht lassen. Wie ein kleines Kind. Ich will, ich will, ich will. *Möchte,* heißt das! Und ist auch keine Garantie.«

»Ich hab mich dafür nackt auf den Neumarkt stellen müssen! Verstehen Sie das?«, fragte Tantler verzweifelt.

Jever brach in dröhnendes Gelächter aus. »Nein. Wie lustig! Wirklich nackt? Das hätte ich nicht getan.«

»Spinnen Sie? Das sagen wir bei uns in der Gegend, wenn man sich bloßstellt oder interne Dinge preisgibt. In meinem Fall hat das bedeutet, dass ich dem Kreditinstitut meine gesamten Forderungen und Verbindlichkeiten, auch die privaten, offenlegen musste. Dank zweier ausgefeilter Finanzpläne sind die Euros schließlich bewilligt worden. Aber nicht en bloc.«

»Dann können Sie doch stolz sein.«

»Sagen Sie, wollen oder können Sie mich nicht verstehen? Nochmals – meine bestehenden Kredite sind nicht einfach so zu zappen wie ein Fernsehprogramm mithilfe der Fernbedienung.«

»Sie nerven!«

»Eine Frechheit, Herr Jever.«

Unbewegt starrte Jever auf seine orangefarbenen Schnürsenkel in den weißen Schuhen. Eine Schleife hatte sich gelockert. »Bedanken Sie sich bei Ihren Freunden Jean und Ferdinand.«

»Warum?«

»Keine Streuobstwiese, kein Bauprojekt, kein drittes Tantler. Comprendre? Jeder hat halt sein Päckchen zu tragen.«

»Das ist aber *Ihr* Päckchen, was ich gerade trage, Herr Jever! So eine Kausalität überfordert meine Schmerztoleranz!«

»Meine auch, Herr Tantler. Ich hätte sehr gerne mit Ihnen das Geschäft gemacht. Das *Maison Trois* als Gourmet-Highlight in meinem Rodenkirchener Funpark. Das wäre es gewesen, um tatsächlich sämtliche Zielgruppen abzudecken. Aber es hat nicht sollen sein. Ich wiederhole – Frings und Krämer haben die Schuld. Auch an Ihrem Dilemma.«

Tantler schwieg.

»Sind Sie noch in der Leitung?«

»Ja.«

»Tja, ich muss dann mal weiter machen«, drängelte Jever.

»Tschüs«, sagte Tantler nur.

»Viel Erfolg«, erwiderte Jever, umklammerte einen Rotstift und nahm ihn quer zwischen die Zähne. Hatte er jetzt einen Racheverbündeten? Fürs erste, ein Erfolg. Er biss auf den Stift. Es schmeckte giftig, und er fing an zu zeichnen. Einfach quer. Einfach über das Schreiben der Stadt. Striche, Linien. Dann Rechtecke, Quadrate.

Große, kleine. Aber bloß keine Kreise für Bäume. Er würde sie alle einmauern. Stilllegen. Und seine Psyche noch ein bisschen mehr befriedigen. Er musste sich weitere Erleichterung verschaffen. Jean und Ferdinand hatten ihm den Spiegel vorgehalten. Den Spiegel seines eigenen moralischen Wertesystems – rücksichtslos zu handeln. Er war erschüttert in dem Vertrauen auf seine eigenen Kräfte. Diese galt es wieder zu stärken. Das Gefühl der Kontrolle musste er wiederherstellen. Ob mit Tantler und mit welchen Mitteln, wollte er sich noch überlegen. So oder so – es würde Saures geben.

Dienstag nach dem R(h)einfall

Ich bin echt froh über den Balsamico. Das Mittagessen hat er schon aufgewertet. Ich wünschte, du würdest das Krankenhaus catern.« Frings blickte immer wieder auf das Eselsohr eines Hochglanzmagazins, während Tantler mit ihm telefonierte. Krämer hatte ihm eben die Zeitschrift dagelassen. Zur Zerstreuung. Wenigstens bis heute Abend. Wenn er wieder da war.

»Und sonst?«, fragte Tantler. »Schmerzen?«

»Ich bekomme Medikamente, damit gehts«, antwortete Frings. »Viel schlimmer ist, dass der Kerl noch nicht gefasst ist. Ich hab Albträume.«

»Hast du denn eine Vermutung?«, fragte Tantler und wischte mit einem schwarzen Schürzenzipfel auf einem schlecht polierten weißen Teller herum.

»Nein, Felix, ich arbeite daran, ihn zu finden ...«

»... um zu vermeiden, dass du wegen deines Mörders nicht mehr entspannt durch Köln bummeln kannst?«, fiel Tantler ihm ins Wort. »Ich verstehe dich, Jean. Du suchst natürlich so schnell wie möglich nach einem Motiv. Also nach einem Typ Mensch, der dich abgrundtief hasst, richtig?«

»Dabei darf man keinen außer Acht lassen, Felix.«

»Wenn du ihn aber in die Ecke drängst. Immer weiter, immer weiter, immer weiter. Ist das dann nicht riskant? Ich meine, jeder kennt doch das Gefühl, wenn man in einer verzweifelten Lage ist.«

»Kannst du bitte etwas lauter sprechen, Felix? Ich konnte das Letzte kaum verstehen. Oder hast du extra so leise gesprochen, weil Restaurantgäste da sind?«

»Äh, entschuldige.«

»Du mich bitte auch«, sagte Frings, nahm einen Schluck Wasser, beugte dazu leicht den Kopf in den Nacken, schielte zur Seite und sah, wie das Eselsohr wieder eine Ecke seines Blickfelds einnahm. Er war nicht in Stimmung für Aufdringlichkeiten. Die konnten ins Auge gehen. Oder in den Oberarm. Verachtend wandte er den Blick wieder ab. »Mal ehrlich, Felix. Ich kann doch nicht die ganze Zeit mit einer tiefen Angst leben müssen? Die Polizei hat mir einen *Imi* als Ermittler abgestellt. Einen *imiteeten* Kölschen, einen Hinzugezogenen. Den muss ich erst einmal in den Klüngel einweihen. Das kann dauern oder klappt vielleicht nie – je nachdem, wie der sich anstellt. Also, wann wird meine Angst ein Ende haben? Wenn ich alt und grau bin und von allein sterbe?«

»Tja, also ich wäre mit so einer Detektivrolle sowieso überfordert. Würde es aber auch an deiner Stelle besser lassen.«

»Hm … vielleicht stimmt das ja. Das mit dem In-die-Ecke-Drängen. Vielleicht habe ich ja tatsächlich durch mein Verhalten einen Menschen bis an seine Grenzen gereizt. Und er hat keinen anderen Ausweg mehr gewusst, als mich umbringen zu wollen.«

»Genau, weil das Leben nicht immer so läuft, wie man sich das vorher ausdenkt, Jean.«

»Ist das so, du weises Orakel?«, spottete Frings.

Tantler legte das Besteck gerade. Da hatte sein Azubi noch eine Menge zu lernen. »Hast du eigentlich noch Karten für unsere Mädchensitzung, Jean?«

»Es gibt noch welche.«

»Ja, klar, das weiß ich. Ich meine ganz vorne bei den Kabinettsdamen.«

»Eine kann ich noch vergeben.«

»Nicht zwei?«

»Sind das Prominente?«, fragte Frings.

»Nee, Jean, die beiden besten Freundinnen meiner Frau und sehr gute Restaurantgäste.«

»Ach so, nein, das kann ich nicht machen, Felix. Das sieht blöd aus. Dann wollen das andere Kabinettsmitglieder nächstes Jahr auch. Agi und Johanna haben auch schon gefragt. Außerdem hast du auch aufgezeigt – als wir darüber abgestimmt haben, ob diese Karten ab der nächsten Session fünf Scheine kosten sollten. Bist du dazu bereit?«

»Ich habe nicht gewusst, dass das auch fürs Kabinett gelten würde. Fünf Scheine? Und dann mal zwei? Das ist Wucher!«

»So bekommen wir aber wieder eine Struktur rein. Denn in den letzten Jahren hat die eine oder andere *Schrapphex* auf diesen Plätzen gesessen. Du weißt, was ich damit meine?«

»*Schrapphex*?«

»Ja! Geizige, alte Frauen, die nur Geld schrappen und es zusammenhalten wollen.«

»Alt sind die aber nicht gewesen. Eher junges Gemüse.«

»Egal. Auf jeden Fall haben sich solche Tauben vom Kabinett aushalten lassen und sind noch nicht mal auf die Idee gekommen, im Gegenzug eine Spende zu tätigen.«

»Ja, ich weiß. Aber trotzdem … nein, der Preis ist mir definitiv zu gesalzen. Ich muss sparen, weil ich keine Immobilie mehr habe, um das *Maison Trois* zu eröffnen, und die Banken den Kredit nicht aufgelöst haben. Das Geld wächst nicht auf Bäumen. Dann sollen die Mädels an Tisch acht sitzen. Das ist ja sowieso meiner. Da kann ich die Plätze frei verteilen.« Tantler ging in die Restaurantküche, griff zu einem frischen Esslöffel, tunkte ihn in eine simmernde Soße, die auf dem imposanten Kochfeld stand, und gestikulierte zu seinem Küchenchef. »Einen Moment bitte, Jean … nein, hier fehlt noch Zucker, Essig, Zitrone. Verstehen Sie? Die muss frecher schmecken … entschuldige bitte, Jean. Was wolltest du sagen?«

»Dass ich das mit dem Tisch acht an deiner Stelle auch so machen würde.«

Tantler ging von einem Topf zum nächsten und fächerte jedes Mal mit der freien Hand den Duft zur Nase. »Aber noch mal zurück zu deinem Täter, Jean. Es lässt mich einfach nicht los. Auf mich wirkt das Szenario wie eine Hinrichtung«, sagte Tantler, begutachtete in einer Metallschüssel rohes Hackfleisch, nahm eine Prise Salz, Pfeffer und fing an zu kneten. Kräftig. Mit einer Hand.

»Du bist bekloppt!« Frings hustete, bevor er Gift und Galle spucken würde.

»Na ja, du bist bekannt als ein Boss, der nicht besonders gut mit Menschen umgeht.«

»Das ist deine Meinung?«

»Nein, nein! Die von vereinzelten Fernsehreportern. Die stellen dich so dar, als wärst du gnadenlos«, sagte Tantler und knetete immer noch. Das würden die besten getrüffelten Burger seines Lebens werden.

»Das glaub ich nicht. Wann war das? Welcher Sender?«

»Keine Ahnung. Die haben in dem Bericht gesagt, dass – wenn du für Unternehmen ihr Personalmanagement sanierst – die Mitarbeiter in ständiger Angst leben würden, entlassen zu werden. Vielleicht will dein Täter deshalb ein Exempel an dir statuieren? Wäre doch denkbar.«

»Weißt du, wie viele Menschen durch eine Neugestaltung des Personalwesens schon ihren Job verloren haben? Tausende! Dann gäbe es tausende Verdächtige.«

»Sozusagen. Aber du musst das mal so sehen: Solche Leute sind auf dem Abstieg … sie sind auf dem Weg nach unten … die letzte Auffangstation ist Hartz IV. Die haben teilweise Häuser finanziert, was sie nicht mehr bedienen können. Manche stehen durchaus vor der Obdachlosigkeit. Sie stehen durch euch unter einem enormen Druck. Die können nicht mehr schlafen. Die sind eingeschüchtert. Zum Wohle des Unternehmens wird ihnen übel mitgespielt. Das kann ein Auslöser für Gewalt sein. Für mich gehören *solche* Menschen zu den Tatverdächtigen.«

»Da müsste die Polizei ja Unzählige vernehmen.«

Tantler drehte den Hahn weiter auf. »Du sagtest es schon. Aber lass gut sein, Jean. Es ist nur eine Idee gewesen. Ich wollte dich nicht beunruhigen.« Tantler hatte das Telefon zwischen Ohr und Schulter geklemmt und rieb sich die Hände. Unter fließendem Wasser.

»Klar. Es lebe die Offenheit«, antwortet Frings ärgerlich und guckte zum Eselsohr.

»Halt mich auf dem Laufenden in Sachen Täter. Es interessiert mich. *Salut*, Jean. «

Frings legte auf, nahm die Zeitschrift und streifte angesäuert die umgeknickte Ecke glatt. Wenigstens etwas hatte er schon mal wieder in Ordnung gebracht. Nur, verdammt noch mal, das reichte nicht. Mit welchem Täter sollte er nicht vergessen zu rechnen?

Dienstag am Nachmittag im *La Maison*

F elix?«
»Ja.«

»Du hast Besuch.«

»Ist es Manfred Köttke?«

»Ja.«

»Moment, ich komme sofort. Führ ihn bitte in unser gemütliches Kaminzimmer.«

»Selbstverständlich!«

Der Maître d'hôtel vom *La Maison* bat Köttke, es sich bequem zu machen. Köttke setzte sich.

»Herr Tantler ist sofort bei Ihnen. Darf ich Ihnen etwas anbieten, Herr Köttke?«

»Sehr freundlich – aber ich warte, bis Herr Tantler hier ist.«

»Wie Sie wünschen.« Der schmale, kleinwüchsige Restaurantleiter verneigte sich kurz vor Köttke und verließ mit seiner wehender Beethovenfrisur den Raum. Köttke befand sich allein in einem mit Stofftapeten bespannten Zimmer. Die Wände waren in einem satten, beruhigenden Blau eingekleidet. Ein Fest für Liebhaber von opulenter Raumausstattung, aber nichts für Minimalisten. Er stand wieder auf. Knarrende, massive Holzdielen aus französischer Seekiefer zogen seinen Blick nach unten und führten ihn, an antiken Möbeln vorbei, in eine helle Nische. Er stellte sich ans Fenster. Ein, zwei, drei … zwanzig Oldtimer hatten auf dem mit Kies belegten Vorhof des Restaurants geparkt. Buchsbäume und in die Erde eingelassene Lichtstrahler säumten die Zufahrt zum Hausportal. Ein Gärtner kehrte die restlichen gefallenen Blätter vom letzten Sturm mit einer konventionellen Harke zusammen. Ohne Laubbläser. Köttke sah sich um. Hier in diesem Raum könnte der Empfang für die Kabinettweihnachtsfeier starten.

Gut vernehmbare Schritte wurden lauter. Tantler betrat das Zimmer.

»Hallo, Manfred! Schön, dich zu sehen. Wie geht es dir? Alles fit in Köln, so kurz vor Samstag?«

»Jaja, alles paletti. Sind die Fahrer von den Oldtimern zurzeit deine Gäste?«

»Ja, sehr gute Stammgäste. Die sind heute den ganzen Tag mit unserem Sous Chef auf einer kleinen Trüffelwanderung im Ahrtal unterwegs. Nachher wird's als Stärkung eine abschließende Menüverkostung geben. Das ist eine schöne Sache. Vor ein paar Jahren haben wir die erste Entdeckung gemacht und uns direkt eine restauranteigene Truffière gesichert. Dort gehen wir auf die Suche. Mit Hund.«

»Du hast Zeit für einen Hund?«

»Leider nicht! Aber Max Maternus, den kennst du ja auch … unser Designguru, leiht uns manchmal am Wochenende seinen Bobtail aus. Die Lady.«

»Einen Hütehund?«

»Ja, erstaunlich! Eine wahre Spürnase. Gut konditioniert. Wenn sie uns begleitet, finden wir jede Menge von dem schwarzen Gold.«

»Trüffel an der Ahr …«

»Früher hat man hier derart viele gefunden, dass sie ein Exportschlager geworden sind. Sogar bis nach Frankreich.«

»Und was bietet ihr im Sommer an?«

»Da veranstalten wir Oldtimerrallyes durch die Eifel.«

»Toll! Ich wäre interessiert an einer Einladung.«

»Kein Thema, mache ich! Ich denk dran. Du musst auch nichts bezahlen. Für KöKös geht das aufs Haus.«

»Ich bin ja kein Mitglied. Ich bin doch nur ein geliehener Schatz«, kokettierte Köttke.

»Aber eine wertvolle Zwischenlösung«, scherzte Tantler zurück. Du *wirst* ein Mitglied werden! Verlass dich auf Jean. Der wird sich für dich starkmachen. Das ist sicher. Du kennst ihn – wenn er von etwas überzeugt ist und sich etwas in den Kopf gesetzt hat, hält er daran fest. Insbesondere, wenn der Newcomer aus den eigenen Reihen kommt!«

»Und wie kommt man an einen Oldtimer?«

Tantler lachte. »Für die Rallye findet sich eine Lösung. Irgendeiner in unserer Gesellschaft hat bestimmt einen für dich, den er dir ausleihen kann.«

»Einverstanden, das sehen wir dann.«

»Genau.«

»Würdest du denn vorschlagen, dass wir für unsere Weihnachtsfeier auch ein Trüffelmenü servieren?«

»Ach, richtig, das wollten wir heute besprechen.«

»Ja, vor allem muss ich den Preisrahmen wissen.«

»Ich weiß, jedes Kabinettsmitglied ist einmal mit der Ausrichtung der Feier dran. Diesmal hat es dich getroffen. Als Einstand. Deshalb lasse ich die Kirche im Dorf. Versprochen.«

»Abwarten«, sagte Köttke und hörte die Glocken läuten. Den Geistesblitz mit dem Empfang im Kaminzimmer strich er.

Tantler schaute ihn an. Nur, weil er ein Freund von Jean war, würde er auf keinen Fall draufzahlen wollen.

Er musste einen Gewinn haben. Das Wort *Verlust* hatte er seit geraumer Zeit erfahrungsbedingt aus seinem Vokabular gelöscht. Er ging zur Aperitif- und Digestifvitrine, drehte einen verschnörkelten Eisenschlüssel um und öffnete die Glasflügeltür. Feinste Sorten lachten ihn an. Ein Schluck davon kostete so viel, wie andere am Tag verdienten. Er griff zu einer mit Silberbeschlägen verzierten Flasche und zog den Korken ab. Plopp. Tantler senkte den Kopf so weit, dass die Nase einen Zentimeter Abstand zur Flaschenöffnung hatte. Er bewegte sie einmal nach links, einmal nach rechts, nach links, nach rechts – als sollten ihm die Nasenflügel den Duft zufächeln. »Hmm«, sagte er träumerisch und schloss die Augen. »Schottland! Region Islay! Küstenlage!« Er inhalierte das goldene Elixier ein zweites Mal. »Purer Luxus!« Er nahm ein Glas und bedeckte den Boden mit viel Flüssigkeit. Dann streckte er den Arm mit dem Glas in Köttkes Richtung und erklärte: »Der ist gut! Zweiunddreißig Jahre alter Single Malt! Hat mir Magic Tony empfohlen. Der Inhaber der Destillerie ist ein Verwandter von ihm.

Dieser Empfehlung bin ich natürlich gerne gefolgt. Bekomme ihn nämlich zu einem sensationellen Preis! Dafür darf Tony mit seiner lieben Frau schon mal kostenfrei bei mir dinieren.« Und wieder nahm er ein Schlückchen. »Fantastisch! Allein sein typisches Torfraucharoma mit Noten von Jod und Seetang und reicher tiefer Süße … und sein sehr langer Abgang … was für ein Geschmackserlebnis! Sechzehn Jahre Reifezeit! Übrigens – der Lieblingswhisky des Prince of Wales. Phänomenal, findest du nicht?

Köttke merkte, dass er vermutlich blass wurde. Whisky des Prince of Wales? War Felix noch ganz dicht?

»Ich muss unbedingt nächstes Jahr ein Tasting bei den KöKös machen. Mit dem Motto – *Levve levve*«, sagte Tantler und wiederholte: »Leben leben. Weil Whisky als Wasser des Lebens bezeichnet wird. Das ist eine Spitzenidee!«

Köttke widersprach nicht. Er wartete, dass Felix es selbst tat.

»Obwohl? … Nee, ist doof. Hach, dass ich in meinen Entscheidungen immer so hin- und hergerissen sein muss. Weißt du, Manfred, ich versuche, einfach ein exorbitant guter Gastronom zu sein. Nach dem zweiten Stern habe ich schon gegriffen. Kometenhaft, wie Freunde meinten. Und auch der dritte ist mir nicht schnuppe. Ich muss das Niveau nochmals steigern und aufpassen, dass ich mich nicht vergaloppiere. Also, nenn mir deine Wünsche für unsere Weihnachtsfeier. Ich schlage vor, diesen Whisky sollten wir auf jeden Fall kredenzen.«

»Tja …«

»Komm, wir setzen uns ans Kaminfeuer! Und dann probierst du ihn endlich. Nimm Platz, Manfred – und nun zu deinem Weihnachtsmenü. Ich bin bestens vorbereitet. Schau, hier stehen alle Speisen und Getränke drauf, mit allem Zipp und Zapp.« Köttke reichte Manfred einen Zettel. »Und, Manfred?«

»Hm …«

»Wusste ich doch, dass du zustimmst. Prima, dann sind wir d'accord.«

»Sind wir?«

»Klar!«

»Und der Preis?«

»Nicht der Rede wert. Was ist schon Geld. Geld ist nur Papier.«

»Komm, sag mal!«

»Ich mach dir einen Sonderpreis und runde ab auf sagen wir – vier Riesen. Fest.«

Köttke stockte der Atem. Er hoffte, dass Tantler noch zu bewegen war, mit dem Preis herunterzugehen. Warum musste es ausgerechnet das *La Maison* sein? Es war keine so gute Idee gewesen. Es war viel eher eine gute Idee, sich von ihr und Tantler genau jetzt zu verabschieden.

»Könnten wir den Zipp und Zapp auch weglassen?«

»Was genau schmeckt dir nicht?«

»Wir müssen ja alle noch nach Hause fahren und dürfen nicht so viel trinken. Also könnten Champagner und Whisky schon mal flachfallen. Außerdem brauchen wir nicht sieben Gänge, sondern drei und kämen dann insgesamt mit maximal zwei Riesen hin. Wir sind doch sowieso alle viel zu dick, findest du nicht?«

»Nee. Aber dann ist das halt so. Deine Entscheidung. Dann führe ich nur aus und bin kein Gastgeber. Der bist du dann, der sich blamiert.«

»Jetzt sei doch nicht gleich eingeschnappt. Du musst mich verstehen.«

»Tu ich ja. Alles gut«, sagte Tantler und trank den Rest Whisky auf ex.

»Könnten wir zwei kein Geschäft machen? Du berechnest mir lediglich deinen Wareneinsatz und im Gegenzug bringe ich dir neue, sehr lukrative Gäste.«

»Das könntest du doch unter KöKös sowieso machen – ohne, dass ich auf mein Geld verzichten müsste.«

»Musst du nicht. Ich könnte deine Gelder sogar verwalten. Spitzenleistung für 'n Appel und 'n Ei. Auch das wäre denkbar, wie wir beide zusammenkommen könnten. Kommst du denn bisher ohne Finanzcoach klar?«

»Ich schlage vor, Manfred, wir beenden jetzt unsere Unterhaltung. Ich muss Geld verdienen«, sagte Tantler zugeknöpft, ließ Köttke sitzen und verließ verärgert den Raum Richtung Küche. Konnte Manfred von seinen großen Kreditsorgen wissen? Zufällig, über befreundete Banker? Kannte er auch den Hintergrund, warum seine *Maisons* am seidenen Faden hingen? Das konnte er zur Redoute-Feier gerade brauchen. Er bekam Fracksausen und zitterte.

Dienstag bei der Nachmittagsanprobe

Puh, kalt ist es.« Marie Schmitz bibberte, rieb sich die Hände und hauchte hinein. »Du bist ja schon da, Agi. Das war aber ein kurzer Besuch bei Jean. Hat er gestanden? Das mit seiner Jeanette?«

»Seine Jeanette!«, empörte sich Agi Frings.

»Entschuldige, das hab ich ja so nicht gemeint.«

»Nee? Aber gesagt hast du es.«

»Das ist mir nur so rausgerutscht. Schau mal, Agi, ich hab mir eben auf der Hohe Straße einen schrillen Lippenstift gekauft. Ganz neu! Direkt aus Amerika. Hier. Schenk' ich dir. Passt viel besser zu deiner Kleiderfarbe als zu meiner. Pastellrosa. Super. Guck!«

Agi Frings hob verschnupft den Kopf.

»Komm, Schatzi, alles wieder gut«, sagte Marie Schmitz. »Und hier! Diesen trage *ich* am Samstag. Rot! Glaube mir, diese Lipsticks sind so klasse, die halten den ganzen Abend.« Marie Schmitz malte sich ohne einen Spiegel als Hilfsmittel die Lippen an, formte sie zu einem Kuss und schmatzte ihn Agi Frings auf die Wange.

»Iiiiiiiihh«, rief Agi Frings.

Marie Schmitz lachte laut und herzlich. »Nix zu sehen! Aber Jacques kann ich schon hören. Du auch, Agi?«

»O là là, meine Damen, amüsieren Sie sich gut?«, raunte eine Männerstimme mit französischem Akzent aus dem Atelier. »*Bonjour, Mesdames!*«

Agi Frings schmunzelte.

Jacques kam ihr und Marie schnellen Schrittes entgegen. Er war der Kompagnon ihrer Haute-Couture-Modedesignerin. Über seinem rechten Arm flatterte ein champagnerfarbenes Gewand, über seinem linken Arm ein Traum in Tiefschwarz. Beide Kleider, aus feinster paillettenbestickter Spitze, glitzerten um die Wette. »*Voilà, c'est ça!*«, sagte Jacques mit einer eleganten Verbeugung und stellte sich zu Agi Frings. Mit erwartungsvoller Miene blickte er immer wieder zwischen ihr und Marie hin und her. »Sind sie nischt *magnifique*, diese wunderschönen Gebilde?«, fragte er.

Agi Frings raunte Marie Schmitz zu: »Meint der uns?«

Marie Schmitz hätte am liebsten schallend losgelacht. Aber Agi gab ihr noch rechtzeitig einen leichten Knuff mit dem Ellenbogen in die Seite. Dass Agi sie immer bremsen musste. Dabei wollte sie gar nichts Schlimmes machen.

»Wunderschön!«, bestätigte Agi Frings.

»Ja, wirklich der Hammer!«, sagte jetzt auch Marie Schmitz. Sie hatte sich gefangen, weil sie eingesehen hatte, dass alles andere ungerecht gewesen wäre. Beide Kleider waren eine Meisterleistung. Genau die passenden Roben für ihre Feier.

»Dürfte isch die Damen dann bitten zu die letzte Anprobe, *s'il vous plaît*?«

»Sehr gerne, Jacques! Gehen wir sofort ins Atelier?«, fragte Agi Frings.

»*Non, non*, Madame Frings. *Aujourd'hui*, Sie gehören jede in ein separate Anprobekabine. Meine beiden Mademoiselles werden Ihnen behilflisch sein und eventuell klitzekleine Anpassungen abstecken. Isch glaube aber, alles ist perfekt. Wir sind fertisch und können Ihnen Freitag Ihre Kleider nach die Haus liefern. Auch an Madame Krämer. Ihre Kleid ist schon verpackt. Alors, darf isch bitten ... *toute suite, vite, vite*!«

Agi Frings freute sich. Endlich ein bisschen Ablenkung von dem Mordanschlag. Sie und Marie gingen in ihre Räumchen und zogen die Vorhänge zu.

»Oh, wie toll!«, rief Marie Schmitz begeistert aus ihrer Kabine. Und Agi Frings aus der anderen: »Das ist der Wahnsinn! Irre!«

»Hallo!«

»Ja?«, fragte Agi Frings.

»Haaallo!«

»Ja-haa! Was ist denn, Marie? Warum rufst du mich?«

»Hab ich doch gar nicht«, beschwerte sich Marie Schmitz.

Agi Frings lauschte.

»*Salut*, Madame, Ihre Stoffe isch 'abe zusammengestellt. Eine kleine Moment 'aben Sie Zeit?«

»*Bien sûr*, Jacques«, quietschte die Frauenstimme.

Agi Frings zog die Augenbrauen hoch. Wer war denn *das*? Meine Güte, sprach diese Person geschwollen. *Bien sûr, Jacques*, äffte sie tonlos nach. Was für ein dämliches Getue. Der würde sie gleich mal zeigen, was für ein atemberaubendes Kleid sie sich von Jacques hatte anfertigen lassen. Agi Frings schob ihren Kabinenvorhang zur Seite und setzte stolz einen vorsichtigen Schritt nach vorne. Der Stoff raschelte.

Marie Schmitz kam gleichzeitig heraus. »Du siehst wahnsinnig gut aus Agi! Sitzt wie angegossen. Bei mir auch?«

»Wie maßgeschneidert«, lächelte Agi Frings und betrachtete sich wieder selbst ganz genau im Spiegel. So mussten sich Prinzessinnen fühlen. Wen sie aber auch im Bild sah, war Jeanette! Sie hätte es wissen müssen. Sie hatte diese kreischende Stimme eigentlich direkt erkannt. Hatte es aber nicht wahrhaben wollen. Was zum Teufel machte diese Person hier? »Das ist ja eine Überraschung!«, tat Agi Frings erstaunt.

»Das kann man wohl sagen«, antwortete Jeanette Zettlmair und stürmte mit einem honigsüßen Lächeln auf sie zu. Küsschen links, Küsschen rechts.

Marie Schmitz ging leer aus. Darüber war sie aber gar nicht unglücklich.

»Was macht ihr denn hier?«, fragte Jeanette Zettlmair.

»Und du?«, fragte Agi Frings zurück.

Marie Schmitz beobachtete stirnrunzelnd, wie Jeanette mit dem Monsterabsatz ihrer Mörderhacken auf Agis zartem Saum stand. Beharrlich. Ja, sogar irgendwie verbissen. Sie erkannte die sich anbahnende folgenschwere Katastrophe und konnte sie im letzten Moment verhindern: Agi wollte sich von Jeanette abwenden. Das Gewebe dehnte sich bedrohlich. Schnell rempelte sie Jeanette an. Diese verlor das Gleichgewicht und fiel dumpf in einen schwülstigen Ohrensessel, der – Gott sei Dank – direkt neben ihr stand.

Damit gab Jeanettes Schuh den Saum von Agis königlichem Kleid wieder frei. Nicht auszudenken, wie Agi reagiert hätte, wenn der Stoff durch Jeanettes Tollpatschigkeit eingerissen worden wäre. Agi hätte die Mordlust in den Augen stehen gehabt. Obwohl – wenn Marie sie so betrachtete, konnte sie bereits eine leichte aufflackern sehen. Ganz unabhängig von der Stoffattacke. Verständlicherweise.

Jeanette Zettlmair blies sich den bis auf die Wimpern fallenden vollen Pony aus der Stirn und stand scheinbar unbeeindruckt im Nu wieder auf. »Ach, ich hatte wunderschöne Stoffmuster aus lilafarbenem, rotem und weißem Brokat mit goldenen und roten Glitzersteinchen bestellt. Die hab ich nur kurz abholen wollen«, sagte sie zu Agi Frings.

»Nähst du dir dein Kleid für Samstag selber? Dann wird es aber Zeit.« Agi Frings konnte sich diese kleine Stichelei nicht verkneifen. »Seid ihr denn überhaupt eingeladen, du und Xaver?«

»Äh, Samstag? Ich weiß nicht … Xaver hat mir nichts gesagt.«

»Na ja, es ist ja auch nur ein elitärer Kreis gewünscht«, provozierte Agi Frings weiter.

»Ach, weißt du, Agi, ich hatte sowieso vor, eventuell ein Wellnesswochenende einzulegen. Das sollte sich jede Frau hin und wieder genehmigen. Auch die, die es eigentlich nicht nötig haben.«

»Genau, deshalb habe ich auf so einen Firlefanz auch null Bock!«

Marie Schmitz verdrehte die Augen, denn Agi stand kurz davor, an die Decke zu gehen. Super, warum ließ sich Agi auf diese dusselige Ziege bloß ein? Sie kam ihr zur Hilfe. »Wofür brauchst du denn die schönen Stöffchen, Jeanette? Lila und Rot – hört sich ja interessant an. Ist das jetzt hip?«

»Xaver hat mich gebeten, die für ihn abzuholen.«

»Für Xaver? Dein Mann liebt Lila, vermute ich das richtig? Komm, Jeanette, gib es zu: Lila ist seine Farbe. Macht Xaver sich daraus einen Smoking?«, amüsierte sich Marie Schmitz.

»Nein, weißt du denn nicht, dass die KöKö-Uniformen überarbeitet werden sollen?«

»Ist das schon beschlossene Sache?«

»Fast … hat Xaver gesagt.«

»So?«, fragte Agi Frings. Davon träumte der nur. Und im selben Moment zog ihr ein penetranter Geruch in die Nase. Sie zerrte noch einmal mit einem energischen Ruck an dem Rückenreißverschluss, obwohl er geschlossen war. »Hat Xaver dir auch gesagt, Jeanette, dass dein Parfüm etwas zu auffällig riecht? Was ist das? Hat so 'ne Vanillenote. Oder Patchouli.«

»Coco Mademoiselle«, rief Jacques dazwischen. »Ieesch liebe es!«

»Coco? So hieß mein Kanarienvogel«, sagte Agi Frings. »Der ist aber schon lange tot.« Sie war immer noch gereizt. Und bei dem Wort *tot* wurde ihr wieder schwindelig.

Auch für Jeanette Zettlmair war das Wort offenbar Anlass genug, darauf einzugehen: »Apropos tot – wie geht es Jean? Was für eine schlimme Geschichte.«

Schlimme Geschichte? Agi Frings stellte sich auf Zehenspitzen, um hohe Absätze zu simulieren, stemmte die Arme auf die tief angesetzte, schmale Taille ihrer voluminösen Kleiderhülle und betrachtete sich erneut im Spiegel. Schön, wenn es schon Geschichte gewesen wäre, aber das war die reale Welt – das war die Gegenwart! Sie suchte nach Optionen. Sie könnte Jeanette jetzt fragen, ob sie mit Jean ins Bett ging, aber sie traute sich nicht. Ohne sich abzudrehen, fragte sie lieber: »Wo ist eigentlich dein Mann gestern gewesen?«

»Wie, gestern? Warum fragst du, Agi? Arbeiten! Was sonst?«

»Ich meine gestern am Abend«, erklärte Agi Frings und drehte sich weiter, um sich zu begutachten.

»Woher soll *ich* das wissen? Ich kontrolliere Xaver nicht. Vermutlich in einer Model-Agentur wegen der Vorbereitungen für die nächste Fashion Week.«

»Ach so.«

»Wieso *ach so*? Und warum am Abend?« Ganz langsam formten sich Jeanette Zettlmairs Lippen zu einem großen A. »Aaach – jetzt verstehe ich! Das ist aber wirklich nicht wahr! Du unterstellst

Xaver einen Mordanschlag? Ernsthaft? Du hast ja eine blühende Fantasie, Agi!«

»Findest du?« Erst jetzt ließ Agi Frings ihre Arme wieder sinken. Endlich hatte sie Gelegenheit, Jeanette Zettlmair genauer anzuschauen. Und die nutzte sie ganz unverblümt. Der untere Lidrand bei Jeanettes schwarzbraunen Augen war stark mit einem blaugrauen Kajal bemalt, und auf dem Lid funkelte goldener Glitzerlidschatten. Ein besonders breiter, schwarzer Lidstrich und viel Mascara betonten den oberen Lidrand. An ihrem linken Nasenflügel schimmerte ein klitzekleiner Brillant. Ob der echt war? Und überhaupt hatte uns der liebe Gott nicht mit einem dritten Loch in der Nase geschaffen. Ein Schauer durchfuhr sie, und die winzigen blonden Härchen auf ihren Armen stellten sich auf. »Dein Mann ist doch bekannt für seine unkontrollierte Art.«

»Unkontrolliert? Wie respektlos von dir!«, zischte Jeanette Zettlmair.

»Na ja, aus Eifersucht.«

»Was für Eifersucht?«

»Ist er deinetwegen nicht eifersüchtig?«

»Eifersüchtig? Warum sollte er?«

Agi Frings sah sie stumm an und wollte sagen – weil du eine Matratze bist. Antwortete aber: »Weil das in seiner Natur liegt und er meint, du würdest ihm Anlass dafür geben?«

»Anlass? Mit wem denn, bitte?«, wehrte sich Jeanette Zettlmair. Agi Frings guckte sie scharf an.

Jeanette Zettlmair zuckte aber nur borniert die Schultern: »Also, wer so etwas erzählt, der sollte sich doch mal an die eigene Nase fassen. Im Übrigen habe ich auf solche Kindereien auch keine Lust. Und überhaupt: Was hast du eigentlich gegen mich, Agi?«

Agi Frings war perplex. Die Antwort lag auf der Hand. Was also sollte sie darauf sagen? Sie traute sich nicht, sich Luft zu machen. Konnten das nicht die ratternden Nähmaschinen aus dem Nebenraum für sie übernehmen? Oder Marie? Sie hoffte, dass Jeanette ihre Frage nicht wiederholen würde.

»Weißt du eigentlich, Agi, dass du mir gerade mit deiner Art mein Wochenende versaut hast?«

»Hä?«

»Ja, ich war top gelaunt, aber jetzt …«

»Dumme Kuh«, maulte Agi Frings, während sie den Blick auf den Ausschnitt ihres Kleides senkte und nervös an dem Stoff herumzupfte. Ihre Nägel hatte sie heute Morgen noch schnell nudefarben lackiert.

»Was hast du gesagt?«

Agi Frings rupfte weiter. Diesmal am Ärmelsaum.

»Hallo? Antworte mir! Was hast du gesagt? Habe ich da etwa dumme Kuh gehört? Warum beleidigst du mich? So etwas kann teuer werden, wenn ich dich anzeige!«

Agi Frings zupfte immer noch. Ohne Zeugen? Die Personen, die um sie herumstanden, würden ganz sicherlich zu *ihr* halten, wenn es hart auf hart käme.

Jeanette Zettlmair war immer näher an sie rangerückt. »Haaaaalooooo, Madame! Mehr Respekt! Würdest du dich bitte mal bei mir entschuldigen?«

»Warum? Du musst etwas Falsches gehört haben, Jeanette. Du kannst also ganz entspannt deinen Samstag und Sonntag einläuten.«

»Komm von deinem hohen Ross runter, Agi. Sonst wirst du eines Tages sehen, was du davon hast. So, und jetzt schieb ab und lass mich durch. Ich habe noch eine Verabredung.«

Genau, Verabredung! Das traue ich dir zu, du miese Tussi! Agi Frings sprach es nicht aus, konnte sich aber kaum beruhigen. Ihr wurde heiß und kalt. Sie schloss die Augen, doch besann sich schnell anders. Sie wollte die Bilder im Kopf nicht sehen. Das, was sie dann sah, aber auch nicht.

Jeanette Zettlmair stakste auf ihren mit Goldkettchen verzierten Plateaustiefeletten auf Jacques zu. Dabei setzte sie einen Fuß so dicht vor den anderen, dass alle ihren übertriebenen Hüftschwung in dem knielangen Bleistiftrock mit Tigermuster sehen konnten.

»Jacques, kann ich mir das Paket hier nehmen? Da steht Zettlmair drauf. Prima. Danke, Chéri, dann bin ich weg!«

Agi Frings schaute Jeanette Zettlmairs schwarzen Netzstrümpfen mit Naht hinterher. Hätte sie doch nicht dieses Wackelpuddinggefühl im Magen. Marie Schmitz legte den Arm um Agi Frings: »Kopf hoch, Agi. Jean hat nix mit der!«

»Echt nicht?«

Marie Schmitz nickte heftig. »Ob allerdings der Zettlmair was mit dem Mordanschlag auf Jean zu tun hat, weiß ich nicht. Es könnte jeder sein.«

»Das ist das Gefährliche daran. Wie ein Flächen…«

Dienstag vorm Feierabend

Brandt war ein Profi der Kriminalistik. Je komplexer die Fälle erschienen, desto lieber löste er sie. Aufgrund dieser Begabung und seiner hohen fachlichen Kompetenz hatte er vor zehn Monaten auch einer Gastprofessur an der Universität zu Köln zugestimmt, die man ihm vom *Institute for Criminal Science* angetragen hatte. Eine große Ehre für ihn. Und ein mindestens ebenso großer Mehrwert für die Kölner Studenten, die sich bei ihm zum Master in Kriminalistik ausbilden ließen. Im Rahmen eines berufsbegleitenden Studiums wurden die Teilnehmer an dieser Einrichtung umfassend in Fachdisziplinen wie Kriminalstrategie, Kriminaltaktik, IT-Forensik, Kriminologie, Strafrecht oder auch Forensische Psychologie fortgebildet. Der Masterstudiengang bestach durch spannende, konsequent praxisorientierte Seminare mit engagierten Lehrkräften. Solchen, wie er einer war. Bei ihm lernten Studenten mit Simulationen die Besonderheiten des kriminalistischen Case Managements kennen, um am Ende selbst Spezialisten für das Thema zu werden. Insbesondere der delikate Fall Frings mit seinen infamen Täterprofilen war ideal für eine Fallstudie am lebenden Herzen.

»Meine Damen und Herren, in der letzten Stunde haben wir begonnen, uns mit der Bedeutung der nonverbalen Kommunikation zu beschäftigen. Und gelernt: Auch Menschen, die nicht kommunizieren wollen, kommunizieren sehr wohl. Über Mimik, Gestik, Blickverhalten, Kleidung, Schmuck, Frisur, Make-up. Auch habe ich Ihnen die Frage gestellt, ob Mörder anders riechen. Ja! Tun sie. Wegen Unzufriedenheit und Versagensängsten schwitzen sie. Und es entsteht die typische Duftnote des Täters.

Unser heutiges Thema sind Nervensysteme, die dem rudimentären Muster *Kämpfen oder Fliehen* folgen.

Wussten Sie, dass dafür Ihre Augen als Fenster ins Gehirn dienen? Anders gesagt: dass unsere Gefühlsregungen mit der Aktivierung des sympathischen und parasympathischen Nervensystems verknüpft sind? Schauen wir uns mal gegenseitig an. Kommen Sie! Drehen Sie Ihren Kopf zu Ihrem linken oder rechten Sitznachbarn und gucken Sie ihn an. Was sehen Sie?«

»Leere!«

Großes, befreiendes Gelächter unterbrach die Todesstille im Hörsaal.

»Wir als Kriminalisten müssen wissen, dass auch große Augen zu Tätern gehören können. Wenn Sie nicht lernen, die Guten von den Bösen zu unterscheiden, macht das sympathische Nervensystem was es will. Und der Täter auch! …«

Die Studenten klebten förmlich an seinen Lippen. Nur zu spannend war sein Vortrag. Könnte er doch Frings und Krämer dieses Sympathikusprinzip begreiflich machen. Die beiden wollten unbedingt ohne ihn auf Schatzsuche gehen. Hoffentlich verrannten sie sich nicht, und er war rechtzeitig zur Stelle, bevor statt Not Tod am Mann war.

»Verstehe.« Hannes Schacht stand gelassen am Fenster seines Büros und telefonierte. Manchmal ließ er während der Arbeitszeit klassische Musik laufen. Leise. Das unterstützte seine Konzentration und seine Kreativität. Heute hatte er sich eine Oper auf YouTube heruntergeladen. »Ja … hm … ja, klar … ähä … nein, darüber müssen wir uns doch gar keine Sorgen machen. Ich hab das im Griff. Das lösen wir mit einem Gegenangebot. Ja … und damit gewinnen wir auf jeden Fall schon einmal Zeit … und, Sie wissen ja, Zeit ist lebenswichtig. Hehehe … ja … hehehe.« Er erschrak und drehte sich abrupt um. »Können Sie nicht anklopfen?«, fragte Schacht. Von ihm bis dahin völlig unbemerkt, stand ein Mann im Raum. Warum hatte er ihn nicht kommen gesehen, als er aus dem Fenster geguckt hatte? Vermutlich war er zu vertieft ins Telefonat gewesen.

»Guiseppe Verdi … *chapeau!* Habe ich Sie erschreckt? Wer erschrickt, hat ein schlechtes Gewissen.«

»Welche Kinderstube haben *Sie* denn genossen? Jetzt machen Sie, dass Sie von hier verschwinden! Sie können doch nicht einfach in ein Büro reinplatzen. Schon mal was von Datenschutz gehört?«, sagte Schacht. Er war außer sich und wippte im Stand mit einem Bein, was andere normalerweise nur im Sitzen konnten.

»Ahh, klar! Sorry, ich …«

»Moment mal …«, unterbrach Schacht seinen Gesprächspartner in der Leitung und sagte zu seinem Gegenüber: »Sie sehen doch, dass ich telefoniere! Wer sind Sie eigentlich? Warten Sie draußen, bis ich Zeit für Sie habe!«

Schacht blickte ihm beim Rausgehen mit gekräuselter Stirn hinterher und konzentrierte sich wieder aufs Telefonat: »… gut, so machen wir es! Ihnen noch einen schönen Tag. Tschau!« Er legte auf, schloss den YouTube-Kanal und lief rasch ins Vorzimmer. »Hatten wir einen Termin? Ich bin Hannes Schacht.«

»Hallo! Raphael Brandt, Kriminalhauptkommissar. Haben Sie fünf Minütchen für mich?«

Schacht reichte Brandt widerwillig die Hand. »Fünf Minuten? Wenn's sein muss.«

Brandt hatte sich den Gewerkschaftssprecher der Rheintron Werke ganz anders vorgestellt. Liebenswürdiger und auf den ersten Blick umgänglicher. Frings hatte ihn zwar erst einmal als Täter ausgeschlossen, weil gegenüber Krämer kein Tatmotiv zu erkennen gewesen war. Aber warum eigentlich nicht? Auch Krämers Einfluss war bestimmt groß. Das Oberhaupt einer Kölner Traditionsfamilie! Und die Chance, einfach gegen solche Konstanz anzuschwimmen, wurde häufig falsch eingeschätzt. Er war froh, dass seine Neugierde gesiegt hatte. Und er den Gewerkschaftssprecher persönlich treffen und ihm ins Gesicht schauen konnte. Er musste seine Gestik und Mimik richtig deuten und bewerten können, um ihn als Täter definitiv auszuschließen. Dass er Rheinländer war, reichte ihm nicht. Während er ihm ins Büro folgte, versuchte er seine gespannte Erwartung zu überwinden. War es möglich, dass dieser Mensch nichts von dem ahnte, worauf er ihn testen wollte?

Hinter der Metalltür seines Büros herrschte eine abweisende Atmosphäre, die in auffälligem Einklang zu der überladenden Möblierung stand. Die Wände und die Decke waren honigfarben gestrichen. Der Boden war poliertes Fischgrätparkett aus massiver Eiche und hatte vereinzelte, kleinere Macken. Die braungoldenen, schweren und lichtundurchlässigen Thermovorhänge wirkten, obwohl aufgezogen, erdrückend. Als Schacht sich auf seinem Bürosessel mit hoher Rückenlehne niederließ, pendelten die Quasten an einer, in einer hohen Bodenvase stehenden, historischen Gewerkschaftsfahne, die schon länger nicht mehr entstaubt worden war. *Solidarität macht stark* stand goldgestickt in einem Halbbogen auf rotem Stoff. Dazu zwei reichende Hände und ein Lorbeerkranz. Schacht forderte ihn mit einer lässigen Handbewegung auf, auf dem ihm gegenüberstehenden Besuchersessel an seinem Schreibtisch Platz zu nehmen. Brandt setzte sich, sank tiefer ein als vermutet und war dadurch mindestens anderthalb Köpfe kleiner als Schacht. Dessen Gesichtszüge wirkten, von Nahem betrachtet, schlaff und müde. Seine Gesten machten einen gekünstelten Eindruck. Schacht bot ihm eine Zigarette ohne Filter an. »Rauchen ist tödlich«, sagte Brandt.

»Das Leben ist zum Sterben«, erwiderte Schacht, zündete sich eine an und nahm einen tiefen Zug.

»Sie sehen nicht so aus, als wenn Sie das schon vorhätten«, schummelte Brandt. »Deshalb arbeiten Sie vermutlich ja auch in so einem Hochsicherheitstrakt, wenn man all den Besucherbelehrungen, die man vor Betreten des Firmengeländes zu unterschreiben hat, Glauben schenken darf. Selbst mir, dem Kriminalhauptkommissar gegenüber, hat der Sicherheitsdienst an der Toreinfahrt darauf bestanden, dass ich die Verpflichtung lesen und unterzeichnen solle. Ein ideales Unternehmen, um sich abzuschotten und um sich zu verstecken.«

»Safety first«, grinste Schacht. »Ist wie bei Ihnen. Dafür muss es Direktiven geben. Und ausgerechnet Sie haben welche ignoriert: Warum haben Sie keine Warnweste angelegt? Warum haben Sie sich nicht im Büro angemeldet? Ja, klar, weil Sie Sonderstatus besitzen. Meinen Sie.«

»Wieso? Ich habe nicht fotografiert oder gefilmt. Ich habe keine Unterlagen angefasst oder eingesteckt. Sagen wir – noch nicht. Erst nach einem Durchsuchungsbefehl.«

»Durchsuchungsbefehl? Warum? Heute noch?«

»Wenn es soweit ist, dann sind Sie bestimmt der Erste, der es erfahren wird. Versprochen, Herr Schacht, ja?«

»Das ist doch mal eine klare Stellungnahme.« Schacht paffte ein paar kurze Züge und lehnte sich in seinem Stuhl zurück.

Brandt vergrub die Hände tief in seinen Hosentaschen. Sollte er seine Taktik ändern oder beibehalten? Seine Blicke huschten kurz über den Schreibtisch. Kein Familienfoto. Was für eine arme Sau. Noch nicht mal eine Frau. Nix Persönliches. Ein Einzelgänger? Flackerten seine Pupillen?

»Nun sagen Sie mir schon offen, was Sie zu mir führt, Herr Brandt. Eigentlich kann ich es mir schon denken. Wollen Sie unsere Mitglieder polizeipsychologisch schulen, damit wir den Vorstand der Rheintron Werke besser durchschauen können? Da bin ich aber gespannt. Lassen Sie hören.«

Seine spöttische Art sollte offenbar über irgendetwas hinwegtäuschen. War das ein Indiz dafür, dass er mit dem Mordanschlag auf Frings etwas zu tun hatte? Oder wäre dieser Rückschluss zu einfach gewesen, und er war faktisch unschuldig? Brandt beschloss, mit Bedacht vorzugehen. »Mir ist nicht zum Spaßen«, sagte er distanziert. »Es geht um die Beziehung zwischen Ihnen und Jean Baptist Frings und um sein Lean Management, das er Ihrer Geschäftsleitung empfohlen hat. Ich nehme an, Sie sind über den Mordanschlag im Bilde? Ihr Alibi zur Tatzeit ist dringend erforderlich.«

»Pardon, dann werden Sie bis morgen warten müssen. Meine Assistentin befindet sich bis einschließlich heute in Urlaub und sie führt meinen Terminkalender«, sagte Schacht gleichgültig und stieß elegant einen perfekten Rauchring in die Luft.

»Morgen?«, fragte Brandt.

»Sie kommen hierher und glauben, dass ich Ihnen etwas vorsinge? Morgen«, wiederholte Schacht unwirsch. »Ich habe gleich noch eine Verabredung. Deshalb könnte die Zeit für eine lange Unterhaltung knapp werden, Herr Brandt.«

»Gut, dann machen wir eben schnell und kommen zum Thema«, sagte der Kriminalkommissar ruhig. »Die Rheintron-Reform, die das Unternehmen Frings initiiert hat, sieht einen deutlichen Stellenabbau vor: Es sollen den Angaben zufolge in der Produktion während der nächsten vier Jahre dreitausend Arbeitsplätze eingespart werden. Frühverrentungen. Bei der Verwaltung will man einhundertachtzig Jobs streichen. Frings hat betont, der Personalabbau würde sozialverträglich und ohne Kündigungen bestehender Verträge erfolgen. Aber das sehen Sie vermutlich anders. Vielleicht haben Sie ja Angst, dass Ihr eigener Kopf rollt?«

Schacht rauchte weiter. »Interessante Darstellung«, erwiderte er nach einer Weile unterkühlt. »Sanierung mit Frings? Läuft! Der Vorstand von Rheintron wird auf die Forderungen der Gewerkschaft eingehen, für dieses, kommendes und übernächstes Jahr zusätzlich je fünfhundert neue Ausbildungsstellen zur Verfügung zu stellen.«

»Nicht *er wird*, sondern *er muss* sich auf Ihre Pläne einlassen. Richtig, Herr Schacht? Und nicht nur der Vorstand, sondern vor allem Frings. Denn dem haben Sie ja mächtig die Hölle heiß gemacht.«

Schacht legte behutsam seine Zigarette auf die Schreibtischkante, statt in den Aschenbecher. Er fixierte die lodernde Tabakglut, die frei in der Luft, wie über einem Abgrund, schwebte. Er starrte sie an, als ob er sie in einen Dämmerzustand versetzen wollte. Dabei fiel Asche auf den Boden. Aber das konnte Zufall gewesen sein. »Sollte es stimmen, Herr Brandt, dass man Frings auf die Pelle rücken wollte oder immer noch rücken will, dann wurde oder wird er nicht von mir, sondern von den Rheintron-Mitarbeitern drangsaliert. Also erklären Sie mir, was Sie mir vorwerfen, bitte.« Schacht zog sich seinen feingestrickten Rollkragen aus elastischem Double Jersey weit hoch, fast bis zum Kinn.

»Verwandeln Sie sich gerade in einen Kreuzritter von Herrn Frings? In einen, der seine eigenen Anhänger fallen lässt?« Brandt schaute Schacht konzentriert an. Sah er einen gewissen Unmut in ihm? War er dabei, die Fassade seines Gegenübers zu durchbrechen? Er mochte dessen Eau de Cologne nicht. Trotzdem beugte er sich vor: »Könnte es sein, dass Sie Frings mit einem Mordanschlag in Bedrängnis bringen wollten, um Ihre Interessen durchzusetzen? Und versuchen Sie das jetzt weiter mit Morddrohungen?«

Sendepause. Schon Kampfende? Schacht schien sich nicht in die Karten gucken lassen zu wollen. Er aber auch nicht. Wer hatte das stärkere Durchhaltevermögen? Wer hatte das größere Charisma? Er selbst? Musste nicht, konnte aber sein. Denn Schacht nahm sowohl seine Zigarette als auch das Gespräch wieder auf. Begeistert schien Schacht davon aber nicht zu sein.

»Sie wissen doch garantiert selbst, dass die Ankündigung solcher Ausbildungsplätze im Grunde eine Farce ist, Herr Brandt. Eine anspruchsvolle Ausbildung dauert nun mal mehr als drei Jahre, und in diesen Jahren wird es an personellen Ressourcen fehlen. Also, selbst wenn die Pflicht steht, für die Kür aber haben wir die schwierigsten Jahre erst noch vor uns«, sagte Schacht scharf.

»Eben! Und Sie besonders. Nämlich hinter Gittern! Solange Sie mauern, werden wir gegen Sie ermitteln, zum Schutz von Frings. Für Morddrohungen habe ich nämlich kein Verständnis, und ich gehe mit aller Konsequenz dagegen vor. Ich werde das in keinster Weise tolerieren. Wo waren Sie eigentlich gestern Abend?«

Schacht fing an zu wippen.

Brandt sah ihn an. Sah ihn *richtig* an.

Schacht schaute rechts von sich auf den Boden, beugte sich leicht über die Armlehne, kratzte sich am Unterschenkel, richtete sich wieder auf, scharrte mit den Füßen, stützte sich mit den Händen auf den Armlehnen ab, setzte sich schräg auf das Sitzpolster und schlug die Beine übereinander. Vermutlich hätte Schacht es am liebsten gehabt, wenn sich unter dem Sessel eine Falltür aufgetan hätte.

»Ich bin gestern mit meiner Nachbarin in der Kölner Philharmonie gewesen, wenn Sie es genau wissen wollen«, entschuldigte sich Schacht.

»Ja, will ich!«, sagte Brandt und kramte nach etwas Beschreibbarem. Wo waren seine Visitenkarten? Er fühlte dünnes Papier. Okay, dann musste es halt die Rückseite einer Einkaufsquittung tun. Er zog diese und den geliebten Mont-Blanc-Tintenroller aus der Brustinnentasche des Mantels, legte beides demonstrativ auf den Schreibtisch und schob es mit einer energischen Handbewegung einmal quer zu Schacht hinüber. »Würden Sie bitte darauf notieren, wie ich Ihre Nachbarin erreichen kann?«

Schacht stieß genervt einen Seufzer aus und krakelte die Kontaktdaten darauf.

Währenddessen stand Brandt auf. Er wollte die Zeit nutzen, um kurz Schachts umfangreiche Bibliothek zu bewundern. »Sie besitzen aber viel Afrikaliteratur. Sind Sie ein Freund dieses Kontinents? Ich bin letztens in Südafrika gewesen. Kapstadt. Wollte auf den Tafelberg. Ich weiß auch nicht, warum ich mir immer so ungewöhnliche Urlaubsziele aussuche. Sie ja anscheinend auch. Dabei würden es die Alpen auch tun, finden Sie nicht?«

»Entschuldigung, hätten Sie die Freundlichkeit, Ihre Finger von meinen Sachen zu lassen?«

Brandt hob seine Hände, als wollte er sich ergeben. »Ich habe nur geguckt und nichts berührt. Sie können Ihre verbale Pistole wieder runternehmen.«

»Und *Sie* könnten jetzt wirklich endlich gehen.«

»Hören *Sie* dann auf, Frings Angst zu machen?«

Schacht angelte sich eine frische Zigarette, lehnte sich im Bürosessel zurück und schaute zur Decke. »Den Löffel abzugeben, fällt den meisten Leuten schwer.«

»Nachvollziehbar.«

»Na ja, Frings kommt schon klar und wird es überstehen«, knurrte er vor sich hin. »Ich selber habe auch schon vieles überstanden.«

»Ach übrigens, Herr Schacht, Frings hat sie es erzählt. Ihnen offenbar nicht«, sagte Brandt und setzte eine Ente aufs Wasser. Irgendwie ahnte er, dass Schacht *mehr* mit Viola Bern verband. Also durchaus über das Berufliche hinaus. Und sein Spürsinn hatte ihn selten falsch geführt.

Die liebe Viola Bern. Welches Geheimnis hatte sie in den Floratod mitgenommen? Warum half sie ihm nicht? Er brauchte nur ein kleines Signal. Er rieb sich die Augen. Vielleicht, um klarer sehen oder denken zu können. Auch wenn man über Tote nicht schlecht sprach, aber diese Viola Bern musste eine ganz gerissene Person gewesen sein. Deshalb sein taktisches Experiment.

»Wer?«, fragte Schacht bockig. »Wer sollte mir Ihrer Meinung nach etwas Wichtiges erzählen?«

»Viola Bern«, antwortete Brandt fest.

»Was denn?« Erwartungsvoll sah Schacht ihn an.

»Viola Bern war schwanger.«

Schacht schaute durchs Fenster. »Das wusste ich nicht.«

»Hmm. Und wann haben Sie das letzte Mal mit ihr geschlafen?«

Schacht funkelte Brandt fuchsteufelswild an: »Das geht Sie einen verfickten Dreck an!«

»Upps, ich hab Sie!« Brandts Triumph war nicht zu überhören. Er setzte sich wieder und dehnte und streckte sich mit großem Behagen. »Sie wussten wirklich nicht, dass Viola Bern ein Baby erwartete?«

»Ich sag es noch einmal, auch wenn es Sie langweilt: Ihre Unterstellung ist Bullshit!«

»Und ich sage Ihnen, Herr Schacht: Sie haben es gewusst, und Sie haben gedacht, das Kind sei von Frings. Dachten Sie, es sei von Frings? Sollte Frings deshalb sterben? Und Viola Schacht gleich mit? Damit sie Sie nicht verlassen konnte?«

»Ha, das passt Ihnen ja alles ganz wunderbar, nicht? Da schwängert dieser Wichser Viola und deshalb muss ich hasserfüllt sein und die Menschheit umbringen wollen? Sie peilen nichts, Brandt.«

Brandt sah ihn wortlos an. War Schacht tatsächlich ein Mörder? Und die Morddrohungen? Gingen *die* oder *nur* die auf sein Konto?

»Darf ich meinen Stift wiederhaben?«

»Bitte sehr.«

»Danke. Haben Sie auch noch ein Stückchen Papier?«

» A4, A5, A6?«

»Von mir aus einen Schmierzettel aus Ihrem Papierkorb.«

»Datenklau?«

»Geben Sie mir einfach ein Zettelchen von dem Block dort.«

»Hier.«

Schnell notierte er: 0175 411…… R. Brandt.

»Unter dieser Rufnummer können Sie mich jederzeit erreichen, falls Ihnen doch noch etwas Entscheidendes zu Frings oder Viola Bern einfallen sollte.«

Schacht stand auf, wippte wieder mit einem Bein und nahm das Papier entgegen. »Sonst noch was?«

Brandt stand ebenfalls auf, latschte zur Tür und wieder einen Schritt zurück auf Schacht zu.

»Eine Frage hätte ich doch noch.«

»Und die wäre?«

»Wie trinken Sie Ihren Kaffee?«

»Aus einer Tasse.«

»Schwarz oder gesüßt?«

»Ohne Milch, mit Zucker.«

»Zucker? Oder Süßstoff?«

»Lässt das auf den Charakter des Mörders schließen? Oder erstellen Sie soeben mein Tageshoroskop?«

»Wir haben am Tatort kleine weiße Pillen gefunden, die aussahen wie Süßstoff. Unser Labor untersucht sie noch.«

»Das würde Ihnen gut passen. Tut mir leid: Ich bin weder auf Drogen noch krank. Ich versaue mir meinen Kaffee auch nicht mit künstlichen Stoffen. Ich bin grundsolide. Ich nehme ... na? Was nehme ich? Zucker! Reinen, weißen Zucker.«

Brandt nickte. Kurz vor dem Hinausgehen drehte er seinen Kopf noch einmal zurück. Könnte der Parkmörder so riechen?

Schacht zwinkerte ihm zu.

Dienstag in den Rheinauen

Lady, hier!! Lord? Loooord, hierhin!« Maternus hatte seine Hundepfeife für die Schnüffelrunde vergessen. Aber es klappte auch ohne. Schön, dass Krämers Rüde ihn begleitete. Er hatte eben seinen Termin bei der RÜW beendet und wollte gerade wegfahren, als Johanna Krämer ihn anrief und fragte, ob seine Liebste die Spätnachmittagsrunde mit Lady heute vielleicht zufällig in den Rheinauen laufen würde und eventuell Lord abholen und mitnehmen könnte. Leider sei Bella, wie eigentlich immer, nicht auf dem Handy erreichbar. Maternus hatte ihr erklärt, dass sich Bella auf Shoppingtour befinde. Es sei für ihn aber gar kein Thema, ihr zu helfen und Lord bei Krämers zu Hause abzuholen. Die beiden Hunde verstanden sich hervorragend.

Im Parallelschwung und in rasantem Tempo kamen sie aus einem Busch galoppiert und rutschten mit einer endlosen Bremsspur den aufgeweichten Abhang der Deichwiesen hinunter. Der Rest war Physik. Gefühlte Stunden später saßen sie vor ihm, nass, triefend vor Matsch, und stellten die Köpfe schräg, als wollten sie sagen: Ja, bitte? Er musste schallend lachen. Damit war das ganze monatelange Hundetraining umsonst, und die beiden fühlten sich für ihre Schlammschlacht gelobt. Außerdem wollten sie anscheinend auch noch nicht nach Hause und rannten wieder los. Also beschloss er, trotz der etwas modrigen Luft durchzuatmen und den Dreck im Fell Dreck sein zu lassen. Vielleicht traf man ja noch auf Hundekumpels. Wenn nicht, auch nicht schlimm. Er machte den Rundgang vom Parkplatz des Tennisclubs aus, hinunter auf die großen Auenflächen, dann am Rheinufer entlang und wieder hoch auf den Deich und über die Baumalleepromenade zurück zum Auto. Die Atmosphäre war friedlich. Fast idyllisch. Wie eine Modelleisenbahnkulisse. Aber eben nur fast. Denn der Nebel lag seltsamerweise ziemlich nah am Boden über der tief gelegenen, weiten Wiese. Eine heiße, dampfende Quellenlandschaft. Entsprechend war die Sichtweite gerade mal ausreichend. Außerhalb des Gebietes, im Niehler Industriehafen, war alles klar gewesen. Nur zur Sicherheit knipste er an den Halsbändern von Lady und Lord die Blinkies an. Einmal Pink, einmal Blau. Von irgendwoher hörte er Kirchenglocken. Und ein gedämpftes: schrapp ... schrapp ... schrapp ... Ein Hubschrauber? Bestimmt ein Rettungseinsatz, weil wieder einmal ein Unfall auf der nahe gelegenen Zoobrücke passiert war. Die Retter kamen, wenn es besonders schlimm war. Genau genommen: wenn es um Leben oder Tod ging. Maternus rümpfte die Nase. Was Frings doch gestern für ein Glück gehabt hatte. Das hätte auch anders ausgehen können. Aber er war auch selbst schuld. Vielleicht wollte man ihm eine Lektion erteilen? Wenn er sich zu anderen auch so verhielt wie zu ihm, war es kein Wunder, dass man versucht hatte, ihn beiseitezustoßen. Jean nahm auch ihn manchmal nicht ernst. Wenn einem der Kamm so sehr schwoll, konnte es durchaus sein, dass man zu einer Kurzschluss-handlung getrieben wurde. Auch wenn man ansonsten ein ganz friedlicher Mensch war. Maternus atmete schneller, aber er riss sich zusammen. Was hatten er und Jean immer für tolle Deals mitein-ander gemacht! Beim Marburger Industriebund. Bei den Rhein-kulturbühnen NRW. Bei der Baden-Baden-Arena. Immer hatten sie zusammen aufs richtige Pferd gesetzt. Immer war für alle genug Speck übriggeblieben. »Jean, was ist bloß aus dir geworden?« Ma-ternus blieb stehen und blickte angewidert auf einen Kadaver. Von wegen, ich hab einen Chemiekunden für dich. Dabei hatte Jean genau gewusst, wie wichtig ihm die versprochene Bio-Kampagne war. Sein Kommunikationskonzept hätte dem Konzern das Image aufpoliert, und der Publicity-Skandal wegen des Unkrautvernich-tungsmittels wäre bestimmt bald vergessen gewesen. Aber vermut-lich hatte Jean von einer anderen Agentur eine höhere Provision erhalten. Nur so konnte er sich Jeans Mut erklären, als er sich bei ihm entschuldigt hatte mit, er solle es nicht persönlich nehmen. Nicht persönlich? Das ganze Leben war persönlich. Maternus war gerade so richtig in Fahrt und hatte das Bällchen für Lord und

Lady bis in die Rheinbucht geworfen, da rief er aus vollem Hals: »Neiiiiiiiiiiiiiiiiiiin! Stooooooooooop!«

Die beiden Hunde stürzten mit den Vorderläufen voran, gefolgt von den Schnauzen, auf einen riesigen Berg Treibgut. Große Bretter, Stöckchen, Getränkedosen, Plastikflaschen, Ölkanister, Taue, Aas … alles, was das Hundeherz begehrt. Gegen einen so fulminant gedeckten Tisch konnte er mit Leckerlis als Lockmittel nicht anstinken. Und aus *der* Entfernung sowieso nicht. Was sie dort schnüffelten, wollte er gar nicht wissen. Wie sie anschließend riechen würden, ganz bestimmt auch nicht. Die Formel, um sie wegzuholen, musste noch erfunden werden. Aber da kam Lady ja! Braver Hund. Was trug sie denn da im Maul? Nein, das Stöckchen durfte nicht mit. Angespannt zerrte er an Ladys Halsband. »Aus, Lady! Lass es fallen! Du sollst es fallen lassen! Lass es fallen! Lady! Sofort!«

Es fiel. Ein Klappmesser! Ungeduldig, fast hysterisch, hackte er mit dem Absatz ein Loch in den Sand, schob es mit der Sohle hinein, bedeckte es wieder, drehte sich um, niemand da, trat es fest und zog Lady ruppig weg. »Lord? Wir gehen!«

Strammen Schrittes lief Maternus am Wasser entlang. So schnell, dass die beiden Hunde kaum Zeit für ihre letzten Markierungspausen hatten. Als sie auf dem Deich waren, läutete das Telefon.

»Ja?«

»Ferdinand hier!«

»Hallo! Komme gerade aus den Rheinauen. Gruselige Stimmung.«

»*Botzendresser!*«, antwortete Krämer.

»Bin kein Hosenscheißer!

»Jeder hat seine Schwächen.«

Maternus lachte. »Wollte dir vorhin nur mitteilen, wann der nächste Foto-Workshop ist. Zweite Märzwoche. Bist du dabei?«

»Sicher!«

»In der Provence!«

»Gut!«

»Es gibt auch Galettes und Kartoffelsalat.«

»Interessante Mischung. Aber bestimmt lecker! Ach, Max, wenn du gleich bei Johanna den Hund abgibst, spendiert sie dir eine Lage von Tantlers Balsamico.«

»*Mille merci*!«

Zwei Monate zuvor im September

Frings rückte den handgefertigten, naturfarbenen Panamahut mit schwarzem Ripsband à la Humphrey Bogart zurecht. Dazu hatte ihm Agi ein neues, dunkelblaues Millefleurs-Hemd herausgelegt und die weißen Segelschuhe bereitgestellt. Genau passend zu den tausenden, weißen Streublümchen. Eine ganz wunderbare Ergänzung zu seiner lässigen, weißen Bundfaltenjeans mit braunem Ledergürtel und goldener Hermès-Schnalle. Und die perfekte Kleidung für diesen schmeichelnd warmen Tag, dem bestimmt eine angenehm kühle Nacht folgte. Felix Tantler hatte nämlich seine Spendierhosen angezogen und an diesem herrlichen Septembernachmittag zu seiner Indian Summer Rotweinprobe einen kleinen elitären Herrenkreis eingeladen. Oder, wie er es nannte, zum *Leertrinken* gebeten.

Die meisten hatten laut Tantler abgesagt, weil sie diese legendäre private Druckbetankung nur zu gut kannten. Sie hatten sich angeblich die wenigen Wochen bis zur Redoute-Feier noch schonen wollen. Er und Ferdinand Krämer, Bruno Schmitz und Max Maternus waren gerne gekommen, weil sie sich im Griff hatten und grundsätzlich kontrolliert becherten. Darin war er sich mit ihnen hundertprozentig einig gewesen. Das hatte er mit ihnen schon auf anderen Touren erlebt. Und so chillten sie auch heute zusammen auf der großzügig angelegten Sonnenterrasse des *La Maison*. Eine dunkelgraue Outdoorsitzgruppe aus Polyrattan mit ecrufarbenen Polstern und XXL-Kissen unterstützte den Lounge Look mit italienischer Grandezza. Ein laues Lüftchen bewegte sich sanft durch die Baumkronen der riesengroßen, uralten Kastanienbäume dieses Kleinods. Sobald sich eines der handförmigen Blätter neigte, beschienen Sonnenstrahlen die blank geputzten Degustationskelche und die goldenen oder silbernen Etiketten der zahlreichen dunklen Weinflaschen unterschiedlichster Regionen und Rebsorten, die auf der dicken Holztischplatte Bauch an Bauch standen, verlockend. Wespen gesellten sich zu ihnen, verleitet von frischen Flammkuchenstreifen mit hauchdünnem Serranoschinken und fein geschnittenen Lauchröllchen belegt. Aber auch die beiden vier Zentimeter dicken Blechhefekuchen – einmal mit *beschwipsten* Pflaumen, einmal mit Rhabarber und Baiser – wurden von den aufdringlichen Insekten mit Vorliebe aufgesucht. Er hatte sich gerade neben Schmitz platziert, als Anthony McBright erschien. Warum kam er immer zu spät? Selbst darin *musste* er ihn nachäffen. Warum kam er überhaupt?

»Tach zusammen.«

»Tony«, grüßte Frings als Erster, aber knapp.

McBright lächelte routiniert und zeigte auf Kommando seine schneeweißen Zähne.

»Schön, dass du es doch noch organisieren konntest. Alles gut? Oder biste auf dem Weg hierhin wieder geknipst worden?«, fragte Tantler und legte den Arm um McBrights Schultern.

»Alles tucki-mucki«, antwortete McBright.

»Komm an meine grüne Seite, Tony!«, winkte Maternus ihn heran.

McBright setzte sich zwischen Maternus und Krämer, der bereits ein Stück Kuchen verdrückte. Schichtweise. Zuerst das Baiser, dann den Rhabarber, dann den Boden. »Johanna lässt dir ausrichten, Tony, dass sie sich schon auf deine neuen, zauberhaften Einfälle freut.«

»Das ist schön, Ferdinand, liebe Grüße an Johanna.«

»Sag ich ihr.«

»Habt ihr schon angefangen, Felix?«, erkundigte sich McBright.

»Natürlich nicht, Tony!«, antwortete Tantler.

»Also *ich* bin bereit«, sagte McBright.

»Bingo! Die anderen auch?«, fragte Tantler. Sie nickten unisono. Tantler räusperte sich. »Nur zur Info vorab – es hat mir einfach in den Fingern gejuckt, ein Paket mit etwas schrägen Weinen zusammenzustellen.«

»Schräg ist geil«, bemerkte Schmitz.

Frings lachte. »Und geil sein heißt knickerig sein, Felix? Oder warum gibt es von jedem Wein nur eine Flasche? Ist das der Rest vom Schützenfest aus deinem Keller? Und die wirklichen Schätze behältst du für dich?« Er blinzelte. Diesmal, weil ihn die Sonne kitzelte.

»Genau, Jean! Du hast es erkannt. Ein Schlussverkauf. Sprich: Alles Schlechte muss raus! Passt doch, denn zählt für euch nicht eher die Menge als die Qualität?«, feixte Tantler zurück.

»Ganz schön frech, mein Lieber!«

»Also *ich* helfe wie jedes Jahr gerne dabei«, kommentierte Schmitz.

»Dann, bitte! *The same procedure as every year*«, forderte Tantler auf. »Jean, dieser wäre was für dich! Hier! *Et voilà*, Ferdinand, *pour toi* öffne ich diesen hier. Er ist der letzte seines Jahrgangs.«

Krämer hob abwehrend seine Hand. »Doch, bitte … du musst. Keine falsche Bescheidenheit und keine Ausrede. Mein Shuttleservice bringt euch später heim.«

»Aber nur, weil du es bist«, willigte Krämer ein.

»Die Herren!« Tantler erhob feierlich sein Glas. »Auf unsere Frauen, auf die Gesundheit, auf die Freundschaft!«

»Auf die Freundschaft!«, riefen sie ihm aus vollem Hals zu.

»Und Max? Was sagst du?« Tantler sah ihn gespannt an.

Maternus steckte seine Nase ins Glas und atmete das dichte Bouquet ein. »Hm, das Glück liegt in der Traube, Felix! Schwarze Johannisbeere … samtig … ich tippe auf Syrah. Stimmt das? Sehr schön, der kraftvolle Körper und das herrlich komplexe Aroma. Einsame Spitze.«

»Ein Kultwein, Max.«

»Mag sein, aber ich bin schon seit Jahren ein Fan von ihm.«

»Dieser stammt von der Rhône … mit einer würdigen Reifung«, erklärte Tantler.

»Würdig gereift sind wir auch«, meinte Frings trocken und prostete in die Runde.

Man lachte beschwingt zurück.

»Ich hab mal gelesen, Max, dass man bei Syrah oder Shiraz nicht in die höchste Preisklasse vordringen muss, um richtig grandiosen Rotwein zu bekommen. Stimmt das?«, fragte Krämer.

»Du meinst, was nichts kostet, ist nichts?«, spöttelte McBright.

»Da hast du mich mal wieder komplett missverstanden, Tony. Im Gegenteil, ein gutes Preisleistungsverhältnis schmeckt *mir* am besten.«

Maternus nickte zustimmend.

McBright nahm einen Schluck und kaute auf ihm herum.

»Hmm … aber das gilt leider nicht für deine Strompreise, mein Guter.«

»Ich wusste gar nicht, dass du bei uns Kunde bist«, sagte Krämer.

»Sogar ein Spitzenkunde, dem Jahresverbrauch nach zu urteilen.«

Schmitz stampfte mit den Füßen kurz auf, schlug sich dabei mit den Händen auf die Knie und funkte dazwischen: »Deine Showausleuchtungen sind aber auch gewaltig.«

»Willst du nun Live Entertainment vom Feinsten oder nicht, Bruno?«

»Kann man bei deinen Eintrittspreisen verlangen, Tony.«

»Dann beschwer dich nicht, Bruno.«

Krämer wischte sich die Krümel vom Bauch, spuckte auf seinen Mittelfinger, betupfte einen frischen, rosa Fleck auf dem zitronengelben Hosenbein und hoffte, dass Johanna ihn wieder herausbekommen würde. »Ich meine, Tony, du würdest was falsch machen. Mir hatte letztens einer was von einer Simple Show erzählt. Das scheint das neue Zauberwort zu sein. *Da* solltest du mal drüber nachdenken. Das andere will niemand mehr!«

»Simple Show! Was für ein Bonmot! Ich glaube, Ferdinand, du sprichst einfach ungefiltert etwas nach, das du nicht bewerten kannst. Entschuldige, aber das würde ich umgekehrt, wenn es um innovative Stromerzeugung ginge, mir nicht erlauben. Das verbitte ich mir.«

Krämer verschränkte die Arme.

»Du brauchst dich gar nicht in ein Schneckenhaus zurückzuziehen, Ferdinand. Dann erklär mir doch bitte, wie eine Simple Show mit einem Magic-Programm und unserem Lichtermeer zu verbinden wäre?«

Krämer zuckte mit der Schulter.

»Stell dir zum Beispiel die Lichtkegel mit den abwechselnden Farbsequenzen vor. Die sollen bei den Zuschauern bestimmte psychische Zustände fördern. Bei uns entstehen magische Welten. Mein ganzes Theater wird dann zur Bühne. Dafür ist Kolorit erforderlich. Während unserer Zaubereien steuern wir Projektionen auf die Gästetische. Alles zusammen wird zu einer der beeindruckendsten Illusionen, die es jemals gegeben hat. Ihr solltet mal bei meiner kommenden neuen Nummer dabei sein, wenn die Lichter das Theater zum Leben erwecken.«

»Auweia! Jetzt wirds theatralisch!«, spottete Krämer.

»Richtig! Theatralisch ist eine angemessene Beschreibung dafür. Und bunt«, verteidigte sich McBright.

»Dann stell dich doch einfach auf Schwarzweiß um. Vielleicht spart *das* Geld«, amüsierte sich Krämer abermals und schaute in die Runde. Alle grinsten und schienen gespannt darauf zu warten, wie McBright weiter argumentieren würde.

Entgegen allen Erwartungen blieb dieser rational: »Das machen wir ja schon«, sagte er siegessicher. »Und zwar immer dann, wenn wir Räume perspektivisch gestalten wollen oder Schatten notwendig sind. Oder mehr Bühnentiefe verlangt wird. Dann wenden wir eine schwarzweiße Wechselbeleuchtung zwischen der vorderen und hinteren Szenerie an ...«

Krämer nahm einmal kräftig Schwung, hob den Hintern, fiel zurück, holte noch mal Schwung, hob erneut den Hintern, wiederholte die Prozedur eines Schaukelpferds und stand. Er ging ans Buffet, griff zu Flammkuchen und einer Serviette, schlurfte zum Platz zurück, ließ sich wieder fallen und studierte genüsslich das Männergrüppchen. Schmitz gähnte verstohlen. Maternus lümmelte lässig in einem Sessel und spielte mit gesenktem Kopf, als wäre er eingenickt, auf dem Handy herum. Frings hatte den Panama halb ins Gesicht gezogen und schien tatsächlich zu dösen. Schmitz und Tantler klebten nach wie vor an McBrights Lippen. Krämer versuchte, das knusprige, unelastische Flammkuchenstück zu falten. Es brach in der Mitte durch. Er drückte die beiden Hälften zusammen, dabei quoll die Crème fraîche mit einem Streifen Schinken hervor und kleckste auf den Kies. Grund genug für einen Raben, in Erwägung zu ziehen, die Leckerei zu stibitzen und mutig näher an ihn heranzuhüpfen. Wie raffiniert diese schwarzen Vögel doch waren! Manche nannten ihren Charakter hinterhältig, diebisch oder gemein. Dabei waren sie nur sehr intelligent. Sie lernten schnell, benutzten gezielt Werkzeuge und verstanden auch versteckte Zusammenhänge. Besonders, wenn sie beispielsweise lebenserhaltende oder schwierige Entscheidungen treffen mussten. Dann sollten sich angeblich in ihrem Gehirn sogar ähnliche Muster wie bei Primaten abspielen. Warum schnitt sich der eine oder andere Mensch nicht mal eine Scheibe von ihnen ab? Vielleicht taten ja genau *das* Kleinkriminelle – ohne, dass sie es wussten. Die Kraft aus der Gosse war nicht zu unterschätzen. Sie konnte einen Überlebensvorteil verschaffen. Krämer kreiste leicht mit der Hand über den Bauch. Sein Magen rumorte. Sollte er noch ein Stück essen? Er schaute auf seine Uhr und hörte McBright wieder zu.

Auch Frings wurde wieder wach, stupste den Strohhut aus der Stirn und unterbrach McBrights Tirade: »Jaja, wir wissen um dein großes künstlerisches und schauspielerisches Talent.«

»Das kleine Einmaleins beherrsche ich auch, Jean«, rechtfertigte sich McBright.

»Du Unglücksrabe«, spottete Krämer.

Und Frings verbesserte Krämer: »Du Spaßvogel! Bleib einfach bei deiner schöpferischen Tätigkeit und überlass das Rechnen anderen, Tony. Damit hast du dich auch bei den KöKös in eine gute Position hochgearbeitet.«

»Gut ist nicht top.«

»Eine Frage der Perspektive.«

»Eben. Deshalb sind Blickwinkel auch bei meinen Inszenierungen so wichtig, Jean.«

Krämer mischte sich ein und versuchte zu erklären. »Jean meinte nicht die Örtlichkeit oder die Position, sondern die Auslegung.«

»Das hab ich schon verstanden. Lass uns über was anderes reden.«

»Über deine Biegetechniken? Hast du deine Geschicklichkeiten im Blut oder sind die erlernt?«, fragte Krämer.

»Beides, würde ich sagen. Meine Vorfahren waren zwar wohlhabend, aber sehr bizarr in ihren Entscheidungen und haben es vorgezogen, sich zur Unterschicht von Edinburgh zu gesellen und dort zu leben. Die Stadtverwaltung hat schon immer die Oberschicht verhätschelt und dabei die Armen vergessen. Meine Großeltern haben diese Ungerechtigkeit nicht geduldet und sich auf die Seite der Minderbemittelten geschlagen.«

»Dann hast du das Faustrecht noch erlernt?«

»Sagen wir mal so – ich schlug mich durch«, kalauerte McBright. »Aber das Geschick und die Tricks im Umgang mit Messern hab ich von meinem Opa.«

»Löffel und Gabeln hattet ihr nicht?«, lachte Krämer.

McBright verzog den Mund. »Nee! Aber jetzt ist es wirklich genug! Anderes Thema: Wie sieht es denn mit meinem Auftritt auf der Redoute-Feier aus? Hat jemand einen speziellen Wunsch?«

»Wir sind wunschlos glücklich, Tony.« Frings griff zum Glas.

Maternus stellte das leere Glas ab. »Also ich würde vorschlagen ...«

»Dass wir uns jetzt lieber noch ein Schlückchen genehmigen. Dürfen wir, Felix?«, fragte Frings.

»Nur zu!«

Frings gelang es, noch einen Rest vom Syrah zu erobern.

»Mensch, schmeckt der göttlich!«

»Auf die Götter!«, riefen alle wie aus der Pistole und sangen voller Inbrunst einstimmig: Freude schöner Götterfunken, Tochter aus Elysium – wir betreten feuertrunken, Himmlische, dein Heiligtum!«

»Wir sollten einen Chor gründen, Jean«, forderte Tantler begeistert.

Frings beugte sich vor, griff zu einer Havanna, setzte sie umständlich in Brand und lehnte sich wieder zurück.

»Ja, Felix, sollten wir. Aber es gibt noch so viele Baustellen in Köln, um die ich mich kümmern möchte und muss. Ich bin komplett ausgebucht. Stimmt's, Ferdinand?«

Krämer blies seine Wangen weit auf und schob die Luft von einer Seite zur anderen.

»Was soll das nun wieder heißen, Jean?«, erkundigte sich Tantler.

»Das weiß ich selbst noch nicht ganz?«

»Dann verrat uns die Hälfte.«

»Halbe Sachen mag ich nicht.«

»Ohhh ja. Darin bist du unnachgiebig. Ich wünschte, ich könnte auch so handeln, Jean.«

»Dann lerne es, Felix! Ich finde sowieso, du solltest nicht immer so zögerlich unterwegs sein. Unsicherheit erzeugt keinen Erfolg. Wer Grau ist, bekennt nicht eindeutig Farbe. Volltöne sind klarer und werden auch von Feinden besser verstanden. Tu dir den Gefallen. Es wird dich in all deinen Plänen beflügeln.«

»Na gut. Und das soll Geld bringen?«

»Wenn du konsequent genug bist, schon.«

»Du musst es ja wissen.«

»Jetzt sitz nicht so bedröppelt da, Felix. Jeder lernt mit jedem Tag etwas Neues. Auch ich. Wer das nicht tut, läuft hinterher und nicht vorweg. Und wer bremst, verliert. Für Selbstoptimierung sollten wir uns jeden Tag Zeit nehmen. Schau mal, siehst du meine Armbanduhr? Hier, mit Wecker! Gleich klingelt er und fordert mich auf, dies zu tun.«

»Scherzkeks.«

»Na bitte, Felix. Und schon sind wir wieder fröhlich.«

»Genau! Nix Trübsal schieben«, sagte Schmitz und nahm einen kräftigen Schluck, als ob er für Felix das Hadern wegspülen wollte.

Eine Wespe schwirrte um sein Glas.

»Weg, geh weg!«

»Nicht schlagen!«, rief Krämer. »Bleib ruhig sitzen, Bruno. Die tut dir nichts.«

»Aber wenn sie mich sticht, bekomme ich vielleicht eine allergische Reaktion?«

»Seit wann bist du Allergiker?«

»Seit jetzt.«

»Du bist ja bekloppt. Sieh zu, dass du was isst, dann hast du auch keine Angst.«

Schmitz schwankte sitzend hin und her. »Abgemacht, Ferdinand.«

McBright stand auf. »Felix, kannst du mir zeigen, wo die Wasserspiele sind?«

»Ja, warte, ich komme mit!«

Krämer grinste. »Wie Johanna und Agi – die gehen auch immer zusammen auf die Toilette. Vergesst euer Handtäschchen nicht!«

»Habt ihr was vor uns zu vertuschen?«, nahm Frings die zwei auf die Schippe.

»Klar, jede Menge!«, riefen McBright und Tantler zeitgleich und latschten Arm in Arm flötend ins Haus.

»Ich glaube, die sind *so* dicke miteinander, da passt kein Blatt zwischen«, konstatierte Frings.

»Sind die beidseitig bespielbar?«, flüsterte Schmitz neugierig.

»Wenn *du* keine Räuberpistölchen verbreiten kannst«, schimpfte Frings mit gesenkter Stimme und lachte in sich hinein.

»Ich hab doch nur gefragt, Jean.«

»Genau. Hör auf, stille Post zu spielen.«

»Schon gut, aber …«

»So, dann lasst uns mal schauen …«, unterbrach Frings seinen Freund und übernahm Tantlers Gastgeberrolle.

»Geradeaus und dann rechts, Tony.«

»Danke, Felix.«

»Kannst du auf dem Rückweg zu mir in die Küche kommen und mir tragen helfen? Wir brauchen mehr frische Gläser.«

»Yes, Sir!«

»Prima.«

Tantler öffnete eine Wandregaltür, zog vorsichtig ein kupferfarbenes Tablett hervor, dazu ein weißes, frisch gestärktes Spültuch und ging mit beiden Teilen ans Küchenfenster. Er warf einen nachdenklichen Blick nach draußen.

»Nette Runde, oder, Felix?« McBright war zurückgekommen und hatte sich zu ihm gestellt.

»Absolut«, bestätigte Tantler, schmiss die Küchenmaschine an und schnitt zwei Scheiben Schinken ab. Eine reichte er McBright.

»Trotzdem, Felix, finde ich, dass es Personen um uns herum gibt, die ein unkalkulierbares Risiko darstellen«, sagte McBright kauend.

»Wie meinst du das?«, fragte Tantler.

»Hat *dir* die Arbeit unseres Kabinetts in der letzten Session gefallen?«

»Geht es denn ums Gefallen, Tony?«

»Nein, geht es eben nicht.«

»Siehst du!«

»Ja, aber besonders die letzte Karnevalssitzung, Felix.«

»Ja?«

»Da war die Stimmung nicht besonders. Die hat nur so vor sich hingedümpelt.«

»Findest du?«

»Du nicht?«

»Hm. Hat unser Schatzmeister a. D. die nicht geführt, weil Jean mit Fieber im Bett lag?«, fragte Tantler. Er wollte vorsichtig mit seinen Bewertungen sein.

»Richtig.«

»Und?«

»Wie ein Marktschreier hat er die Künstler angekündigt.«

»Na ja, ihm hat die Übung gefehlt, Tony.«

»Dann darf man so eine Person nicht einsetzen, Felix.«

»Wer soll es denn tun? Du?«

»Warum eigentlich nicht?«

»Du *warst* und *bist* nicht im Kabinett, Tony.«

»Aber ich *hatte* und *habe* Erfahrung mit Auftritten und Moderation.«

»Hm.«

»Doch, Felix! Allein wie sich zum Beispiel unser amtierender Finanzchef lauthals am Ende bei seinen angeblich Hunderten von Zuschauern bedankt hat. Es schien fast so, als hätte er geglaubt, mithilfe seiner Lautstärke die Tatsache überdecken zu können, dass der Saal nicht richtig mitgezogen hat. Die Presse hat ihn später mit der Nachricht abgestraft – *Bei Weitem nicht ausverkauft.*«

»Medien … Tony … wer's glaubt! Wir haben doch beste Resonanzen bekommen und von der Stadt große Anerkennung für unsere Struktur und unsere Arbeit!«

»Klar, dass das Kabinett Schönwetter gemacht hat und Mitteilungen herausgegeben hat, die gefärbt gewesen sind.«

»Woher weißt du das denn?«

»Aus sehr gut informierten Kreisen. Manche Kabinettsfrauen legen beim Hausfrauengolfen unsere Kabinettsstückchen offen. Dann sind sie gesprächig wie eine Glaskugel oder wie unter Hypnose.«

»Du scheinst wirklich gut informiert zu sein.«

»Kannst du auch sein. Wir ähneln einer Blackbox, einem geschlossenen, komplexen System, indem zig Mitglieder alle miteinander verflochten sind.«

»Ich weiß nicht, Tony …«

»*Ich* möchte gerne mal die nackten Zahlen sehen, Felix.«

»Psst! Nicht so laut, Tony.«

»Das Ganze muss man anders aufziehen.«

»Wie denn?«, fragte Tantler neugierig.

»In unseren Sitzungspaketen müsste eine Sponsorenshow enthalten sein. Giveaways und Socialtainment als Lockmittel. Wie ein Fliegenfänger. In unserem Fall Spendenfänger. *Das* ist heutzutage angesagt und kurzweilig.«

»So, möchtest du mit der Zeit gehen?«, fragte Tantler. »Das ist total nervig! In meinen Augen spielt der Marketingaspekt der Kö-Kös sowieso bereits eine unverhältnismäßig große Rolle.«

»So, wie wir zurzeit unterwegs sind, fühlt es sich aber auch nicht mehr gut an. Wir müssen die Distanz zum Publikum verringern.«

»Mit Kommerzkurs?«

»Felix! Das nennt man Fremdfinanzierung!«

»Oder Gier.«

»No Gier. No Income. No Future.«

»Du meinst – Gier ist gut, Tony?«

»Wenn sie keinem weh tut, auch legal.«

»Was meint Jean dazu?«

McBright zuckte die Schultern. »Ich glaube, er findet diese Idee überinszeniert. Aber nur, weil sie von mir kommt. In Wirklichkeit denkt er genauso wie ich. Hoffe ich. Rede *du* doch mal mit ihm. Du bist näher dran als Kabinettsmitglied.«

»Das fällt mir schwer, Tony.«

»Außerdem mag er *mich* nicht. Aber wen mag er schon? Sich, sich und immer wieder sich … mag er.«

»Tony, bitte«, sagte Tantler warnend. »Ich möchte nicht Partei ergreifen.«

»Tatsache ist, wir müssen kommende Session im Vorfeld von Entscheidungen Schwierigkeiten aus dem Weg räumen. Ach ja, und bevor wir wieder dazustoßen, Felix …«

»Ja?«

»… wollte ich dir noch den freundschaftlichen Rat geben, dass du deinen Plan bitte durchziehst. Du musst es bald tun. Du darfst nicht warten. Und schon gar nicht einen Rückzieher machen. Die Zeit ist reif. Überreif.«

»Na gut!«

»Bonfortionös, dieser Wein. Was wir noch bräuchten, wären ein paar Knabbereien. Hey ihr zwei, … Felix … Tony … wo bleibt ihr denn?«, rief Frings.

»Sind schon auf dem Weg!« Tantler kam zurück, gefolgt von McBright und mit frischen Gläsern.

»*Schon* ist gut«, erwiderte Krämer. »Und ohne Schinken?«

»Ach klar, vergessen! Dann muss ich wieder rein«, sagte Tantler und bemühte sich sichtlich um eine entschuldigende Miene. »Ich bring auch selbstgebackenes Brot und ein bisschen Käse mit.«

Maternus stand auf, reckte sich ausgiebig und fuhr sich mit den Fingern über die Augen. »Jean, ich hab Kartons im Auto. Sollen wir die Zeit nutzen und schnell umladen? Sonst vergisst du sie nachher. Was schlägst du vor?«

»Was ist denn drin?«

»Die roten Einstecktücher mit dem breiten, weißen Rand.«

»Ach, super! Sind die gut geworden? Kannst du nicht zuerst mal welche holen? Dann fangen wir hier direkt an zu verteilen. Für jeden KöKö eins. Die Zeit ist eh schon knapp. Noch ungefähr zwei Monate. Ich will, dass jeder KöKö auf der Redoute-Feier damit glänzt. Das sieht bestimmt richtig klasse aus und passt zu allem. Cut, Smoking, dunkler Anzug. Immer und überall. Und ist deshalb, neben der Nadel, ein super Erkennungszeichen der Kö-Kös. Sag, Max, konnten wir im Budget bleiben?«

»Auf jeden Fall. Bei der Summe, gar kein Problem.«

»Aber die sind auch wirklich genau so, wie ich sie wollte? Also, reiner Seidentwill, federleicht, elegant, wertig.«

»Natürlich, Jean! Kleine KöKö Carrés mit allem Chi-Chi! So, wie sich das gehört.«

»Find ich irre! Ich freu mich so! Jetzt hol sie schon! Die Kartons laden wir später beim Ferdinand ein. Der nimmt mich mit. Das passt.«

»Aber nicht vergessen!«, schrie Maternus im Weggehen, beeilte sich und kam kurz darauf wieder gerannt.

»Tätätätäää!«

»Wow!« Mehr brachte Frings nicht heraus. Wie gut, dass er an der Idee festgehalten hatte.

»Made in France … sind die aus Paris?«, fragte Krämer.

»Nein, aus einem Laden am Roncalliplatz.«

»Wirklich schön, Max.«

Und Frings raunte: »Noblesse oblige. Adel verpflichtet. «

Dienstag während der Nachtruhe

Was Frings mit Krämer alles zu erzählen hatte, ging natürlich nicht hopplahopp. Er war froh, dass die offizielle Besuchszeit im Krankenhaus zu Ende war und er eine Ausnahmegenehmigung der Schwestern und Ärzte bekommen hatte. Den Chefarzt der Klinik hatte er letztes Jahr auf der *Clubjedöns* kennengelernt. Es war ein besonderes Event gewesen. Nicht diese vielen, unsäglich langweiligen Netzwerkabende der vergangenen Jahre, bei denen man immer und immer wieder die gleichen Gesichter gesehen hatte. Beim *Clubjedöns* traf man Menschen, die originell waren. Spannende Gäste mit Visionen. Keine Millionäre. Nein, Leute, die Lust daran hatten, in der Gemeinschaft etwas zu bewegen und zum Beispiel Kölner Wahrzeichen, wie die Riehler Redoute, zu unterstützen. So die Idee. Sein Chefarzt hatte genau diese Empathie und international schon jede Menge Innovationspreise in modernsten Operationstechniken gewonnen. Und er hatte ein Faible für die zu schützende Redoute.

Frings seufzte. »Ach, Ferdinand.«

»Ja?«

»Wäre ich doch bloß nicht zur Kabinettssitzung gegangen. Wäre ich doch bloß nicht so ehrgeizig und nicht so gerne eine Rampensau. Dann stünde ich nicht dauernd im Mittelpunkt, hätte nicht so viele Neider und läge vielleicht nicht verletzt im Krankenhaus.«

Krämer zog schweigend seinen halblangen, dunkelgrauen Wollmantel aus, steckte den weichen paisley-gemusterten Schal in einen Ärmel, stellte sich mitten in den Raum wie bestellt und nicht abgeholt und schaute Frings streng an. »Hätte, wäre, wenn. Wenn meine Oma gelb angestrichen wäre und Räder hätte, wäre sie ein Postwagen. Wir finden den Täter, Jean, ganz sicher.«

»Kennst du auch die Lottozahlen vom kommenden Samstag?«

»Es reicht, Jean. Ich lass mir von deinem Täter nicht sagen, wo ich hinzuschauen habe. Lass uns endlich anfangen, zu suchen.«

Krämer hängte seinen Mantel an den Garderobenhaken und fing an, im Kreis zu gehen. Bedächtig. Zwischendurch hielt er inne. Und ging wieder weiter.

»Na gut, dann ran an den Speck!« Frings zog die Beine an, streckte sie wieder aus und wollte mehr sich selbst als Krämer ermuntern. »Aber bitte, du musst dich dazu hinsetzen. Bei deinem Zellengang kann ich nicht denken.«

Krämer unterbrach seinen Rundgang und machte es sich in dem für ein Krankenhaus erstaunlich angesagten Loungesessel bequem.

»Und Ferdinand?«, fragte Frings. »Wen sollen wir zuerst beleuchten?«

»Also *ich* habe bisher eigentlich noch keinen gekannt, der bereit gewesen wäre, einen Menschen umzubringen. Irgendeiner muss aber auf dich eingestochen und uns die Drohungen gesendet haben. Wenn ich ehrlich bin, finde ich die Situation sehr mysteriös und chaotisch. Andererseits, ist nicht das unerklärliche Chaos der Normalzustand der Welt? Ich weiß nicht, Jean, was ich von dem ganzen Mist halten soll.« Krämer gähnte.

Frings gähnte auch. »Ich meine ja, Tony könnte ein Motiv haben.«

»Er ist 'ne kölsche Jung.«

»Na ja, ein halber.«

Krämer schwieg und bedachte Frings mit einem schelmischen Blick. »Unser halber Schotte sieht zurzeit so käsig aus.«

»Hm.«

»Wie 'ne *halve Hahn!*«

»'ne halve Hahn? Ein Roggenbrötchen mit Gouda? Du scheinst echt Hunger zu haben.« Nur mühsam unterdrückte Frings ein schallendes Lachen. Er wollte sachlich bleiben und konnte sich nicht daran erinnern, wann Tony überhaupt jemals frisch gewirkt hatte. »*Mir* ist aufgefallen, dass er letztens verknittert aussah. Hat der was?«

»Wer weiß das schon?«

»Finanzielle Motive sind häufig ausschlaggebend für einen Mord«, mutmaßte Frings.

»Aber Tony, Geldprobleme und wir zwei? Das macht keinen Sinn. Wo soll da eine Verbindung sein? Die sehe ich nicht«, entgegnete Krämer.

»Das ist wahr. Also? Warum Tony?«

»Höchstens, damit der freie Bahn bekommt und sein Pöstchen als Schatzmeister einnehmen kann.«

»Im Leben nicht!«

»Siehst du, sag ich doch!«

»Ferdinand, ich meinte, ich *glaube* das nicht! Dass *das* ein Mordmotiv sein könnte.«

»Wer blinde Wut hat, wächst über sich hinaus, Jean. Und sät Unheil. Das betrifft, nebenbei gesagt, auch deinen Gewerkschafter.«

»Hm, dem würde ich das gerne zutrauen. Auch, weil er Hochdeutsch spricht. Denn selbst, wenn der die rheinische Mundart beherrscht, ist das immer noch längst kein Kölscher. Aber du, du hast eigentlich nichts mit ihm zu tun. Und außerdem sind da noch seine Augen …«

»Was ist mit denen?«, fragte Krämer.

»Die sehen nicht so aus, als ob sie zu einem Mörder gehören. So groß und eher sanft.«

»Hab ich nicht drauf geachtet. Bist du dir sicher, Jean?«

»Nee, natürlich nicht! Nur so eine Eingebung.«

»Das ist zu wenig. Und was ist mit dem Zettl? Was hat *der* für Augen, Jean?«, fragte Krämer belustigt.

»Wie? Was hat das mit dem Papierschnipsel vom Tatort zu tun? Verstehe ich nicht, … hm … ach doch … du meinst unseren neuen Bewerber aus Munchen! Den Zettlmair mit seiner reizenden Frau Jeanette!«

»Ja, aber die Jeanette reizt mich überhaupt nicht. Dich etwa, Jean? Jean? Hallo? Hier bin ich! Bist du am Träumen?«

»Äh, was hast du gesagt?«

»Ich hab dich gefragt, ob du Jeanette attraktiv findest? Kennst du *ihre* Augen auch?«

»Sag mal, Ferdinand! Was soll das? Sei doch nicht so doof zu mir! Bleib beim Thema. Beim Xaver ... dem Schönfrisierten ... Aufgemotzten ...«

Krämer lachte herzhaft. »Der sieht immer so aus, als käme er gerade von einer Beautyfarm mit doppeltem Pflegeprogramm.«

»Stimmt es eigentlich, dass der an meinem Stuhl sägt?«, fragte Frings.

Krämer wiegte seinen Kopf nach links und rechts. »Die einen sagen so, die anderen sagen so.«

»Hm. Kölsch kann er nicht, klar. Kölner ist er nicht, auch klar. Krankhaft ehrgeizig ist er. Und die richtigen Vorstellungen von der Pflege unserer historischen Überlieferungen hat er auch nicht. So einer darf unserem Coordination-Secrète-Ausschuss zur Aufnahme in die KöKös im Grunde genommen gar nicht vorgestellt werden«, überlegte Frings.

»Genau *das* habe ich dem letztens ins Gesicht gesagt. Der hat vor Wut gekocht. Und hat mich deswegen vermutlich auch auf dem Kieker. Außerdem weiß ich, dass seine Partie fremdgeht. Und dass er einen Menschenversteher sucht. Hach, wie heißen die noch mal? Psy ... Psych ... Psychologen!«

»Darüber hast du mir ja noch gar nichts erzählt.«

»Wollte ich gleich machen«, entschuldigte sich Krämer.

»Ich glaube, Ferdinand, dass der Zettlmair sich in unsere Gesellschaft niemals integrieren lässt, so wie der unterwegs ist. Der wird immer und überall querschießen. Allein seine Forderung, nicht als einfaches Mitglied anzufangen und sich seine Meriten zu verdienen, sondern direkt groß einzusteigen. Das gibt es bei uns nicht: Jeder fängt gleich an. Ob arm oder reich, groß oder klein ...«

»... dick oder dünn.«

Frings nickte. »Und automatische Beförderungen? Ein großes Tabu. Das sollen Wertschätzungen sein. Also Ehre, wem Ehre gebührt. Auch für die Jungs, die es sich *wirklich* verdient haben – aber gemäß der Mitgliedszeit noch längst nicht mit dem Aufstieg dran wären. Besondere Leistungen, bekommen von mir einen besonderen Applaus.«

»Wo du schon mal bei Beförderungen bist. Was ist mit Bruno als Täter?«

»Bruuunoo Schmitz … Da steht der für ihn geplatzte Millionendeal im Raum. Ich konnte für Bruno einfach nicht die Hand ins Feuer legen. Jetzt schwimmt er. Und ich glaube nicht, dass er das je vergessen wird. Das fehlende Geld wird ihn immer wieder an mich erinnern.«

»Aber nicht an mich«, sagte Krämer bestimmt.

Frings nickte und die Schuld kroch in ihm hoch. »Ich befördere ihn.«

»Das ist gut, Jean!«

»Davon ist der Xaver allerdings Lichtjahre entfernt.«

»Der will auch auf die *Akademie för uns kölsche Sproch* gehen, Jean.«

»Ha, der Typ will sich anpassen, Ferdinand! Unglaublich! Der will sein Kölschabitur machen? Und jetzt sag bloß nicht, auch anschließend noch Kölsch studieren. Weißt du, wie schwer das ist?«

»Was meinst du, wie froh ich bin, Jean, dass an mich die kölsche Sprache und das Kölner Brauchtum auf natürliche Weise weitergegeben worden sind? Ich habe Kölsch mit der Muttermilch aufgenommen. Leider verkümmert das mehr und mehr. Es gibt immer weniger Spezies, in deren Adern das urkölsche Blut fließt und die mindestens in der dritten Generation in Köln geboren worden sind. Das sind die echten Kölner. Dazu gibt es dann nur noch *eine* Steigerung: Wenn man im Severinsklösterchen zur Welt gekommen ist und dann noch Kölsch in Wort und Schrift beherrscht. *Das* sind die wahren Urkölner. Wie du, ich oder Max. Kaum zu erreichen – und für Hinzugezogene sowieso fast unmöglich.«

»Wie wahr, wie wahr. Kölsch ist ein Gefühl. Wie will Xaver *das* lernen?«, fragte Frings völlig entgeistert.

Krämer grinste breit. »Trinken kann er unsere Sprache bestimmt schon.«

»Aber noch einmal zu meinem Verständnis, Ferdinand, auch, wenn es dich stört. Der lernt tatsächlich zurzeit Kölsch?«

»Noch nicht. Ich sagte bald, Jean. Und krieg dich ein! Das muss der *Prinz vun Kölle* schließlich können.«

»Prinz von Köln?«

»Tuschelt man. Xaver will unbedingt das Aushängeschild einer Session werden. So hätte er als Edelmann am Rhein endlich seine Projektionsfläche. Und im Rosenmontagszug führe er dann auf dem prunkvollsten und größten Wagen des Spektakels. Der will eine Legende werden.«

»Klar, denn Prinzen werden nur fünfzig Männer in fünfzig Jahren«, überlegte Frings.

»Oder einhundert in einhundert. Auf jeden Fall typisch für so einen medienlüsternen Intriganten. Ich rate dir, Jean – pass bloß auf, wen du protegierst. Du bist der erste General, der in der Öffentlichkeit ganz oben steht. Du bist aber auch ganz schnell auf der letzten Position.«

»Da ist was dran, Ferdinand. Wenn ich schon sehe, wie der mit schwingendem Pelzkragenmäntelchen in die Redoute rast. Wie seine eigene Karikatur. Um Prinz zu sein, braucht man aber mehr als gutes Aussehen und den Drang zur Selbstinszenierung. Wer Prinz sein will, braucht vor allem Stil und eine nicht unbescheidene Geldbörse. Denn das maßgeschneiderte Kostüm, die Einladungen und die Kamelle für den Rosenmontagszug sind teuer. Für das Geld kann man sich schon einen Sportwagen kaufen. Xaver kann je nach Bedarf die Farbe wechseln wie ein Gecko, um an seine Vorteile zu gelangen.«

»Ich vermute, der weiß immer genau, was beim Kabinett läuft. Das ist gefährlich.«

»Dann hat er auch gewusst, dass gestern Sitzung war. Dann weiß der auch, dass ich nicht immer pünktlich bin. Lieber Gott, Ferdinand, was weiß der noch alles?«

Krämer strich sich über seine borstigen Haare. »Zum Beispiel welche Mittel notwendig sind, um ein neues Kabinettressort zu generieren.«

Frings zupfte am Ohrläppchen. »Performance will dieser Faschingfuzzi das nennen. Ohne mich!«

»Eben. Aber wenn er General wäre, dann …«

»… nur über meine Leiche!«, schrie Frings aufgebracht.

»Meine auch.«

Frings legte seinen Kopf schräg, schloss seine plötzlich zitternden Augenlieder zu schmalen Schlitzen und musterte Krämer. »Was sagst du zu Justus?«

»Wenig.«

»Killerinstinkt? Ja oder nein?«

»Ich weiß nicht. Auf dem Ansitz in der Nacht hat er mir sein gesundheitliches Leid geklagt. Der ist kaputt.«

»Vielleicht hat er das nur vorgeschoben«, hoffte Frings.

»Um was zu tun?«

»Von ihm als Täter abzulenken.«

»Zeit hatte er«, druckste Krämer herum.

Frings räusperte sich und stimmte zu. »Für Viola, ja.«

»Auch für dich. Justus ist nämlich deutlich verspätet gekommen.« Krämer guckte betreten.

»Nein!«

»Doch!«

»Aber *du* lebst noch!«

»Dank *deiner* SMS. Wegen der bin ich sofort nach Köln zurückgefahren. Sonst läge ich vermutlich abgeschlachtet im Wald.«

»Können wir dem keine Falle bauen, Ferdinand?«

»Schwierig.«

»Denk nach!«

»Eins nach dem anderen und Ruhe bewahren, Jean. Wir sind mit unserer Motivsammlung noch nicht durch.«

Frings nickte. Er war sich ziemlich sicher: »Justus hätte eins.«

»Ja.«

»Und mit dem Tony bin ich auch einfach noch nicht fertig.«

»Ach Jean, du hast schon immer was gegen ihn gehabt.«

»Wie kommst du darauf?«

Krämer machte eine Pause und fragte dann: »Ist es denn so?«

»Sagen wir mal, ich glaube, wir haben unterschiedliche Vorstellungen vom Leben. Für mich ist Geld überhaupt nicht das allein Seligmachende. Ich glaube, für Tony schon. Der scheint in einem Teufelskreis zu stecken. Wir kennen uns schon so lange. Und ich habe in den letzten Jahren beobachtet, dass er immer *mehr* und immer *mehr* Geld ausgegeben und sich neue und größere Wünsche erfüllt hat. Das hat auch seine Ansprüche erhöht. Ich befürchte, wenn ich den zum Influencer der KöKös mache, kann das für mich zum Nachteil werden.«

»Dass er für dich zur Konkurrenz werden könnte? Du magst ihn überhaupt nicht, oder?«, fragte Krämer vorsichtig.

»Nein, nein, Ferdinand! Nur seine Einstellung passt einfach nicht zu meiner Lebensphilosophie, oder anders gesagt: *l'amour* ist es nicht. Köttke! *Den* schätze ich. Ein echter Glücksgriff. Und die richtige Entscheidung für die KöKös. Der bringt Ideen, die fallen uns als Normalsterblichen gar nicht ein. Köttke macht einfach schnipp und schon funktioniert das Geschäft. Deshalb hab ich auch kein Verständnis dafür, wie die Luxemburger Banker und seine Frau gegen ihn vorgegangen sind und ihn einfach plattgewalzt haben.«

»Erzähl, Jean!«

»Seine geschiedene Frau war an seiner privaten Insolvenz schuld. Definitiv. Das hat er mir in einem stillen Kämmerlein mal erzählt. Sie muss ihn gnadenlos ausgenommen haben. Wie eine Weihnachtsgans. Und ihn vorher, wie ein gefrorenes Tier, langsam, aber stetig, schonend im Kühlschrank aufgetaut haben, damit der Fleischsaft schön im Gewebe bleiben konnte. Kennengelernt hat er sie über eines der zahlreichen Dating Portale. Anfänglich sah alles harmlos aus. Sie hat ihm die große Liebe vorgegaukelt, ihn mit Komplimenten und vorgespielter Zuneigung überschüttet und ein glückliches Leben in einer wundervollen Partnerschaft versprochen. Sie hat ihren knusprigen Braten perfekt vorbereitet, um ihn dann Stück für Stück zu verspeisen. Denn ihr Grundgedanke war wenig romantisch: Sie wollte nur sein Geld. Während seiner Ehe ist sie dann immer skrupelloser vorgegangen und hat permanent mehr Bares gefordert. Und immer unter den abenteuerlichsten Vorwänden. Irgendwann muss er schließlich gezögert haben, doch dann war es schon zu spät. Seine Frau hat seine Konten blank gemacht. Er war total abgebrannt. Und die bisher so inbrünstige Herzdame wurde plötzlich zickig. Sie hat ihm unterstellt, er würde sie doch nicht wirklich lieben. Und sie soll dafür gesorgt haben, dass er Schuldgefühle bekommen hat. Sein finanzieller Ruin ist wohl auch der Grund gewesen, warum sich die Privatbank in Luxemburg von ihm getrennt hat. Für mich ist das moralisch grenzwertig. Die Finanzwelt ist immer Köttkes Terrain gewesen. Was privat geschehen ist, muss man doch von seinem beruflichen Know-how trennen und nicht so mir nichts, dir nichts in einen Topf werfen?«

»Das stimmt«, sagte Krämer.

»Eine wirkliche Sauerei!«, zeterte Frings und riss dabei seine Augen weit auf. »Das hat er nicht verdient. Mit den richtigen Leuten um sich herum fährt Köttke zu Hochform auf. Dann wächst er über sich hinaus. Der fühlt sich bei uns pudelwohl und hat schon zwei ultrafette Sachen an Land gezogen. Vor allem hat er einen großen Coup mit der Lanxess Arena ausgehandelt. Köttke ist sehr beweglich. Ich werde versuchen, den bei mir zu platzieren. Aber wehe Ferdinand, du wirbst ihn mir ab.« Dann fing er spontan an, Ferdinand von seinen Einfällen für den kommenden Sessionsorden zu erzählen. Und Krämer gab sich sichtlich Mühe, die Informationen zu verarbeiten. Irgendwann kam Frings unvermeidlich auf die Feier am Samstag und auf die geladenen Gäste und Promis, die perfekt betreut werden mussten, zu sprechen.

Um drei Uhr morgens schlich die Nachtschwester leise ins Zimmer.

»Herr Frings, könnten Sie und Herrn Krämer ihre Ermittlungsarbeiten morgen fortführen? Ja? Bitte!«

»Wenn's sein muss«, murrte Frings und verabschiedete seinen Freund mit einem kurzen Winken. Warum hatte die Nachttante sich nicht an die Absprache gehalten? Es war doch nun wirklich noch früh. Und er hätte deutlich mehr Zeit gebraucht. Nicht für die längst leeren Schokozigaretten. Und auch nicht, um bei einer Comedy zu entspannen.

Mittwoch am Streikmorgen

Schacht war übel gelaunt, als er sich fragte, ob er nicht auch mal allein wohnen könnte. Er lebte in einer Frauen-WG in einer über zweihundert Quadratmeter großen Maisonette im Dachgeschoss mit allen Klischees, die ein moderner Altbau in Köln hergeben konnte. Hohe Decken und Stuck. Parkett und verputzte Wände. Kein Aufzug, aber eine himmlische Terrasse. Gelegen am Neusser Platz mit direktem Blick vom Bett auf die Agneskirche. Sein Wecker meldete sich mit José Carreras. Zu leise. Zu spät. Zu verzerrt. Und überhaupt. Er stand auf, zog sich an, sprühte sich mit seinem neuen Parfüm ein, schielte auf seine Klamotten und wusste: Ihr Zustand passte zu seinem Gemüt. Ohne Frühstück, aber mit einem Coffee to go, bestellte er ein Taxi und fuhr zur Rheintron. Die Gewerkschafter hatten spontan dazu aufgerufen, in einen vorerst eintägigen Streik zu treten. Das hatte ihn ebenso überrascht wie die hohen Tiere der Rheintron. Und ausnahmsweise wollte er sich mal vornehm zurückhalten.

Einige hundert Menschen nahmen an der Aktion teil und versammelten sich wie Ameisen vor den Toren des Unternehmens. Auslöser für den Protest war das Fehlen eines Tarifvertrags für die Beschäftigten der Niederlassung im Rhein-Erft-Kreis. Vor ein paar Jahren hatten die Rheintron Werke ihren Vertrieb in eine eigens dafür gegründete Gesellschaft ausgegliedert. Das neue Unternehmen war aus der Tarifbindung ausgeschieden. Altmitarbeiter hatten noch einen gewissen Bestandsschutz erhalten, doch Neuangestellte verdienten sehr viel weniger. Vor rund sechs Monaten war erstmals verhandelt worden. Bislang ohne Erfolg. Es war auch schon mehrfach gestreikt worden. Gefordert wurde nun hauptsächlich die Anerkennung des in Zukunft geltenden Tarifvertrages des Mutterkonzerns für alle. Außerdem wollte man eine gerechte Eingruppierung sowie Zuschläge und Sozialleistungen für alle Mitarbeiterinnen und Mitarbeiter der Tochtergesellschaft. Und auch Fortbildungen sollten endlich bezahlt werden. Kurz: Weißer Rauch sollte über den Rheintron Werken aufsteigen. Die Mammutberatungen sollten ein Abschlussdokument hervorbringen, das hunderte Seiten füllte. Schacht stand am Eingangstor, neben einem der zwei Wachthäuser und wippte mit dem rechten Bein. Atmosphärisch lief das für ihn schlecht. Viele meinten, er habe offenbar die Seiten gewechselt. Ein Schulterschluss mit dem Consultingunternehmen Frings. Im Gegensatz zu früher habe er plötzlich auf ein Ende des Machtkampfes zwischen Gewerkschaft und Unternehmensführung gedrängt und gefordert, dass man sich endlich der Sacharbeit zuwenden sollte. Das war für die Opponenten alles andere als ein Durchbruch gewesen.

Jetzt kam Schacht doch nach vorne. Seinen schwarzen Rolli hatte er wie immer bis ans Kinn hochgezogen. Mit einem Rotwein hätte er vermutlich gelassener ausgesehen. Aber so? Als er sich eben im Spiegel betrachtet hatte, konnte das nur in die Hose gehen. Wieso musste er an dieses vollgespuckte Mikro, nah an den Siff von anderen? Ekelerregend. Und gegen seinen Vorsatz heute überhaupt etwas sagen. Also ergriff er das Wort und versuchte, sich und die Streikenden zu besänftigen. »Es ist notwendig, dass wir von dieser personalisierten Auseinandersetzung wegkommen. Der Schritt zurück ist die richtige Entscheidung. Ich will einen Prozess, in dem wir offene Fragen konstruktiv diskutieren. Es muss doch möglich sein, die Inhalte in einem anständigen Sondierungsgespräch zu lösen. Das Unternehmen besteht aus hunderten unserer Mitglieder. Und die erwarten von unserer Gewerkschaft, dass wir uns ohne Emotionen ihren Bedürfnissen und Wünschen zuwenden. Die Gewerkschaft ist der Geist eurer Zukunft. Ich gebe zu, die Verhandlungen sind wie Ochsenwagen auf Feldwegen unterwegs – langsam, rumpelnd. Aber irgendwie wird es vorangehen. Lasst uns positive Signale setzen. Dieser Streik ist kindisch. Das sind Praktiken, die früher Wirkung erzielt haben. Streiks verkörpern nicht mehr eine Erneuerung«, beklagte sich Schacht. Eine Erneuerung war bei *ihm* nicht mehr möglich. Nur andere, wie

Frings, schafften immer den Absprung von sinkenden Schiffen. Er schnappte nach Luft. »Und hört endlich auf, Diskussionen in den Medien oder den sozialen Netzen zu führen. Das macht nur Stimmung, und diese wird automatisch zur Hauptströmung und bringt uns alle nicht weiter.«

Die Streikenden waren schon während seiner beschwichtigenden Worte unruhig. Ultralautes Tröten. Zwischenrufe. Pöbeleien untereinander.

»Stell dir vor, du bist Gewerkschaftssprecher, und keiner hört dir zu!«, blökte einer.

So etwas war neu für ihn. Er hatte doch immer gemacht und getan! Warum gingen die so mit ihm um? Musste er sich gefallen lassen, dass sie riefen, er sei ein Mann mit einem Auftrag, aber ohne Eier? Er sei ein Langweiler? Aber so sei das halt, wenn jemand seinen Feind zum Freund machte. Sie alle hier hätten geglaubt, ihn zu kennen. Und sie hätten seinen Versprechungen vertraut.

Plötzlich brüllte ein anderer: »We are still in, Schacht! Wir scheren uns nicht mehr um dich! Du miese Socke! Du stimmloses Werkzeug der Unternehmensführung!«

Und ein weiterer schnauzte: »Wo ist unser gutes Leben, Schacht? Du hast dich verändert! Vom Sprecher zum Mitläufer der Rheintron-Bosse! Wir wollen wieder mehr Gerechtigkeit! Was nutzt ein verträgliches Abkommen, wenn den Menschen die Arbeitsplätze genommen werden? Genossen und Genossinnen, wir, die Arbeiter, haben es in der Hand, eine Gewerkschaftsführung zu beauftragen, die Gespräche nicht *falsch* führt, sondern *besser*! Fürs nächste Jahr heißt das: Gewerkschaftssprecher gesucht!«

Schacht sah die Härte in den entschlossenen Mienen. Er war nicht mehr Herr dieser Monsterwelle, die sich zu einer meterhohen, schwarzen Woge aufgetürmt hatte und kurz davor war, ihn zu verschlucken. Mit einem endlosen Sog in eine unheimliche Stille und Einsamkeit hinein. Dabei hatte er seit Beginn seiner Gewerkschaftskarriere Klötzchen für Klötzchen sorgsam aufeinandergestellt und war ohne Wackler bis an die Spitze durchmarschiert. Er hatte die DNA der Gewerkschaft verkörpert. Für seine meisten Anhänger aber hatte der Mythos Schacht längst angefangen in Stücke zu zerfallen. Und es knirschte heftig.

Eine Frau in der Menge zeterte: »Alles Lüge, Leute! Glaubt dem nicht! Der ist genauso korrupt wie die alle da oben. Die retten doch nur ihren eigenen Kopf und wir, die kleinen Arbeiterinnen, müssen sehen, wo wir bleiben. Wir spielen doch nur eine Nebenrolle, wenn überhaupt! Dabei brauchen wir eine starke Stimme, die uns trägt.« Und weiter, an Schacht gerichtet, schrie sie: »Hannes! Hörst du mich? Dann frag ich dich: Willst du uns überhaupt auch in den kommenden Jahren begleiten? Oder ist das heute dein letzter Auftritt, weil du so viel Geld mit deiner Position gescheffelt hast, dass du in Zukunft nur noch Urlaub auf den Malediven machen wirst?«

»Lieber am Diani Beach«, grummelte Schacht und zog sich seine rutschende, mausgraue Anzugshose höher. Er hatte vergessen, in seinen alten weinroten Krokogürtel ein neues Loch stanzen zu lassen, um ihn enger zu schnallen.

Die Arbeiterin lärmte weiter: »Wenn wir dich brauchen, Schacht, bist du nie da! So einen Schlappschwanz wollen wir nicht mehr. Du tust nichts mehr für uns, obgleich wir dich gewählt haben und immer noch bezahlen!« Und auf die Frage, ob er bei der Wahl im nächsten Jahr für das Amt des Gewerkschaftssprechers wieder kandidieren wolle, antwortete er lediglich: »Meine Zusage gilt für die Zeit bis zur nächsten Wahl.«

»Ha! Das haben wir doch gewusst! Schon dein Vorgänger hat uns im Stich gelassen! Nehmt diesem Typen endlich das Mikro weg, damit er seine Fresse hält. Und dann, verdammt noch mal: Arsch huh!«

Schacht duckte sich, als ein Ei flog. Und noch eines. Und wieder eines. Immer aus einer anderen Richtung. Er suchte nach ihm bekannten Gesichtern. Sollte er nur einen einzigen Werfer erkennen, den würde er sich später schnappen. Ein Ei platschte vor seine Füße. Er drehte sich schnell um und fand Schutz hinter einer freistehenden, breiten Betonwand, auf der in fetten Großbuchstaben

RHEINTRON WERKE stand. Von hier aus beobachtete er weiter die wütende Menge.

Da! Was war das für ein mit Kapuze Vermummter, der halb verdeckt hinter einer Laterne stand? Und das nur ein paar Schritte von ihm entfernt! Jetzt stellte der sich zu einer kleinen Gruppe Protestierender. Mit hochgezogenen Schultern, in der linken Hand ein Smartphone, die rechte Hand tief vergraben in der Außentasche der Jacke. Es war wenig von ihm zu erkennen, und doch war seine Körpersprache angespannt und zugleich energisch. Vorsichtig löste sich die Person aus der Gruppe, ging weiter in Richtung Schacht und blieb stehen. Wie in einer verlangsamten Filmsequenz zog er seine Rechte aus der Tasche. Eine Waffe! Dieser Mensch hielt eine Waffe in der Hand und richtete sie auf ihn. Und Schacht wusste, dass er, wenn die Person schoss und traf, gleich sterben würde. Die Person zielte auf sein Gesicht. Er konnte sich nicht schnell genug ducken, da floss ihm schon etwas Kaltes von der Stirn, hinab aufs Kinn. Er hatte keinen Knall gehört. Und trotzdem wankte er. Er wischte sich mit dem Handrücken über den Mund, konnte nichts erkennen. Kein Schmerz. Was war geschehen? Erst spähte er vorsichtig wieder über die Wand, sprang dann auf und machte aus seiner Deckung einen Satz zur Seite. Mit erhobenem Kopf, aber hängenden Schultern stand er da. Vielleicht war es besser so, dass seine Zeit abgelaufen war. Lieber als Märtyrer sterben, statt als Verlierer zu leben. Der Täter hatte sich nicht von der Stelle bewegt. Und wieder schoss er mehrmals mit einer schwarzen Wasserpistole. Mittlerweile war Schacht klatschnass. Die Masse jubelte, lachte, schrie. Die Stimmung wurde immer aggressiver. Alle grölten durcheinander. Der Streik eskalierte. Ein paar Widerständler bahnten sich den Weg zum Hauptgebäude und besetzten das Entree. Indes drohte ein Vorstandsmitglied über die Außenbeschallungsanlage der Rheintron mit einer polizeilichen Zwangsräumung des gesamten Areals. Die Streikenden reagierten auf die Androhung mit Applaus und abfälligem Gelächter und äußerst ausgeschlafenen Argumenten.

Mittwoch nach dem Krankenhaus

Er war müde gewesen, als die Schwester ihn am Morgen aufweckte. Frings hatte sich ins Bad getastet und gleich fünf Tabletten eingeworfen. Die Höchstdosis lag bei zwei. Natürlich Vitamin E. Er musste sein Gehirn fit halten. Das brauchte er jetzt. Auch, um sich in Ruhe auf Samstag vorbereiten zu können. In vertrauter Umgebung. Also zu Hause. Dort hatte er Zugriff auf die gesamten Unterlagen rund um das Projekt Riehler Redoute. Von der Sanierung bis hin zur Planung der Eröffnungsfeier. Außerdem schlief man in seinem eigenen Bett auch viel besser. Und egal, ob es der Plan der Ärzte war, ihn erst morgen zu entlassen – *den* mussten sie fallen lassen. Also – gepackt hatte er, angezogen war er. Den ganzen Papierkram, der für die Entlassung nötig war, hatte er auch bereits erledigt.

Frings öffnete die Tür. Er schaute den Gang hinunter nach links. Ein Pulk Ärzte, begleitet von einem Schwarm Pflegerinnen und Pfleger, machte gerade Visite und verschwand. Trotz des morgendlichen Hochbetriebs herrschte im Krankenhaus eine bedrückende Ruhe. Warteten die Beamten bereits unten? Hätten sie durchaus machen können, anstatt einfach abzuhauen. Er hatte die Herren zwar gebeten, ihn nach Hause zu begleiten und hinter ihm herzufahren, aber nicht vorzufahren. An seiner Villa sollte dann ein Wachwechsel stattfinden. Achtundvierzig Stunden Personenschutz ab dem Anschlag waren ihm zugesagt worden. Eine Sonderregelung – also nur für ihn. Aber warum dieser vorzeitige Abbruch? Frings schaute nach rechts. Ein geplünderter Frühstückswagen stand neben dem Schwesternzimmer. Zu sehen war niemand. Alle Patienten schienen sehnsüchtig auf die Doktoren zu warten oder kauten noch auf zähen Brötchen. Das Niesen aus dem Nachbarzimmer war leise. Umso lauter war das Geschirrklappern – von weiter hinten. Er warf erneut einen Blick in die andere Richtung. Beobachtete ihn jemand? Er guckte über die Schulter in sein

Zimmer. Das konnte nicht sein. Vielleicht doch auf dem Gang? Da war nach wie vor niemand zu sehen. Er tastete seine Jacke ab. Suchte sein Handy. Hatte er es liegen gelassen? Ständig stand er auf Kriegsfuß mit dem Teil. Er ging noch mal hinein. Und konzentrierte sich auf den Ablauf der vergangenen Stunde. Wo hatte er es zuletzt benutzt? Im Bett? Irgendwie führte das Gerät ein reges Eigenleben. Er klopfte aufs Kopfkissen, hob es an. Da! Da hatte er es mal wieder. Schwarz auf weiß. Gefunden! Und die unangenehme Gewissheit, dass seine geistige Verfassung in der Klemme steckte. Er musste sie unbedingt da herausholen und so schnell wie möglich instandsetzen. Bepackt mit Tasche und Schal, startete er den zweiten Versuch, endlich diesen Medizinpalast zu verlassen. Was war er froh! Tür auf und …

»Ach, Frings! Schon wieder auf dem Weg zur nächsten Sauerei? Ich wollte nur mal einem guten Freund einen Krankenhausbesuch abstatten.«

»Justus«, sagte Frings nur, und seine Körpertemperatur schien von einem Moment auf den anderen um zehn Grad zu fallen.

»Du bist ja leichenblass!«

Blass, ohne die sterblichen Überreste, wäre ihm lieber gewesen. Seine Lungen pumpten dicke Luft. »Was willst du noch, Justus?«

» Ha, solltest du nicht noch überwacht werden, Frings?«

»Vielleicht sollte man besser *dich* überwachen, Justus! Ferdinand hat mir erzählt, dass du Köln verlassen willst.«

»Schon möglich.«

»Dann sieh zu, dass du Land gewinnst! Du Bauhai … ni!«

Jever bäumte sich auf. Wie ein Pavian, mit geschwellter Brust. Seine Augen schienen ihn durchbohren zu wollen und er bewegte sich bedrohlich auf ihn zu. Frings' Blickfeld verengte sich. Die Nase begann zu laufen. Die Füße blieben wie angewurzelt stehen. Da griff Jever nach seinem Kragen, zog Frings zu sich heran und zischte: »Jeder Mensch hat zwei Seiten, Frings. Eine helle und ein dunkle. Was würdest du sagen, wenn ich mal das Licht anknipse? Du und Ferdinand, ihr baut doch gerade eine Luxus-Loft-Siedlung in der ehemaligen Gasmotorenfabrik Deutz. Was haltet ihr davon, wenn ich der Stadt und der Presse eine kleine Geschichte erzähle? Davon, dass ihr mir eine verseuchte Wiese verkauft habt. Ihr könnt Gift und Galle wetten, dass die euch grillen werden und auch dort eine Bodenanalyse machen. Dann habt ihr mindestens zwei Jahre Pause. Und das ist noch nicht meine letzte Aktion gewesen«, flüsterte er Frings spuckend ins Ohr. Dann ließ er ihn mit dem Rücken zur Wand stehen. Frings' Puls schlug wie wild. Er war völlig aufgewühlt, brauchte Krämer und rief ihn an.

»… aber was machen wir denn jetzt? Gut … Danke, dass du dich darum kümmerst.« Erst jetzt, wo er mit seinem Freund telefoniert hatte, merkte er, dass sein ganzer Körper bebte.

Er ging zügig zu dem ersten von vier Taxis, die hintereinander parkten, und stieg hinten ein. »Guten Morgen!«

»Morgen. Wohin soll's gehen?«

»Nach Riehl«, sagte Frings und schaute aus dem Heckfenster. Wo war der Polizeischutz?

Sein Handy meldete sich. Er griff in die Brusttasche. »Ja? Frings hier.«

»Brandt. Morgen! Ich wollte nur sagen, dass der zu postierende Polizeischutz vor Ihrem Haus erst ungefähr eine Stunde später kommen kann. Die *Soko Grüne Lunge* hat einen Noteinsatz im Südpark. Da brauche ich jeden Mann. Auch den, der Ihr Taxi begleiten sollte. Sie sollten ja auch eigentlich noch im Krankenhaus sein. Wieder so eine Eigenmächtigkeit von Ihnen. Bleiben Sie also bitte noch da. Sie sind angezählt. Es bringt jetzt überhaupt nichts, wenn Sie die Welt allein retten wollen, Herr Frings, bitte!«

»Aber Herr Brandt, aus meiner Sicht bin ich in einer gefährlichen Situation, die vermutlich auf Sie ungefährlich wirkt. Mir ist Polizeischutz versprochen worden. Das wissen Sie. Vielleicht hat mein Täter irgendein neues Kapitel mit Finale für mich geschrieben. Was dann? Darum möchte ich sofort, ich betone es nochmals, Ihren polizeilichen Schutz.«

»Also gut, Herr Frings, dann versuche ich es mal anders: Personal ist dünn gesät. Es bleibt Ihnen gar nichts anderes übrig, als bis nachher zu warten. Normalerweise kriegen Sie gar keinen. Es sei denn, sie wären in einem Zeugenschutzprogramm. Das, was Sie gerade von uns bekommen, ist eine ganz, ganz große Ausnahme. Die hängen wir auch nicht an die große Glocke. Bis Mittwochabend sind Sie in guten Händen. Danach pass *ich* schon auf Sie auf. Das Auge des Gesetzes ist überall«, fügte Brandt spöttisch hinzu. »Also bitte, bleiben Sie ruhig. Die Beamten sind in absehbarer Zeit bei Ihnen. Bis später.«

Brandt hatte aufgelegt, und Frings rieb sich die Augen. Das Taxi ohne Begleitung? Und *er* eine Stunde ohne Schutz zu Hause? Sollte er dann den Taxifahrer bitten, zu warten, bis die Polizeibeamten eintrafen? Aber das war kindisch. Agi hatte Termine und war nicht daheim. Ferdinand? Der war jetzt in einer Sitzung bei der RÜW. Er musste gaaanz ruhig bleiben. Tieeeef atmen. Der Tag hatte schlecht begonnen. Und es sah ganz danach aus, als würde es in derselben Manier weitergehen. Was, wenn sein Mörder im Haus oder im Garten auf ihn warten würde? Ob er für das Stündchen besser ins Büro fahren sollte? Nein, lieber die Zeit im Taxi nutzen, um weiter zu ermitteln. Sich umzuschauen. Alle im Blick zu behalten. Seinen Täter zur Strecke zu bringen. Wen sollte er sich herauspicken? Wer interessierte ihn spontan? Zettlmair! Vielleicht sollte er den Zettlmair mal anrufen? Einfach mal, um zu spüren, wie der reagierte, wenn er sich unerwartet meldete. Er durchsuchte seine gespeicherten Kontakte, tippte auf die Gruppe der KöKös und fand Zettlmair unter – *neu.*

»Hallo?«

»Ach, Jeanette … wie schön, *du* bist es! Ich hab zwar Xaver sprechen wollen und hab gedacht, ich hätte seine Nummer gewählt.«

»Hast du ja auch. Die Festnetznummer. Xaver ist nicht da!«

»Gut … oder auch nicht … oder doch … dann können wir zwei uns unterhalten.«

»Wie geht es dir eigentlich, Jean?«

»Danke, geht so. Kannst du dir ja vorstellen. Aber Jeanette, ich wollte dich schon länger mal was fragen.«

»Ja?«

Er druckste herum.

»Sag doch einfach, was du möchtest. Von mir.«

»Das ist nicht ganz einfach, Jeanette. Aber es interessiert mich. Weißt du, ich möchte immer genau wissen, wer sich bei den KöKös bewirbt. Was das für Menschen sind. Welchen Charakter sie haben. Was sie beruflich machen und welche Hobbies sie haben. Von Xaver weiß ich wenig. Liebst du ihn eigentlich?«

»Äh, einen Moment, bitte. So, jetzt bin ich wieder ganz Ohr, Jean. Bitte entschuldige, aber mir ist der Kaffeelöffel von der Untertasse gefallen. Noch mal, wie war das?«

»Ach, nix … aber was anderes: Wusstest du, dass Xaver sich erkundigt hat, ob es unter den KöKös einen guten Psychologen gebe?«

»'nen Seelenklempner? Nein …«

»Hm. Es wird zwar nur hinter vorgehaltener Hand erzählt, aber dein Xaver soll tatsächlich auf der Suche nach einem sein.«

»Wie bitte? Wer behauptet das?«, fragte Jeanette Zettlmair.

»Ist doch nicht wichtig. Wichtiger ist, ob er in München auch schon einen Therapeuten hatte?«

»Woher soll *ich* das wissen? Vielleicht. Ich weiß nicht. Nur, dass er an verschiedenen Selbstfindungsworkshops teilgenommen hat. Die mit dem *Tschakka, du schaffst es*-Slogan. Da sind die Leute auf mindestens zwanzig Meter hohe Pfähle geklettert und haben sich ungesichert auf die Spitze gestellt. Oder sie sind barfuß über Glut und Glasscherben gerannt. Wenn er von so einem Seminar wiedergekommen ist, hat er für mindestens einen Tag in einer anderen Welt gelebt. Dann ist ein Herangekommen an ihn unmöglich gewesen. In *den* Stunden hat er ständig so einen Motivationssatz vor sich hingemurmelt. Wie ein Gebet. Immer weiter. Und dabei ist er auf und ab gelaufen. Wie ein Tiger im Zoo, der am Käfiggitter seinen Zellengang machen muss. Für mich ist Xaver dann immer wie ein Fremder gewesen. Ich hatte den Eindruck, mit einem Irren zu leben. Und mit jedem Workshop ist es schlimmer geworden. Nicht besser.«

»Wie häufig hat er diese Workshops gebucht?«

»Ich weiß nicht.«

»Die haben doch bestimmt ein Schweinegeld gekostet.«

»Ich weiß nicht.«

»Hat er in Köln auch schon einen besucht?«

»Ich weiß nicht.«

»*Du* musst mit ihm leben, Jeanette!«

»Ich weiß.«

»*Ich* will nur meinen Mörder finden.«

»Es tut mir leid.« Jeanette Zettlmair legte auf.

»Die war ja sehr gesprächig.« Frings zückte seine Brieftasche, denn das Taxi bog gerade in die Straße zu seiner Villa ein. Die unverletzte Hand umschloss fest sein Smartphone. Warum, verflucht, hatte er sich mental nicht darauf vorbereitet, dass großes Interesse an dem Attentat auf ihn bestand? Reporter belagerten die Zufahrt zu seinem Haus und reckten die Hälse aufs Grundstück. Wie lang mussten die hier schon campiert haben? Zerknüllte Pappbecher lagen am Straßenrand. Eine Gruppe lief auf ihn zu. Kameras, Mikrofone, Geknipse. Er sammelte sich. Presseaffin war er, redegewandt sowieso. Und Lust hatte er plötzlich auch. Er würde dem Täter Futter geben und zeigen: Ein Frings gibt niemals auf!

»Soll ich umdrehen?«, fragte der Taxifahrer.

»Nein, fahren Sie einfach Schritttempo«, antwortete Frings und ließ die Seitenscheibe herunter.

»Herr Frings … Herr Frings … Wissen Sie, ob die Polizei schon einen Verdacht hat?«, schrie einer von Weitem.

Ein anderer hielt ihm ein Mikrofon an einer Teleskopstange hin und begleitete die rollende Limousine. »Herr Frings … herzliches Beileid zum Tod Ihrer Assistentin. Haben Sie einen Kommentar für uns? Vielleicht zum Anschlag auf Sie?«

Frings schüttelte leicht den Kopf. »Es war ein Irrer.«

Der Reporter nickte. »Ja, das alles hat Sie bestimmt sehr mitgenommen. Werden Sie denn die Redoute-Feier leiten? Oder ziehen Sie sich zurück? Jetzt, wo Ihnen kalter Wind entgegenweht? Fühlen Sie sich überhaupt noch in der Lage, die KöKös zu führen?«

Frings kniff die Augen zusammen. Der Stachel saß. Mit *solchen* Fragen hatte er nicht gerechnet. Negative Presse kannte er nicht. Irgendwer machte Stimmung. Öffentlich. Gegen ihn.

»Wissen Sie, ich kann mir den Luxus leisten, selbst zu entscheiden, was ich tun und lassen soll. Ohne Druck von außen. Egal, durch wen oder was. Auch nicht durch einen Mordanschlag.« Frings ließ die Scheibe wieder hochfahren und die Reporter zurück. Das Taxi fuhr in die Auffahrt hinein und hielt vor einem frisch renovierten, charaktervollen Haus aus der Zeit um die Jahrhundertwende. Frings hatte es, nach dem Vorbild einer Luxusimmobilie an der Côte d'Azur, erst kürzlich aufwendig gestalten lassen. Zwei Schlafzimmer, zwei Kinderzimmer, ein Gästezimmer. Drei Bäder mit Spa und Schwimmbad. Wohnzimmer, Küche, Galerie. Und im Park eine nette, kleine Remise für den Sommer. Wichtig war ihm die Umsetzung einer offenen, lichtdurchfluteten Innenarchitektur im industriellen Stil gewesen. Harmonisch unterstützt wurde dies durch ein helles Interieur in minimalistischem Design. Ein Wahnsinnshaus. Sehr exklusiv. Und ein wunderbarer Rückzugsort für seine Familie oder für größere Treffen mit lieben Freunden. Wenn sein Leben mal wieder in geordneten Bahnen liefe. Wenn.

»Macht zweiundzwanzig«, sagte der Taxifahrer.

»Stimmt so.« Frings gab ihm dreißig Euro und stieg behutsam aus. Die Stichverletzungen taten nach wie vor ziemlich weh. Das Taxi fuhr weg, und da stand er nun. Wie Piksieben. Vereinzelt trafen ihn noch neugierige Blicke, bevor die Masse der Reporter geschlossen abzog, um neue Beute zu machen. Er hatte sie bedient – und er war bedient. Und tatsächlich weiterhin ohne Polizeischutz. Er hatte gehofft, dass es eventuell doch würde schneller gehen. Aber offenbar hatte Brandt sein Wort gehalten. Ein sehr norddeutscher Zug. Grundsätzlich angenehm. Nur leider nicht jetzt. Er schaute sich um. Kein Mensch war zu sehen. Alles schien normal. Zumindest normaler als sein momentan unnormales Leben. Er drehte sich zum Hauseingang, bückte sich, begutachtete das Schloss und sagte leise:»Die Tür ist zu.« Alles unberührt. Alles verriegelt. Alles so, wie es sein sollte. Dicht. Sein Blick wanderte aufs Dach. Da saß eine Elster. Irgendetwas hatte die geklaut. Schade, dass er sich so wenig Zeit nehmen konnte, um sein Heim zu genießen. Und überhaupt, warum arbeitete er mit Mitte vierzig eigentlich immer noch? Wieso lebte er nicht einfach? Wie andere oder wie Krämers. Die fuhren insgesamt drei Monate im Jahr in Urlaub Städtereisen, Schiffsreisen, Bildungsreisen. Er sollte einfach auch mal darüber nachdenken. Frings sperrte die schwere Eingangstür auf, ging schnell hinein und gab ihr einen kräftigen Stoß. »Die Tür ist zu«, flüsterte er wieder, lief zum Küchenfenster und spinkste durch die Lamellen noch einmal vorsichtig nach draußen. Ganz langsam den Hals streckend, wie ein Taucher, der mit Bedacht aufstieg. Seltsam, dass ihm bisher nie aufgefallen war, wie sehr zurückgezogen die Häuser in dieser Wohngegend doch auf ihren Grundstücken standen. So, als ob sie scheu wären und nichts miteinander zu tun haben wollten. Sich abschirmten. Kein Mensch würde etwas mitbekommen, wenn der Täter wieder versuchen würde, ihn zu killen. Wie sollte er sich da noch auf die Straße trauen?

Frings ging ins Wohnzimmer und schob das riesengroße Terrassenfenster auf. Voilà, seine heile Welt! Er stiefelte in den Garten, um eine kleine Erkundungsrunde zu drehen. Sein rückseitiges Grundstück mit dem alten Baumbestand auf einer Fläche von mehreren Hundert Quadratmetern war groß genug, um sich die Füße zu vertreten. Und manchmal konnte man sogar das Trompeten der Elefanten hören. Nur leider stand oftmals der Wind so ungünstig, dass seine Nase mit dem strengen, tierischen Geruch zu kämpfen hatte, denn sie wohnten direkt am Zoogehege oder, wie seine Freunde meinten, mittendrin. Sein Grundstück und den Tierpark trennte lediglich ein schmaler Trampelpfad, der im

Laufe der Jahre gebahnt worden war. Dieser verlief genau an seinem Grundstück vorbei. Am Bürgersteig beginnend, rechts an der hohen Seitenmauer entlang bis zu deren Ende, links herum parallel zum Zaun an der Gartenstirnseite und dann immer geradeaus bis hinunter zum Riehler Gürtel. Für gewiefte Zoobesucher, die auf diese Weise den schwach frequentierten Seiteneingang erreichen wollten, sehr praktisch. Für seine Sicherheit eher nicht. Nachdenklich schlenderte er den Kiesweg entlang. Riesige Büsche und dicke, raureifbedeckte Hortensien säumten ihn und mit jedem Schritt vernahm er das Knirschen der Millionen Steinchen lauter als sonst. Ja, es störte ihn sogar, denn andere Geräusche könnten womöglich in den Hintergrund treten, Geräusche von anderen Schritten als die von ihm selbst. Ein Eichhörnchen huschte vorbei. Aber das Rascheln war seltsam.

»Na, zeig dich! Wo bist du?«

Er suchte mit den Augen den Baumstamm ab und folgte der angenommenen Spur des Tieres. Wie fix die waren! Irgendwo in der Baumkrone hatte es sich vermutlich versteckt. Er hörte es noch. Ein aufgeregtes, schnalzendes Tschijuk, Tschijuk. Und jetzt ein lautes Schnurren. Aus dem Geäst kam von oben etwas auf ihn zu. Einen Meter entfernt blieb ein Gebilde über ihm in der Luft stehen. Eine Drohne! Sie senkte sich tiefer. Er stand da wie hypnotisiert. Hätte er beide Arme heben können, hätte er sie sich geschnappt. Sie umkreiste ihn in einer konstanten Höhe. Das gab es doch gar nicht! Was sollte er tun? Er tat einen Schritt nach rechts, dann nach links, strauchelte, beugte sich nach vorn, richtete sich wieder auf. Wie er sich auch bewegte, die Drohne blieb an ihm kleben wie zäher Honig und verfolgte ihn bei jeder Handlung. Mit Schwung sprang er hinter einen Lorbeerbusch. Hoffentlich war das Gewächs licht genug, damit er die Drohne beobachten konnte, aber so dicht, dass sie *ihn* nicht sehen konnte. Das war kein Kind, das ihm einen Streich spielte, sondern vielmehr sein mutmaßlicher Mörder, der Paparazzifähigkeiten ausprobierte. Paul hatte ihm neulich erzählt, dass der Akku einer Hobbydrohne nur für wenige Minuten Flugzeit reichte. Zehn? Fünfzehn? So lange musste er sich hinter dem Busch versteckt halten. Aber lieber noch länger, um wirklich sicher zu sein. Außerdem hoffte er, dass die Kamera in diesem Luftspion kaum besser als die eines Smartphones war. Wonach suchte der? Oder wollte er nur die Lage sondieren? Ob er wusste, dass er gerade mit einer Freiheitsstrafe von bis zu einem Jahr spielte? Aber als ob Konventionen den Schwachkopf da draußen interessieren würden! Bestimmt nicht. Außerdem gab es für Mord und Totschlag viel mehr. Sollte es also sein Täter sein, hätte der nichts, aber auch gar nichts zu verlieren. Frings schaute sich um. In welchem Gebüsch versteckte der Kerl sich bloß? Er konnte ihn spüren, ja förmlich riechen. Wo war dieses Schwein? Und jetzt? Alles still? Kein Hummelton mehr zu hören. Akku leer? Klappe zu? Affe tot? Es klingelte im Haus. Der Voyeur? Vielleicht endlich die Polizisten? Er lief, so schnell er konnte, hinein, zog noch mit Schwung die Terrassentür zu, schloss den Griff ab und grabschte hektisch nach dem Hörer der Gegensprechanlage. »Ja, bitte?«, fragte er zögend.

»Post!«

Frings sah auf das Display. Der Postbote hatte seine Kappe an, schaute aber kurz in die Kamera. Erleichtert öffnete er ihm die Tür.

»*Morje*!«

Frings nickte. »Morgen. Schön, dass *Sie* es sind!«

Der Mann reichte ihm einen grauen Filzhut mit orangefarbenem Band.

Frings stutzte.

»Gehört der Ihnen?«, fragte der Postmann.

»Nein.«

»Lag am Eingang neben dem Zeitungskasten. Hätte ja sein können, dass der Ihnen ist.«

»Nein, nein. Bestimmt von einem Reporter.«

»Ich nehm ihn mit und leg ihn draußen auf eine Mauer. Vielleicht vermisst ihn schon einer und findet ihn dann«, erklärte der Bote und reichte ihm einen Berg Papier.

»Hat nicht alles in den Briefkasten gepasst. Zu viele Kataloge und Zeitschriften. Einen Teil habe ich schon versucht, in den anderen Zeitungskasten draußen an Ihrer Mauer reinzuquetschen.«

»Reinzuquetschen?«

»Nee, sind ja nur sechs reingegangen. Deshalb habe ich ja geklingelt.«

»Schon gut.«

Der Postbote machte kehrt und schob sein Postrad weiter.

Frings legte den Zeitschriftenstapel schnell aufs Sideboard im Flur. Die heutige Ausgabe des *Express* fiel auf den Boden. Wenn er eines nicht leiden konnte, dann waren es Zeitungen, die zerfleddert waren, bevor er sie gelesen hatte. Für ihn mussten die Seiten jungfräulich sein, ordentlich sortiert, wie frisch aus der Druckpresse. Und nicht mit Kaffeeflecken oder unvollständig. Er hockte sich hin und begann die Blätter wieder in die richtige Reihenfolge zu bringen. So, war das schön. Und noch einmal kontrollieren. Titel. Seite 2. Aus der Region.

Hastig überflog er eine Meldung: »Kölner Mordkommission hilflos! Nächstes Parkmörderopfer? Köln … In den frühen Morgenstunden … im Südpark des Stadtteils Marienburg eine leblose Person … unter einer alten Parkbank in einer großen Blutlache liegend …«

Frings leckte seinen Zeigefinger an. Sollte er umblättern? Er las weiter: »Notarzt hat Verletzungen im Brustbereich festgestellt …Sechzehn Mal soll jemand ein Messer in den Leib der Frau gerammt haben …«

O Gott, wie grausam! Aber musste der *Express* das auch *so* genau schildern? Frings rümpfte die Nase.

»Anwohner verhört … eine Frau soll *Hilfe* gerufen haben. Aber nicht intensiv genug. Deshalb seien sie nicht hinausgegangen, um nachzusehen. Ein Hausbewohner hatte erklärt, dass es ihm leidtue und er, wenn das Opfer noch einmal und lauter um Hilfe geschrien hätte, bestimmt die Polizei gerufen hätte. Aber es sei nichts mehr gekommen. Er bat um Verständnis, denn für ihn sei ein hautnaher

Mord halt eine Premiere gewesen. Ob die Tatwaffe sichergestellt worden war, wurde nicht mitgeteilt …«

Dass ihn solche Nachrichten so verfolgen mussten! Wie eben die Drohne in seiner Gartenanlage. Und wieso fröstelte es ihn allein bei dem Wort *Garten*? Irgendwie musste er sich von der Idee befreien, dass sein Täter der Parkmörder war. Schließlich war er in der Lage, seine Gedanken zu steuern. Auch die düsteren? Er lenkte sich ab, indem er flüchtig weiterlas und die nächsten Seiten überflog. Eine Rubrik in neuem Layout? Mit schwarzem Rand. Dann verstand er, das war die Seite mit den Todesanzeigen. Und die in der rechten, oberen Ecke? Er begann zu lesen, seine Augen flogen über den Text, wieder und wieder. Warum nur hatte er die Zeitung fallen lassen? Laut lesend wiederholte er:

»Selig sind die, die da Leid tragen, denn sie wollen getröstet werden. Matthäus 5.4. In Erinnerung an unseren Schäng findet ein Gedenkgottesdienst statt. Wir laden ein, daran teilzunehmen. Die Gedenkfeier ist am kommenden Samstag in der Riehler Redoute.«

Jetzt war Sabbat! Er wollte sein Leben zurück! Und dazu zählten für ihn auch so simple Dinge, wie den Mut zu haben, unbeschwert zum Zeitungskasten zu gehen. Frings griff nach dem Schlüssel. Insgeheim hoffte er trotzdem, dass der Postbote noch in der Nähe war. Zu spät. Und immer noch keine Polizei in Sicht. Verflixt. Und jetzt klemmte auch noch der Schließmechanismus. Herrgott noch mal! Die ganze Welt hatte sich tatsächlich gegen ihn verschworen.

Frings rüttelte sekundenlang an dem Schloss. Stellte den kurzen, flachen Schlüssel in die Senkrechte und drückte ihn nach links und rechts. Kräftig. Um ihn anschließend einmal zu drehen. Zu drehen. Zu drehen. Ohne Blockierung. Widerstand. Anschlagspunkt. Ungehalten, frustriert, brüskiert rappelte er an der Klappe, aber es tat sich nichts. Eine dämliche Box, die er noch nie gemocht hatte. Er holte mit der umwickelten Hand aus, sah noch, wie sich die Bandage als Luftschlange verselbstständigte, und schrie auf, als er fester als geplant gegen die Kastenklappe schlug.

Die Zeitungen lagen jetzt in einer aufgetauten Pfütze. Entsetzt sah Frings, wie das Papier aufweichte. Schnell bückte er sich, und hob den triefenden Stapel auf. Unruhig schaute er sich um und hoffte, dass die Aktion niemand mitbekommen hatte. Und was machte der Tesla mitten auf der Straße? Unglaublich schnell und dabei nahezu lautlos beschleunigte er plötzlich und verschwand aus seinem Sichtfeld. Aus der gleichen Richtung kam ein Kombi und stoppte neben ihm. Zwei Männer stürzten heraus.

»Herr Frings, können wir Ihnen helfen? Tut uns leid, dass wir jetzt erst kommen konnten«, sagte einer der Polizisten. »Was ist passiert?«

»Ach, eine dumme Aktion von mir. Nicht der Rede wert.« Es half nichts. Auch wenn er mit seiner Kraft am Ende war. Sollte er etwa das Handtuch schmeißen? Vorher brauchte er dringend eine heiße Dusche. Und einen starken Kaffee.

Mittwoch in der geschäftigen City

Zettlmair machte vor seinem Termin beim WDR noch einen Schlenker zum Café Riese in der Neumarkt-Passage. Er war zu einem Interview im Rahmen einer Talkshow eingeladen, was seiner Ansicht nach schon längst hätte passieren müssen. Mit seinen Talenten gehörte er ins Fernsehen! Und ob von München oder Köln aus, war eigentlich gehupft wie gesprungen. Hauptsache, er war drin. Dafür hatte er sich in der Rheinmetropole auch mächtig ins Zeug gelegt und alle Hebel in Bewegung gesetzt, die ihm zur Verfügung standen. Nur deshalb hatte er sich auch bei den KöKös beworben. Das Faschingtrallala war ihm eigentlich egal. Aber ganz oben zu stehen, egal wo, war super. Und so war er fast am Ziel, um fürwahr prominent zu werden. Ganz offiziell und für alle seine Gegner gut sichtbar, würde er gleich als *der* Modezar *on air* sein! Dass er dafür keine Freunde gebraucht hatte, war ihm eine große Genugtuung. Nur Bekannte zu haben, das reichte ihm. Alles andere war ihm zu tiefsinnig und zu anstrengend. Er war halt ein Kind des Disco-Olymps. Da diskutierte man nicht, man machte Party. Donnerstag *Tanzschule*, Freitag *Tanzschule* und Samstag *Saturday Night Fever*. Das war für ihn *das* Lebensgefühl in seiner reinsten Ausprägung gewesen. Raus aus der Tagestristesse, rein in eine Nachtekstase, um unter bunten Lichtorgeln und sich drehenden Spiegelkugeln ein Star zu sein. So, wie schon bald in Colonia! Trotzdem war Zettlmair stinksauer, als er sich neben den Eingang der Einkaufspassage vor einem Herrenmodenladen stellte und mit der rechten Hand am Schaufensterglas abstützte. Mit der anderen hielt er sein angewinkeltes linkes Bein hoch. Gott und die Welt waren am Neumarkt unterwegs und liefen hektisch an ihm vorbei. Mütter mit plärrenden Kindern, Paare mit sperrigen Einkaufstüten, rastlose Geschäftsleute mit Coffee-to-go-Bechern, wuselnde Touristengruppen mit Rucksäcken. Irgendwer stieß ihn an und er rutschte ab. »Kacke!«, sagte Zettlmair laut. Wenn er jetzt nicht ruhig blieb, dann … Mit Mühe sammelte er sich und versuchte das Ganze noch mal anders herum. Festhalten, linkes Bein nach vorne hochheben, um die Schuhspitze zu inspizieren. Und wieder ein Rempler. »Bist du deppert?«, schrie er hinter der Person her, da kam unerwartet Krämer auf ihn zu.

»Meinst du mich?«

»Äh … servus!«

»*Jröß* dich! Schöne Schühchen«, sagte Krämer und zeigte auf Zettlmairs glänzende Slipper. »Handgefertigt?«

»Allerdings. Deshalb könnte ich auch kotzen. Schau dir das mal an!«

»Ich seh nix.«

»Mensch, ey … du musst auch genau hingucken!«

»Ja und? Ein Schrämmelchen auf dem Lack.«

»Ein riesen Katscher! Nur, weil ich auf dem vereisten Messingding ausgerutscht bin. Hab mich fast auf die Schnauze gelegt und konnte mich nur im letzten Moment noch abfangen. Dafür bin ich mit der Schuhspitze gegen eine Kante gedonnert. Der Stolperstein ist schuld gewesen. Dahinten bei Peek & Cloppenburg auf der Schildergasse. So ein Schmarrn.«

»Die sind aber total wichtig, Xaver!«

»Meine Schuhe auch.«

»Du hast offenbar gar keine Ahnung, wofür die stehen. Dahinter verbergen sich Schicksale aus der Nazizeit. Die erinnern an die furchtbaren Gräueltaten, damit auch Typen wie du sie niemals vergessen. Das sind kleine Mahnmale, über die wir *gedanklich* stolpern sollen. Aber dir gelingt es ja, *wirklich* darüber zu fallen! Und das ist auch gut so.«

»Lass mich doch einfach in Ruhe und gönn dir ein Sahneschnittchen.«

»Wofür?«

»Für deine schlanke Linie.«

Krämers Lippen verschmälerten sich und Zettlmair setzte noch eins drauf: »Ich meine, du hättest noch mal ganz schön zugelegt.«

»Und du?«, fragte Krämer.

»Ich?«

»Bist du immer noch mit der hässlichen Frau verheiratet?«

»Schleich di!«

»Wieso? Ist doch die Wahrheit, Xaver!«

Krämer wartete seine Reaktion nicht ab und verschwand in der benachbarten Buchhandlung.

Zettlmair schaute ihm wutschnaubend hinterher, hob hitzig sein Kinn und ging mit energischen Schritten nach links ins Café Riese. Es punktete mit modernem Flair und hatte etwas Weltoffenes an sich. Nicht so traditionell, klassisch möbliert wie das Ursprungshaus. Vom Stil her und vor allem wegen der hohen Decken hätte es für ihn auch in Wien oder seiner bayerischen Hauptstadt stehen können. Da, wo man seiner Meinung nach viel internationaler ausgerichtet war. Denn *er* empfand Köln *a bisserl* als Provinz.

Zettlmair sah, wie Jeanette ihren Kopf reckte und ihn suchend drehte wie eine Eule. Da entdeckte sie ihn. Er wollte ihr einen Kuss geben, aber Jeanette steckte fix die Nase in ihre Handtasche und kramte darin herum. »Typisch für dich, mich ausgerechnet an diesem Ort treffen zu wollen«, zischte sie ihm bissig zu.

»Ähm … warum?«

»Frag doch nicht so blöd! Du weißt genau, dass das *mein* Lokal ist. Hier gehe *ich* immer hin. Du willst doch nur rauskriegen, wer mich hier umarmt oder busserlt.«

Zettlmairs braune Augen zuckten nervös. Er zog den Gürtel seines wadenlangen Ledermantels auf und schüttelte ihn so weit von seinen Schultern, dass er den Boden berührte. Darunter trug er ein Pepitasakko, ein zu weit aufgeknöpftes schwarzes Hemd und eng am Hals einen weißen, seidigen Krawattenschal. Er leckte sich die Lippen, legte den Mantel locker über eine Stuhllehne und setzte sich zu seiner Frau an einen kleinen, dunkelbraunen Bistrotisch. »Ätzend«, sagte er, blickte nach unten und wusste selber nicht, ob er damit den Kratzer auf seinem Schuh oder Jeanette gemeint hatte. Sie war ihm ein Rätsel. Er hatte sie zu Beginn ihrer Beziehung sehr anziehend gefunden. Auch das Vulgäre. Das wahrscheinlich besonders, weil es ihn tierisch angemacht hatte. Nur ihre Figur hatte ihn immer gestört. Oben schmal, unten breit. Oben vierunddreißig, unten vierzig. Kein Holz vor der Hütte, aber ein geländegängiges Fahrwerk. Der Untergang für seine neueste Dirndlkollektion, wenn er in seiner Show bei der Düsseldorfer Fashion Net auf sie angewiesen wäre. Trotzdem war er mit ihr noch nicht fertig und sein Blick fiel auf ihre aufgespritzten Lippen.

»Hey, was willst du eigentlich von mir?«, fragte Jeanette Zettlmair, und ihre Augen funkelten ihn abschätzig an.

»Sprechen … ähm … oder so.«

»Meinetwegen. Übers Wetter? Oder über den neuesten Parkmord?«, schlug Jeanette Zettlmair vor.

»Puh … Park… was?«, fragte er desinteressiert, fuhr sich mit einer Hand über seinen glattrasierten Kopf und nahm aus der Sakkotasche eine kleine, halb ausgequetschte Tube heraus, und presste einen erbsengroßen, cremeweißen Klecks auf den Handrücken.

»Liest du den *Express* nicht? Bist du nie online? Twitterst du nicht regelmäßig?«

»Doch schon, aber bestimmt klärst du mich schneller auf als die Medien.« Er rieb sich die eingecremten Hände.

»Mir wird mit jedem Gedanken an den Mord schlecht. Bei dem Duft deiner Handpaste übrigens auch. Mensch, war das eine Wahnsinnstat. Irgendein gamsiger Mistpreuß hat wieder ein Madl abgeschlachtet. Diesmal im Kölner Süden. Der mischt jedes Grün auf. Ich sags dir – irgendwann nimmt der sich die Golfplätze vor.«

»Ähm …. aha!«

»Aha? Mehr fällt dir nicht dazu ein?«, fragte Jeanette Zettlmair ungehalten.

»Ich kenn die doch gar nicht.«

»Aber allein der Akt, Xaver, ist gruselig. Trotzdem geh ich weiter in den Volksgarten.«

»Tja … ähm. Mach das.«

»Sag mal, kannst du dieses Äh*m* nicht lassen? Seit unserem Indienurlaub machst du das. Immer ähm, ähm …«, machte Jeanette Zettlmair ihn nach. »Idiotisch! Ach, da fällt mir ein, suchst du eigentlich immer noch nach einem Psychologen? Tust du doch, oder?«

»Sagt wer?«

»Sage ich!«

»Ähm …. und wenn?«, fragte Zettlmair und versuchte, beiläufig zu klingen.

»Dann hast du vielleicht was mit dem Anschlag auf Jean zu tun? Und weißt nicht, wie du das verdaut kriegen sollst. Deshalb der Psycho Doc«, stichelte Jeanette Zettlmair.

Er holte tief Luft und stieß ein heiseres Lachen aus. Seine Augen glühten rot, so hatte ihn der Zorn gepackt. Er zückte ein kleines Pillendöschen aus seiner Brusttasche, öffnete es mit einem leisen Klick und entnahm ein Dragée. Klack, wieder zu. »Schmeckt scheußlich, aber hat mir der Trainer des letzten Workshops empfohlen.«

»Das klingt ja fast wie eine Entschuldigung, Xaver. Ist das die Wirkung von den Dingern, die du da schluckst? Charmant zu sein? Komm, nimm noch mehr von den Pillen. Vielleicht wirst du dann wieder so attraktiv, wie du früher einmal gewesen bist. Na los, nimm doch direkt den gesamten Doseninhalt. Viel hilft viel.«

»Ähm … was soll das, Jeanette? Was ist, wenn das nur Placebos sind und in Wirklichkeit Süßstoff?«, provozierte Zettlmair.

»Ha, Süßstoff. Ich weiß ganz genau, dass die Pillen Beruhigungsmittel sind. Die sollen dich runterholen.«

»Hast du mir letztens welche weggenommen, Jeanette? Ich vermisse nämlich eine Dose.«

»Du bist mit und ohne Pillen unberechenbar. Wofür also dieser Stoff?«, fragte Jeanette Zettlmair.

»Hast du? Oder hast du nicht?«

»Ja … hab ich. Ich hab mega Panik, dass du wegen dieser Chemiekeulen irgendwann über mich herfallen könntest. So kaputt, wie du bist. Aber von mir aus – pump dich damit voll. Nur halt deine Flossen bei dir. Ich sag es dir im Guten – pack mich bloß nicht mehr an!«

»Du hast sie weggeschmissen? Weißt du, was die kosten?«

»Ich hab sie nicht weggeschmissen. Sie sind mir letztens an der Riehler Redoute, an dieser bekloppten Skulptur, aus der Handtasche gefallen, als ich die Mädchensitzungskarten abgeholt habe. Diese blöde Dose. Der Deckel ist aufgesprungen und die Pillen haben sich auf dem Boden verteilt. Ich hab sie liegen gelassen. Wofür gibt's den Gärtner? Soll *der* sich drum kümmern und sie zusammenfegen. Und was nicht weg geht, kann sich mit der Zeit von alleine auflösen. Wie Zucker. Außerdem hätte ich Stunden gebraucht, um sie aufzulesen. Bin ich Aschenputtel? Dann hätte ich einen Prinzen und nicht dich.«

»Falsch gedacht, Prinzessin. Die sind nicht wasserlöslich.«

»Ach, papperlapapp. Tatsache ist, du nimmst Pillen, weil du Angst hast zu versagen. Bei den KöKös, bei deinen Workshops, bei Frings.«

»Stopp! Jeanette! Sonst …«

»Du drohst mir, Xaver? Womit denn? Willst du mich ermorden? Wie denn? Erdrosseln mit Glitzergarn von deiner neuen Uniform? Erstechen wie Jean? Hier? Vor allen Leuten? Komm, wir stellen uns mitten in den Saal. Da hast du deutlich mehr Zuschauer. Zaungäste, die dich auslachen werden. Du kleiner Möchtegern aus München. Du Gernegroß. Du Feigling! Na komm, gib's mir. Zeig mir, dass du ein Mann bist! Gib den Anschlag auf Jean zu!«

»Jeanette, wenn du nicht richtig klar im Kopf bist —«

»Klar im Kopf? Du weißt gar nicht, wie klar ich im Kopf bin! *Du* bist es nicht.«

Genervt fuhr sich Zettlmair mit seinem Seidenschal über den Mund.

»Pass auf, Liebchen, ich verrate dir jetzt mal was. Das hätte ich zwar gerne irgendwann mit ins Grab genommen, aber du hast es so gewollt. Es beweist, dass *du* es bist, die nicht mehr alle beisammenhat. Hör gut zu!«

»Ich bin gespannt.«

»Ja! Du liegst richtig. Ich habe dich betrogen. Aber die Frau ist tot. Deshalb der Psychiater. Er soll mir helfen, darüber hinwegzukommen und zu dir zurück. Ich will einen neuen Anfang starten.«

»Hab ich es doch gewusst. Ich hab's gewusst! Mit wem?«

»Egal!«

»Mit wem hast du mich betrogen, Zettlmair?«

»Wir hatten uns auf einem Workshop in Garmisch kennengelernt.«

»Ach, eine von deinen alten Kamellen?«

»Damals hat es noch nicht gefunkt. Obwohl wir die gleiche Wellenlänge hatten.«

»Ohh, wie romantisch! Aussigrasn und dann gut bedient wieder heimkommen? Vergiss es!«

»*Du* bist doch das Schätzchen, das fremd geht! Das weiß doch jeder! Das nennt man Emanzipation, Jeanette. Gleiches Recht für Frau und Mann. Ich hab nur das gemacht, womit du mich seit Jahren ärgerst.«

»Was hast du denn mit deiner Hand angestellt, Xaver? Verletzt oder tust du dich neuerdings ritzen?«

»Ähm … geschnitten … ähm … beim Kochen.«

»Für wen denn? Ach, ich wills nicht wissen.« Jeanette Zettlmair stand auf.

Xaver Zettlmair sprang an ihre Seite und packte in ihren Nacken. »Komm, bleib.«

Sie schlug seinen Arm weg.

»Bitte, Schatzerl, die Leute gucken schon«, versuchte er einzulenken.

Jeanette Zettlmair setzte sich wieder.

»Jeanette, es ist doch nicht so wild, wenn man in eine Krise kommt.«

»Krise kommt? Wir stecken mitten drin!«, schrie sie.

»Wir kommen da auch wieder raus«, sagte er und zeigte auf ihren Bauch. »Immer noch übel?«

»Nee! Kotzübel!«, schrie sie weiter.

»Viola war auch häufig übel.«

»Viola?«, fragte Jeanette Zettlmair. Sie wirkte angewidert.

»Viola … ähm … die Frau vom Workshop. Durch Zufall haben wir uns bei der Fortsetzung hier in Köln wiedergesehen. Nicht ohne Folgen … ähm … Viola ist schwanger geworden.«

Jeanette Zettlmair sagte kein Wort.

»Jeanette?«

Sie saß da wie erstarrt, und er leckte sich wieder die Lippen.

»Ich bereue es, glaub mir! … Ähm … sie ist doch tot. Das ist doch ein Zeichen für unsere Zukunft.« Zettlmair schaute sich um. Vielleicht könnte Jeanette nächstes Jahr hier ihren Geburtstag feiern? Mit den Kabinettsdamen. Das wäre doch was. »Vertraue mir, Schatz! Ich weiß wieder, was richtig ist.« Er wollte ihre Hand nehmen, doch sie zog sie schnell weg. »Ich würde dich noch einmal heiraten. Sollen wir das tun? Beenden wir unseren kleinen Disput von eben«, lenkte er großmütig ein.

»Tote Geliebte, totes Kind, kleiner Disput?«, hauchte Jeanette Zettlmair und klopfte mit ihrem schwarzroten, mehrere Millimeter langen Zeigefingernagel auf den Tisch. Tak, tak, tak, tak, tak. Unaufhörlich. Immer weiter, immer schneller.

Zettlmairs Halsschlagader pochte. Er weitete die Schlinge des Schals. Womit konnte er Jeanette noch halten? »Lass uns unsere Ehe feiern, eine Hochzeit in Weiß, eine *fête blanche*, in der Redoute. Vom Look her eine Art *Dîner en Blanc*! So wie es für uns angemessen ist. Größer als die Einweihungsfeier am Samstag. Wie findest du das? Wir werden auch den Münchener Merkur und die TZ einladen. Ich habe meine Kontakte. Denen bin ich auch heute noch eine Meldung wert. Ich sehe uns schon auf dem Titelblatt. Alle werden vor Neid erblassen.« Er war in einem derartigen Redeschwall und Bilderrausch gewesen, dass er erst jetzt merkte, dass Jeanette ihm längst nicht mehr zuhörte, sondern in der *Vogue* blätterte.

»*Spatzi Baci*?« Der Kosename, den ihr italienischer Vater immer zu ihr gesagt hatte, drang zu ihr durch.

Jeanette Zettlmair sah auf, den Mund leicht geöffnet und schwer atmend.

»Mauserl, du wirst wunderschön aussehen. Möchtest du dir zu unserer Ehebestätigung die Zornesfalten wegspritzen lassen? Meinen Segen hast du dafür.«

Sie zippelte an den Ponyspitzen. Und was Zettlmair plötzlich auf ihrem Gesicht sah, war eine gefährliche Mischung aus Dämlichkeit und Arroganz. »Es ist ein Fehler gewesen hierher zu kommen«, sagte sie mit erstaunlich spröder Leichtigkeit in der Stimme. »Okay, du willst hier sitzen und so tun, als ob heute noch alles so ist, wie gestern? Dein Kölner Kartenhaus wackelt. Merkst du das nicht? Nein, ich seh es dir an. Du merkst es nicht. Sieh zu, wie du aus dem ganzen Schlamassel rauskommst«, sagte Jeanette Zettlmair, stand auf und ging – ohne sich noch einmal umzublicken.

»Aber …«

Mittwoch in scheinbarer Ruhe

Ich hab doch gar nichts gemacht!«, sagte Frings, wartete einen kurzen Moment und riss dann, wie ein unschuldiger kleiner Junge, seine Augen auf.

»Haben Sie gezwitschert?«, fragte Brandt.

»Ich hab nichts erzählt. Ich hab lediglich gesagt, dass ein Irrer auf mich eingestochen hat. Ich konnte nicht ahnen, dass die bei Ihnen anrufen und schamlos behaupten würden, ich hätte die Information gegeben, dass Sie den Täter gefunden haben. Was haben die denn noch gewollt?«

»Ich solle mal alles erzählen, damit sie ihre Leser aufklären könnten. Oder ob ich die Arbeit der Medienberichterstattung behindern wollte? Sie würden schließlich in Zeiten von Fake News mehr denn je daran glauben, dass eine Presse wie sie, eine unentbehrliche Rolle spielte. Und warum ich sie nicht unterstützen würde?«

»Haben die noch mehr behauptet?«

»Das reicht mir schon, Herr Frings. Sie können doch nicht Interviews in einem laufenden Verfahren geben? Ihnen ist wirklich nicht zu helfen. Das alles ist doch eine Nummer zu groß für Sie. Merken Sie das nicht?« Brandt war sichtlich ungehalten. »Mir liegt eine bürgernahe Polizeiarbeit am Herzen. Ich bin stets darum bemüht, Ihnen einen Einblick in meine Arbeit zu gewähren, und was machen Sie? Was Sie wollen! Ich möchte Sie bitten, auch am Samstag eng am Thema zu bleiben. Sollte die Presse kommen, und das wird sie, so wie ich sie einschätze, dann darf es ausschließlich um die Redoute-Feier gehen. Habe ich mich da deutlich ausgedrückt?«

Frings lächelte ihn milde an. »Das ist genau der Grund, weshalb ich Sie noch einmal sprechen wollte: Ich wollte Sie einladen, am Samstag zur Einweihungsfeier zu kommen …«

»… um mit Ihnen die Täter tanzen zu lassen? Dann wünsche ich *uns* viel Erfolg.«

Als Brandt hinausging, rief Frings ihm hinterher: »Ich uns auch, Herr Brandt.«

»Aber sorgen Sie bitte nicht noch weiter für unnötigen Stress, ja?«, rief Brandt laut über das Grundstück zurück und hob winkend den Arm.

Frings nickte. Ob sich das vermeiden ließe? Er schloss die Villentür zweimal ab, zweimal auf, zweimal ab. »Die Tür ist zu«, raunte er und fing seinen Rundgang an. Er inspizierte die Räumlichkeiten im Erdgeschoss und vergewisserte sich noch einmal, dass die Eingangstür auch wirklich verriegelt war. Vielleicht sollte er lieber nicht absperren, damit er im Notfall schnell genug das Haus verlassen konnte? Oder war es eine klügere Idee, den Schlüssel einfach stecken zu lassen? Aber hatte es nicht etwas von Kontrollverlust, den Schlüssel *nicht* mitzunehmen? Also ließ er alles so, wie es war, obwohl er ein beklommenes Gefühl hatte. Von der Halle aus lief er auf leisen Sohlen Stufe für Stufe auf die Galerie und prüfte auch hier das erste, zweite, dritte, vierte Zimmer. Nach dem achten Vorhang stellte sein Verstand fest, dass niemand da war. Seine Gänsehaut sah das anders. Gemeinsam mit ihr schaute er ins Gästezimmer. Auf den Vorhang. War er gewölbt? War er nicht. Hing er locker in Falten? Das tat er, hinunter bis auf den Boden. Frings wandte sich gerade ab, als er aus dem Augenwinkel noch einmal flüchtig auf den Saum sah. Und auf etwas Schwarzes. Er schluckte und stierte auf zwei breite, gelackte Kappen. Zur Salzsäule erstarrt, fokussierte er die … Schuhspitzen! Ganz eng standen sie nebeneinander. Leder an Leder. Naht an Naht. Er fixierte sie. Bewegte sich der Stoff oder bewegten sich die Kappen? Oder doch der Stoff? Er guckte weg. Er guckte hin. Eine kleine Stelle schien sich nach innen zu ziehen. Schien lebendig zu werden. Wie eine Mulde. Als ob jemand dahinter einatmete. Wann atmete er aus? Warum rannte er selber nicht weg? Was hielt ihn fest? Die Angst. Die überströmende Angst, die in ihm emporschoss. Für seinen Mörder wäre er zum Greifen nah. Wie viel Zeit blieb ihm noch? Keine, um Agi leb wohl zu sagen. Keine, um zu weinen. Keine, um zu … sterben! Er griff zur Tür, warf sie zu, schloss sie ab, zog den Schlüssel, hinein ins Bad, Tür zu. Zu. Das Licht sprang an. Er suchte nach Halt, lehnte sich mit dem Rücken an das Glasmosaik und schrie voller Verzweiflung: »Ich krieg *dich*! Und nicht *du* mich!« Er rutschte in die Hocke. Ihm war klar: Keine Fenster, keine Polizei. Gefangen wie in einer Gruft. Er krümmte den Rücken, senkte den Kopf auf die Knie, hob ihn wieder hoch und lauschte. Gefasst darauf, dass etwas passierte. Er sah die Lackkappen wieder vor sich. Natürlich – er hatte am Montag auch Ferdinands Smokingschuhe vom Schuster abgeholt, im Gästezimmer deponiert und völlig vergessen. Er schloss die Augen und das Bad trotzdem nicht auf. Er zog sich an der Klinke hoch, stand und atmete durch. Langsam spreizte er seine Finger. Er musste seine Motorik testen. Alles war gut. Er ließ den Kopf hängen und hoffte endlich auf Entspannung. Sorgfältig deckte er seine Verbände mit einem selbstfixierenden Kunststoffschutz ab, bevor er sich umständlich, lediglich mit der Rückseite seines Körpers, unter die Dusche stellte. Der konstante, warme Wasserstrahl tat der verspannten Rückenmuskulatur gut und spülte das Krankenhausgefühl aus den Knochen. Er verwässerte aber nicht die Horrorbilder, als ihm unversehens die schlimmsten Szenen aus den schärfsten Hollywood-Thrillern einfielen. *Psycho*, von Hitchcock, beispielsweise. Mit der berühmten Duschszene. Er schaltete das Wasser ab und wickelte sich in ein großes flauschiges Saunatuch, ging ins Ankleidezimmer und schlüpfte in die Bluejeans und seinen angenehmen schwarzen Cashmerepullover. Sein Lieblingsteil. Trotzdem. Was fehlte ihm noch? Was Wichtiges. Agi? Die Kinder? Seine Uhr! Automatisch schob er eine der weißen Lamellentüren zur Seite, öffnete den Tresor, zog die Rolex an und mit jeder Minute, in der er sie trug, konnte er wieder gleichmäßiger atmen. Er ging an seinen Arbeitsplatz, einen riesigen Schreibtisch mit einem Bildschirm. Natürlich auch riesig. Dazu zwei Türme. Einer aus Büchern. Einer aus Akten. Und als Krönung ein Pizzakarton. Ein Relikt von letztem Sonntag. Das Überbleibsel vergangener, entspannter Zeiten. Er zerriss ihn und schmiss ihn in den leeren Korb. So leer war er auch. Und es war immer noch nicht sein Tag gewesen. Vielleicht sollte es der Abend werden? Bis dahin entschied er, sich um die Redoute zu kümmern, und wählte Ferdinand an.

»Na, Schäng? Alles gut?«

»Ja, ja.«

»Nicht?«

»Doch, doch.«

»Bist du allein?«, fragte Krämer.

»Äh … ja. Alle unterwegs.«

»Hat sich Justus noch mal gemeldet?«, fragte Krämer weiter.

»Nee.«

»Mach dir keine Sorgen, Jean. Alles ist im Fluss. Kümmer dich heute mal nur um dich. Und um Agi und die Kinder.«

»Mach ich. Später.«

»Bist du schon weitergekommen?«

»Ja, ich wollte mir gerade die Redoute-Unterlagen schnappen. Das ist auch der Grund meines Anrufs. Die kompletten Bauunterlagen der Redoute, habe ich dir doch vor gut einer Woche mitgegeben, richtig?

»Ja.«

»Da ist alles drin gewesen. Die Bauabschnitte und, und, und … Vor allen Dingen auch die neuen Rettungswege.«

»Jaja.«

»Hast du dir die Fluchtwege noch mal angesehen? Dein Scharfsinn könnte uns dabei helfen, am Samstag den Notausgang zu finden, wenn's brennen sollte. Am besten, du schaust dir alles, was dazugehört, noch mal eingehend an. Ich hab die Dokumente als Datei und werde das auch tun.«

»Das hört sich nach Nachtschicht an, Jean.«

»Ja, Ferdinand. Durchaus möglich. Apropos Nacht, deine Lackschuhe …«

»Ach, ich hatte schon Sorge, die werden nicht fertig«, freute sich Krämer.

»Agi könnte die vorbeibringen. Ist Johanna Samstag da?«

»Irgendwann bestimmt.«

»Dann sollen sich die Mädels absprechen!«, legte Frings fest.

»Genau.«

»Bis morgen, Ferdinand.«

»Pass auf dich auf, Schäng.«

Frings begann die Redoute-Unterlagen zu durchforsten. Er las und las, Punkt für Punkt, Seite um Seite, … als ihn plötzlich ein lautes metallisches Scheppern an der Haustür von seinem Schreibtischstuhl hochfahren ließ. Er schaute von der Galerie in die Eingangshalle hinab und tastete sich vorsichtig, Stufe für Stufe, nach unten.

»Hallo? Ist da jemand? Hallo?« Ungefähr drei Meter vom Eingang entfernt blieb er stehen. »Die Tür ist zu«, flüsterte er.

Aber sie öffnete sich. Ein Fuß schob sich zwischen Kante und Pfosten.

»Du bist ja zu Hause! Was für eine Überraschung! Warum hast du nichts gesagt? Warum hast du nicht angerufen? Durftest du das Krankenhaus tatsächlich verlassen? Ich hab gerade eingekauft. Könntest du mir bitte kurz tragen helfen? Ich hab schon die schwere Haustür so schlecht aufbekommen vor lauter Gepüngel. Du kennst mich ja. Der Schlüssel ist mir auch schon aus der Hand gefallen … ach, richtig … du kannst mir ja gar nicht helfen … wegen deiner Verletzungen … entschuldige. Wie geht es dir denn. Es riecht hier so komisch süßlich? Anderer Raumduft oder hattest du Besuch? «

Zu viele Fragen für ihn.

Wie immer.

Er ging ein paar Schritte durch die Halle. Erschöpft und befreit zugleich, ließ er sich auf eine sandgraue, flachgewebte, mit dem *Blauen Engel* ausgezeichnete Sitzlandschaft fallen. »Auaaaa!« Das war doch zu übermütig gewesen.

»Haaaallooo! Was gibt es denn heute zu essen? Ich habe Mordshunger! Hey, Paps! *Du* schon hier? Find ich super!« Paul stand im Eingang mit seinem Skateboard. Frings öffnete den Mund, schloss ihn wieder und schluckte das, was er sagen wollte, herunter. Musste Paul sich ausgerechnet auf seinen heißgeliebten, handgeknüpften Perser stellen? Als Kind hatte er auf diesem robusten Teppich immer mit der Eisenbahn gespielt. Agi hatte ihn längst an ein Auktionshaus verramschen wollen. Sie meinte, der würde müffeln, ganz abgesehen von den verblassten Farben und dem unmodernen Stil. Und es wäre für sie kaum auszudenken, wenn auf ihm die Motten eine Party feiern und ihre Eier dort ablegen würden. Außerdem liege das Ding ständig in Wellen. Für ihn kam der Verkauf absolut nicht infrage. Deshalb hatte er sich kurzerhand mit Agi darauf geeinigt, dass der Teppich, weil seine Wolle so besonders haltbar war, gegenwärtig als edler, aber alltagstauglicher Fußabtreter dienen sollte.

»Paul, nicht mit den dreckigen Schuhen reinkommen!«, schimpfte Agi Frings.

»Wie bitte?«, fragte Paul.

»Zu spät.«

»Ich?«

»Nein, Paul, dein Dreck vom Park.«

»Wieso? Ist unsere Reinigungsfee krank?«

»Nein, Paul! Aber sie ist kein Grund, absichtlich Dreck zu machen.«

»Klar.«

»Hast du Säcke vor den Türen? Mach bitte wenigstens die Haustür zu!«, forderte Agi Frings ihn auf.

»Emily ist noch draußen.«

»Warum kommt sie nicht rein?«

»Weiß nicht.«

»Dann hol sie doch bitte, Paul.«

»Warum *ich*?«

»Weil *ich* das möchte, Paul!«

Paul schrie: »Eeeemiiii! Papa ist da!«

»Holen, Paul! Holen! Nicht schreien!«

Aber da kam Emily schon in die Halle gerannt. Stürmisch umarmte sie ihren Vater und sagte: »Dich kann man aber auch nicht alleine lassen!«

Frings erheiterte sich an diesem netten Rollentausch, den er sich heute gerne gefallen ließ. »Wie gut, dass du aufpasst! Aber bitte auch auf dich, Emily. Und mach demnächst dein Handy an, wenn du unterwegs bist. Wir müssen dich erreichen können. Für deine Freundinnen bist du ja auch auf Dauerempfang eingestellt.«

Emily setzte sich kerzengerade neben ihn: »Stell dir vor, in der Schule bist du Thema Nummer eins! Und ich auch!« Dann sprang sie auf. »Wann gehen wir mal wieder ins Schokoladenmuseum?«

»Dann will *ich* ins *Time Ride*«, beschwerte sich Paul.

»Au ja, ich auch!«, schrie Emily.

»Nein, ich will alleine mit der virtuellen Straßenbahn durchs alte Köln fahren.«

»Jetzt ist genug«, unterbrach Agi Frings. »Wascht euch bitte die Hände und zieht euch um. Es gibt gleich Essen, und danach muss ich mit eurem Vater noch etwas besprechen.«

»Was gibt's denn?«, fragte Paul.

Agi Frings formte den Mund zu einer Schnute. »Ravioli?«

»Au ja!«, rief Emily und hüpfte durch die Eingangshalle. »Ravioliiii, Ravioliiii!«

Agi Frings schlich auf Zehenspitzen die Treppe hinunter ins Erdgeschoss. »Sie schlafen gleich. Glücklich und zufrieden, dass du wieder daheim bist, Jean.«

Sie strich sich die Haare aus dem Gesicht, setzte sich zu Frings und nahm mit beiden Händen behutsam seine linke Hand: »Ich habe Angst, Schatz.«

Frings legte den Kopf schräg. Das war seine Agi. Sprunghaft und ohne Schnörkel zum nächsten Thema. Upps, sie hatte ja schweißnasse Finger! Was hatte sie denn in Wallung gebracht? Die Kinder? Eher nicht. Er? Nein! Der Anschlag? Vermutlich schien der sie doch sehr stark zu beschäftigen.

»Könnten wir offen reden?«, fragte Agi Frings.

Er schaute sie liebevoll an und bemerkte ihre bedrückte Miene.

»Über den Mordanschlag?«, fragte er.

Agi Frings zog die Hände weg. »Meine Güte, davon sprechen wir alle doch schon die ganze Zeit. Es gibt doch auch noch *uns*. Dich und mich, Jean!« Ihr Tonfall war überraschend scharf.

Frings sah Agi verwundert an. Schön war sie. Die Geburt der Kinder hatte daran nichts geändert. Die Jahre schienen nahezu spurlos an ihr vorübergegangen zu sein und ihr nicht geschadet zu haben. Ganz im Gegenteil, sie war noch attraktiver geworden. Ach, sie kannten sich ja auch *so* gut. Und auch, wenn es für Agi vielleicht nicht immer so erscheinen mochte, aber er hatte bisher immer in seinen Vermutungen richtig gelegen, wenn es darum ging, herauszufinden, welche Wünsche sie hegte und welche Gedanken sie bewegten. Nur momentan irgendwie leider nicht. Frings schluckte. Sollte *das* etwa der Anfang davon sein, wovon es dann nachher hieß: *bei deren Ehe war auch der Wurm drin gewesen?* »Hör mal, Agi …«

Sie fiel ihm ins Wort: »Weißt du eigentlich, was unsere Partnerschaft für mich bedeutet, Jean? Ich habe mir immer gewünscht, ein Leben gemeinsam mit dir zu führen … aber *so?* … Ach, ich weiß auch nicht …«

»Aber ich kann doch nichts dafür, dass so etwas passiert ist«, rechtfertigte sich Frings.

»Ach nein? Da kannst du nichts für? Wer denn, ich vielleicht?«

»Nein, natürlich nicht, Agi, … ich versteh' nicht …«

»Was läuft denn da für eine Sache, Jean?«

»Das weißt du doch! Ich bin überfallen worden.«

»Das meine ich nicht!«

»Was denn, Agi?«

»Das Ding mit Jeanette Zettlmair.«

»Was? Mit wem? Agi, was soll das denn für ein Ding sein?«

»Na, eure Amouren! Mallorca und so. Meine Güte, drücke ich mich so unverständlich aus?«, fragte sie ungehalten.

»Wie kommst du denn auf den Gedanken, dass ich etwas von dieser Jeanette will? Die ist doch völlig unmöglich! Vor allem wollen die und ihr Lackaffe was von *mir* – nämlich zur KöKö-Familie gehören.«

Agi Frings' Gesicht wurde kreideweiß. Er erschrak. Er konnte sich nicht erinnern, dass Agi ihn jemals zuvor so angeschaut hatte.

»Diese Jeanette hat dich doch bezirzt. Gib es doch zu!«

»Agi!«

»Wohl, Jean! Du hast vor, sie mit auf die PreTOUR nach Mallorca zu nehmen. Und wahrscheinlich bist du auch schon atemlos durch die Nacht mit ihr unterwegs gewesen. So, wie du letztens nach ihrem süßlichen Parfüm gestunken hast!«

Frings rieb sich das Ohr. Es juckte. Dann kniff er die Augen zusammen. So ein Mist, jetzt war er aufgeflogen! Jetzt musste er ganz schnell die Hose herunterlassen. Und ihr sagen, wie es war. Das Verheimlichen hatte einfach keinen Sinn mehr, sonst wäre sie gleich weg.

»Ja, es stimmt. Ich hab zwei Flugtickets nach Mallorca gebucht.« Frings Lider zuckten. Sollte er ihr die ganze Wahrheit erzählen?

Agi Frings verschränkte die Arme. »Wann hättest du es mir denn sagen wollen?«

»Ach, Agi, ich weiß im Moment gar nicht, wo ich dran bin! Die haben den Täter immer noch nicht gefunden, und am Wochenende ist die Einweihung!«

»Du lenkst ab!«

»Komm, lass dich mal drücken.« Frings stand auf. Warum musste ausgerechnet jetzt alles auf einmal kommen? Er nahm Agis Arm, zog sie hoch und küsste sie.

Sie erwiderte ihn nicht.

Er strich ihr über das glänzende Haar. »Du bist ja von dem Gedanken wirklich besessen. Das geht so nicht!« Frings griff zu seinem Jackett, das er über die Sofalehne abgelegt hatte. »Schau mal hier! *Das* sollte ein dickes Dankeschön an dich sein. Für unsere bisher guten Zeiten. Ich fahre nämlich nicht mit auf die PreTOUR im Dezember, sondern direkt am Sonntag nach der Feier mit dir nach Mallorca. Für eine Kuschelkurwoche auf eine Wellnessfinca. Mittwoch sind wir wieder da.«

Agi Frings bekam feuchte Augen. Wie hatte sie nur so blöd sein können? Wie konnte sie nur an Jean zweifeln?

»Und die PreTOUR?«, fragte sie vorsichtig.

»Da habe ich einen Mandantentermin. Hier in Köln, bei den Rheintron Werken. Das ist 'ne ganz heiße Sache. Es wird um viel Geld und personalpolitisch sensible Entscheidungen gehen. Das muss ich persönlich machen.«

»Ach, Jean.« Agi Frings seufzte. »Und dieser schwülstige Geruch letztens?«

»Wahrscheinlich hat dich die Tuberose abgestoßen.«

»Tuberkulose?«

Frings lachte laut auf. »Duft, Süße, ich rede von einem Duft! Und einer Zutat, die stark und fast medizinisch riecht. Das Wässerchen sollte eigentlich dein Weihnachtsgeschenk werden.«

»Iiiiiih. Kann man das noch umtauschen?«

»Nee, aber du kannst es dir selber mischen lassen.«

»Verstehe ich nicht, Jean.«

»Ich wollte dir ein Parfümseminar schenken. Du weißt doch, dass einer unserer KöKös ein Duftgenie ist. Eine *Nase*. Der mixt dir die wildesten und raffiniertesten Kopf- und Herznoten zusammen. Ich bin dort gewesen, um mir den Ablauf erklären zu lassen. Dabei habe ich natürlich auch schnuppern und testen müssen, wie du dir vorstellen kannst. Lavendel, Kardamom, Nelke, Vetiver.«

»Veti–, wer?«, lachte Agi Frings.

»Ein tropisches Süßgras, das häufig als ätherisches Öl in Parfüms verwendet wird.«

»Willst du dir ein zweites Standbein aufbauen, so viel wie du darüber weißt?«

»Es wird dir auch Spaß machen. Schnapp dir Johanna und Marie und ihr habt einen tollen Nachmittag. Und – am Ende euer eigenes, gebrautes Parfüm!«

»O Jean, ich freue mich so. Ich verspreche dir auch, dass ich bis Weihnachten alles wieder vergessen habe und es dann an Heiligabend eine riesen-, riesengroße Überraschung für mich sein wird.«

»Bitte vergiss es nicht! Damit du nicht wieder so einen Blödsinn vermutest.«

Agi Frings bohrte weiter. »Und die Bern?«

»Viola Bern?«

»Ist *da* was zwischen euch gewesen?«

Frings wurde unruhig. »Du hörst einfach nicht auf, Agi! Die lebt doch gar nicht mehr.«

»Zum Glück!«

»Agi!«

»Schon gut, Jean.« Agi Frings zögerte, dann lehnte sie sich an seine Brust. Er schloss die Augen.

»Kommst du auch ins Bett? Es war ein langer Tag. Oder gucken wir noch Fernsehen?«

»Lass uns kurz in die Aufzeichnung der Prinzenproklamation reinschauen, Agi.«

»Die Pripro von diesem Jahr? Die kommt doch erst Anfang Januar, Jean.«

»Eben. Ich meine die Highlights vom letzten Jahr.«

»Prima! Vielleicht sind wir zu sehen!«

Frings nickte. »Ganz sicher in den Bereichen, wo sich zuverlässig das *Who is Who* trifft.«

»Ob die das zeigen?«

»Warum nicht? Wenn sich dort Häuptlinge aufhalten?«

»Hast du eigentlich Einfluss auf die Auswahl der Programmpunkte, Jean?«

»Warum?«

»Ich finde, manche haben einfach zu viele Längen.«

»Hm.«

»Also *ich* würde mit Herzblut und Engagement ein *altes* Format mit *neuem* Leben füllen. Mehr Abwechslung, mehr Show, mehr

Stars. Warum keine Soundvisionäre oder Bluesmusiker. Ich würde auf Vielfalt setzen. Generationen vereinen und verbinden. Und so den Saal zum Rocken bringen.«

Frings zog seine Stirn in Falten. »Mein liebe Agi, das ist nicht *dein* Thema, okay?« Es gefiel ihm überhaupt nicht, wenn sich Agi in seine Angelegenheiten einmischte.

»Gehen wir denn wieder hin? Zum wichtigsten, gesellschaftlichen Ereignis von Köln?«

»Tun wir doch. Überübermorgen.«

»Ach, Jean. Du weißt doch wie ich das meine.«

»Selbstverständlich sind wir dabei. Ich habe die Karten bereits gekauft. Die kosten jetzt so viel wie die des Bundespresseballs in Berlin.«

»Hast du auch schon unseren Limousinenservice beauftragt?«

»Was denkst du denn! Direkt für die gesamte, nächste Session! Und auch für Samstag.«

Agi Frings breitete ihre Arme aus, schrieb Achten in die Luft, stellte sich in Pose und legte etwas angeberisch mit jedem Satz die Haare mal auf die linke, mal auf die rechte Seite.

»Herrlich! Ich freue mich so darauf. Wenn wir am festlich illuminierten Gürzenich vorfahren. Und mir ein Portier in roter Uniform die Tür öffnet. Und wenn du im Smoking noch eben eine Zigarre genießt. Bis wir dann gemeinsam die breite Treppe zu Kölns guter Stube hochschreiten. Wie Herr und Frau Vonundzu!«

»Siebenhundert Gäste plus Begleitung sind eingeladen. Wir sitzen im vorderen Drittel des Saals. Beim kölschen Jetset.«

»Was wird es denn vorher zu essen geben?«

»Da konnte ich Einfluss drauf nehmen. Das erste Mal wird Felix Tantler das Catering durchführen.«

»Unser Felix! Super!«

»Ja, die wollten das Niveau heben. Mit einem Sternekoch. Ich habe schon letztes Jahr davon erfahren und mich für das *La Maison* stark gemacht. Es hat geklappt. Im Gegenzug richtet Tantler meinen Geburtstag umsonst aus.«

»Du feierst deinen Geburtstag? Was für eine Überraschung, du Fuchs. Aber was gibt's denn jetzt auf der Pripro? Mann, erzähl schon!«

»Ich glaub, zuerst wird ein Snack serviert. Ich meine, Tranchen von glacierter Kalbshüfte, Kalbsjus mit Portwein, Risotto und grüner Spargel. Im Saal Wein, Lillet Berry, Prosciutto-Pralinen und Käseigel. Später im Foyer dann Kölsch, Currywurst und eine Bar mit Eis am Stiel und einer Pyramide aus gut gefüllten Champagnergläsern. Üppig, nicht wahr?«

»Warte, warte … Da … da bin *ich*! Mensch, Jean! Ich bin auf Sendung! Stell lauter, Jean! Wie schön … und guck mal *die* da! Ihr Kleid sitzt etwas knapp.«

»Sieht aus wie schwanger …«

»Jean! Benimm dich! Ist Jeanette eigentlich schwanger?«

»Schwanger?«

»Schien mir so. Ich habe sie bei der Anprobe getroffen. Sie hatte so rosa Wangen.«

»Wegen der Kälte.«

»Wenn es so ist, werden wir irgendwann sehen, wem das Kind ähnelt. Hoffentlich nicht dir!«

»Fang nicht *wieder* an!«

»Ach guck, Jean! Da ist auch Viola. Puh. Gruselig, die jetzt so lebendig zu sehen. Ein irres Kleid! Und wer ist der Mann neben ihr?«

»Der linke? Ahhh …. das ist ja der Schacht! Interessant. Den habe ich nicht live getroffen …«

»Mach doch lauter! Ich liebe diese Musik!« Agi Frings sang mit. Frings gähnte. »Ich würde jetzt gerne was anderes sehen. Etwas zum Runterkommen.«

»Ja, okay! Mittwochs laufen doch immer Talkshows. Such mal, Jean. Ich hole mir inzwischen noch ein Gläschen *Entre deux mers*.«

»Für mich bitte auch, Liebes.«

»Sehr wohl, der Herr.« Agi Frings ging beschwingt durch die Halle zum Kühlschrank hinter dem Küchenblock. Sie befand sich im Jubelmodus. Ihr Handy pfiff als Klingelton.

»Hey, Marie, was gibt's?«

»Du wolltest mich anrufen, Agi! Gehen wir nächste Woche zusammen Schuhe kaufen?«

»Können wir machen. Und wo?«

»Im Bazaar de Cologne?«

»Ja, finde ich gut, Marie. Dann sollten wir uns allerdings direkt Anfang der Woche auf den Weg machen. Aber nein, das geht gar nicht.«

»Schade, warum nicht, Agi?«

»Ich bin nicht in Köln!«

»Wie?«, fragte Marie Schmitz.

»Oh je! Ich muss auch noch Oma Janne fragen, ob sie mir die Kiddies bis Mittwoch versorgt.«

»Wo bist du denn?«

»Rate mal?«

»Ich weiß es nicht. Jetzt sag schon, Agi!«

»Auf … Ma … llor …«

»…caaaaa?«, schrie Marie Schmitz so laut, dass sie das Telefon vom Ohr weghalten musste. »Das glaub ich jetzt nicht!«

»Doch, es ist wahr. Hat mir Jean geschenkt. Wellnesskuschelzeit.«

»Siehste, dann ist ja alles in Butter.«

»Ich bin total happy, Marie.«

»Das wäre ich auch, Agi. Aber nächsten Donnerstag ginge für die Schlappen … äh … Latschen?«

»Wo willst du hin, Marie? In die Sauna oder Pampas?«

»Hihi, Agi, nein! Du weißt genau, dass ich Pumps kaufe. Was ist denn mit unserem Goldstück Johanna? Die nehmen wir mit!«

Agi Frings blätterte in einer Rezeptbeilage, die neben dem Induktionsherd lag. »Äh, was? Ach ja, Johanna. Tja … die ist zurzeit ein wenig erkältet und hält Kamillentee lieb. Aber ich frag sie.«

»Tu das. Freust du dich eigentlich auf die Redoute-Feier, Agi?«

»Eigentlich schon, wenn da nicht die Sache mit Jean wäre.«

»Gibt's denn Neuigkeiten?«

Agi Frings schwieg. Sie hatte vorhin von Jean strikte Anweisung bekommen, den Mund zu halten und über den Anschlag mit niemandem zu sprechen, solange der Täter nicht gefasst war.

»Ich merk schon … du musst mir nix verraten, Agi.«

»Es fällt mir schwer, weil nachts die Geister kommen. Und die machen mir Angst.«

»Klar, die kannst du nicht einfach ins Regal stellen. Aber auf Malle wirst du dich mit Jean bestimmt erholen. Ich wünschte, Bruno würde auch mal so etwas mit mir machen. Aber mein Mann und reisen? Schwierig. Er ist ein Nesthocker … was soll's … dann fahre ich halt nach Ehrenfeld, setz mich dort in die Kaffeebud und meine anschließend, ich hätte die große weite Welt gesehen.«

»Wir sehen uns, Marie.« Agi Frings wollte das Gespräch mit ihrer Freundin beenden. Sie hatte plötzlich einfach keine Lust mehr auf ihre belanglosen Plaudereien, die manchmal kein Ende nahmen. Wenn Jean schon zu Hause war, dann wollte sie die Zeit auch nutzen und mit ihm zusammen sein.

»Schade Agi, ich hätte gerne länger telefoniert.«

»Ich weiß, Marie. Sei mir nicht böse.«

»Bin ich nicht. Schönen Abend noch! Und grüß Jean, Emily und Paul von mir.«

»Mache ich! Bye-bye!« Agi Frings legte auf.

»Wer war das?«, schrie Frings zum Küchenbereich hinüber.

»Marie!« Agi Frings hielt zwei gut gefüllte Weinkelche in den Händen und reichte ihrem Mann ein Glas.

»Ach so … du bist schon hier! Hmm, das sieht sehr einladend aus.«

»Chin-chin!«

»Seeehr zum Wohle, Agi!«

»Und? Hast du was gefunden?« Agi Frings ließ sich in ihren hellgrau-weiß-karierten Lieblingssessel plumpsen und legte die Beine auf den davorstehenden passenden Hocker. »Ich liebe diese gemeinsamen Auszeiten mit dir, Jean.«

»Ich auch …«

»Du musst viel mehr an deine Gesundheit denken und dich entspannen. Hast du schon mal über Yoga nachgedacht? Das hält den Körper und den Geist fit.«

»Auweia. Muss ich dann den sterbenden Schwan machen? Ich will das nicht«, sagte Frings.

Sie lachte aus vollem Hals und prostete ihm noch einmal zu. Er hatte sein Glas neben sich auf einem Holztablett abgestellt und sich der Fernbedienung gewidmet. Er hielt sie mit ausgestrecktem Arm Richtung Bildschirm und starrte gebannt auf den achtzig Zoll Flatscreen. »Der Zettlmair! Agi! Der Zettlmair im Fernsehen! Live in einer Talkshow! Hilf mir doch mal! Ich kriegs nicht lauter gestellt! Jetzt mach schon! Hier!«

Agi Frings half ihm. »Was? Was hat der gesagt, Jean?«

»Wenn du nicht ständig dazwischenquatschen würdest, könnten wir beide mehr verstehen.«

Agi Frings schlürfte am eiskalten Weißwein. Sie war pikiert.

»Herr Zettlmair, wir freuen uns, Sie als Mitglied der KöKös. heute hier begrüßen zu dürfen. So kurz vor Ihrer großen Feier in der Riehler Redoute …«

Frings prustete los: »Der ist doch noch gar kein Mitglied!«

»Schatz, warte doch mal ab. Vielleicht ist das lediglich ein Recherchefehler der Presse, und Xaver korrigiert das.«

»Herr Zettlmair, Sie kommen aus dem schönen München und sind eine internationale Größe im Modesektor«, sagte die stark geschminkte Moderatorin in einem kniebedeckenden, schwarzen Etuikleid, das zu ihren farbigen, langen Ohrringen passte.

Frings konnte sich nicht beruhigen. »Größe … international … ha … Da lachen ja die Hühner! Das ist doch … das ist doch …«

Agi Frings half den Satz zu beenden, indem sie zwischen Daumen und Zeigefinger ein imaginäres Maß von etwa fünf Zentimetern nahm und sich die beiden Finger in diesem Abstand wie zwei Hörnchen auf den Kopf setzte. »Richtig, Jean, eine ganz kleine Leuchte! Dumm und blasiert.«

»Psst, Agi, es geht weiter!«

»Herr Zettlmair – was treibt Sie an, hier in Köln Fuß zu fassen? Und dürfen wir mehr über die geplanten Neuerungen in Ihrer Traditionsgesellschaft erfahren?«

»Ja, ähm … erst einmal herzlichen Dank für Ihr Interesse an meiner Person. Ähm. Wirklich eine Ehre für mich. Zu viel darf ich Ihnen noch nicht verraten. Nur, dass es einschlägige Optimierungen im Kabinett geben wird. Man hat mich extra darum gebeten, weil die Strukturen eingefahren seien …«

»Gebeten? Eingefahren?« Frings sprang, wie von der Tarantel gestochen, vom Sofa und lief vor dem Fernseher auf und ab. Das, was Zettlmair da behauptete, wühlte ihn so auf, dass er den Flatscreen am liebsten von der Wand gerissen hätte.

»Manno, Jean. Ich seh ja gar nichts. Geh mir aus dem Bild!«

Frings hörte ihr nicht zu, stattdessen blieb er breit vor dem Bildschirm stehen.

»Man … ähm … wünscht sich frisches Blut …«

»Blut, Herr Zettlmair?«

»Na ja … ähm … ich meine damit: Ich werde bald im Kabinett eine neue Position bekleiden.«

»Und dann, Herr Zettlmair?«

»Dann werde ich der Spitze den Spielraum nehmen.«

»So einfach geht das, Herr Zettlmair? Oder fällt Ihre Aussage eher unter *Klappern gehört zum Handwerk* und in Wahrheit folgen Sie doch lieber dem Motto: *Schaun mer mal*?«

»Ähm … da es um *mich* geht, wird meine Idee sicher funktionieren und umgesetzt werden. Mein Protegé sitzt im Kabinett und ist Mäzen der KöKös. Er hat bereits signalisiert, dass, sollte ich nicht in der Gesellschaft auf meine Art durchstarten dürfen, er die Zahlungen an die KöKös sofort einstellen würde.«

»Das riecht nach Amtsmissbrauch, Herr Zettlmair.«

Frings schlug sich aufs Bein. Zettlmair machte ihn rasend. »Wer, bitteschön, soll dieser Geldgeber denn sein, der den Xaver unterstützt? Der blendet und düpiert doch. Der treibt ein falsches Spiel und hält uns zum Narren! Na warte, die Rechnung hast du nicht ohne den Wirt gemacht! Wie können die so eine Person interviewen? Warum sitze *ich* nicht da?«

»Jean, du bist *verletzt*! Darum.«

»Aber nicht gehbehindert, Agi!«

Zettlmair schwafelte weiter: »Wissen Sie … ähm … ich verabscheue Menschen, die nicht meiner Meinung sind.«

»Verabscheuen? Das ist ein starkes Wort, Herr Zettlmair.«

»So ist es aber. Vor allem, wenn es Aufschneider sind.«

»So wie Sie etwa?«

»Das hat gesessen!«, rief Frings. »Gut so, Mädel! Du hast ihn!«

Zettlmair schob das Kinn nach vorne. Fuhr sich mit der linken Hand über den Kopf. Dann mit der rechten. Und wieder mit der linken. »Ich verstehe so schlecht, … ähm … was Sie sagen! Sie haben so eine Stimme, wie eine Ansage auf dem Bahnhof. Wissen Sie, als Modemensch sind für mich nicht nur Stoffe, Farben, Schnitte und Models entscheidend, sondern auch die Phonetik ist mir wichtig. Ähm … Ich kann mich nur dann mit meinem Gegenüber unterhalten, wenn es auch eine sexy Stimme hat … Ich habe also nicht verstanden, was Sie gesagt haben!«

»Jetzt bist du fällig, Xaver!« Frings jubelte und nahm einen ordentlichen Schluck Wein.

Die Moderatorin lachte. »Aha! Soll ich es noch einmal wiederholen? Vielleicht ändert sich dann mein Tonfall in Ihrer Wahrnehmung irgendwie.«

»Ähm … vielleicht.«

»Also, Sie wollen die KöKös in ein neues Zeitalter führen, weil Sie Spaß daran haben?«

»Richtig.«

»Und das hat nichts mit Geld oder Gier zu tun?«

»Ähm … Diese Frage? …. ähm … Was meinen Sie damit? Irgendwie habe ich Sie wieder nicht gehört. Was haben Sie gesagt?«

Frings ging noch einen Schritt näher an den Fernseher heran. Er war *so* nah an Zettlmair dran. Wäre da nur nicht die Mattscheibe gewesen – er hätte ihn erwürgen können. Und erstaunlich, wie diszipliniert die Moderatorin in ihrer Körpersprache blieb. Allerdings hatte sie ihr Bein von Zettlmair *weg* über das andere geschlagen. Kein Wohlwollensbonus mehr für ihn.

Zettlmair rutschte auf die Stuhlkante vor und nahm Kampfhaltung an: »Ähm … wissen Sie, ich kann das Interview abkürzen: Ihre Fragen gehen mir auf die Nerven!«

»Was kocht *der* denn für ein Süppchen, Jean?«, fragte Agi Frings. »Was passiert da, Schatz?«

»Der flippt gleich aus!«

»Nein!«

»Doch Agi, und das ist schlecht für das Image der KöKös!«

»Hm.«

»Achtung, Agi, jetzt! Da! Jetzt zeigt er sich …«

Zettlmair klatschte beide Hände auf die Knie: »So eine Unterhaltung kann man *so* nicht führen. Sie sind zwar schnuckelige zwanzig und ganz entzückend … ähm … aber Sie wollen mich vorführen. Das schaffen Sie nicht.«

»Aha«, antwortete die Moderatorin.

»Ja, mit solchen Omaströmpfen klappt das nicht. So was *mog i* überhaupt nicht.«

Jean hielt die Luft an. Das Nervenkostüm der Moderatorin hatte er zurzeit nicht.

»Um meine Strümpfe geht es ja auch gar nicht, Herr Zettlmair.«

»Nein, aber Ihre Stimme macht mich *deppert*. Ich kann mich auf Ihre Fragen einfach nicht konzentrieren … ähm …. Und weiß deshalb auch nicht, was ich antworten soll. Ihre Fragen sind weder clever noch originell!«

»Aber ich habe sie doch extra für Sie eindeutig formuliert!«

»Na gut, ich merke schon, Sie mögen mich nicht! Ähm … dann gehe ich halt nach Hause!« Ruckartig stand Zettlmair auf und krakeelte: »Ich mache alles im Leben immer … nur … aus … Gier! Verstehen Sie's endlich?« Dazu machte er wilde Handbewegungen, als wollte er die Moderatorin auf jeden Fall von etwas überzeugen. Eine andere Kameraeinstellung zeigte kurz das Publikum. Sie fing fassungslose Gesichter auf. Dann richtete die Regie ihren Fokus wieder auf Zettlmair. Der sah sich beim Hinausgehen immer wieder hektisch um. Lief auf einmal zurück, auf die Kamera zu, lachte diabolisch und riss seinen Mund so weit auf, dass man fast sein Zäpfchen sehen konnte. Dann hauchte er auf die Linse und fauchte: »Und, irgendwann werde *ich* die KöKös regieren!«

Donnerstag zur Spitzenzeit

Ob er Angst hatte, wollte er heute nicht wissen. Er hatte im Consilium am Rathausplatz zu Mittag gegessen, einen wunderbaren Espresso getrunken, eine schöne Vorankündigung der Redoute-Feier im *Express* gelesen und hatte immer noch die feste Absicht, zur zweiten Creation Cologne Conference zu gehen, durch die Maternus führte. Frings wollte sich das nicht entgehen lassen. Trotz der Feier, trotz der schmerzenden Handwunde, trotz des geschwollenen Arms und trotz Agi, die über seinen Aktionismus alles andere als begeistert war. Bettruhe bis zum Abend, *das* war ihre Vorstellung davon, wie er die Tage bis Samstag gestalten sollte. *Seine* nicht. Denn die Vorträge von Maternus waren für ihn immer hochinteressant. Diesmal ging es um Design und Utopie. Und darum, welches Rhetorikpotenzial Design hatte. Vielleicht konnte er aus dem Vortrag noch kleine ergänzende Impulse oder Bestätigungen für seine Definierung des Täterprofils gewinnen? Wie waren die Morddrohungen an Ferdinand und ihn gestaltet? Inwieweit konnten sie durch Stil und Aufbau eindeutig einer Person zugeordnet werden?

Frings fuhr in das Parkhaus der Industrie- und Handelskammer von Köln. Maternus' Vortrag fand im Börsensaal der IHK statt. Die Tiefgarage war schlecht klimatisiert. Er fühlte sich wie in einer Waschküche. Die hohe Luftfeuchtigkeit ließ sofort die Scheiben beschlagen. Langsam und vorsichtig, und von einem Plateau zum nächsten, schlängelte er sich an den geparkten Autos vorbei. Er hatte erst Ebene drei erreicht. Für Besucher waren die Ebenen fünf und sechs vorgesehen. Die anderen waren für Dauerparker reserviert. »Ich seh' nix!« Er ließ alle Seitenfenster herunter und drehte die Lüftung voll auf.

Keine Chance.

»Guck doch, wo du hinkurvst, du Trottel! Hast du keinen Rückspiegel? Du hättest mich fast über den Haufen gefahren!«, schnauzte ihn ein Fußgänger an, der Richtung Kassenautomat unterwegs war.

»Pardon, ich habe Sie nicht gesehen.«

»Das konnte man merken!«, erwiderte der Mann und nuschelte noch eine paar unfreundliche Sätze, während Frings im Schritttempo weiterfuhr.

Er erreichte Parkdeck fünf und nahm den erstbesten freien Platz. Geld, wo war sein Geld? Wo war seine Brieftasche? Sonst könnte er das Parkticket nicht bezahlen. Meine Güte, er musste nachdenken! Linke Manteltasche, rechte Manteltasche, Mantelinnentasche? Beifahrersitz, Rücksitz, Fußraum hinten? Fußraum vorne? Da war sie ja! Auf der Konsole. Da, wo er sie sonst nie hinlegte. Er stieg aus und schloss seinen Wagen ab, als das Licht der Tiefgarage ausging. Vielleicht wegen der Bewegungsmelder? Warum fuhr denn kein weiteres Auto in das Parkhaus hinein? Aber ja, deshalb sprang das Licht nicht mehr an. Ihm wurde bange. Denn laut seiner Ärzte musste er seit dem Anschlag immer damit rechnen, dass sein Körper auf Extremsituationen reagierte, auch wenn sie gar nicht existierten. Trotzdem könnten sich Herzrasen, Atemnot und Todesangst einstellen. Dafür gebe es Auslöser: Licht, Geräusche, Gerüche. Der Klinikprofessor hatte ihm erklärt, dass dann das Reptiliengehirn die Kontrolle über den Menschen übernehmen und beispielsweise mit Flucht regieren würde. Frings' Blick ging zur Einfahrt, dorthin, wo es hell war. Schwaches Licht fiel auf seine Nase. Sie musste voller Schweißtröpfchen sein. Er sah nur verschwommen. Warum war das Rollgitter unten? Wie könnte er fliehen? Über die Treppe? Wo war der Treppenausgang? Es leuchtete kein Hinweisschild. Es ging nicht. Er kam nicht hinaus. Und es war still. Unheimlich still. Er durchsuchte die Manteltasche und zückte das Telefon. Kein Empfang. Eine einzige Neonröhre an der Decke flackerte in den letzten Zügen und erlosch dann. Er stand unbeweglich da. Eine unscharfe, dunkle Gestalt kam in Zeitlupe auf ihn zu. Vor ihr der Lichtkegel einer Taschenlampe. Er hoffte, dass die Person stoppte. Nicht weiterging. Stehen blieb. Da, wo sie war. Aber sie wurde schneller. Kam näher. Und war jetzt drei, vier Meter von ihm entfernt.

»Hallo?«, rief eine Männerstimme. »Wir haben leider eine Stromstörung. Gleich gibt es wieder Licht. Dann kommen Sie auch wieder raus. Möchten Sie bei mir Ihr Ticket schon jetzt bezahlen? Das ist günstiger. Ein Sondertarif, wenn wir Veranstaltungen haben. Sie wollen doch zur Creation Cologne Conference, oder?«

Ja, wollte er. Bezahlen, aber später.

»Ist Ihnen nicht wohl? Soll ich Ihnen ein Glas Wasser holen?« Frings hustete und berappelte sich. »Nein, danke, sehr freundlich. Es geht schon wieder. Wo, sagten Sie, ist der Ausgang?«

»Da, wo Sie stehen. Links neben der Säule. Sehen Sie? Da!«

»Jaja, danke. Geht die Tür auf?«, fragte Frings sicherheitshalber.

»Warum nicht?«

»Wegen der defekten Elektrik, dachte ich.«

»Nein, alles gut. Die öffnet mechanisch.« Der Parkhauswächter ging zur Metalltür, hantierte daran und zog sie ihm auf.

»Danke, danke. Geht schon«, sagte Frings und betrat den Vorraum zum Lift. Die Metalltür fiel hinter ihm ins Schloss. Die Liftschalter leuchteten nicht. Außer Betrieb. Er wählte die Treppe, gelangte ins Freie und japste nach sauerstoffarmer, abgasgeschwängerter Nachmittagsluft. Der Kölner Dom streckte sich aus dem feinen Dunst, der über der Stadt lag, empor. Jean überquerte eine Straße, kreuzte den Vorplatz des Veranstaltungsgebäudes, verschwand hinter einem Betonpfeiler, tauchte wieder auf, nahm die Drehtür, eilte zum Empfang, steckte sich sein Namensschild für das anschließende Networking an und betrat den Börsensaal. Der Raum war gut frequentiert. Maternus stand am Podium und ermunterte die Besucher, hereinzukommen und Platz zu nehmen. »Bitte, meine Damen und Herren – ich beiße nicht«, scherzte er.

Das Licht war abgedunkelt, und die erste Folie der begleitenden PowerPoint-Präsentation wurde auf die Wand projiziert. Frings setzte sich in die vorletzte Reihe, links außen. Da saß noch niemand. Von hier aus hatte er gute Sicht und könnte jederzeit, ohne andere Besucher zu stören, aus dem Saal fliehen – falls sein Karma das so wollte.

Ein greller Lichtkegel stand auf Maternus. Frings lehnte sich zurück. Er war freudig gespannt. Sein Blick glitt über die zahlreichen Zuhörer, unter ihnen Designer in schwarzen Jeans, Werber mit coolen Hüten, Unternehmer in konservativen Anzügen. Einige standen an der Wand, andere saßen vor der Bühne auf der Erde.

Frings schloss die Augen halb und lauschte Maternus.

»Liebe Mitglieder der IHK, liebe Freunde! Was wir heute hier erleben, ist ein interaktiver Parcours mit allen Anwesenden. Treten Sie in Dialog. Design kann dabei helfen, Zukunft optimierbar und berechenbar erscheinen zu lassen. Design kann Irritationen beabsichtigen. Deshalb frage ich Sie: Haben Sie schon einmal eine Morddrohung gestaltet? Sie glauben gar nicht welche Kapazitäten solche Entwürfe haben. Sie greifen Rhetorik und Maxime von Design auf. Dabei wollen sie jedoch weder beleben noch Probleme lösen. Sie wollen den Sankt Nimmerleinstag vorwegnehmen.«

Frings saß da, als müsste er gleich zum Henker. Das Stangenmikrofon von Maternus schien der Galgen zu sein. Was Max soeben erklärt hatte, war die Bestätigung seiner grässlichen Vorahnungen der letzten Tage gewesen.

»… Eine Drohung mit dem Tod ist ein Grenzbereich für die Gestaltung der Zukunft. Ich nehme heute dieses Thema aus aktuellem Anlass auf, weil in Köln ein Parkmörder sein Unwesen treibt und wir als Bevölkerung die Verantwortung mittragen, dass unsere Familien wieder unbeschwert und fröhlich hier leben können. Ich möchte Sie darauf sensibilisieren, Hinweise und Indizien zu erkennen. Seien Sie aufmerksam, und arbeiten Sie mit unserer Polizei zusammen. So wie Design in der Lage ist, menschliches Glück zu steigern, ist es unumstritten, dass Design auch Angst schüren kann. Gutes Design überrascht, macht neugierig, propagiert und behauptet sich. Design kann sich als Werkzeug zur Umsetzung einer Verbesserung oder Zerstörung entpuppen. Mit der ergänzenden Ausformulierung eines Wunschszenarios, wie sie eine Morddrohung enthält, werden die Nebenwirkungen der Designaussage deutlich. In der Kombination von Typo und Content wird die Prognose *Tod* provoziert. Über das Design arbeitet die Morddrohung an der Verwirklichung. Design funktioniert dabei als Impuls.

Meine Damen und Herren, ich sehe entsetzte Gesichter. Machen wir es uns zur Aufgabe, solche Prophezeiungen bestmöglich zu verhindern ...«

Frings' Handy schnurrte.

Eine WhatsApp-Nachricht von Krämer: »Alles gut? Hab Zahnschmerzen. Muss zur Goldschmiede auf dem Ring. Johanna will Ohrringe. Die gleichen wie Agi. Für Samstag. Fürs neue Kleid. Ist für Geburtstag, Hochzeitstag, Ostern, Namenstag, Nikolaus, Weihnachten zusammen. Teures Gehänge. Machste nix. Typisch für unsere Altargeschenke. Hast du gestern die Traueranzeige gelesen?«

»Ja!«

»Hab extra nichts gesagt. Hatte gehofft, du nicht.«

»Doch. Leider. Agi, glaube ich, nicht.«

»Johanna auch nicht.«

»Brandt kommt Samstag auch. LG – J.«

»Gut so, Schäng! LG – F.«

»... Neuromarketing, liebe Zuhörer, ist für erfolgreiches Design und erfolgreiche Werbung seit Jahrzehnten die Basis. Die Anwendung von Neuromarketing werden wir später gemeinsam und live beim Design Thinking üben. Neuromarketing untersucht, welche Vorgänge im Gehirn des Konsumenten im Umfeld eines Kaufs ablaufen. Diese Kenntnisse werden dann genutzt, um Verkaufsprozesse zu optimieren. Methoden des Neuromarketings gehören auch zum Gebiet der Marktforschung oder Güteroptimierung. Daraus entstehen Produkte wie die lilafarbene Schokolade. Selbst Piraten haben Neuromarketing betrieben. Warum wohl sonst hatten sie einen Totenkopf auf ihrer Flagge?«

Frings schnappte *Totenkopf* auf, ließ das Wort auf der Zunge zergehen und stellte fest: Es schmeckte ihm nicht. War der Totenkopf die Nadel im Heuhaufen, die er suchte? Und was hatte Maternus damit zu tun? Er saß an der Quelle der Genesungskärtchen. Er war der Designer. Wenn einer etwas grafisch manipulieren konnte, dann er. War *er* es, der ihn mit dem Totenkopf weichkochen wollte? Wegen verlorener Aufträge? Aus Rache? Aus Frust? Oder um Aufträge zu bekommen? Schon im September beim Leertrinken hatte er den Eindruck gehabt, dass er Max auf den Magen geschlagen war. Aber wofür sollte Ferdinand eine Morddrohung bekommen? Oder war vielleicht genau *das* der Trick, um von sich abzulenken? So zu tun, als ob? Und ob auch dieser Vortrag eine Flucht nach vorn war? Gehörte er tatsächlich zu den Guten?

»Piratenflaggen sollten dem Feind einen tödlichen Schreck einjagen. Deshalb haben sie oft Motive gezeigt, die an den Tod erinnern: Schädel, gekreuzte Knochen, Teufel und blutende Herzen oder Schwerter. Sie haben ihre Banner immer erst dann gehisst, wenn sie nah genug am gegnerischen Schiff und klar zum Entern gewesen sind. Kommen wir zu Punkt drei: die Taktik des Zersetzens.«

Wollte Maternus ihn mürbe machen? Oder vielleicht Schacht, der wie aus dem Nichts plötzlich neben ihm stand, angeleuchtet von den gleißenden Ausläufern des Bühnenlichts, die ihn in einem Nebel aus Millionen Staubpartikeln wie eine dämonische Gestalt schattierten?

»Ach, wie schön, dieser Platz hat auf mich gewartet«, sagte Schacht, setzte sich, und die Reflektion eines Streiflichts auf einem metallenen Display enthüllte sein süffisantes, provozierendes Lächeln, als er ihn erblickte.

Frings war nicht in der Lage, etwas zu sagen. Sein Hals war wie zugeschnürt. Aber er versuchte, gelassen zu wirken. Warum erschien Schacht immer zum unpassendsten Zeitpunkt? Das konnte nur Absicht sein. Und was machte er eigentlich hier? Auch wenn IHK-Einladungen an Unternehmen breit gestreut wurden.

»Na, Sie Großkotz? Tut das Leben schön weh?«, zischte Schacht mit einem satanischen Klang in der Stimme.

Frings veränderte nicht seine Positur. Er hoffte, dass Schacht durch sein Schweigen und die kalte Schulter, die er ihm zeigte, merkte, dass er nicht in Stimmung für eine Konversation mit ihm war. Stattdessen schien es für Schacht eine Einladung zu sein, ihn weiter zu attackieren.

Schacht rückte seinen Stuhl gerade und stupste ihn von der Seite an. »Wenn man nicht so tief im Klüngel stecken würde wie Sie, Frings«, polterte Schacht höhnisch, »dann hätte man auch jetzt kein Problem. Die Frage ist doch, welchen Dreck Sie und Ihr Premier am Stecken haben, dass man Sie sogar aus dem Verkehr ziehen will.« Anscheinend suchte er eine öffentliche Konfrontation.

»Psch! Nicht so laut! Können Sie sich nicht draußen unterhalten, statt die Leute zu stören?«, beschwerte sich ein Besucher bei Schacht.

Frings zupfte sich am Ohrläppchen. In seinem Kopf schrillten die Alarmglocken, und er suchte nach einer Lösung. Er nahm den Blick vom Podium, sah auf seine verletzte Hand und guckte Schacht mit zusammengekniffenen Augen an. »Haben Sie den Verstand verloren?«, fauchte er flüsternd zurück. »Lassen Sie mich in Ruhe. Was wollen Sie? *Sie* sind doch die Brut allen Übels. Korruptionsbrut. Packen Sie sich an Ihre eigene Nase.«

»Haben die dir im Krankenhaus ins Gehirn geschissen, Frings?«, rasselte Schacht weiter.

»*Sie* sollten sich in Acht nehmen, Schacht,« raunte Frings mit zittriger Stimme. »Kommissar Brandt hat auch *Sie* im Visier. Lehnen Sie sich also ruhig schön weit aus dem Fenster, damit Sie besser auffliegen können. Immer erst denken, Schacht, dann morden. Nicht umgekehrt.«

Schacht lachte spöttelnd. »Tote reden nicht mehr, Frings! Ich finde dich!« Und ging.

Frings blieb sitzen. Hätte er nicht einfach weghören können? Schacht hatte ihn gereizt. Er hatte Schacht gereizt. Ob das zu einem neuen Bumerang werden würde, wusste er nicht. Und ob Schacht ihm den Abend ruinieren würde, auch nicht. Vielleicht wurde jetzt aller Tage Abend? Ob Schacht ihm draußen nachstellen würde? Schacht hatte Vorlauf. Und das Programm dauerte noch. Also wartete er es ab.

Schacht wollte seine Stimmung seit Langem wieder einmal auf *gute* Laune umschalten. Er ließ deshalb seinen Wagen im Parkhaus der Börse stehen und ging zu Fuß in die Breite Straße. Donnerstag war schließlich der Freitag des kleinen Mannes. Ein Grund mehr, um die City zu begeistern. Und als Erstes Juwelier Gadebusch aufzumischen. Wehe, der hatte seine Breitling immer noch nicht repariert. Schacht hatte Pech. Die Uhr war fertig. Er bezahlte kommentarlos, verließ er den Laden und durchquerte die Fußgängerzone im Zickzack, in Richtung Ring. An der Apostelnstraße bog er links ein, kaufte sich beim Biobäcker auf der Ecke eine Tüte knuspriger Abendbrötchen und zwängte sich auf dem schmalen Bürgersteig zwischen parkenden Autos und schmutzigen Schaufenstern an den entgegenkommenden Passanten vorbei. Rechts in die Mittelstraße hinein, dann machte er Halt beim Café Fassbender und trank den besten Latte seines verkorksten Lebens. Ihn nervten das fröhliche Treiben und die angeregten Unterhaltungen über Gott und die Welt um ihn herum. Für ihn war es hirnloses Geschwafel. Und auch die Bedienung ging ihm, wie so häufig, unheimlich auf den Zwirn. Er musste hier raus, zahlte, lief die Mittelstraße hinunter, an teuren Boutiquen entlang. Wozu sollte er hier stehenbleiben? Die dämlichen Weiber mit ihren Kuhaugen hätten ihm sowieso nichts anbieten können. Nichts in seiner Größe, nichts für seinen zukünftigen Geldbeutel. Vielleicht sollte er sich noch einmal im Via Bene in der Pfeilstraße eine göttliche Pasta mit frischen Trüffeln – heute sogar von der Ahr – gönnen. Nach drei Gläsern Rotwein brauchte er endlich eine Zigarette. Also raus an die Luft, um mit einer Kippe nach der anderen gut abgefüllt in der Dämmerung über die bevölkerte Ehrenstraße zu torkeln, sich wieder durchs

Gewusel der Breite Straße zu kämpfen, rüber in die Kolumbastraße zu flüchten und im Manufactum einen knappen Espresso zu trinken. Das reichte auch, denn die Dunkelheit lockte ihn ins Freie, zurück zur Börse, rein ins Parkhaus, raus mit dem Wagen und rauf auf die Strecke. Das Geschlängel zum Bahnhof, die Domtiefgarage und das Rohrlabyrinth unter der Hohenzollernbrücke passten zu seiner Weinstimmung. Er durfte nicht vergessen, Karten für den Musical Dome zu bestellen.

Auf der Rheinuferstraße konnte er endlich seinen E-Boliden laufen lassen. Lächelnd vorbei an der Bastei – auf den mobilen Knipser hatte er gehofft. Den nächsten erkannte er rechtzeitiger, hob Meter davor den Mittelfinger und sagte *Fuck you* fürs Bild. Auch das würde er wieder an seine Pinnwand spießen. Plötzlich kribbelte es ihm an den Füßen. Ein Kitzeln kroch unter den Hosenbeinen hoch bis auf die Kopfhaut. Es erhitzte ihn. Es feuerte ihn an. Es brannte ihm unter den Nägeln, sich von der Rheinuferstraße zu verabschieden, links Richtung Zoo abzubiegen und nach Hause zu fahren. Die Hitze blieb. Das Kribbeln auch. Wenigstens im Tesla, den er sich zum Glück hatte gönnen können, konnte er Ziele erreichen. Viola vor Augen und immer im Gepäck. Er stellte die Musik lauter und gab Stoff. Die *Carmina Burana* beflügelte ihn in Richtung Amsterdamer Straße. Er drückte das Pedal und ließ seine weit über vierhundert elektrischen Pferdchen frei laufen. Es war ihm egal, dass von rechts einer einscheren musste, um nicht auf der rechten Spur auf parkende Autos zu donnern. Denn er wollte es allen zeigen.

Keinen reinlassen. Keinen vorlassen. Einmal alle hinter sich lassen. Im Tunnel. Ob auf breiter oder schmaler Spur. Und vor allem mit aller Macht – über eine plötzliche Eisfläche. Wie früher im Stadion. Mit Pirouetten, Saltos, Loopings kannte er sich aus. Aber auch mit dem Sich-Aufbäumen und Überschlagen. Dem Anecken, Schleudern, Kontrollverlust, Abheben, Fliegen – Versagen … Und dem Poltern, Krachen, Splittern – Schmerz.

»Der muss vorher im Tunnel von einer Eisplatte überrascht worden und wie eine Flipperkugel gegen die Wände geprallt sein. Anders können wir uns das nicht vorstellen … Da hinten, in Höhe der Baustellenausfahrt der Floragewächshäuser, muss er sich dann mehrfach überschlagen haben und hier mit der Aluminiumkarosse gegen den Laternenmast gedonnert sein … Wir haben den Halter schnell feststellen können«, sagte der Streifenbeamte zu Brandt.

Brandt nickte, bedankte sich, fuhr nach einem bereits sehr trubeligen Tag im Polizeipräsidium und am Unfallort zu Frings und kündigte sich auf dem Weg dahin telefonisch an.

Freitag der Besinnung

Schacht hat die Bodenhaftung verloren«, sagte Brandt und hatte nichts dagegen, dass Frings ihm einen weißen Armlehnstuhl am Esstisch mit der Glasplatte anbot.

Frings nahm einen Schluck gezuckerten Kaffee und sinnierte: »Wie in seinem wahren Leben.«

»Wollen Sie zuerst den Hergang des Unfalls hören oder die neuesten Informationen über Ihren Täter?«, fragte Brandt. Frings musste nicht lange überlegen. »Am liebsten die guten Nachrichten.«

»Wir haben ihn.«

Frings starrte Brandt ungläubig an. Und sein Schädel fing an zu pochen. Er war auf alles eingestellt gewesen, aber nicht darauf. Schacht tot und dann auch noch die Festnahme seines potenziellen Mörders? Das stauchte sein Gehirn. Die Vorstellung, *so* kurz vor der Wahrheit zu sein, trieb ihn fast in den Wahnsinn. »Wahnsinn! Sind sie sicher, Herr Brandt?«

»Absolut. Er ist es gewesen.«

»Wer denn? Sagen Sie schon! Ihr Schweigen ist unerträglich!«

Frings sprang auf. »Spannen Sie mich doch nicht auf die Folter, Brandt!« Frings lief hin und her und her und hin.

»Tu ich doch gar nicht«, beschwerte sich Brandt.

»Doch, tun Sie wohl!« Frings blieb vor ihm stehen. »Und ich weiß nicht, was das soll. Wenn Sie damit noch nicht herausrücken dürfen, warum haben Sie mir dann die freie Wahl des Themas überlassen?« Frings war aufgebracht. »Na gut, Herr Brandt, dann reden wir eben über Schacht.«

Brandt grinste. »Das tun wir die ganze Zeit.«

»Wasss? Schacht ist mein Täter?«, fragte Frings, und seine Lider zuckten. Und da stellte sich plötzlich die Erinnerung an die lähmende Dunkelheit und frostige Blutleere, nach dem Anschlag auf ihn, wieder ein.

»Die *Soko Grüne Lunge* hat heute Morgen einen Querverweis zu Schachts Unfall erhalten. Im Kofferraum seines Wagens hat die Polizei einen schleifenverzierten Haarzopf und einen Zettel mit einer Liebeserklärung von Schacht gefunden. Die DNA stimmt mit der von Viola Bern überein. In dem Brief soll er Viola Bern eine Art Heiratsantrag gemacht haben. Und zwar mit einer eindeutig formulierten, persönlichen Aufforderung. Warten Sie, Herr Frings …« Brandt fingerte in seinen Unterlagen »… hier, *Du, meine alleinige Viola, schenk mir eine Locke von dir, als Zeichen unseres Bündnisses. Aber lüg mich niemals an!* Die Hochzeit hat scheinbar für ihn auf dem Plan gestanden. Nur das Timing hat nicht gestimmt.«

»Mal wieder«, höhnte Frings.

»Schacht muss ein ambivalenter Typ gewesen sein. Ein Fetischist. Er wollte Viola Bern beherrschen. Beanspruchte sie ganz für sich allein. Aber Viola Bern war schwanger. Und das nicht von ihm. Ich hab ihm auf den Zahn gefühlt. Er war nicht der Erzeuger. Ein DNA-Abgleich hat auch *das* bereits bestätigt. Schacht hatte vermutlich Sie in Verdacht, Herr Frings. Er muss Ihnen die Schuld für seine komplette Misere gegeben haben. Für seinen tiefen Fall bei der Rheintron. Und für Violas Fremdgehen. Wenn nicht *er*, dann sollten auch weder *Sie* noch Viola Erfolg haben, Herr Frings. Er muss sie mit einer bestialischen Freude an Macht ermordet haben. Er hat ihr die Haare abgeschnitten, um sich an ihnen zu ergötzen. Die Haare waren die *erste* Trophäe für seinen Erfolg. Die zweite sollten *Sie* sein, Herr Frings. Ob Schacht auch für die anderen Parkmorde verantwortlich ist, wird unsere Soko noch ermitteln. Im Übrigen stimmt auch sein vorgeschobenes Alibi nicht, nämlich am Tatabend mit einer Nachbarin in der Philharmonie gewesen zu sein. Die Philharmonie hat kurzfristig wegen nächtlicher U-Bahnbauten ihren Spielplan ändern müssen und das Konzert abgesagt. Sie sehen, alles ist gut, Herr Frings. Morgen ist Ihr großer Tag. Genießen Sie ihn in vollen Zügen. Sie haben es sich verdient. Ich werde natürlich trotzdem kommen. Auch ich freue mich auf die Riehler Redoute. Die geplanten Sicherheitskontrollen sollten

Sie beibehalten. Das macht heutzutage bei solch einem großen Medienereignis durchaus Sinn. Zudem unterstützt es Ihr Gefühl, optimal geschützt zu sein. Sie dürfen auch Herrn Krämer von den guten Neuigkeiten erzählen«, erklärte Brandt etwas hölzern und schaute Frings erwartungsvoll an.

Frings lächelte nicht, aber er nickte und blinzelte. Seine Augen brannten. Seine Ohren sausten. Sein Mund war trocken. Seine Wunden klopften, als wenn sie ihn ermahnen wollten, nicht nachlässig zu werden. Aufzupassen. Eigenlich hätten sich seine Ängste jetzt legen müssen – das taten sie aber nicht.

Samstag in der Vorfreude

Der Figaro legte einen Umhang um Agi Frings' Schultern. »Ich habe es nicht ansprechen wollen, aber ich bewundere Ihre Tapferkeit. Dass Sie aus der Trauerzeremonie Ihres Mannes und der Redoute-Einweihung eine Kombifeier veranstalten. Famos! Ich habe gedacht, Ihr Mann hätte den Anschlag überlebt.« Er kämmte ihr Haar durch.

»Hat er ja auch. Deshalb verstehe ich Sie nicht.«

»Ach, reden wir über anderes und genießen Sie das Beautyprogramm.« Er schob das Waschbecken an ihren Kopf. Hinter ihm stand seine Auszubildende und beobachtete jeden seiner Handgriffe. Agi Frings lehnte sich zurück. »Noch ein bisschen höher, Maurice!«

»So?«

»Ja, prima.«

»Ist die Wassertemperatur angenehm?«

»Wunderbar.«

»Möchten Sie heute eine Hochsteckfrisur oder Ihre Haare offen tragen?«

»Sie sind der Künstler! Wie gestalten Sie denn meine Freundin?«, fragte Agi Frings und drehte den Kopf zu Johanna Krämer. Wie schön, dass das geklappt hatte. Dass sie und Johanna bei ihrem gemeinsamen Friseur einen parallelen Termin gekommen hatten. So erfuhren sie gleichzeitig den neuesten Tratsch. Denn Maurice, auch Hofcoiffeur des Kölner Dreigestirns, war wie eine Wundertüte: voller überraschender Nachrichten, weil alle wichtigen Kölner Damen bei ihm aus dem Nähkästchen plauderten. Maurice hieß bei allen *Die Tageszeitung*.

Der Coiffeur stellte den Wasserhahn ab, legte ihr ein Handtuch um den Kopf, frottierte die Haare und entwirrte sie anschließend mit einem grobzinkigen Kamm. »Die Frisuren richten sich nach Ihren Roben, Frau Frings. Für Sie würde ich heute vorschlagen:

wilde Wellen. Dann ging er zu Johanna Krämer, griff vom Nacken aus in ihre glatten, aber etwas zu trockenen Haare und ließ sie nur mit Mühe und Not durch seine Finger gleiten. »Und Ihnen, Frau Krämer, würde ich einen tiefsitzenden, seitlichen Dutt empfehlen. Wie bei einer Dressurreiterin der Cadre Noir in Saumur. Das müssten wir hinkriegen. Ich werde es versuchen.«

Maurice ging wieder zu Agi Frings und fing an, ihre Haare für die Lockenwickler vorzubereiten. »Traurig, das mit Viola Bern. Finden Sie nicht, Frau Frings?«, fragte Maurice. »Besonders, dass ihr die Haare abgeschnitten wurden. Erzählt man sich zumindest. Tja …«

Maurice sprühte einen großen Klecks extra starken Schaumfestiger in seine Hand und arbeitete ihn mit den Händen in Agi Frings' Haare ein. Sie gähnte und nickte. Für sie war das Thema Jeanette wichtiger, und deshalb sagte sie zu Johanna Krämer: »Das Ehepaar Zettlmair mischt sich überall ein. Er war in einer Talkshow. Hast du das gesehen?«

»Nein, das ist nicht wahr!«

»Wenn ich's doch sage, Johanna!«

»Das gibt's ja nicht!«

»Fanden wir auch!«

»Mist, das hätte ich auch gerne verfolgt, Agi.«

»Du hast was verpasst.«

»Inklusive Jeanette?«

»Spinnst du? So eine ekelhafte Zecke. Sie hat letztens ihren Mann abgeholt. Xaver trainiert neuerdings unsere Jugendtanzgruppe …«

»Wer hat das denn veranlasst?«

»Wüsste ich auch gern. Hat Marie dir schon von dem Zickenterror am letzten Anprobetag erzählt?«, fragte Agi Frings.

»Nee.«

»Die ist mir fast an die Gurgel gegangen.«

»So richtig?«, fragte Johanna Krämer.

»Natürlich nicht! Aber …«

Einige Stunden später.

»Noch ein bisschen Haarlack für die Haltbarkeit, Madame Krämer?«

»Bin wieder dahaa! Feeeerdinaaaand!« Johanna Krämer war in die Küche gegangen und rief von dort: »Bist du eigentlich schon geduscht, Ferdinand?« Sie wühlte in dem prall gefüllten Kühlschrank. Eine Packung Quark wackelte bedrohlich, kippte und klatschte auf den Steinboden. Ihr folgten ein hart gekochtes Ei, ein Teller Blaubeertörtchen und die Tasse mit dem Rest geschlagener, süßer Sahne vom Vortag. Johanna Krämer holte den Putzeimer aus dem ebenso vollgestopften schmalen Eckschrank, der mit fünf Besen, vier Kehrschaufeln, drei Allzweckreinigern unterschiedlicher Marken und einem Maxistaubwedel mehr als überbelegt war. Sie kniete sich hin und stülpte zum Schutz ihrer frisch lackierten, brombeerfarbenen Nägel die Gummihandschuhe über.

»Ab, Lord! Lord, geh ab!«

Mit schnellen, zackigen Bewegungen sammelte sie die zermatschten Lebensmittel und Scherben ein und reinigte den Boden.

»Ferdinand? Was machst du eigentlich?«

»Nix«, antwortete Krämer beflissen.

»Aber irgendwas machst du doch.«

»Nähää!«

»Deine Autozeitung liegt auf dem Tisch.«

»Ich … will … nicht … lesen!«

»Du könntest ja noch schnell mit dem Hund gehen. Ich bringe dir deine Jacke.«

»Die brauche ich nicht.«

»Aber ohne ist es zu kalt.«

»Ich gehe ja nicht mit dem Hund.«

»Aber eben hast du es noch gewollt!«

»Nä, du hast das gewollt!«

»Hast du schon was getrunken? Alkohol macht nämlich dumm!«

»He? Kapier ich nicht!«

Johanna Krämer stand plötzlich im Türrahmen zum Wohnzimmer, wo Krämer es sich auf der schwarzgoldenen, gestreiften Couch gemütlich gemacht hatte. »Ich will nicht so schreien, Ferdinand.«

Krämer griff doch zur Zeitung. Bestimmt bekam er von Johanna jetzt einen Anpfiff. Oder ging der Kelch diesmal an ihm vorüber?

»Ich habe News für dich, Ferdinand!«

Krämer legte die Zeitung wieder zur Seite und kraulte stattdessen seinen Hund hinter dem Ohr. Warum musste er sich immer diesen *läpp'schen Figaroverzäll* anhören?

»Sag mal, stimmt das, dass die Streuobstwiese nicht mehr uns gehört, sondern einem Hamburger Investor? Warum?«

Krämer schob sich ein Sofakissen unter den Kopf. »Dann hat Justus die weiterverkloppt. Und wir haben all unsere Ruh.«

»Justus hat ein neues, erfolgreiches Syltprojekt und ist für die nächsten Monate auf der Insel.«

»Und schaufelt sein neues Groschengrab«, sagte Krämer und grinste. Dazu fingerte er zufrieden das letzte Lakritzpfötchen aus einer kleinen gelbschwarzen Knistertüte, zerknüddelte sie zu einer handlichen Kugel und klemmte sie zwischen Rückenlehne und Liegefläche. Er war in Champagnerlaune!

.

Samstag im Rausch

Frings nahm einen tiefen Schluck vom eisgekühlten Veuve Clicquot. Er war ein bisschen aufgeregt, denn gleich würde er die Eröffnungsrede halten. Im Anschluss daran war unter der Glaskuppel des Gebäudes eine große Pressekonferenz anberaumt, während die geladenen Gäste das Galabuffet genießen sollten. Das Dessert? Zuckerwatte als Flyingbuffet. Summa summarum sollte alles ungefähr zwei Stunden dauern. Anschließend konnte gemeinsam bei Livemusik in allen Räumen, kleinen Kabaretteinlagen und auch Zaubereien von McBright ausgiebig bis in die Morgenstunden gefeiert werden. Wer aber lieber sein Glück herausfordern wollte, würde sich am Roulettetisch einfinden. Und für die Stärkung zwischendurch sollten kleine Stullen mit Reibeküchlein, Räucherfisch und Blattgoldtopping gereicht werden.

Frings straffte die Bauchmuskulatur, stellte sich gerade hin und sah sich um. Die Feier war als *das* Kölner Medienereignis geplant. Hoffentlich behielt Kommissar Brandt recht, und sie ging friedlich aus. Die letzten Tage hatten Frings so mitgenommen, dass er trotzdem angespannt war. Ihm war seltsam mulmig, richtig übel, als habe er etwas Verdorbenes gegessen. Das Parkett im großen Ballsaal war gebohnert und poliert und bereit für schwungvolle Tanzbeine. Maternus sollte sich den Abend über in den Serviceräumen um die Produktion der Ballzeitung kümmern. Sie sollte schon um ein Uhr morgens mit ersten Berichten und Bildern der Nacht verteilt werden können. Und nach wie vor hatte Frings den unheilvollen Verdacht, dass Schacht vielleicht doch nicht sein Täter gewesen war, und die wahre Person sich nicht mit dem missglückten Mordversuch zufrieden geben würde. Gegen dieses Gefühl der Bedrohung, dass sich in seinem Unterbewusstsein eingenistet hatte, konnte er nichts machen und auch niemand sonst – leider auch nicht Brandt, der gerade auf ihn zu kam. *Rien ne va plus?*

»Hallo, Herr Brandt. Ich bin doch froh, dass Sie da sind.«

»Ich bin nur das Tüpfelchen auf dem i, denn die Redoute ist ja geschützt wie Fort Knox!«, lächelte Brandt.

»Sicher ist sicher, wenn wir heute hier doch von ungebetenen Gästen überrascht werden. Bin nur Ihrem Vorschlag gefolgt. Ich hab nämlich die Schnauze voll von Mördern.«

»Was soll ich denn sagen? Mörder begleiten mein Leben.«

»Aber das ist Ihre freie Wahl. Nicht meine. Darf ich Sie denn auch begleiten? An die Bar?«

»Sehr gerne.«

Frings ging mit ihm durch die Empfangshalle zum Champagnerstand. Brandt nahm ein Glas. »Vielen Dank für die Einladung, Herr Frings.«

»Ich bitte Sie.«

»Ihre Redoute beeindruckt mich. Sehr zum Wohle!«

»Ihr Wort in Gottes Ohr, Herr Brandt. *À votre santé!* Ach, da seh ich einen wichtigen Gast. Ich mach mal eben meine Avancen. Wir sehen uns später.«

»In Ordnung, bis gleich. Ich muss ja nicht auf Sie aufpassen.«

Frings trippelte galant von einem Gast zum nächsten, machte seine Honneurs und genoss die vielen Komplimente. Seine Riehler Redoute, seine KöKös. Was für ein Abend, auf den er sich so lange vorbereitet und gefreut hatte! Er hielt inne und wollte sich die Zeit nehmen, um den Augenblick zu genießen. Vielleicht kam er nie wieder. Dieser sowieso nicht. Er ging langsam die mit rot-weißen Fahnen geschmückte Freitreppe hoch. Jede Stufe nahm er bewusst. In der Mitte blieb er stehen, hielt sich am goldenen Handlauf fest, drehte sich um und sah verträumt nach unten. Von hier aus hatte er einen wunderbaren Blick auf die illustre Gesellschaft. Rotes Licht tauchte die Menschen in eine kölsche Traumwelt. Alles glitzerte wie noch nie. Wer sich bis jetzt noch nicht in die Domstadt verliebt hatte, heute würde er es tun – dank der KöKös. Und wer Köln trotzdem nicht mochte, war selber schuld.

Frings beobachtete aufmerksam das Voranschreiten des Festes. Hier und da sah er Farbtupfer. Rote oder grüne Kleider. Warum

waren die meisten in Schwarz gekleidet? Als wenn sie der Traueranzeige nachgekommen wären und heute seine Gedenkfeier be-
suchten. Eine ziemlich schicke allerdings, bei der der Tote noch
einmal lange auf die atemberaubende Schuhmode der Damen mit
mindestens zwölf Zentimeter hohen, zierlichen Absätzen schauen
dürfte. Und die männlichen Gäste der Beerdigung wären später
alle so angeheitert, dass sie das Gelöbnis ablegen würden, im Fas-
telovend nur noch kölsche Mädchen *bütze* zu wollen. Er strich sich
die Haare aus der Stirn und hielt sie zurück, während er an sich
heruntersah. Er, im ultimativen Cut und viel besser aussehend als
die anderen. Aber er wollte sich nicht ablenken und betrachtete die
inzwischen gut gefüllte Halle weiter. Vielleicht konnten die Gäste
ihm die Wahrheit flüstern?

Er sah Tantler. Seinen Küchengott. Er hatte heute sämtliche
Aufgaben des Caterings übernommen. Und war immer zur Stelle,
wenn's beim Flyingbuffet hakte. Gerade reichte er zweitausend
Austern, Sylter Royal und Fines de Claire. Kunstvoll in klitzeklei-
nen Eisschälchen drapiert, garniert mit einer hauchzarten Zitro-
nenzeste. *So* ging das heute. Und er hätte Lust gehabt, mit all den
Austern in der Menschenmenge zu baden und einfach abzufeiern.
Wenn da nicht plötzlich seine Sensitivität um mehr Aufmerksam-
keit gebeten hätte. Möglicherweise stand er ja hier oben am Todes-
abgrund? Vielleicht kam der Täter gar nicht zu ihm, sondern zielte
bereits mit einer Waffe auf ihn – und tschüs. Vielleicht vom Trep-
penfuß aus? Was war dort für ein Tumult? War es Tantlers Personal? Er sah, wie sie sich beschimpften, sogar ihre Fäuste hoben.
Was wäre, wenn? Worauf wartete er noch? Er musste seine Haut
retten. Das Adrenalin schoss ihm durch die Venen und trieb sein
Herzrasen voran. Der Clinch kam näher. Wie ein Tsunami baute
sich die Auseinandersetzung zwischen drei Personen auf. Unaufhaltsam in seine Richtung. War dies das Vorgeplänkel eines einstu-
dierten Angriffs? Killer, getarnt mit langen Schürzen? In seinem
nächsten Leben würde er netter zu den Menschen sein. Er suchte
seine Schutzengel. Brandt, Ferdinand. Wo hatte er sie zuletzt gese-

hen? Er wollte sie finden, aber konnte sie nicht entdecken. Er bemerkte nur, dass die streitende Gruppe sich wieder aufgelöst hatte. Plötzlich unterbrach ein schriller Piepton jäh sein kurzes Aufatmen. Lautes Gemurmel, alle Köpfe drehten sich zum Eingang. Zur Sicherheitsschleuse. Seiner auch. Er ahnte nichts Gutes. Seine Augen suchten fahrig den gesamten Bereich ab. Das Wachpersonal beschirmte eine Person. Drumherum aufgebrachte Menschen, die diskutierten. Wieder schrillte der Alarm. Wer mochte nur so dumm gewesen sein und trug ausgerechnet heute eine Waffe bei sich? Zettlmair! Er trat von einem Bein aufs andere. Vorher hatte er anscheinend seinen halben Hausrat aus den Hosentaschen holen und in eine Plastikwanne legen müssen. So voll war die. Noch mal wurde er angehalten, durch die Schranke zu gehen. Zur Körperkontrolle. Zettlmair tat dies hocherhobenen Hauptes. Und wieder hielt der provokante Piepton Zettlmair von seinem Ziel, der Redoute-Feier, fern. Wurde hier gerade ein Attentat verhindert? Also, Schuhe aus, Gürtel ab. Ob der Zettlmair einen Herzschrittmacher hatte? So aufbrausend und cholerisch, wie der war, denkbar. Dann wurde Zettlmair von einer Dame befragt. Jedes Mal schüttelte er den Kopf. Schließlich untersuchte man seine Schuhe. Frings sah, wie sich das Sicherheitspersonal amüsierte und dreckig lachend um Zettlmair stand. Genau das war es gewesen. Ferdinand hatte ihm vom Stolpersteinkatscher an einem der handgemachten Schuhe erzählt. In solchen Deluxe-Tretern wimmelte es nur so von Metallnägeln. Er hörte Zettlmair laut brüllen, ob das Sicherheitspersonal mal an einen Schichtwechsel gedacht habe. Diese Truppe sei jedenfalls entweder übermüdet oder unfähig. Wieder so ein peinlicher Auftritt von ihm. Frings hoffte, dass das Zettlmairs letzter bei den KöKös gewesen war, griff blindlings zum Champagnerglas ins Leere, verlor sein Gleichgewicht, fiel gegen das Glas, stieß es vom breiten Handlauf und konnte es in letzter Sekunde vor dem freien Fall auf die pelzbehangenen Garderobenständer im Untergeschoss retten. Trotzdem war der größte Teil des Prickelwassers verschüttet, und ihm blieb nur ein spärlicher Rest.

»Wow!«, raunte es zu ihm hoch. Dies galt aber anscheinend nicht seiner akrobatischen Leistung. McBright fuchtelte mit irgendwas Brennendem zwischen den Gästen herum. Was machte der denn da? Er sollte die Veranstaltung als Running Gag mit Zauberstückchen auflockern und die Anwesenden animieren, aber nicht mit Feuer bedrohen. Eine brenzlige Situation. Mit seltsam weichen Knien ging Frings hinunter in die Menge, um McBright eine Ansage zu machen. Aber ein Gast fing ihn ab und verwickelte ihn in eine langatmige Unterhaltung. Frings spähte immer wieder nach McBright. Und stellte auf einmal fest, er war weg. Ihm wurde warm. Und heiß. Noch heißer. Da zischte ein heller Schweif blitzartig über seinem Kopf hin und her. Er fuhr herum und stand McBright gegenüber, der ihn mit flackernden Fackeln umkreiste. Frings fuchtelte mit seinem unverletzten Arm in der Luft und versuchte, sich zu schützen.

Brandt kam ihm zur Hilfe: »Sind Sie völlig daneben?«, schrie er McBright an. »Was soll das?«

»Tanzende Funken.«

»Hören Sie sofort auf damit! Sonst schmeiß ich Sie raus.«

»Sie? Mich? Sie sind der Gast. Sie dürfen gehen. Oder sind Sie ein Mitglied?«

»Nee, aber Kriminalhauptkommissar. Und jetzt ist aus die Maus.«

»Entschuldigung«, sagte McBright mit kleinlauter Stimme.

»Sie sind kein Freund von Herrn Frings, oder?« Brandt ließ nicht locker.

»Warum?«

»Dann würden Sie hier nicht so mit den Hölzern vor seinen Augen rumwedeln.«

»Schauen Sie mal, die habe ich auch noch. Besser?« McBright zog sein Mäppchen mit Wurfmessern hervor.

»Meine Güte, Sie Komiker!«, rief Brandt.

»Wenn Sie jetzt Hofnarr gesagt hätten, wäre ich beleidigt. Ich wollte das Etui nämlich lediglich zeigen, weil mir ein Messer fehlt.

Ich muss es bei irgendeiner Übung in Mutter Natur verloren haben. Verstehen Sie? Ich hänge die Zielscheibe gerne an einen Baum, und ab gehts. Aber irgendwie ist das Teil futsch.«

»Ach ... die sind illegal! Auch für Messerwerfer. Und während einer Vorstellung ... Sie haben Nerven! Ich hoffe, Sie haben eine gute Rechtschutzversicherung.«

»Ich mach damit gar keinen Zirkus! Ich spiele nur. Und hatte nur eins. Das ist wie keins. Ist ja auch wie weggezaubert.«

»Ein Balisong ... verzaubert?«

»Ge ... zaubert. Weg. Vielleicht wurde es mir auch gestohlen?«

»Gestohlen?«, fragte Brandt.

»Ja! Aus meinem Requisitenkoffer, den ich vorsichtshalber für meinen heutigen Auftritt schon vor einer Woche im Geschäftsstellenzimmer gelassen habe.«

»Hoffentlich abgeschlossen!«

»Nein. Da ist kein Schloss dran. Wollte Ihnen das nur erzählen, damit Sie nicht denken, ich hätte auf Frings eingestochen.«

Brandt machte eine Pause und musterte McBright. »Seltsamerweise haben wir die Tatwaffe bisher nicht gefunden.«

»Egal, ich bin es nicht gewesen. Trotzdem würde ich gerne das Messer wiederhaben, wenn Sie verstehen.«

»Verstehe ich. Verstehen *Sie*, dass Sie jetzt endlich diese Dolche mit den gefährlich langen Klingen wegstecken? Dann bin ich erst mal zufrieden.«

»Wussten Sie, Herr Kommissar, dass Frings mich bei den Kö-Kös über die Klinge hat springen lassen, indem er mir nicht den Schatzmeisterposten geben wollte? Was für eine Blamage für mich innerhalb der Gesellschaft. Als ob ich unfähig wäre, diesen Job auszuführen.«

Brandt griff durch und winkte den Sicherheitsdienst heran: »Jaja, und jetzt ist Schluss mit den Sperenzchen hier. Packen Sie Ihr Zeug zusammen, die Vorstellung ist vorbei.« Erstaunt schaute McBright zwei Männer an, die ihm unter die Arme griffen und ihn wegtragen wollten.

»Abbrechen, echt? Und ich hab gedacht, es wird ein toller Abend für Jean.«

»Wird es ja auch. Aber ohne Ihre scharfen und heißen Show-Einlagen. Zaubern Sie ein Kaninchen aus dem Zylinder oder irgendwas aus dem Ärmel. Dann dürfen Sie bleiben.«

Krämer kam – direkt auf Frings zu. Frings musterte ihn sehr genau. Irgendwie war es ihm gelungen, seinen Cut einen Tick besser aussehen zu lassen. Das feine Stöffchen hatte Ferdinand bestimmt bei der Haus- und Hofschneiderin der KöKös ausgesucht. Beste italienische Ware. Das sah man. Triumphierend zeigte Krämer auf einen Zettel.

»Nicht hier, Ferdinand«, sagte Frings.

Krämer nickte. »Übrigens, Justus Jever ist endlich weg! Auf Sylt.«

»Danke, Ferdinand. Und wo ist der Zettlmair mit seiner Jeanette?«

»Sie ist auch weg. Und der Fashiondepp ist auf der Toilette. Er hat sich mit Rotwein bekleckert und versucht, eine weiße Weste zu kriegen. Aber wie geht es dir, Jean? Du siehst blass aus.«

Frings lächelte gezwungen und war still. Er blickte unbewegt nach oben an die mit opulenten und filigranen Ornamenten ausgeschmückte Stuckdecke. Eine aufwendig gestaltete Fläche mit einzigartigen neuen und traditionellen Zierden, die auf unkonventionelle Weise eine Brücke zu der modernen Innenraumbeleuchtung schlugen. Rote und weiße Spots rotierten lustig um die kunstvollen Werke der Stuckateure herum. Wie bei einem Lichtspiel flimmerten vor Frings' Augen die Szenen seit dem Anschlag auf: In verwischten Bildern sah er die entsetzten Gesichter seiner Kabinettsfreunde, als er verletzt auf dem Boden gelegen hatte. Die Skulptur an der Riehler Redoute. Seine stark blutende Armwunde. Der süffisante Blick von Hannes Schacht. Raphael Brandt und seine Thesen. Der Blumenstrauß. Die Genesungswünsche. Max Maternus und der Totenkopf. Bruno Schmitz und sein geplatztes

Millionengeschäft. Sein bester Freund Ferdinand und er zusammen im Krankenhaus. Agi, seine geliebte Frau. Seine Kinder. Justus Jever und die Streuobstwiese. Felix Tantler und das *La Maison*. Der Knies mit McBright. Xaver Zettlmair und Jeanette. Viola. Die Berichte über den Floramord. Hilfeschreiende Frauen. Die Belagerung durch die Medien. Die Todesanzeige … Er fuhr sich mit der Hand über die Augen und senkte den Kopf, als Maternus sich zu ihnen gesellte.

»Hallo Max, schön dich zu sehen, Jung!«, sagte Krämer.

Maternus umarmte ihn und gab Frings die Hand.

»Du spielst doch auch dieses Jahr wieder den Nikolaus für unsere *Pänz,* oder?« Krämer klopfte Maternus freundschaftlich auf die Schulter.

»Klar, da freue ich mich schon drauf!«, sagte Maternus.

»Na, Max?« Zettlmair hatte sich an die Gruppe herangeschlichen und hakte sich bei Maternus ein.

»Xaver! … So zutraulich?«

»Warum nicht, Max? Sag mal, brauchst du für dein Grafikklimbim ein bisschen Unterstützung? Ich kann jetzt auch Photoshop. Hab da ganz moderne Werkzeuge entdeckt. Total einfach. Mit viel Effekt …«

»… Hascherei«, ergänzte Maternus.

»Findest du, Max? Ich zeig dir das gerne!«

»Du? Mir?«

»Warum nicht? Aber wenn du nicht willst, bitteschön.« Zettlmair zog laut nörgelnd weiter.

Maternus sah ihm erstaunt hinterher.

»Einfach ignorieren«, beruhigte ihn Krämer.

»Ja, Ferdinand, besser ist das. Oh, Achtung!« Maternus trat zur Seite und bückte sich ungelenk. »Diese Einstecktücher. Wie ich die Dinger hasse – wenn es nicht die neuen der KöKös wären. Die sind zwar super wertig, aber auch super flutschig.« Maternus drehte sich kurz um. »Ach, hallo, Marie! Toll siehst du wieder aus!«, sagte er und fing sein Tuch erneut auf. »Da! Schon wieder rausgefallen.

Meine Bella hat beteuert, sie hätte einen sicheren Trick dafür. Deshalb hatte ich *ihr* die Vorbereitung meiner Smokingjacke überlassen. Ich war total gespannt auf diesen Kniff. Ihr seht, heute hat er schon mal nicht funktioniert.«

»Da kann man nix machen«, sagte Krämer.

»Sag mal Jean, wo steckt eigentlich Bruno?«, fragte Maternus.

»Nicht da.«

»Aber das FC-Spiel ist doch schon längst vorbei.«

»Ja, Max, aber wir haben haushoch verloren. Und das bei einem Heimspiel. Bruno trauert und liegt im Bett.«

»Ach, der Arme«, sagte Maternus und zubbelte wieder am Einstecktuch.

Frings legte seine Hand auf Krämers Arm. »Ferdinand, können wir beide uns kurz zurückziehen? Für unsere Orga, wenn du verstehst.«

»Können wir.«

Frings nickte und erklärte Maternus: »Tut uns leid, Max. Aber du musst ja auch weiterkommen. Mit der Ballzeitung. Und nochmals vielen Dank, dass du mich vorhin gerufen hast. Die verschlüsselte Mail, die für mich angekommen ist, war wichtig.«

»Gerne, gerne, Jean.«

Frings schob Krämer vor sich her. Im Geschäftsstellenzimmer drückte er leise die Tür hinter ihnen zu. Der Raum wirkte modern, aber anheimelnd. Links stand ein großer schwarzer Tisch mit Armlehnstühlen. Zehn in weiß, einer in rot. Irgendwer hatte sie durcheinander geschoben. An der rechten Wand hing eine Serigrafie des Museum Ludwigs. Daneben stand ein Bücherregal. Es war proppenvoll. Auf den senkrecht stehenden Bänden stapelten sich fast genauso viele quer übereinander. Frings stellte sich davor. Diese Bücher über Köln und die Region, über die KöKös und das Brauchtum, über Kunst und Kölner, schufen ein Zuhause-Gefühl. In den tausenden Seiten lagerten Geschichten und Erinnerungen. Sie waren seine Konstante für die Zukunft. Fast verträumt glitten seine Augen über die Buchtitel, hörten auf, sich zu bewegen und sein Blick wurde für einen kurzen Moment ganz scharf, bevor er wieder verschwamm.

»Jean? Alles in Ordnung?«

»Ja.« Frings zog Krämer zu sich heran. Vielleicht brauchte er doch eine Brille. Irgendwie hatte er in letzter Zeit häufig doppelt gesehen. Aber vermutlich war er einfach nur total gerädert gewesen. Das hatte sich bestimmt auch auf seine Sehstärke ausgewirkt. Also eine temporäre Beeinträchtigung.

»Wie grotesk, Ferdinand. Irgendwo im zweiten Fach sind mir vorhin zwei gleiche Titel aufgefallen. Hilf mir mal, ob ich richtig gesehen habe oder unter Halluzinationen leide.«

»Nee.«

»Was heißt *nein*? Keine Fata Morgana? Du siehst sie auch? Wo, Ferdinand?«

»Da!«

»Der *Wrede*? Wieso steht der hier zweimal im Regal?«

Frings griff zu einer der doppelt vorhandenen Ausgabe und ließ sich auf das Polster des roten Stuhls fallen. Seine Fingerkuppen strichen über das glatte Cover, über die geprägten Zeilen. Wie von allein. In langsamen Kreisen. In langsamen Spiralen. Als wollten sie das Buch beschwören. Intuitiv. Zu seinen Gunsten. Es *musste* eine Erklärung geben! Es *musste* eine Erklärung geben! Es *musste* eine Erklärung geben! Wie von Geisterhand geführt, schlug er den Wälzer auf. Buchstäblich an der richtigen Stelle. Frings hielt den *Wrede* mit der herausgerissenen Ecke in den Händen! Er konnte sein Glück nicht fassen. Endlich war er einen Schritt weiter. Blätterte die Seiten durch. Und wollte es nicht wahrhaben. Auf der dritten Buchseite, wo der Werktitel nicht gestaltet war, standen handgeschriebene Zeilen: *Herzlich willkommen und …*

Krämer beobachtete jede Regung von Frings und schien angespannt. Frings öffnete leicht den Mund, sagte aber nichts. Krämer beugte sich zu ihm, als wenn er ihn nicht verstanden hätte. Frings schwieg weiter.

»Sag was, Jean!«

»Ich kann nicht«, stotterte Frings leise.

»Warum nicht? Spann mich nicht auf Folter. Mach schon!«

».. . *vielen Dank, lieber Neu-Kölner* ...«, begann Frings vorzulesen, aber klappte selbstbewusst den *Wrede* mit den Worten zu: »Das war Fehler Nummer drei!«

»Wie geht es weiter, Jean?«

»Ich hol mir diesen Neu-Kölner! Dem werden wir jetzt mal zeigen, wie der Hase läuft.«

»Bin auch gespannt, was gleich hier abgeht.«

»Meine Eröffnungsrede muss ein anderer übernehmen. *Du*, Ferdinand, solltest selbstverständlich bei *mir* bleiben. Aber Maternus zum Beispiel. Der kann sprechen. Manchmal zu langatmig. Aber das ist heute von Vorteil. Dann gewinnen wir Zeit. Alles soll wie geplant seinen Gang gehen. Keiner soll Wind davon bekommen. Ach ja, und wir müssen die Pressekonferenz um eine Stunde verschieben. Ich versichere dir, wir kriegen den Kerl.«

»Klingt vielversprechend.«

Samstag in der Luxusnacht

Herr Brandt, kommen Sie bitte in unsere Zentrale? Rechtes Zimmer, wenn Sie zum Ausgang gehen. Schnell!«, tippte Frings in sein Handy. Und weiter: »Wir überführen den Täter. Jetzt.«

Brandt: »Wie, jetzt?«

Frings: »Ja, jetzt!«

»??«

Brandt kam herein. »Was ist passiert?«

Frings bekam plötzlich keinen Ton heraus, hob einen Arm und ließ ihn wieder fallen. Seine Entdeckung, die wie eine Ohrfeige schmerzte, erschwerte ihm das Atmen.

»Beruhigen Sie sich, Herr Frings! Alles ist gut. Es ist doch alles geregelt. Ihr Täter ist doch identifiziert.«

»Ist er … nicht«, ächzte Frings. Ein paar Schritte entfernt sah er den Requisitenkoffer von McBright stehen.

»Wieso wissen Sie mehr als ich?«

»Weil wir näher dran sind, Herr Brandt«, antwortete Frings mit fester Stimme. Er hatte sich wieder gefangen.

»Hm.« Brandt zog nacheinander seine Manschetten unter dem Sakko hervor. »In Ihrem Fall könnte das sogar stimmen.«

»Ob Sie es glauben oder nicht: Mein Täter lebt! Deshalb wäre ich gerne gleich der Kapellmeister. *Sie* haben nämlich am Anfang schief dirigiert. Er muss ein zugezogener Kölner sein. Ein Imi. Ein Imitierter. Nein, Herr Brandt, keine Sorge, *Sie* sind es bestimmt nicht.«

Brandt lachte. »Einverstanden. Aber Sie lassen mich die erste Geige spielen.«

»Hauptsache, es bleibt mein Konzert.«

»Dann takten Sie auf. Ich bin gespannt. Aber zeigen Sie mir bitte wenigstens vorher die Noten. Weihen Sie mich kurz ein, damit ich weiß, ob Sie in Dur oder Moll unterwegs sind.«

Frings grinste. »In Moll, Herr Brandt. Setzen wir uns dazu kurz hin.« Er nahm einen Stift und Papier und zeichnete vollflächig eine Matrix mit Namen, Verbindungslinien, Fragezeichen, Ausrufezeichen. Dann zog ihm Brandt das Blatt weg und kreuzte an. Frings zog es zurück und angelte sich alle Textmarker, die auf dem Tisch lagen. Rot, grün, gelb, blau, orange, schwarz. Er unterstrich, kringelte ein, kreuzte durch. Und Brandt nickte.

»Gut, dann können wir starten!«, sagte Frings. »Bin sofort wieder zurück.«

Er verließ den Raum und ging nach draußen auf den Vorplatz. Hier, wo jetzt ein roter Teppich ausgerollt lag. Hier, wo er skrupellos erdolcht werden sollte. Hier, wo man der souveränen Redoute so nah war. Die Riehler Redoute, die heute voller Stolz in den Abendhimmel ragte. Hier schnappte er sich Maternus. »Max, warte bitte mal! Könntest du meine Rede übernehmen?«

»Äh? Ja klar! Warum? Fühlst du dich nicht gut?«

»Nein, es geht nicht anders. Ich muss dringend etwas klären.«

»Was wichtiger ist?«

»Leider ja. Aber du machst das schon.«

Ungeduldig blickte Frings zu den feiernden Massen. Dort hinten stand er. Da ging er hin. »Das trifft sich gut. Dich habe ich gesucht.« Frings zupfte sich am Ohrläppchen und guckte Zettlmair unterkühlt an.

»Bist du zufrieden, Jean?«

Frings überhörte seine Frage. »Hättest du kurz Zeit, mich ins Geschäftsstellenzimmer zu begleiten?«

Zettlmair zog die Schultern hoch. »Jo, meinetwegen.«

»Dann bitte! Du zuerst.« Frings trieb ihn mit den Augen vor sich her.

»Hallo zusammen!«, rief Zettlmair.

»Hallo«, kam ein Echo.

Frings schloss wortlos die Tür hinter ihnen, atmete tief durch, um sich zu sammeln, und gab Brandt mit den Augen ein verstecktes Zeichen, dass er die Befragung beginnen durfte.

»Wir werden Sie nicht lange aufhalten«, versprach Brandt, »Wir wollen nur einen potenziellen Mörder stellen. Denn, obwohl Sie mit Herrn Frings per du sind …«

»… ähm … seit ich in Köln wohne …«

Brandt nickte. »… könnte jetzt trotzdem für Sie alles *perdu* sein. Verloren und weg. Sie sind doch der aus dem TV?«

»Und Sie?«

»Kriminalhauptkommissar Raphael Brandt.«

»Das sind *Sie*?«

»Ja, das bin *ich*.«

Zettlmair schluckte und massierte seinen Nacken: »Es tut mir leid, aber … ähm … ich habe eine Vermutung, warum Sie mich sprechen wollen.«

»Ja?«

»Ich bin hier, weil Sie mir etwas unterstellen wollen, Herr Kommissar.«

»Was denn?«

»Was sich Jean und Ferdinand halt so ausgedacht haben.«

»Was haben die sich ausgedacht?«

»Dass ich ein Zugereister bin und deshalb der Täter von Jean.«

»Und was ist daran falsch?«

»Alles.«

»Herr Zettlmair, das nehme ich ihnen *so* nicht ab.«

Zettlmair kehrte Brandt, Frings und Krämer den Rücken zu. Regungslos, die Hände in den Hosentaschen, die Schultern etwas nach vorne hängend, stand er da. Die Deckenhalogenstrahler setzten den heute zu schlecht rasierten Kopf in Szene.

»Ihr beharrliches Schweigen ist jetzt auch keine Lösung«, sagte Brandt und stellte sich neben Zettlmair.

»Hör zu! Du hast keine Chance! Lass uns vernünftig miteinander reden!«, ergänzte Frings. Auch er näherte sich Zettlmair und stupste ihm zusätzlich auf die Schulter. Der schnellte aggressiv herum, drohend mit erhobenem Zeigefinger. Blitzartig umfasste Brandt mit seiner Rechten Zettlmairs Handgelenk, führte es mit einer kleinen wirkungsvollen Drehung nach unten, so dass Zettlmair ohne Krafteinsatz in die Knie ging.

»Au, Sie tun mir weh!«

»Ganz ruhig bleiben, Zettlmair. Tut mir leid, aber ich habe den dritten Dan im Aikido.« Brandt ließ ihn wieder los. Zettlmair raffte sich hoch, ging einen Schritt zurück und verschränkte, anscheinend sich selbst schützend, seine Arme und massierte dabei seinen Ellenbogen.

Frings hatte Brandts Darbietung imponiert. Trotzdem deutete er Zettlmairs neue, steife Haltung als Blockade und ein klares *Nein* zu Geständnissen oder Aussagen. Er befürchtete, dass er unbeugsam blieb. Sein bemühendes Lächeln bestärkte Frings in seiner Wahrnehmung. Auf jeden Fall konnte es weder Bequemlichkeit noch Teilnahmslosigkeit sein.

»Gute Entscheidung, Abstand zu halten, Herr Zettlmair«, sagte Brandt.

Zettlmair vermied den Blickkontakt, kratzte sich am Kopf, dehnte ihn nach links, ließ ihn einmal kreisen und steckte seine Hände wieder in die Hosentaschen. »Sie können mich mal, Brandt.«

»Ich habe letztens eine Vorlesung darüber gegeben, welche Droge Gier sein kann. Und über das, was man fühlt, wenn man ständig Ruhm und Reichtum vorgelebt bekommt. Wenn man spürt, dass sich bei anderen etwas konzentriert und man selbst zuschauen muss, wenn Menschen schwelgen und man selbst am Katzentisch sitzt. Allein. Und froh ist, ein paar halbtrockene Brötchen abzubekommen.«

»Sie brauchen mir nicht etwas einzureden, was mich gar nicht beschäftigt«, sagte Zettlmair.

»Ich wollte nur versuchen, eine ehrliche Antwort von Ihnen zu bekommen und Ihnen die Gelegenheit bieten, sich zu erklären. Aber bitte, dann nicht. Als Oldenburger bevorzuge ich klare Worte. Also anders gefragt: Was führen Sie im Schilde?«

»Und ich frage: Was soll das?« Zettlmairs Augen flackerten. Seine Pupillen verengten sich.

Frings konnte sich nicht mehr beherrschen und brauste auf. »Dein Ziel ist es von Anfang an gewesen, mich von dem Posten zu kicken, weil du selber an die Töpfe wolltest. Du hast unser aller Vertrauen missbraucht!«

»Herr Zettlmair, ist es korrekt, wenn ich annehme, dass Sie sich in einem Interessenskonflikt befinden?«

»Sie kapieren gar nichts! Das ist alles Spekulation. Das ist … ähm … das ist … Kaffeesatz!«

»Kaffeesatz?«

»Ich bin das nicht gewesen. Ich hab nicht auf Jean eingestochen! Es gibt Unterschiede zwischen uns. Aber … ähm … trotzdem mag ich ihn.«

Frings lachte gezwungen.

»Das ist eigentlich alles, was ich sagen will. Ähm … aber … ähm … ja, ein bisschen mehr Zaster kann doch jeder gebrauchen. Und, ja, ich habe mir deshalb einen Vorteil verschafft. Mir steht das Wasser a bisserl bis zum Hals. Aber mit dem Mordversuch habe ich wirklich nichts zu tun. Du kennst doch das fünfte Gebot, mein Freund – du sollst nicht töten.«

»Ich kenne aber auch das achte Gebot – du sollst nicht falsch Zeugnis reden wider deinen Nächsten. Also für mich sind das hier Morddrohungen!« Frings zeigte das Genesungskärtchen. Krämer öffnete seine SMS.

»Ja und? Was soll ich damit zu tun haben? Alle im Raum sehen natürlich gleich einen Zusammenhang zwischen meinem Klunkergeflunker und dem Anschlag auf Jean. Aber da muss ich Sie, Herr Kommissar, enttäuschen. Der Parkmörder ist's gewesen!«

»So?« Brandt schaute Zettlmair eindringlich an. Was meinen sie denn mit Klunkergeflunker? Nebenbei bemerkt – luxuriöse Knöpfchen hat Ihr Gilet.«

Zettlmair lächelte höhnisch und leckte sich die Mundwinkel.

»Wir haben dir auf den Zahn gefühlt. Die KöKös sind ja nicht die Einzigen, mit denen du Ärger hast. Du steckst in einer katastrophalen Situation. Deine Lieferverzüge sind nur ein winziger

Teil des Problems. Auch die indischen Produzenten deiner Braut-
kleider- und Abendkollektionen warten darauf, dass du die verar-
beiteten Materialien endlich bezahlst. Ich weiß nicht, ob dir Ami-
ran & Partner etwas sagt? Das ist eine international tätige Wirt-
schaftsdetektei, die von mir beauftragt worden ist, Nachforschun-
gen über dich anzustellen. Für deine Modeproduktionen fährst du
mehrfach im Jahr nach Indien. Dort flanierst du in Spitzenkreisen,
bist gut vernetzt in der Upperclass, kennst die wichtigsten Wirt-
schaftsbosse. Bei einem deiner Besuche sind Edelsteine für eine
Kollektion und der Wechsel nach Köln ins Gespräch gekommen.
Dabei bist du auf die Quelle der KöKös für die Glitzersteinchen
der Damenorden gestoßen. Du hast deine Beziehungen in Indien
angezapft, um Daten und Fakten zusammenzutragen. Mit diesem
Wissen über unsere Edelsteingeschäfte hast du versucht, deine
Ziele umzusetzen. Erst subtil, dann immer aggressiver. Ich habe
eben per Mail ein zwanzigseitiges Dossier erhalten, das alles mi-
nutiös beleuchtet. Das Brilliegeschäft der KöKös ist wie ein Lotto-
gewinn für dich gewesen. Das Wissen darüber dein As im Ärmel.
Um mich kaltzustellen und abzusägen. Ich denke, damit ist die
Sache klar. Nix mehr Bling-Bling, du Blender.«

»Ha, aber du! Guck selbst in den Spiegel. Was siehst du da? Hä?
Was siehst du da? Ich *weiß* wenigstens, dass ich kein Unschulds-
lamm bin. Ja, das weiß ich!«, schrie Zettlmair.

Frings räusperte sich. Es war ihm lieber, wenn jetzt Brandt
seine Partitur übernehmen würde. Paukenschläge mussten gezielte
Akzente setzen. Die durften nicht daneben gehen. So weit traute
er sich in der Kriminologie dann doch nicht vor. Ein Verhör zu
gestalten, war noch mal ein ganz anderes Kaliber.

Brandt ging auf und ab. Und blieb wieder stehen. »Stimmt, was
Sie von sich behaupten, Herr Zettlmair. Sie sehen wirklich nicht
wie ein Schaf aus. Eher wie ein Wolf! Und noch schlimmer: wie
eine gebrochene Persönlichkeit. Ich weiß genau, wie Menschen
wie Sie ticken. Für die anderen um Sie herum ist das besonders
unangenehm und gefährlich. So, wie für Herrn Frings. Klar, ur-

sprünglich haben Sie anscheinend mit einem Kabinettspöstchen lediglich Ihr angeschlagenes Münchener Image aufpolieren wollen, aber weil sie gespürt haben, dass Herr Frings dagegen sein könnte, haben Sie versucht ihn einzuschüchtern, ihn zu jagen, mit kleinen Drohbriefen in kölscher Sprache. Da Sie kein Kölsch sprechen, geschweige denn schreiben können, hat Ihnen der geschenkte *Wrede* als Begrüßungsschmankerl perfekt in den Kram gepasst. Den wollten Sie sich nach einem beruflichen Termin in Riehl am Montag in der Geschäftsstelle abholen. Das Sekretariat muss Ihnen gesagt haben, Ihr reserviertes Exemplar sei dort für Sie hinterlegt worden. Vermutlich hatte das Büro Mittagszeit und war nicht besetzt. Welch eine glückliche Fügung und Ruhe in der Redoute.«

»Genau! Die Ruhe vor dem Sturm!«, warf Frings ein. Er war nervös und hoffte, dass Brandts Kombinationsgabe Zettlmair aus der Reserve lockte.

»Und dann ist Ihnen plötzlich McBrights Koffer in einer Ecke hier aufgefallen. Um den Druck noch mal zu erhöhen. Wie praktisch, finden Sie nicht? Wie haben Sie den Inhalt eigentlich entdeckt? Lassen Sie mich raten. Sind es die goldenen Griffe gewesen, die Sie angelockt haben?«

Zettlmair zog laut vernehmlich seine Nase hoch.

Krämer lachte. »Ha,ha … aber es ist nicht alles Gold, was glänzt.«

»Bitte, Herr Krämer!«

Krämer schaute Brandt an und griff nach einem Plätzchen. Brandt machte weiter: »Herr Zettlmair, auch Sie müssen gewusst haben, dass Magic Tony Messerwerfen im Programm hatte. Das ist allgemein bekannt. Also haben Sie gehofft, dass der Koffer nicht verschlossen gewesen ist. War er auch nicht. Sie öffneten ihn, griffen hektisch nach dem Faltmesser, klappten den Deckel wieder zu und wischten bewusst mit dem Jackenärmel mögliche Hautschuppen oder Fingerabdrücke ab. War es so, Herr Zettlmair? *Chapeau!* Denn dann haben Sie sehr weitsichtig und fast professionell gehandelt. Aber zu Ihrer Ehrenrettung unterstelle ich Ihnen, dass Sie sich eigentlich das Messer dafür geschnappt haben, um vermutlich sehr sorgfältig und sauber ohne Risskante die notwendigen *Wrede*-Seiten heraustrennen zu können. Damit sie sie später wieder unsichtbar hätten einkleben können. Doch für das alles ist Ihnen keine Zeit geblieben, denn Sie müssen das Geschirrklappern von Tantlers Cateringvorbereitungen gehört haben. Das Messer aber, das hat zu Ihrem Jagdfieber gepasst.«

»Gelegenheit macht Diebe«, schnauzte Frings.

»Sei's drum. Letzten Endes aber müssen Sie Herrn Frings' Gewohnheiten gekannt haben. Auch die, warum er zu den Kabinettssitzungen meistens unpünktlich erschienen ist. Wer hat Sie eigentlich mit all den Informationen, die Frings betreffen, versorgt? Eine ihm nahestehende Person? Seine Assistentin vielleicht? Frau Dr. Viola Bern? Kannten Sie die Tote? Wäre bizarr.«

Zettlmair biss sich auf die Unterlippe.

Brandt wartete seine Antwort nicht ab. »Ihnen muss bekannt gewesen sein, Herr Zettlmair, dass Herr Frings diese Sitzungen in der Riehler Redoute gerne mit einem Spaziergang durch den Stadtgartenwald zum Nippeser Veedel kombiniert hat. So wie Montagabend auch. Damit Sie ihm unbemerkt auflauern konnten, um dann zuzustechen. Zum Glück daneben. Nur in den Arm und dann noch einmal in die Hand. Ihr Mordversuch missglückte. Benutzen Sie Taschentücher? Ich meine, Herrentaschentücher aus saugfähigem Baumwollstoff? Vermutlich haben Sie die Klinge mit etwas Ähnlichem abgewischt. Auch wenn nicht viel Blut daran kleben konnte. Das vom ersten Stich wurde zunächst von Frings' Mantel aufgefangen. Es sickerte erst allmählich durch. Wir sprechen also hier lediglich vom zweiten Stich. Und der ist nicht ganz so tief gewesen. Sie klappten das Messer zusammen, sicherten es, wickelten es in ein Tuch und steckten es ein. Zurück in die Redoute haben Sie vermutlich den Rettungsweg seitlich am Gebäude genutzt, huschten so unbemerkt wieder nach drinnen und stellten sich einfach in die wartende Runde der eingetrudelten Kabinettsmitglieder. Keiner hat Notiz von Ihnen genommen. Und wenn doch, wäre das kein Thema gewesen, denn schließlich hat das Kabinett an dem Abend über Ihren KöKö-Eintritt beraten wollen. Das wussten Sie. Das hat man Ihnen mitgeteilt. Zu diesem Tagesordnungspunkt hatte man Sie sogar eingeladen. Total abgebrüht von Ihnen, Herr Zettlmair. Wann hätten Sie eigentlich versucht, ihre Tat zu korrigieren? Heute? Und wäre Herr Krämer Ihr zusätzliches zweites Opfer geworden?«

Brandt machte eine taktische Pause und fuhr dann fort. »Zurück zu Montag oder besser Dienstag. Denn ich könnte mir vorstellen, dass Sie gehofft haben, dass Herr Frings womöglich an den Folgen seiner Verletzungen sterben würde. Zum Beispiel an einem Kreislaufkollaps, einer Herzattacke, einer Lungenentzündung oder einer Sepsis. Das haben Sie abwarten wollen. Wenigstens bis zum nächsten Tag. Länger nicht. Wenn aber nicht, hätten Sie vorbereitet sein müssen, um Frings doch noch irgendwie möglichst schnell zum Schweigen zu bringen. Also müssen Sie vorgehabt haben, ab Dienstag Ihre ursprüngliche Idee umzusetzen. Ihnen ist keine andere Wahl mehr geblieben, als per Liebespost mit den Säbeln zu rasseln. Dafür müssen Sie sich noch einmal unbemerkt ins Geschäftsstellenzimmer gestohlen haben, nahmen sich aus den Päckchen mit den frisch gedruckten Genesungskärtchen ein paar weg, präparierten dann zu Hause eines davon und steckten es in einen dilettantisch imitierten Kabinettblumenstrauß. Diesen übergaben Sie am nächsten Tag als Bote getarnt einer der Schwestern im Krankenhaus, die damit auch gleich zu Herrn Frings gegangen ist. Aber auch um Herrn Krämer haben Sie sich kümmern müssen, den Verbündeten von Herrn Frings. Sie hätten auch *ihn* als Gegner gehabt. Auch Herr Krämer hätte Ihre Gier nach Macht niemals unterstützt. Das ist Ihnen vermutlich aber erst später eingefallen. Oder hatten Sie kein Budget mehr für einen zweiten Strauß? So oder so haben Sie noch in der Nacht an Krämer eine SMS gesendet. Sicher ist sicherer gewesen.«

»Aber damit hast du genau das Falsche gemacht«, mischte sich Krämer ein.

»Stimmt«, sagte Frings. »Denn jetzt hattest du uns *beide* zum Gegner. Er blinzelte. »Was ist eigentlich mit der Drohne gewesen? Geht die ebenfalls auf dein Konto? Man kann Läuse und Flöhe haben.«

»Typisch, Frings! Ha, dass du immer meinst, die Flöhe husten zu hören«, lärmte Zettlmair.

»Wenn du schon Ungeziefer ins Spiel bringst, bist du die Laus im Pelz – passend zu dem lächerlichen Fellkragen an deinem Mäntelchen!«

Zettlmair wippte lediglich mit der Schuhspitze, machte aber sonst keine Anstalten für einen Einwand.

»Sekunde, Herr Frings«, sagte Brandt, »das mit der Drohne müsste nicht sein.«

»Könnte aber.«

»Kannlösungen, Herr Frings!«

»Wieso denn? Fragen ist doch wohl erlaubt!«

»Aber Jever hat auch so ein Ding. Das wissen wir mittlerweile.«

»Von wem denn?«

»Von Ihrer Frau, Herr Frings.«

»Meine Frau? Was hat die denn mit Jever zu tun?«

Krämer verdrehte die Augen: »Auweia, Jean. Immer will deine Agi mitmischen.«

»Ich bin überzeugt, Herr Frings, dass Ihre Frau mit Herrn Jever nichts am Laufen hat. Aber sie hat ein waches Auge und hat Jever am Dienstag nach ihrer Anprobe in einem Elektrogeschäft nahe der Nord-Süd-Fahrt gesehen. Wie sie mir erzählt hat, muss sie wohl am Schaufenster gestanden und überlegt haben, ob sie noch Lichterketten für den Garten kaufen sollte. Dabei hat Ihre Frau beobachtet, wie Justus Jever laut mit dem Verkäufer gesprochen hat. Beide sollen sich angeregt unterhalten haben. Das fand sie auffällig. Neugierig, wie Frauen so sind, hat sie versucht, mehr zu erkennen. Auf der Theke muss ein kleines Fluggerät gestanden haben, das wohl defekt gewesen ist und worüber sich Justus echauffiert hat. Ich geh mal davon aus, dass Ihre Frau letztens den langen Bericht in der Zeitung über die Gefahr von Drohnen gelesen haben muss. Ihre Frau ist auf jeden Fall so argwöhnisch und skeptisch gewesen, dass sie mir, getrieben von der Sorge um Sie, Herr Frings, von ihrer Beobachtung per WhatsApp berichtet hat. Moment, ich zitiere. Brandt zog sein Handy und öffnete Agis Nachricht. »… man kann ja nie wissen, was der damit will … deshalb meine Info an Sie. Gruß, Agi Frings.«

»Meine Frau hat Ihre Mobilnummer?«

»Warum nicht? Vor unserer Verabredung, Herr Frings, habe ich sie im Krankenhaus kennengelernt. Ich musste Ihr meine Visitenkarte für die Reinigungsrechnung geben. Dann hatten wir ein längeres Gespräch im Krankenhauscafé. Zum Schluss habe ich Ihre Frau darum gebeten, mich bei der Suche nach Ihrem Täter zu unterstützen. Das hat sie anscheinend ernst genommen. Im Gegensatz zu Ihnen, Herr Frings. Aber Sie haben sich ja auch gebessert«, scherzte Brandt.

»Sieh an, meine Agi. Macht einfach, was sie will …«

Brandt schmunzelte. »Justus Jever hätte also auch die Drohne steuern können. Aber es ist ja alles gut gegangen. Kommen wir zum Schluss.«

»Gut gegangen?«, fragte Frings, verkniff sich aber weitere Kommentare und knurrte Zettlmair an. »Weißt du, richtig perfide ist es erst geworden, als du diese Traueranzeige geschaltet hast! Auch das bist du gewesen. Komm, hab ich recht? Du hast mich weichklopfen wollen mit deiner Hetze! Die Anzeige hat auch in anderen lokalen Medien für Furore gesorgt. Eine hohe Frequenz an Schlagzeilen wie *Frings steht ganz oben auf der Liste!* oder *Pass gut auf dich auf, Jean!* haben die Zeitungsauslagen der letzten zweiundsiebzig Stunden geschmückt. Glaubst du nicht, Xaver, die Öffentlichkeit würde sich nicht fragen, warum denn ein Mensch den Galgen für mich hat errichten wollen?«

»Stell dich nicht so an, Frings!«

Frings raufte sich die Haare. Feier hin, Feier her. »Wollen? Wollen?« Und dann konnte er sich kaum zurückhalten und schrie

Zettlmair wütend an. »Das ist eine verdammte Hexenjagd von dir gewesen! Ich bin jetzt das Gesicht aller Magazine im Rheinland!«

»Manch einer wünscht sich Prominenz«, brabbelte Zettlmair kaum vernehmbar, für Frings dennoch hörbar.

»Jetzt soll ich dir auch noch für deine PR-Arbeit danken?« Frings stützte sich mit dem Rücken an einer Wand ab. Er war tief erschöpft. Hatte sich zu stark verausgabt.

Krämer berührte kurz Frings' Schulter, um ihm zu signalisieren, dass er sich wieder abkühlen sollte. »Setz dich!« Krämer zog Frings zum roten Stuhl. »Jean, setz dich. Bitte! Herr Brandt, bitte kommen Sie doch auch dazu. Also Jean, bevor Herr Brandt Tabula rasa macht, solltet ihr euch *das* anschauen, was ich auf einem der Baufirmendokumente entdeckt habe. So seltsame Abdrücke feiner Linien. Ich hab mich an eine Methode erinnern können, die wir gerne als Kinder beim Detektivspielen angewendet haben: Um etwas geheim Geschriebenes sichtbar machen zu können, haben wir einen Bleistift mit möglichst weicher Mine genommen und mit der flachen Seite der Spitze über die hauchdünnen Vertiefungen gemalt. Dadurch haben wir das Durchgedrückte von der vorher beschriebenen Seite lesen können. Hier, in unserem Fall, haben wir Skizzen von Totenköpfen vorliegen.«

»Mensch, Ferdinand!«, raunte Frings. »Der Totenkopf im Logo des Genesungskärtchens! Wo denn drauf? Auf einem Rettungsweg?«

»Hmm!«

»Noch ein Fehler, Ferdinand? Was denn nun?«

Krämer nickte. »Nummer vier, Jean!«

»Aber Zettlmair und die Bauunterlagen der Redoute? Das deckt sich nicht, Ferdinand. Haben wir irgendwas übersehen?« Frings kniepte. »Ich tippe ganz stark auf Max. Der kann so was! Der referiert *en détail* über Totenköpfe. Und erinnerst du dich? Die Bio-Kampagne – die hat der nicht gekriegt. Was meinst du, wie der mich daraufhin angefunkelt hat? Schauerlich. So hatte ich den noch nie erlebt. Wer rachsüchtig ist, kann auch morden.«

»Auf keinen Fall, Jean! Nicht Max. Niemals! So was tut der nicht. Und – er ist Urkölner. Ich tippe viel mehr auf deinen Köttke! Nicht aus Köln, dafür pleite.«

»Quatsch! Der ist kein Mörder! Ich will das nicht!«

»Und wenn doch?«, fragte Krämer.

»Ich muss Tantler sprechen und Köttke suchen.«

»Warum Tantler?«, rief Krämer ihm hinterher.

Frings lief hinaus in den Saal und in einer Diagonale direkt auf Tantler zu und flüsterte ihm ins Ohr: »Hast du Köttke den *Wrede* geschenkt?«

»Entschuldige, bitte. Hatte ich zuerst vergessen. Ist aber jetzt erledigt.«

»Erledigt.« Frings schrak zusammen. Am Montag sollte auch er erledigt werden. Durch das und die beängstigende Ahnung, welche schlimme Wahrheit gleich ans Licht kommen könnte, drangen Tantlers Entschuldigungen nur wie durch eine Nebelwand zu ihm durch. »Was sagtest du?«

»Ich sagte, kann ich dir helfen?«

»Ja, bitte. Könntest du zu mir kommen?«

»Jetzt direkt?«

»Nein, gleich. Ich muss durchschnaufen. Ich funk dich an.«

»*Comme tu veux*, Jean.«

Frings suchte Köttke unter den hunderten Gästen. Und sah ihn an der Bar. Köttke amüsierte sich mit der Dame, die Gläser mit Lillet Blanc servierte. Er lief auf ihn zu, blieb stehen, lief weiter, blieb stehen, lief weiter – und blieb neben ihm stehen.

»Manfred …«

»Jean! Trinken wir was zusammen? Ich finde, das haben wir uns verdient.«

»Verdient?«

»Findest du nicht? Also ich, für meinen Teil, schon.«

»Jeder bekommt, was er verdient. Kommst du mit?

»Wohin?«

»Bitte nur ganz kurz, Manfred, dann kannst du wieder feiern.«

Köttke folgte ihm durch die fröhlich lachende Menschenmenge zu Ferdinand, Brandt und Zettlmair und grüßte mit einem oberflächlichen Nicken in die Runde. Warum war er so reserviert? Die anderen waren ihm nicht mehr fremd.

»Manfred«, sagte Frings, »Du bist doch am Montag auch bei der Kabinettssitzung gewesen, oder?«

»Ist das schon deine Frage gewesen, Jean?«

»Nur der erste Teil.«

»Ja, bin ich. Aber nicht lang.«

»Dann kannst du mir vielleicht sagen, was dein *Wrede* hier im Bücherregal zu suchen hat?«

»Der was?«

»Das ist der Name des Autors vom Kölschlexikon. Für dich, Manfred, ein Buch mit unverständlicher Sprache.«

»Ach so.«

»In dem Regal hier haben zwei Exemplare gestanden, und ich finde, dass zwei irgendwie zu viel sind!«

»Meine Güte, die Hälfte der Sachen, die hier im Büro herumliegen, gehört hier gar nicht hin!«, sagte Köttke. »Und ein Bücherregal hat nun mal die Eigenschaft, dass sich da über kurz oder lang alles Mögliche an Literatur ansammelt!«

Frings schaute Köttke prüfend an. Warum reagierte er auf eine ganz normale, höfliche Frage so überspitzt? »Darf ich diesen *Wrede* mal aufschlagen, Manfred? Hier: *Vielen Dank, lieber Neu-Kölner, für deine hervorragende Unterstützung. Met Kölsche Köpp Jröß, et Kabinett, gezeichnet Felix Tantler.* Von der Widmung hast du gar keine Ahnung gehabt, richtig? Ich seh es dir an. Machen wir vom Kabinett aber immer so. Surpise, surprise!«

Köttke zuckte die Achseln.

Frings beäugte ihn. Anstelle eines Achselzuckens hätte er mehr erwartet. Aber *das* war ihm zu einfältig. Besonders als sein Freund. Er nahm sich zusammen und rief Tantler an: »Felix, kommst du bitte?«

»Hallo, Jean«, grüßte Tantler.

»Hallo, Manfred! Herr Brandt … Ferdinand … Xaver.«

»Felix«, sagte Frings. »Du hast doch dem Manfred den *Wrede* geschenkt, richtig?«

»Richtig.«

»Kannst du dich noch daran erinnern, wann das gewesen ist?«

»Na, du bist gut. Mein Gedächtnis funktioniert bestens.«

»Also wann?«

»Vergangenen Montag.«

»Vergangenen Montag?«

»Ja, am Montag. Vor der Kabinettssitzung habe ich ihm das Buch überreicht. Der Manfred hat sich so gefreut, dass er direkt anfangen wollte, darin zu schmökern. Ist ja auch noch reichlich Zeit gewesen, bis wir mit dem ersten Tagesordnungspunkt begonnen hätten. Zum Glück, denn ich musste unser Essen zur Sitzung noch fertigstellen. Ich hab Manfred wieder alleine gelassen. Auweia, was war ich unter Druck. Irgendwie hatte ich die leise Vermutung, dass die alle überpünktlich kommen wollten. Außer dir, Jean. Wie immer.« Tantler grinste.

Frings nicht.

Tantler räusperte sich und fuhr mit ernster Miene fort: »Ich habe Manfred schon vor einer Woche einen Blumenstrauß vom Kabinett schicken lassen. Als kleines Dankeschön für seinen tatkräftigen bisherigen Einsatz. Hatten wir gemeinsam so beschlossen, richtig? Blöd war nur, dass ich vergessen hatte, dem Blumenboten auch den *Wrede* als Bonus mitzugeben. Das habe ich ja dann am Montag nachgeholt, damit Manfred als unser Schatzmeister, aber Nichtkölner, wenigstens in seinen KöKö-Briefen korrektes Kölsch hätte schreiben können. Und allen Ernstes, der war derart motiviert, dass er sich mit dem Teil direkt ins Geschäftsstellenzimmer zurückgezogen hat. Ich hab ihn dort gefunden, als ich ihn gesucht hab. Der ist ganz schön zusammengezuckt, als ich plötzlich reinkam. Dabei hab ich ihn als Hüter unseres Vermögens nur etwas fragen wollen. Manfred kam mir seltsam unsicher vor. Aber für mich ist er sowieso eher so'n Rumdruckser. Und nur ein vermeintlich Jovialer. Aber meine Güte, ich scheine ihn mächtig erschreckt zu haben. Vielleicht, weil er so in seinen *Wrede* vertieft war? Oder vielleicht hatte er ein schlechtes Gewissen, weil er sich vor dem Essen noch einen Apfel aus der Küche geklaut hat. Ich hab zu ihm gesagt, dass wir ihn schon alle vermissen würden. Manfred hat daraufhin hektisch gerufen, dass er schon auf dem Weg zu uns sei. Und er kam dann. Mit einem ziemlichen Stechschritt!«

»Ohne *Wrede*?«

»Ohne *Wrede*!«

Krämer zeigte Tantler das Buch mit seiner Widmung. »Ist das deine Schrift, Felix?«

»Ja, selbstverständlich!«

Frings schob seine Fußspitze umher und klackerte mit einem Bleistift auf die Tischkante. »Was hast du Manfred eigentlich fragen wollen?«

»Ach ja, stimmt! Ich wollte ihn fragen, wann ich mein Geld für das Catering der letzten drei Kabinettssitzungen kriegen würde. Manfred wollte mich wieder vertrösten. Das hab ich nicht verstanden. Ich vertröste ja auch keinen am Tisch und sage, zahlen sie schon mal das Bestellte, das Essen bekommen sie dann irgendwann oder vielleicht gar nicht. Auf jeden Fall hat mich das Verhalten von Manfred so gefuchst, dass ich ihn einfach ein bisschen in seiner Ehre als *der* große Finanzexperte treffen wollte. Sorry, Jean, ich bin eigentlich keine Plaudertasche, aber das musste sein. Ich hab ihn gefragt, ob du ihm schon gesagt hättest, dass du die Bücher zur Sanierung der Redoute geprüft und letzte Mahnungen von der Baufirma gefunden hättest. Die mit der bösen Ankündigung rechtlicher Schritte. Denn es wären angeblich keine der Rechnungen für den letzten Bauabschnitt beglichen worden. Daraufhin hat Manfred die Farbe gewechselt und versucht, mir gegenüber, die Schuld seinem Vorgänger zu geben.«

»Aha!« Frings bewegte den Stift immer schneller, immer lauter. »Und weiter?«

»Ich bin wieder rausgegangen. Hatte keine Lust auf seine miesepetrige Stimmung und hab lieber vor der Tür auf ihn gewartet. Nach meinem Kenntnisstand hat unser ausgeschiedener Schatzmeister nur den ersten und zweiten Bauabschnitt begleitet. Die Rechnungen aus dem zweiten sollten, wie mit den Handwerksunternehmen abgesprochen, gesammelt werden und mit Beginn des letzten Bauabschnitts vor knapp einem Monat sukzessive und inklusive der neuen Saläre gezahlt werden. Dazu ist er schließlich nicht mehr gekommen. Für diese ordnungsgemäße Entgeltung war ab dem Zeitpunkt seines Wegfalls allein der Manfred zuständig.«

Frings hielt den Stift wieder ruhig. »Ganz genau«, sagte er und zeigte dabei bestätigend auf Tantler. »Das ist tatsächlich eine saubere Übergabe gewesen. Unser alter Schatzmeister hat Köttke perfekte Bücher übergeben. Deshalb hatte mich auch der nachfolgende Kontenverlauf irritiert. Wollte mich nach der Feier mal genauer drum kümmern. Denn der Maler hat mich heute angerufen und gefragt, ob ich mit seiner Leistung nicht zufrieden gewesen sei, da er noch kein Geld erhalten habe. Der arme Kerl hatte Sorge, ich würde ihm den Job für die Frings Consulting wieder entziehen. Zum Glück konnte ich ihn beruhigen. Felix, ich danke dir, mein Freund! Du hast uns sehr geholfen!«

Frings wartete einen Augenblick lang ab und bedachte Manfred mit einem nachdenklichen Blick. »Weißt du, was ich vermute? Dass du Gelder der KöKös veruntreut hast. Oder hast du den Totenkopf nicht gezeichnet? Er hat sich beim Malen auf den Mahnungen durchgedrückt.«

»Wer nicht fragt, bekommt sein Geld immer später.«

»Bei dir anscheinend gar nicht. Ich vermute, du hast dich an unserem Geld bereichert , um deine immensen privaten Schulden begleichen zu können.«

»Ein Krötenräuber im feinen Anzug!«, rief Krämer und machte eine wegwerfende Handbewegung.

Frings holte tief Luft. »Was für eine Enttäuschung, Manfred. Ich hab dir alles gegeben, du aber hast alles genommen. Der Schatzmeisterposten war für dich ein Fenster voller Möglichkeiten. Es hatte sich geöffnet. Aber Pech, lieber Manfred, es ist wieder geschlossen.«

Köttke kramte in seiner Jackentasche, nahm ein Taschentuch heraus und tupfte sich die gut sichtbaren Schweißperlen von der Stirn. »Die Hitze. ... upps.« Er bückte sich nach seinem rot-weißen Einstecktuch. »Entschuldigt. Dummes Ding! Hält einfach nicht«, sagte Köttke und steckte es nervös zurück in die Hosentasche.

Frings fixierte Brandt. Warum reagierte er nicht auf das Tuch? Wenigstens lächelte er. Doch seinen beiden Grübchen nach zu urteilen, triumphierte er sogar. »Sehen Sie Herr Köttke, genauso ist Ihnen dieses Einstecktuch auch aus der Brusttasche Ihres Jacketts am Tatort rausgefallen. An der Statue bei den KöKös. Als Sie vorhatten, Herrn Frings zu ermorden. Und zwar ist das Tuch zusammen mit *diesem* Papierschnipsel rausgefallen. Den haben Sie vorher aus Ihrem *Wrede* einfach gerissen und schnell in die Brusttasche, vermutlich dummerweise in das KöKö-Tüchlein, gesteckt. Genau in dem Moment, als Sie von Herrn Tantler gestört worden sind. Ihnen hat anscheinend noch die korrekte Schreibweise von *rut* gefehlt.« Brandt hielt den Schnipsel hoch. »Dieser Fetzen ist an der Skulptur kleben geblieben. Das leichte Seidentüchelchen muss jedoch noch vor Eintreffen der Polizei durch eine Windbö weggepustet worden sein. Leider hatten wir es am Tatort übersehen. Da hat unsere Spurensicherung geschlampt. Der *Express* aber nicht. In der Frühausgabe am nächsten Tag war es zufällig auf einer der Pressefotos mit abgelichtet. Auch *Sie* haben das entdeckt und sind das Tuch in den Morgenstunden unbemerkt holen gegangen.«

»Der Täter kehrt immer an den Tatort zurück«, zischte Frings. »Du hattest dein breites Expertenwissen beim Umgang mit unseren Moneten geradezu spitzenmäßig eingesetzt und deinen monetären Nutzen daraus gezogen. So schnell solche Betrügereien umzusetzen ... mein lieber Scholli ... was für eine Schamlosigkeit. Hast du mich nur *sicherheitshalber* töten wollen? Was musst du für eine Panik bekommen haben, als du erfahren hast, dass ich dir bald auf die Schliche kommen würde? Und Ferdinand wäre der Nächste gewesen mit dem …«

»… Tod«, beendete Brandt den Satz.

»*Dud*«, flüsterte Krämer nach.

Es klopfte.

»Ja?«, rief Frings.

Wieder ein zaghaftes Klopfen.

»Jahaa!« Frings ging zur Tür. »Warum kommen …«

»Bitte entschuldigen Sie, Herr Frings. Ich wollte nicht unhöflich erscheinen.« Eine adrett gekleidete Servicekraft mit gewinnenden Gesichtszügen stand im diskreten Abstand vor der Türschwelle. »Ich bin auf der Suche nach einem Gast.«

»Ja?«

»Ja. Ich kann den Herrn, der dort hinten bei mir an der Bar gestanden und sein Getränk geordert hat, nicht mehr ausfindig machen. Er wollte unbedingt eine spezielle Erfrischung haben. Ich hab gedacht, ich suche ihn besser, bevor die *rote Berliner Weiße* schal wird.«

»Weiße in Rot? Danke, sehr freundlich. Die Bestellung hat sich erledigt.«

»Aber …«

Frings drehte sich zu Köttke. »Das ist bestimmt in deinem Sinne, oder?«

»Was haben Sie eigentlich mit McBrights Klapp- … äh … Mordmesser, gemacht, Herr Köttke?«, fragte Brandt.

»In den Rhein geworfen.«

»Na, dann spuckt uns die starke Strömung die Tatwaffe vielleicht irgendwo, irgendwann wieder aus. Wichtig ist für mich vor allem, dass der Tatverlauf, den ich zuerst Zettlmair unterstellt habe, nicht von *ihm* eins zu eins umgesetzt worden ist, sondern von *Ihnen*, Herr Köttke. Ich sehe es als erwiesen an, dass Sie Herrn Frings mit einem Messer absichtlich und ohne Notlage gefährlich verletzt haben. Da Sie nicht freiwillig ein umfassendes Geständnis abgelegt haben, wird die Staatsanwaltschaft vor Gericht bestimmt für ein volles Strafmaß plädieren.«

Köttke schwieg. Zettlmair schwieg. Brandt schwieg. Krämer schwieg. Nur Frings sagte: »Ohne mildernde Umstände! Meinte der Kommissar, Manfred.«

»Das spielt jetzt auch keine Rolle mehr. Das passiert. Das Leben ist komplex und versetzt schon mal Stiche.« Köttke putzte sich mit dem rot-weißen Einstecktuch den Mund ab.

Krämer griff mit bleierner Langsamkeit in die Innentasche seines Cuts, holte tief Luft und begann eine Lakritzschnecke abzurollen. Wie einen Expander spannte er das elastische Bändchen zwischen seinen Lippen und der sich langsam zur Seite bewegenden Hand.

Frings wartete, bis Krämer die Schnur im Mund verstaut hatte und ihm halb kauend zuraunte: »Trags mit Fassung, alter Freund.«

Und Frings blinzelte: »Genau das hab ich vor. Wie ein Juwel. Aus Luxus und Lügen.«

Kleines Glossar

Schreibweisen für die kölsche Sprache differieren gerne von Stadtteil zu Stadtteil. Aber auch in der näheren Umgebung der Stadt Köln findet man eine Anzahl an Varianten. Ebenso wird man feststellen, dass standarddeutsche Einflüsse die kölschen Idiome verdrängen. Ein Beispiel für eine gegenläufige Anwendung ist das »g«. Im traditionellen Altkölschen, dem Kölsch-Ripuarischen, ist das »g« im Anlaut ein »j«, analog seiner Artikulation. Trotzdem wird man heutzutage Abweichungen in Wort und Schrift begegnen. Deshalb habe ich mich an zwei unterschiedlichen Quellen orientiert: Adam Wrede, *Neuer kölnischer Sprachschatz*. Mit einem Vorwort von Wolfgang Niedecken, Köln 2017; Akademie för uns kölsche Sproch, SK Stiftung Kultur der Sparkasse KölnBonn (www.koelsch-akademie.de).

Alaaf – hoch, hurra
Alles weed jot – Alles wird gut.
Bajasch – Gepäck
Botterblom – Butterblume
Botterblömche – Butterblümchen
Botzendresser – Hosenscheißer
bütze – küssen
Der Düüvel spillt Kirmes – Der Teufel spielt Kirmes. = Alles dreht sich. Alles ist durcheinander.
dudsecher – todsicher
Et bliev nix, wie et wor – Es bleibt nichts, wie es war. (Fünftes Kölsches Grundgesetz)
Fasteleer – Karneval, Fastnacht
Ferkes Willem – rasant, schnell, reinhauen. Ferkes Willem ist eigentlich der Schweine-Wilhelm und steht in den zentralrheinischen und südniederrheinischen Mundarten für einen unmanierlichen Menschen.

Flönz – Blutwurst

halve Hahn – halber Hahn = Roggenbrötchen mit mittelaltem Holländer-Käse

Hätzlije Jröß – Herzliche Grüße

Imi / imiteeten Kölscher – hinzugezogener Kölner

Jedöns – Getue

Jröß dich – ich grüße dich

Kääls – Männer, Kerle

Klaaf – Plausch, Plauderei

Klüngel – Gruppe von Personen, die sich gegenseitig unterstützen; Netzwerker

Köbes – Kellner

Kölsch – obergärige Biersorte

Kölsche Köpp – Kölsche Köpfe

Kumm, drink noch eine met! – Komm, trink noch einen mit!

Leev Marie – Liebe Marie; mundartlich für *Herrjeh* oder *meine Güte*

leeve Jröß – liebe Grüße

Leeven ... – Lieber ...

Levve levve – Leben leben

Luurende Köpp – neugierig schauende Menschen

Maach nit lang Fisematente! – Zier dich nicht! Mach voran! Mach kein Theater!

Malörche – Unglücksfall

Met Kölsche Köpp Jröß, et Kabinett – Mit Kölschen Köpp Grüßen, das Kabinett

Möpp – Hund

Morje – Morgen

Pänz – Kinder

Prinz vun Kölle – Prinz von Köln

Prummetaat – Pflaumenkuchen

rut-wieß – rot-weiß

Schless – Hunger, Kohldampf, Heißhunger

Schnüss – Schnauze (liebevoll gemeint)

Schrapphex – geizige, alte Frau

Suurbrode – Sauerbraten

Trottoir – Bürgersteig

Verzäll – Geschwätz

Wat fott es, es fott – Was fort ist, ist fort. = Viertes Kölner Grundgesetz: Jammer verlorenen Dingen nicht nach.

Wieß un rut, un do bes dud – Weiß und rot, und du bist tot

Wieß-rut es dinge Dud – Weiß-rot ist dein Tod